THE VANISHING GIRL

Tome 2

Le Déclin de l'empire

Laura Thalassa

THE VANISHING GIRL

Tome 2
Le Déclin de l'empire

Traduit de l'anglais (États-Unis)
par Annaïg Houesnard

Michel LAFON POCHE

Loi n° 49-956 du 16 juillet 1949
sur les publications destinées à la jeunesse.

Édition originale parue aux États-Unis en 2015
sous le titre *The Decaying Empire*, Skyscape

118, avenue Achille-Peretti – CS 70024
92521 Neuilly-sur-Seine Cedex
www.lire-en-serie.com

Prologue

Je fus poussée sur une chaise, et la porte se referma en claquant dans mon dos. J'étais dans ce qui ressemblait à un bureau, en compagnie d'Emilio et des trois comiques. Derrière moi, des articulations craquèrent.

Emilio me gifla du revers de la main, et ma tête partit sur le côté. La douleur me fit grimacer ; ma précédente blessure au crâne m'élançait, et je sentais un filet de sang serpenter jusqu'à mon cou.

Sans jamais me quitter des yeux, Emilio mit la main derrière son dos et sortit un flingue.

– Donc, commença-t-il, quel nom préfères-tu, Angela… ou Ember ?

J'essayai de cacher ma surprise. Il connaissait mon nom ? J'étais très, très mal.

– Eh bien, venant de vous, je préfère *mi pirata*.

Il eut un rire légèrement hystérique.

– Voilà qui te va comme un gant.

Puis toute trace d'humour quitta son visage. Il se mit à mon niveau et arma le chien de son arme.

Je savais ce qu'il mijotait. Il m'avait amenée ici pour m'arracher des informations sous la torture. Ce serait cruel et calculé. Cependant, si je parvenais à l'énerver, j'arriverais peut-être à éviter le pire. Les gens qui ont un caractère sanguin aiment se salir les mains – ils aiment sentir leurs poings s'enfoncer dans la chair. À l'heure actuelle, je craignais plus une blessure par balle qu'un passage à tabac.

– Qu'est-ce que tu cherches ? demanda-t-il, l'arme pointée vers ma poitrine.

– Je ne recherche que le plaisir de votre compagnie.

C'était une réponse incroyablement stupide, et elle obtint l'effet recherché.

– *Ne te fous pas de ma gueule !* rugit Emilio avec un fort accent. Ses narines se dilatèrent tandis qu'il inspirait profondément par le nez. Il finit par se calmer ; le tueur était de nouveau aux commandes.

– Dis-moi pour qui tu travailles et ce que tu fais là.

Je lui lançai un regard appuyé, en y mettant une insolence que j'étais bien loin de ressentir.

– Vous voulez dire que vous n'avez pas votre petite idée ?

Le coup de feu partit, et je criai tandis qu'une douleur atroce me déchirait la poitrine. Il m'avait tiré dessus !

Mon plan réfléchi venait d'échouer en beauté.

Je haletais ; il devait avoir touché un poumon. Une vague de feu se diffusa en moi, et chaque mouvement, même celui de ma respiration saccadée, était une torture.

– Écoute-moi bien, petite fille, dit Emilio en se penchant tout près de moi. Je tue des gens régulièrement. Je connais plus de façons de torturer un être humain que tu ne peux l'imaginer. Alors essaie encore. Que…

Une succession de coups de feu se fit entendre de l'autre côté de la porte, accompagnée par un bruit de bois qui se fend. Plusieurs trous apparurent dans la porte, et un des gardes grogna en plaquant une main sur son ventre.

Emilio jura et pivota pour faire face à la porte. Il s'agenouilla et se mit en position de tir.

– Il a un genou à terre ! hurlai-je à Caden en obligeant les mots à sortir, même si j'avais l'impression de prendre une nouvelle balle, et il braque son arme sur la…

Ma phrase fut brutalement interrompue quand un des gardes abattit son poing sur ma tempe. Ma tête roula sur le côté et je me mis à cracher du sang.

Une nouvelle série de coups de feu détruisit la poignée en métal de la porte. Quelqu'un l'ouvrit d'un coup de pied.

Une pluie de balles grêla sur l'homme qui se dressait sur le seuil. Je criai, avant de comprendre que l'homme n'était pas Caden, mais un garde que celui-ci avait utilisé comme bouclier humain.

Caden n'hésita pas : il logea une balle dans la tête d'Emilio, puis fit de même pour les gardes. Je n'avais jamais vu Caden – ou qui que ce soit, en fait – bouger aussi vite. Tout fut terminé en quelques secondes.

Caden lâcha le cadavre derrière lequel il s'était abrité. Ce n'est qu'alors qu'il me vit, effondrée sur ma chaise.

– Ember !

Il courut vers moi et se laissa tomber à genoux à mes pieds.

– Oh, mon Dieu, gémit-il en voyant la plaie.

Nous savions tous les deux ce que signifiait une blessure aussi grave. Mon corps ne se recomposerait pas correctement quand je me téléporterais. Il serait victime d'épissage, déchirant peau, organes et os dans une tentative maladroite pour recréer son intégrité.

J'allais mourir.

J'aurais dû m'inquiéter de mon sort, mais la seule chose à laquelle je pensais était que la plus grande peur de Caden se réalisait. Je l'avais abandonné, tout comme sa famille l'avait fait.

Il prit mon visage entre ses mains.

– Tu ne peux pas mourir, Ember, dit-il, les yeux rouges. Bon Dieu, je t'aime, tu ne peux pas.

Des larmes roulèrent sur mes joues.

– Je… t'ai…

Ma montre sonna une fois.

Les yeux de Caden s'écarquillèrent. Ses mains se resserrèrent sur ma peau, comme s'il pensait pouvoir me garder ici par la force.

– N…

Ma montre sonna encore une fois, et je disparus.

***

Je me réveillai en hurlant. Pendant un moment d'horreur, je me crus encore dans le domaine d'Emilio. Une fraction de seconde plus tard, la douleur refit surface.

J'essayai de crier, mais ma trachée était bloquée. Quelqu'un pompait déjà manuellement de l'oxygène dans mes poumons. Des flammes consumaient ma poitrine, à tel point que ma vue en était brouillée. La souffrance m'empêchait presque de penser.

Je ne parvenais pas à fixer mon regard, mais, à en juger par le mouvement, je savais que j'étais sur un brancard. Un groupe de médecins me poussait le long d'un couloir. Les couleurs se diluèrent, et avec elles la douleur.

Je suis en train de mourir.

Il y eut une bouffée d'air froid, puis je perdis connaissance.

Chapitre 1

Dix mois plus tard

J'avais l'impression de remonter depuis les profondeurs d'un abîme. Les ténèbres s'éclaircissaient graduellement, la gangue de glace au sein de mon être fondait. Mes doigts et mes orteils commencèrent à tressaillir. J'avais oublié jusqu'à leur existence.

– Elle revient à elle.

La voix me paraissait lointaine, comme si je l'entendais sous l'eau.

Mon corps était lourd et raide, mon esprit apathique. Mais à chaque minute qui s'écoulait, l'un comme l'autre retrouvait un rythme plus rapide. Puis mes paupières papillonnèrent, et la lumière s'infiltra par intermittence dans mon champ de vision.

C'était comme… une résurrection.

J'intimai à mes yeux de s'ouvrir. Ils n'obéirent pas immédiatement, mais quand ce fut chose faite, ils se fixèrent sur le plafond blanc uni et sur les néons éblouissants qui me surplombaient. Je n'eus qu'un instant pour remarquer les silhouettes indistinctes regroupées autour de moi.

Puis je disparus.

***

Je cillai à plusieurs reprises, perdue. L'air froid caressait ma peau nue. J'étais dans la chambre de quelqu'un, couchée en chien de fusil. Je me redressai en prenant appui sur mes mains et repoussai les mèches de cheveux qui tombaient devant mon visage. Je notai distraitement qu'ils étaient plus longs que dans mon souvenir.

Derrière moi, quelqu'un prit une brusque inspiration.

– Bordel de…

Cette voix… Elle m'était familière, et elle fit battre mon cœur un peu plus vite.

Je jetai un regard par-dessus mon épaule et posai les yeux sur un homme beau à en crever. Beau à en crever. C'était une expression qu'Ava et moi utilisions pour décrire les hommes particulièrement attirants. Ava. Mon amie. L'information remonta à la surface depuis un endroit caché au fond de moi, et je la classai dans un coin de ma tête pour l'analyser plus tard.

L'homme se figea sur place. Ses yeux noisette s'écarquillèrent quand ils croisèrent les miens, et il tituba légèrement en arrière, la main plaquée sur son cœur. Un temps de silence passa avant qu'il se décide à parler.

– Ember ?

Il chuchota ce nom – *mon nom*, compris-je – comme si c'était une prière.

Une impression de déjà-vu s'empara de moi alors que j'entendais sa voix et que je m'imprégnais de ses traits familiers, l'un après l'autre. Ses cheveux dorés, sa peau bronzée, son corps musculeux, qui semblait encore plus charpenté que dans mon souvenir. Les fossettes qui auraient creusé ses joues s'il avait souri.

Je me souviens.

Cet homme, je connaissais ses secrets ; j'avais partagé sa douleur.

Je l'aimais.

Son nom me revint, et avec lui, un sentiment de bonheur absolu.

– Caden.

Ma voix était rauque, mais je savourai le passage de son nom sur mes lèvres.

Son visage se froissa.

– Ember, répéta-t-il d'une voix brisée.

Il combla la distance qui nous séparait et se laissa tomber à genoux devant moi. Avec une frénésie empreinte de désespoir, il ramena mon corps contre le sien. Ses bras épais se refermèrent sur moi, m'attirant dans son étreinte.

– Tu ne peux pas être réelle, chuchota-t-il contre ma peau.

Son corps commença à trembler, et je sentis de

l'humidité là où son visage était posé sur mon épaule. Des larmes.

Même prisonnière de son étau, je parvins à passer une main dans ses cheveux. Je ne comprenais pas pourquoi il pleurait ; je ne savais donc pas comment le consoler.

– Je dois être en train de rêver, murmura-t-il.

– Je… Je crois que je suis réelle.

J'aurais dû prononcer ces paroles avec plus de certitude que je ne le fis.

– Tu es morte, Ember, dit-il d'une voix ravagée. Je t'ai vue. Oh, mon Dieu, tu es morte.

Je me raidis à ces mots. Une dizaine de souvenirs remontèrent comme des bulles à la surface, et chacun d'entre eux me rendit un fragment de mon identité.

Je m'appelais Ember Elizabeth Pierce. Dix-huit ans. Je pouvais me téléporter, et je travaillais pour le gouvernement. J'accomplissais des missions potentiellement mortelles.

Et j'étais amoureuse de Caden Hawthorne, l'homme qui me berçait actuellement dans ses bras.

Je pris une inspiration saccadée alors qu'une partie de la brume qui obscurcissait mon esprit se dissipait. Juste assez, du moins, pour que je puisse estimer à quel point ma mémoire était encore défaillante.

Je passai de nouveau une main dans les cheveux de Caden et déposai un baiser sur sa tempe.

– Je suis vivante, chuchotai-je.

J'avais envie d'ajouter « Je me souviens de toi », mais je n'étais pas sûre de me souvenir de tout. J'en savais néanmoins suffisamment pour sentir mon cœur se contracter et ma poitrine tambouriner. L'amour. C'était la seule sensation qui pouvait paraître à la fois légère et écrasante.

Je préférai dire :

– Je suis désolée d'avoir été… absente.

Cette phrase sonnait bizarrement. Je n'avais pas eu l'impression d'être partie, mais quelque chose n'allait pas dans ma tête. J'aurais dû savoir certaines choses. Le jour de la semaine – ou le mois, ou l'année. L'information n'était pas là. Combien de temps avais-je été absente, et où étais-je allée ?

Les lèvres tout contre la tempe de Caden, je chuchotai un des rares fragments d'information dont je pouvais être sûre.

– Je n'ai jamais voulu te laisser.

Caden se figea. Il se détacha de moi, le visage changé en un masque d'angoisse. Il caressa mes cheveux et me dévora des yeux. Une main mal assurée s'éleva, et il effleura ma joue du bout des doigts.

Un de ses yeux laissa échapper une larme.

– Mon Dieu, tu es réelle.

***

Je plaçai une main sur celle que Caden tenait contre mon visage, et jetai un coup d'œil à sa bouche. Je jure avoir vu une esquisse de fossette avant qu'il ne se penche et pose ses lèvres sur les miennes.

L'intensité du baiser faillit me couper le souffle. Je plaquai une main sur sa joue tandis que sa bouche caressait langoureusement la mienne.

La caresse de ses lèvres n'avait rien de frénétique ; elle était respectueuse. Ce n'était pas là un homme avide de m'embrasser ; c'était un homme qui retrouvait Dieu dans un baiser.

Cette prise de conscience me broya le cœur. Il m'avait crue morte. Je serrai les paupières de toutes mes forces pour refouler mes propres larmes.

Le baiser prit fin, et Caden frissonna contre moi. Nous nous raccrochions l'un à l'autre, répugnant à nous lâcher.

Je posai le front sur son épaule. Une pensée prit forme, et je la formulai avant qu'elle ne m'échappe.

– Voler un baiser à une morte, chuchotai-je. Je vois que tu es toujours aussi opportuniste.

Ma réplique n'eut pas tout le mordant spirituel qu'elle aurait dû avoir, mais cela ne changea rien. Caden laissa échapper un rire étouffé et resserra son étreinte. Il baissa les yeux vers mon visage avec un vrai, un authentique sourire.

Ses yeux dérivèrent ensuite vers mes lèvres, mon menton, puis plus bas. Je le sentis alors se crisper entre mes bras.

– Oh mon Dieu.

– Quoi ?

Je suivis son regard horrifié, rivé sur mon torse. Il ne me fallut qu'un instant avant de la voir. Mon souffle s'étrangla au fond de ma gorge.

La ligne violacée et irrégulière démarrait juste sous mon sein droit. Elle filait ensuite vers le bas, barrant mon ventre avant de partir en zigzaguant dans l'autre direction. De minuscules traits horizontaux l'interrompaient ici et là, traces résiduelles des emplacements où j'avais été recousue.

– Je… Je ressemble à Frankenstein, bégayai-je. Qu'est-ce qui m'est arrivé ?

– Je ne sais pas.

Il caressa doucement la cicatrice, le visage empreint d'une douleur brute. Son doigt marqua une pause.

– Tu as reçu une balle, ici. Elle a touché un poumon.

Sa voix était dénuée de toute intonation.

– C'est vrai ?

Alors même que je posais cette question, le souvenir me revint.

Poussée sur une chaise. Raillerie calculée. Il m'avait tiré dessus. Je savais que j'allais mourir. Et Caden m'implorant de rester, de vivre.

– J'étais blessée à la tête.

Je levai la main et touchai ma tempe. En effet, je pouvais sentir un fin bourrelet de peau caché sous mes cheveux. Une idée horrible me frappa.

– Est-ce que mon visage… ?

– Non, dit-il en me buvant des yeux. Il n'a rien.

Je fermai les yeux et hochai la tête.

– L'épissage.

Voilà pourquoi la cicatrice laissée par la balle était si étendue et anormale. Mon esprit évoqua des images de scènes auxquelles j'avais assisté. Des fichiers remplis de photos de téléporteurs décédés, leurs corps réduits en charpie par le processus.

Comment avais-je pu survivre à ça ?

Caden plaqua ses lèvres sur mon front. Ses bras tremblaient autour de mon corps.

– Je n'arrive pas à croire que tu es bien là, dit-il doucement. Que tu es… *vivante*.

Quelque chose se fêla en lui quand il prononça ces mots. Sa joue effleura la mienne, et je sentis qu'elle était humide.

Je m'écartai légèrement et touchai son visage, surprise de le sentir râper contre ma peau. Une barbe naissante. Il était plus vieux que dans mon souvenir. Je passai la main sur la peau de sa joue, les sourcils froncés.

Caden m'observait, avec dans les yeux un éclat trop intense. Quelqu'un d'autre aurait pu dire qu'il avait l'air fou, mais je savais instinctivement ce que je voyais : son souhait le plus cher avait été exaucé. Sauf qu'il n'y croyait pas entièrement. Il profitait de l'instant, même s'il n'avait pas totalement écarté la possibilité que je sois le produit de son imagination.

J'examinai les traits bien dessinés de son visage. Ce n'était pas seulement sa barbe de trois jours qui m'avait prise de court. Il avait l'air plus vieux, plus masculin, et son corps était plus musclé qu'avant. Ce qui signifiait…

– Combien de temps ai-je été partie ? demandai-je.

Ses yeux tristes se posèrent sur moi. Avec douceur, Caden tendit la main et toucha à nouveau mon visage, en suivant les contours du bout des doigts. Sa main descendit le long de mon cou, pour s'arrêter dans le creux de ma gorge.

Il releva brièvement la tête, l'air sombre.

– Dix mois.

– Dix mois ? répétai-je d'une petite voix.

– Oui. Tant de désolation dans ses yeux.

Presque une année entière. Tout ce temps écoulé n'avait laissé aucune trace dans ma mémoire. Pas depuis ce souvenir brumeux du moment où on m'avait tiré dessus. Et pendant mon absence, Caden avait perdu les dernières zones tendres qu'il aurait pu avoir.

– C'est tellement long, dis-je.

– Une éternité.

Je caressai ses lèvres. Il saisit ma main et braqua son regard sur moi, la tristesse remplacée par le désir.

Sa tête s'inclina, puis ses lèvres chaudes s'appuyèrent sur les miennes. Au creux de mon ventre, quelque chose se contracta, et je laissai échapper un soupir devant la perfection de ce moment. De nous deux, ensemble.

Caden était ma paire, l'homme qui avait été génétiquement assemblé pour moi. Notre partenariat forcé n'aurait pas dû déboucher sur un sentiment sincère – car le Projet n'avait pas uniquement créé les paires pour qu'elles se battent ensemble, mais aussi pour qu'elles se reproduisent ensemble. Pourtant, c'était le cas.

Les mains de Caden remontèrent le long de mon corps pour prendre mon visage en coupe, et je passai un bras autour de son cou. Ses lèvres amenèrent gentiment les miennes à s'entrouvrir, puis sa langue vint caresser la mienne. Même après une aussi longue séparation, tout en lui – son odeur, son goût, sa présence – m'était absolument familier.

Je m'écartai, en savourant son contact sur mes lèvres. J'ouvris lentement les yeux, et soutins son regard. Le temps parut s'étirer.

Quoi qu'il arrive à partir de maintenant, au moins nous sommes ensemble.

J'avais à peine pensé ces mots que je disparus.

Chapitre 2

À un moment, Ember était là ; l'instant d'après, elle avait disparu. Les mains de Caden retombèrent sur ses genoux, maintenant qu'elles étaient vides.

Il les fixa, incrédule. Pendant quelques minutes, tous ses souhaits insensés de ces derniers mois s'étaient réalisés. *Je la tenais dans mes bras.* Et maintenant, elle n'était plus là.

Deux fois. Deux fois que cette situation se produisait, et Caden ne savait pas vraiment lequel des deux souvenirs était le pire. Avant, il savait – ou croyait savoir – qu'elle était morte, mais maintenant… maintenant, l'incertitude le broyait de l'intérieur.

Plus il restait assis là, les yeux baissés sur ses bras vides, plus l'espoir grandissait en lui. Et bon Dieu, il ne voulait pas espérer. Pas après tout ce temps. Tous ces mois horribles qui s'étaient écoulés avec une lenteur insoutenable.

Cependant… L'idée avait pris racine, et il ne pouvait plus s'en débarrasser. Elle était réelle. L'aile d'ange tatouée, la cicatrice laissée par l'épissage, ses cheveux longs, sa confusion. Elle n'avait pas l'air morte ; elle avait l'air… de sortir de l'hôpital.

Il passa une main sur sa bouche, ignorant les larmes qui coulaient en silence sur ses joues. *Elle n'était pas morte.*

Comme un crétin, il ne lui avait même pas demandé d'où elle venait. Cela ne lui avait même pas effleuré l'esprit, putain. Pas alors qu'il était ivre de sa présence, de sa réalité.

Maintenant, elle était repartie. Évaporée… une nouvelle fois. Mais plutôt mourir que de la perdre à deux reprises.

***

Je cillai et regardai autour de moi. Des gens en blouse blanche étaient penchés sur mon lit. Derrière eux, l'éclat maladif des néons éclairait la scène. Une odeur d'antiseptique et de maladie me chatouilla le nez.

Hôpital. J'étais dans un hôpital.

– Qu'est-ce qui se passe ? demandai-je.

Je me redressai sur mes coudes.

Inspiration.

– On vient de vous sortir du coma. Votre corps est en train de s'adapter à…

Expiration.

Et je disparus.

***

Je fixais une porte qui m'était vaguement familière. Je me téléportais en étant éveillée. Cela… n'aurait pas dû être possible.

Maintenant que j'y pensais, n'avais-je pas été réveillée – ou en train de me réveiller – juste avant de rendre visite à Caden ?

Je passai une main sur mon visage. J'avais été absente pendant dix mois, apparemment – période dont je ne gardais aucun souvenir –, et ce corps ainsi que cet esprit que j'avais récupérés avaient quelque chose d'*anormal*.

J'examinai le couloir quelconque dans lequel je me trouvais. Le tissu de ma robe accompagna mon mouvement avec un bruissement.

Ma robe ?

Je baissai les yeux. Mon corps était recouvert d'un fourreau bleu canard. Je tripotai le tissu. Je connaissais cette robe. Je l'avais portée au cours d'une mission… ma *dernière* mission.

Du sang, partout. Impossible de respirer.

J'avais fait quelque chose, appris quelque chose au sujet du Projet dont je faisais partie. J'avais cherché à m'échapper. Je m'étais fait prendre.

Ma poitrine se contracta quand la mémoire me revint. J'avais craint que le gouvernement ne me fasse disparaître pour de bon. C'est ce qui s'était passé. Au cours de cette dernière mission, ma couverture avait été éventée.

Des mains autour de mon cou. Tirée par les cheveux. Je levai les yeux et vis Desiree qui me regardait.

Desiree Payne.

Elle avait été impliquée, cette nuit-là.

Mon visage se durcit alors que je revenais à l'instant présent. Je connaissais cet endroit, cette porte. Mon ennemie se trouvait de l'autre côté.

Je saisis la poignée.

J'aurais dû mourir, à cause d'elle. Désormais, j'étais de retour, le corps balafré, mon don détraqué, ma mémoire défaillante. Mais j'en savais suffisamment pour reconnaître la douce saveur de la vengeance.

Aujourd'hui, elle serait mienne.

***

Caden suivait d'un pas déterminé le couloir menant au bureau de Dane. Il se frotta la poitrine.

Ember Pierce était vivante.

Vivante.

Il n'aurait plus à vivre ainsi, désormais. Les exercices répétés auxquels il s'astreignait, ses extractions de plus en plus violentes, les missions risquées qu'il avait acceptées – toutes ces choses qu'il avait faites pour éprouver une autre sensation que cette douleur sourde au fond de lui.

Maintenant, tout cela pouvait changer ; il *fallait* que cela change. Parce qu'elle n'était pas morte.

Une colère brûlante bouillonnait dans ses veines. Pourquoi ne l'avait-on pas prévenu ? Où avait-elle été pendant tout ce temps ?

Caden essaya d'ouvrir la porte du bureau.

Fermée à clef.

Il martela le battant à coups de poing.

– Dane ! cria-t-il. Je sais que vous êtes là-dedans ! Il entendit quelqu'un murmurer de l'autre côté de la porte. Dane ! Laissez-moi entrer, bordel !

D'autres murmures. Caden était en train de reculer – prêt à se précipiter sur la porte et à faire voler cette saleté en éclats d'un coup d'épaule – quand le battant s'ouvrit.

Dane se tenait de l'autre côté, un téléphone portable plaqué contre sa poitrine.

– Je suis au beau milieu d'u…

– Elle est en *vie* ? Et vous m'avez laissé croire qu'elle était morte ?

Caden passa les mains dans ses cheveux, principalement pour ne pas se jeter à la gorge de Dane Richards, le directeur du Projet Prométhée. Pendant tous ces mois de deuil, quand il avait perdu espoir, le connard qui lui faisait face devait avoir su qu'elle avait survécu, et il ne l'avait pas mentionné une seule fois.

– Je vois, fit Dane en jetant un coup d'œil à Caden. (Il ramena le portable contre son oreille.)

« Steven, je vous rappelle plus tard.

Caden entra de force dans le bureau.

– Où est-elle ?

Il arpenta la pièce en tous sens, comme s'il espérait l'y trouver.

Dane prit le temps de remettre son téléphone dans sa poche avant de répondre.

– Tu as vu Ember.

Caden fit volte-face et vint se planter à quelques centimètres du directeur. Il était plus grand et plus fort que lui, et avait décidé d'utiliser cet avantage.

– Où est-elle ? répéta-t-il en martelant chaque mot.

– Fiston.

Dane posa une main sur l'épaule de Caden. Autrefois, ce dernier serait rentré dans le rang à ce simple ton, ce contact.

Mais pas aujourd'hui. Pas quand sa peau gardait encore le souvenir du corps d'Ember pressé contre lui.

Il se pencha en avant.

– Pas de « fiston » avec moi, Dane. Vous n'imaginez pas à quel point je suis au bord de péter les plombs.

Dane étudia l'expression de son visage et finit par céder.

– Tout ce que tu as à savoir, c'est qu'elle est vivante et qu'elle va revenir au centre – une fois que sa condition sera stabilisée, bien entendu.

Condition ? Stabilisée ? Caden scruta les yeux de Dane.

Des yeux qui, comme il commençait à le soupçonner, cachaient beaucoup de secrets dangereux.

– C'est une blague ? demanda-t-il. Qu'est-ce qu'il lui est arrivé, alors ? Où était-elle, et pourquoi est-ce la première fois qu'elle se téléporte vers moi ?

Caden avait pourtant espéré qu'Ember avait survécu. C'était cette idée qui lui avait permis de tenir pendant plusieurs mois. Seulement, les téléporteurs se *téléportaient*, justement. Si elle avait été en vie, elle serait venue le voir une fois rétablie – à moins, bien sûr, qu'elle ne l'ait complètement oublié. Or ce n'était manifestement pas le cas ; elle avait prononcé son nom. Elle avait plongé son regard dans le sien. Il avait lu dans ses yeux qu'elle le reconnaissait. Il y avait lu un amour aveuglant, bordel.

Le téléphone de Dane sonna, et celui-ci décrocha.

– Dane.

Avant que la personne au bout du fil ait une chance de parler, Caden arracha le portable au directeur et le balança dans un coin.

– Répondez à ma question.

Un éclair traversa les yeux de Dane.

– Fiston, tu es dangereusement près de me faire perdre patience. Je suis ton supérieur, ce que tu sembles avoir oublié. Maintenant, reprends ta putain de place ou je te suspends.

– Ça m'étonnerait, rétorqua Caden d'un air de défi. Je suis votre meilleur extracteur.

Tous ces mois d'entraînement presque constant avaient fait de lui l'agent le plus efficace du Projet.

Dane le fusilla du regard.

– Je me fous de ce que tu es. Tu suis les ordres. Point. Maintenant, fiche le camp de mon bureau.

Caden carra les épaules et domina son supérieur de toute sa hauteur.

– Non.

Dane plissa le front.

– Répète un peu ce que tu viens de dire ?

– Non.

Ce n'était pas un mot que Richards entendait souvent, surtout venant de Caden. Mais celui-ci se fichait bien de rentrer dans le rang alors que son monde venait de basculer.

Des détails troublants dans l'apparence d'Ember lui revinrent à l'esprit. Sa peau d'une pâleur maladive, ses joues creuses, ses cheveux trop longs.

Que lui était-il arrivé ?

Dane fit un pas en avant, et leurs torses entrèrent en contact.

– Après tout ce que j'ai…

– Richards ! cria quelqu'un depuis le bout du couloir.

Des pas claquèrent sur le linoléum tandis que la personne courait vers le bureau.

Dane rompit le contact visuel pour se tourner vers le téléporteur qui l'interpellait ainsi. Bryce.

– Il y a une bagarre dans une des chambres, dit-il. J'ai aperçu une fille qui entrait dans la chambre de Desiree juste avant que ça n'éclate.

Son regard se posa brièvement sur Caden ; il semblait désolé.

– Monsieur, j'aurais pu jurer que c'était la copine de Caden.

***

Je laissai la porte s'ouvrir grand, habitée par une colère froide et contrôlée. De l'autre côté de la chambre, Desiree était en train de taper sur son clavier d'ordinateur.

Elle leva les yeux, l'air ailleurs, puis sursauta quand elle comprit qui se dressait sur le seuil de sa chambre.

Je pus littéralement voir le sang se retirer de son visage. Elle bondit sur ses pieds, renversant sa chaise au passage.

– Je t'ai manqué ? demandai-je.

– T-tu… tu devrais être…

– Morte ? Je sais.

J'entrai dans la chambre et refermai la porte derrière moi d'un coup de pied.

– Imagine quelle a été ma surprise quand je me suis réveillée.

Je pouvais voir l'éclat paniqué de ses yeux tandis qu'elle me détaillait des pieds à la tête.

J'avançai d'un pas nonchalant.

– On dirait que tu as vu un fantôme. (Je pinçai le tissu de ma robe.) En fait, c'est justement la robe dans laquelle j'aurais dû mourir, non ?

Son regard se posa sur mon visage.

– Ne t'approche pas de moi.

Elle longea prudemment son bureau. Je lui décochai un sourire qui ne pouvait que la crisper un peu plus. L'adrénaline courait dans mes veines. C'était officiel, je prenais mon pied à la faire flipper.

– Tu as presque réussi à te débarrasser de moi, dis-je en comblant la distance qui nous séparait.

– Casse-toi d'ici.

Sa main fila vers moi pour me frapper. Je l'attrapai au vol et la tordis d'un coup sec.

J'entendis un claquement écœurant, puis elle se mit à crier. Je la lâchai suffisamment longtemps pour écraser mon poing sur son visage.

J'entendais déjà les bruits de pas se rapprocher ; je traversai donc la chambre et fermai la porte à clef.

Quand je me retournai, Desiree tenait un couteau dans sa main valide.

– T'avise pas de venir plus près, Ember, m'avertit-elle en se mettant en position de combat.

Son poignet blessé pendait mollement contre son flanc.

– Sinon quoi ? raillai-je en me rapprochant à pas mesurés.

Elle décala son poids d'une jambe sur l'autre.

– Sinon je termine ce que j'ai commencé.

– J'en frémis.

Ces mots avaient à peine franchi mes lèvres que je la frappais, percutant son nez du talon de la main. Elle laissa échapper un nouveau cri et me donna un coup de couteau.

La lame entailla la peau de mon bras. Je jetai un coup d'œil à la blessure. Sans doute trop superficielle pour provoquer un nouvel épissage, mais assez profonde pour me foutre en rogne.

Je bondis et m'emparai d'un trophée perché sur une étagère à portée de main. Derrière moi, j'entendis quelqu'un tambouriner contre la porte. Ignorant le bruit, je soulevai le trophée et le lançai vers elle.

Le pied en marbre heurta son poignet blessé. Elle poussa un cri perçant et lâcha le couteau pour ramener son bras contre elle.

Erreur fatale.

Je pivotai sur mes talons et lui assénai un coup de pied circulaire sur la tempe.

Elle tituba, puis s'écroula au sol. Je m'agenouillai au-dessus d'elle et commençai à faire pleuvoir les coups sur son visage. Chacun d'entre eux semblait alimenter le suivant. Je me noyais dans ma rage, sombrant de plus en plus bas. Je voulais qu'elle paie le prix fort.

La porte commença à trembler sur ses gonds. Elle ne tiendrait plus très longtemps, mais de toute façon, je ne m'attarderais pas non plus. Cette distraction fut néanmoins suffisante pour me sortir de ma folie sanguinaire et me pousser à interrompre mon assaut. Je redressai le dos, toujours agenouillée, le souffle court. Sous moi, Desiree gémit, le visage gonflé et ensanglanté.

– Je devrais te tuer, dis-je, les yeux baissés sur elle. J'ai *envie* de te tuer.

Desiree émit un bruit infime.

Je me levai, sans jamais la quitter du regard. Sous les coups répétés, la porte résonnait comme un tambour.

– Contrarie-moi encore une fois, et je terminerai le travail.

Je ramenai mon pied en arrière et lui décochai un dernier coup à la tête, l'assommant pour le compte.

La porte frémit, et j'entendis le son reconnaissable entre tous d'une clef insérée dans la serrure.

Je fis le point sur mon apparence. La peau de mes articulations était fendue, mon bras était entaillé, et ma robe était constellée de gouttelettes de sang.

J'étais plus ou moins certaine qu'aucune de ces coupures n'était suffisamment profonde pour causer un épissage, mais mon corps m'était désormais étranger. Si je pouvais à présent me téléporter tout en étant consciente, j'ignorais quelles autres règles je pouvais transgresser.

La porte s'ouvrit grand, et Dane apparut de l'autre côté. Juste à côté de lui, Caden découvrit la scène. Quand ses yeux croisèrent les miens, il fit un pas en avant, l'horreur inscrite sur ses traits. *Ember*, articula-t-il en silence.

Derrière eux, j'aperçus quelques téléporteurs curieux dont les yeux s'écarquillèrent quand ils me virent.

Dès que Dane eut pris la mesure de la situation, il posa la main sur l'arme à sa ceinture.

– Mains en l'air ! cria-t-il.

– Non !

Caden essaya de se frayer un chemin vers moi, pris de panique. Dane tendit le bras pour l'arrêter. Et merde, Dane. C'est *Ember*.

Je fermai les yeux. La rage palpitait toujours en moi, mais Caden m'apaisait étrangement. Sa présence me ramenait à la raison.

– J'ai dit, mains en l'air !

Cette voix. Ma rage redoubla, faisant se dresser les poils de mes bras.

L'instant me paraissait mal choisi pour céder devant lui. Pas alors qu'il avait déjà failli me tuer. Je venais à peine de goûter à cette seconde vie. J'ouvris lentement les yeux et braquai mon regard sur le canon de son arme, avant de le reporter sur lui. Je ne sais pas ce qu'il lut dans mes yeux – de la colère, de la confusion, ou quelque chose de plus nihiliste –, mais cette vue le fit reculer.

Puis je disparus.

***

Dane laissa échapper un soupir dès qu'Ember fut partie. Il rengaina son arme tandis que Caden le bousculait pour rentrer. Il s'était douté qu'Ember Pierce répandrait le chaos dès qu'elle reprendrait conscience.

Ses yeux tombèrent sur Desiree. Son visage était gonflé et décoloré. Ember s'était bien défoulée sur cette fille.

– Allez chercher une équipe médicale, lança-t-il pardessus son épaule. Informez-les que nous aurons besoin d'un brancard.

Dane s'accroupit à côté de Desiree, qui gémissait toujours.

– Elle savait, souffla-t-elle.

Le directeur se frotta le visage et acquiesça. Il s'en était douté en voyant cette robe bleue. Peu importait – en fait, cela pourrait même faciliter l'exécution de ses projets.

Caden le rejoignit. Dane entendit l'air siffler entre ses dents quand le jeune homme aperçut Desiree de près. Il eut un mouvement de recul à sa vue. Un cocktail d'émotions jouait sur son visage – confusion, incrédulité, *angoisse*.

Deux infirmiers entrèrent dans la chambre en poussant un brancard. Il devrait remettre à plus tard l'interrogatoire de Desiree.

– Tous ceux qui ne sont ni soldats ni membres du personnel, sortez d'ici, clama-t-il.

Les téléporteurs commencèrent à se disperser, mais Caden s'attarda.

– Caden, tu es inclus dans le lot, déclara Dane en se décalant afin que les infirmiers puissent positionner le brancard à côté de Desiree.

– Mais, monsieur…

– Dehors. Maintenant.

Caden serra les dents, mais acquiesça et tourna les talons. Il avait refusé d'obéir à un ordre direct, aujourd'hui. Tout ça à cause d'Ember.

Dane se frotta de nouveau le visage. Son plan avait intérêt à fonctionner.

– Assurez-vous de remettre en place son poignet avant qu'elle se téléporte, dit-il aux infirmiers.

Il resta sur place et les regarda attacher Desiree sur le brancard avant de rouler celui-ci vers l'aile médicale du centre. Il l'entendit gémir à deux reprises au cours de l'opération ; elle s'en sortirait.

En ce qui concernait l'assaillante de Desiree… Il allait devoir appeler l'hôpital et les prévenir qu'Ember était sans doute instable.

Avant qu'il puisse saisir son téléphone, ce dernier sonna, et un pressentiment désagréable le traversa.

– Dane Richards, répondit-il.

Dès qu'il entendit la voix à l'autre bout de la ligne, il jura. Il savait qu'il aurait dû appeler plus tôt.

Ember Pierce s'était échappée.

Chapitre 3

Ils vont me poursuivre, maintenant. Ce fut la première chose qui me vint à l'esprit quand je me matérialisai dans l'hôpital. J'examinai les membres du corps médical qui m'entouraient. Ils étaient quatre – quatre à se tenir entre moi et la liberté. Cinq si je comptais l'agent de sécurité qui gardait la porte.

À en juger par leurs expressions, ils craignaient que je ne me montre pas très coopérative.

Ils avaient raison.

Je sautai au pied du lit et me précipitai vers le garde. Dans la pièce, personne n'eut le temps de réagir avant que je n'arrache la matraque de sa ceinture.

– Je suis désolée, dis-je avant de l'abattre sur sa tempe.

L'agent de sécurité s'effondra.

Je me retournai pour faire face au reste de la pièce quand une infirmière se jeta sur moi. Je lui assénai un coup de coude au sommet du crâne et la sentis trébucher.

À l'aide de la matraque, je la frappai sur le côté de la tête et vis ses yeux papillonner avant de se fermer.

Je dois m'enfuir.

Le médecin présent dans la pièce était sur le point d'appuyer sur le bouton d'appel à côté de mon lit. J'abattis mon arme sur l'arrière de son crâne. Alors que son corps basculait vers l'avant, je donnai un coup de pied à l'infirmier le plus proche de moi.

Il recula d'un pas mal assuré vers un chariot et le renversa dans sa chute. Avant qu'il puisse se relever, je le frappai du revers de ma matraque.

Je fis face à la dernière personne encore debout. L'infirmière leva les mains en signe de reddition.

– Ma belle, je ne suis pas là pour te faire du mal. Je veux seulement t'aider.

Je lui accorderai au moins cela : sa voix ne vacilla jamais, même si ses mains tremblaient. Même si elle savait que j'étais instable.

– Je ne peux pas retourner là-bas.

Quelque chose qui ressemblait à de la compassion emplit ses yeux.

– Je vais m'assurer que tu n'y retournes pas.

Elle ne savait sans doute même pas à quoi je faisais référence. Mais elle entrerait dans mon jeu, cependant, si cela pouvait lui éviter d'être blessée. Dommage, son aide ne ferait que me ralentir. Elle avait l'air plutôt gentille.

Je sautai par-dessus un lit et lui décochai un coup de matraque sur le côté de la tête. Ses yeux se révulsèrent et elle tomba.

Je rattrapai son corps et l'allongeai sur le sol. Je vérifiai rapidement le pouls de mes cinq victimes, et laissai échapper un soupir de soulagement quand je fus certaine qu'ils étaient tous en vie.

Il faut que je parte. Il faut que je parte. Il faut que je parte.

Je ne savais pas où j'étais, où j'avais l'intention d'aller, ni même quelles étaient au juste mes options, mais je ne pouvais ignorer le bouillonnement dans mon estomac qui m'intimait de fuir.

En hâte, je commençai à déshabiller une des premières infirmières que j'avais assommées. Je pris son badge et le fixai sur la poche avant de la tenue informe que j'avais empruntée, puis j'enfilai ses chaussettes et ses tennis blanches. Tout était deux tailles trop grand, mais il faudrait bien que cela suffise.

Une fois habillée, je pillai la pièce, glissant la paire de gants en latex, le rouleau de sparadrap et les ciseaux du bon docteur dans la poche de ma blouse. Je fauchai la radio du garde et l'emportai en sortant de la chambre.

J'avais appris au cours de mes téléportations que la clef pour convaincre les gens de quoi que ce soit résidait en grande partie dans le langage corporel. Je suivis donc nonchalamment les couloirs, même si l'adrénaline bourdonnait dans mon corps. Si je l'avais pu, je me serais tirée d'ici en courant ; je n'avais pas beaucoup de temps avant que quelqu'un comprenne que je m'étais échappée.

Je poussai un soupir en sortant du bâtiment, et plissai les yeux face au soleil de la mi-journée. Je ne m'étais pas fait prendre. Pour l'instant. Maintenant, j'avais besoin d'une voiture.

En me dirigeant vers le parking, j'examinai les rangées de véhicules, à la recherche d'un modèle ancien. Je laissai mon esprit dériver tout en parcourant les allées.

Je ne me sentais pas moi-même. Ma mémoire était toujours parcellaire, mais j'étais relativement certaine de n'avoir pas été quelqu'un de violent jusqu'à aujourd'hui. Cependant, au cours de ces quinze dernières minutes… Quelque chose de noir et de primitif s'était emparé de moi. Pire, la rage continuait de bouillir au creux de ma poitrine. Je m'étais vengée de Desiree. Pourquoi avais-je l'impression que ce n'était pas suffisant ?

Et Caden m'avait vue dressée au-dessus de son corps. Mon cœur cogna douloureusement à cette pensée. Caden, qui avait paru si ému quand il m'avait tenue dans ses bras. Je ravalai la boule qui se formait dans ma gorge. Que devait-il penser de moi ? Bordel, que pouvais-je lui offrir, dans ma situation ? Il était mieux sans cette version confuse et destructrice de moi.

Mon regard s'arrêta sur une Oldsmobile qui tenait plus

de la relique que de la voiture, et je repoussai ces questions à l'arrière-plan. Je pouvais démarrer ce genre de voiture en bidouillant les câbles. En priant pour ne pas être sur le point de voler une personne âgée, je me dirigeai vers elle.

Je plaçai la pointe des ciseaux contre la vitre côté passager, et j'abattis le talon de ma main sur leur poignée. Rien. Je répétai l'opération, encore et encore. À ma quatrième tentative, une fine craquelure apparut. Je frappai de nouveau sur les ciseaux, et la fêlure s'étendit jusqu'à étoiler la vitre. Deux coups plus tard, celle-ci se brisait enfin.

Je dégageai tous les restes de verre avant de me pencher à l'intérieur et d'actionner la poignée de la portière. Je me glissai ensuite dans la voiture et me mis au travail, plissant le nez à cause de l'odeur de tabac froid qui y régnait. J'ouvris la boîte à gants pour voir si je pouvais y trouver quelque chose d'utile.

– La vache.

Un flingue, un couteau, une liasse de billets et un sachet d'herbe trônaient sur les papiers du véhicule. Certainement pas la voiture de papi et mamie.

Abandonnant les ciseaux pour le couteau, je me servis de la pointe pour dévisser les boulons qui maintenaient en place le panneau en plastique sous le volant. Une fois le panneau libéré, je le retirai, exposant un enchevêtrement de câbles.

Je sortis les gants en latex de ma poche et les enfilai. Tout en le faisant, je notai distraitement que la peau fendue de mes articulations s'était ressoudée quand je m'étais téléportée ici. Cela se produisait souvent, tant que les blessures n'étaient pas trop graves. Je jetai un coup d'œil à mon bras ; une fine ligne rose avait remplacé l'entaille infligée par Desiree. Après ma prochaine téléportation, elle disparaîtrait complètement.

Je reportai mon attention sur la tâche qui m'occupait : séparer le fil du démarreur et celui de la batterie des autres câbles. Je les coupai et dénudai chacun d'entre eux avant de commencer à les entortiller. Une fois que j'eus terminé, je passai rapidement le câble du démarreur sur les fils de la batterie.

Le ronronnement du moteur sonna comme une douce musique à mes oreilles. La radio de l'agent de sécurité crépita, et je la tins contre mon oreille pour mieux entendre l'échange.

– … attaque dans l'aile ouest… Cinq blessés… Suspecte en fuite.

Je jurai à mi-voix. J'allais devoir me remuer. J'enlevai mes gants et les enroulai soigneusement autour des câbles exposés, en prenant bien garde de ne pas les toucher pour ne pas recevoir de décharge. Je m'emparai du rouleau de sparadrap et l'utilisai pour attacher les gants en latex aux câbles. L'ensemble n'avait vraiment aucune allure. Ridicule, certes, mais efficace.

J'avais les mains qui tremblaient tout en sortant la voiture de sa place de parking et en quittant l'enceinte de l'hôpital. Je passai une main sur mon ventre et sentis les bosses irrégulières de ma cicatrice. Que m'était-il arrivé ?

Dix mois. La période de temps qui s'était écoulée depuis cette dernière nuit.

Je jetai un rapide coup d'œil à mes ongles. Ils étaient beaucoup trop courts à mon goût, et leur coupe était grossière. Quelqu'un d'autre les avait taillés. Cette idée fit courir un frisson le long de mon échine.

Étais-je… étais-je restée inconsciente pendant tout ce temps ? Si oui, pourquoi m'étais-je finalement réveillée ?

Personne ne fit attention à moi tandis que je quittais les environs de l'hôpital, alors que la radio posée à côté de moi était en train de devenir hystérique. J'étudiai les panneaux ; j'en aperçus un qui indiquait l'autoroute 405, et un autre le boulevard Wilshire.

J'étais à Los Angeles, ce qui signifiait que le Mexique ne se trouvait qu'à quelques heures de voiture. Je pouvais m'enfuir.

Mais, et Caden ?

Pouvais-je vraiment le laisser derrière moi ? Nous étions censés nous échapper ensemble. Mais il était resté là-bas ; même après mon épissage, il était resté. Je me souvins de la moquette marron bon marché qui m'avait picoté la peau quand Caden m'avait serrée dans ses bras. C'était la même moquette qui recouvrait le sol dans toutes les chambres du centre.

Je me frottai le front. Ce fragment d'information n'était pas là une seconde auparavant. Depuis mon réveil, ma mémoire se reconstituait peu à peu d'elle-même.

Comme l'aile d'ange tatouée sur mon dos. Je retirai une main du volant et touchai la peau de mon omoplate gauche. Le jour de mon dix-huitième anniversaire, je m'étais réveillée avec des marques étranges à cet endroit. À l'époque, je savais seulement que ces lignes intriquées d'un noir d'encre n'auraient pas dû être là ; je les avais donc camouflées sous un tatouage.

Ce n'est que plus tard que j'avais découvert la vérité : ce que j'avais caché était mon empreinte, une carte d'identité génétiquement programmée. Le Projet s'en servait non seulement pour nous identifier, moi ainsi que les autres téléporteurs, mais aussi pour nous positionner en différents points du globe.

Je laissai échapper un soupir tremblotant. Mon passé me revenait lentement, et chaque nouveau souvenir me laissait un peu plus ébranlée. Je mis de côté mes préoccupations naissantes. J'aurais tout le temps de réfléchir une fois que je serais hors du pays et de la juridiction de Dane Richards.

Je ralentis et m'arrêtai à un feu rouge. Retour à mon dilemme intérieur : m'enfuir en laissant Caden en arrière, ou les laisser remettre la main sur moi en espérant le retrouver ?

Aurait-il toujours envie de m'accompagner, après tout ce temps ? Après ce qu'il avait vu quelques minutes seulement auparavant ?

Je me frottai les yeux. Un souvenir insaisissable dansait à la frontière de mon esprit. Je lui avais fait des promesses juste avant ma dernière mission. Pourtant, j'étais incapable de m'en rappeler. Quelque chose au fond de moi me disait qu'elles étaient importantes, et que j'étais en train de les trahir.

Le truc avec le temps, cependant, c'est qu'il change tout. Dix mois suffisent pour tomber amoureux de quelqu'un et s'en relever. C'était suffisant pour pleurer la perte d'un être cher et avoir envie de passer à autre chose. C'était suffisant pour rompre une promesse.

Caden n'était pas parti. Même si c'était lui qui m'avait avertie que des téléporteurs disparaissaient, et même si j'avais disparu, il n'était pas parti.

Il n'était pas parti.

Je devrais m'enfuir sans lui. Objectivement, c'était actuellement ma meilleure option. Et là, j'avais besoin d'objectivité, car mon cœur me disait que j'étais débile d'abandonner la seule personne qui avait été prête à tout risquer pour moi.

Caden savait comment s'enfuir du centre. Il partirait s'il le voulait. Si j'étais une raison suffisante pour lui.

Je me mordillai la lèvre inférieure. Le problème, c'était que je ne savais plus si j'en étais digne.

***

Caden attendait devant le bureau de Dane, les mains croisées derrière la tête. Ses articulations étaient en sang depuis qu'il avait laissé un trou dans le mur en y mettant un coup de poing. Caden n'avait pas éprouvé autant de choses depuis bien longtemps, et cela le laissait à la fois excité et impuissant. Parce qu'Ember n'était pas morte. Elle. N'était. Pas. Morte.

Mais elle le serait peut-être bientôt.

Et elle devait être effrayée. Perdue. Cette fille qui l'avait hanté pendant tous ces mois.

Dane lorgna le trou, puis Caden.

– Je t'ordonne d'aller au débriefing.

– Boss, il faut que je la voie, dit Caden en s'avançant vers lui.

Convaincre Dane qu'il était prêt pour cette tâche serait une affaire délicate. Bon Dieu, il allait tout faire foirer.

– Fiston, tu es sourd ? Tu ne partiras pas en mission avant d'avoir vu Debbie.

Caden serra les mâchoires. Le désespoir s'emparait de lui.

– S'il vous plaît, dit-il. J'irai en débrief avec Debbie dès que je reviendrai. Bordel, je ferai tout ce que vous voulez, monsieur. Laissez-moi seulement la voir.

Sa voix se brisa sur ces derniers mots. C'était dur de dire cela, et à lui tout particulièrement. Dane était coupable de tant de choses, la dernière étant de lui avoir menti au sujet d'Ember.

Les rides du visage de Dane se creusèrent. Caden connaissait suffisamment bien les expressions faciales pour savoir que son plaidoyer nuisait à sa cause au lieu de l'appuyer.

– Vous avez vu la robe qu'elle portait, poursuivit-il. C'était la même que la nuit de son épissage.

C'était peut-être une forme de syndrome post-traumatique. Ce serait la seule raison pouvant expliquer qu'elle ait attaqué Desiree, la frappant jusqu'au sang.

– Vous savez que je suis la seule personne capable de lui parler.

Quelque chose traversa alors le regard de Dane. L'éclat disparut aussi vite qu'il était venu.

– Même vous, vous savez que vous avez besoin de moi, reprit Caden en déchiffrant l'expression qu'il venait de capter.

– Tu es trop impliqué, déclara Dane.

– Monsieur, vous savez que je suis capable de faire ce que vous exigez de moi.

Richards soupira, puis invita Caden à entrer dans le

bureau. Dès que la porte se fut refermée derrière eux, il planta son regard dans celui du jeune homme.

– Si je t'y envoie et que tu fous tout en l'air, tu seras interdit de mission pendant les deux mois qui viennent – au bas mot.

Caden serra les poings à cette menace. Richards bluffait peut-être, mais il ne pouvait pas prendre ce risque. Il deviendrait fou s'il était retiré de l'action pendant deux mois. Ce qui signifiait qu'il n'allait pas foirer cette mission.

Caden hocha la tête.

– Que voulez-vous que je fasse, monsieur ?

Le visage de Dane était sombre.

– Je veux que tu récupères Ember Pierce.

***

Nourriture, cartes, équipement de survie, vêtements civils, une fausse carte d'identité et de l'essence. Voilà tout ce qu'il fallait que je rassemble avant de traverser la frontière. Le plan était plutôt facile à mettre au point : trouver un centre commercial, utiliser la liasse de billets dans la boîte à gants pour acheter la moitié de ces objets. Puis faucher le portefeuille d'une fille qui me ressemblait à peu près. Trouver une station essence, obtenir les derniers articles sur ma liste.

Puis traverser la frontière.

Première étape : repérer un centre commercial. J'étais à Los Angeles ; il devait y en avoir à presque tous les coins de rue. Je traversai en vain un quartier tout entier et agrippai nerveusement le volant.

Pas un foutu centre commercial en vue…

La voiture, la route, la journée ensoleillée s'évanouirent en un instant.

Mon corps percuta le sol, et un claquement sourd écœurant se fit entendre quand ma peau nue heurta un parquet. Je gémis sous le coup de la douleur.

Quelque part, derrière moi, je perçus un chœur d'exclamations ainsi qu'un cri étouffé.

Je gémis de nouveau et me redressai péniblement. Je m'étais encore téléportée. Ça faisait trois fois en quoi, une heure ? Deux ?

Alors que je me mettais debout, je m'aperçus qu'une fois encore, j'étais apparue nue.

Au moins, mon don était resté aussi casse-couilles qu'on pouvait s'y attendre.

Je plaçai mes mains devant mon corps pour me couvrir, puis j'examinai la scène devant moi. Plus d'une centaine de personnes me rendirent mon regard. La plupart avaient l'air sous le choc, comme si elles ne savaient pas comment expliquer mon existence.

– *Ember ?* dit quelqu'un sur ma gauche.

Non, pas quelqu'un… *Adrian Sumner*. Son nom sembla surgir de nulle part.

Je levai les yeux vers lui, tandis que les autres personnes se mettaient à parler toutes en même temps. Il se tenait derrière un podium, et me regardait comme s'il voyait un fantôme. Puis ses yeux descendirent sur mon corps et s'arrêtèrent sur mon horrible cicatrice.

Il inspira brusquement.

– Que… que t'est-il arrivé ? demanda-t-il, les yeux écarquillés.

– Épissage, répondis-je sans prendre la peine de lui demander s'il connaissait ce terme.

Il jura dans sa barbe et enleva hâtivement son manteau, avant de venir vers moi et de le draper autour de mes épaules. Je fixai les traits de son visage, hypnotisée par sa beauté masculine – tout comme la première fois que je l'avais vu.

– Je te croyais morte, dit-il en baissant la voix. Les rapports que j'ai piratés suggéraient que tu l'étais.

– Oui, c'est ce qu'on n'arrête pas de me répéter.

J'enfilai sa veste de costume. Je me souvins qu'Adrian était une sorte de roi des geeks avant que je débarque dans sa vie. Une autre parcelle d'information qui me faisait défaut encore une seconde auparavant. Maintenant, il reconnaissait ouvertement qu'il utilisait ses talents pour pirater des dossiers gouvernementaux classés secrets.

– Ember, qu'est-ce qui s'est passé ?

Sa question était chargée d'inquiétude.

Je le scrutai avec attention. Il avait l'air inquiet pour moi – *moi*, la casse-pieds qui l'avait hanté tant de mois auparavant. Je m'étais dit qu'il devait me considérer comme une plaie, quelqu'un qui ne cessait de ruiner sa vie. J'avais cru qu'il serait soulagé en constatant mon absence.

– Ember ? redemanda Adrian, plus doucement cette fois.

Je cillai et fronçai les sourcils.

– Je voulais révéler l'existence du Projet. Ils l'ont découvert, et j'ai été punie pour ça.

Il me prit gentiment par le menton, et le souleva vers le haut jusqu'à ce que nos regards se croisent. Il me contempla comme s'il essayait de piller mon esprit à la recherche de réponses.

– Donc tu n'as pas cherché à me doubler, pendant tout ce temps ?

J'écarquillai les yeux.

– Vraiment ? C'est ça que tu pensais ?

– La dernière fois que je t'ai vue, j'ai décidé de t'aider. Mais après, tu as jeté ces magnétites dans l'océan, et j'ai cru que tu m'avais arnaqué depuis le début.

Je plissai le front tout en luttant pour rassembler mes souvenirs. Robe rouge, minichalumeau, *magnétites*. Je ne comprenais toujours pas l'importance de ces pierres.

– Je ne les ai pas balancées dans la mer, dis-je quand la mémoire me revint. Je les ai cachées dans la chambre d'hôtel. Je me concentrai de nouveau sur lui. Richards l'a découvert juste après que je te connaissais.

– Dane Richards ? demanda Adrian en remettant mes paroles dans l'ordre. Je hochai la tête. Que s'est-il passé une fois qu'il l'a su ?

Autour de nous, les chuchotements se changèrent en murmures. Je pouvais entendre le raclement des chaises sur le parquet et le bruissement des vêtements ; cependant, je ne parvenais pas à détacher mon regard de celui d'Adrian.

– Une de mes missions a dérapé. C'était un coup monté, et ils me sont tous tombés dessus.

– C'est Richards qui t'a piégée ?

Je me frottai de nouveau le front, essayant de me remémorer la succession d'événements ayant mené à cette mission.

– Je n'en suis pas sûre, mais je crois. Je sais qu'au moins une autre téléporteuse a baigné là-dedans, dis-je alors que mon humeur s'assombrissait.

Il lâcha mon menton.

– Donc, tu ne me mentais pas pendant tout ce temps ?

Sa question était vide de toute émotion, mais je vis la façon dont sa pomme d'Adam remuait. Cette distinction avait de l'importance pour lui.

Je secouai la tête.

– Non.

Adrian passa la main sur son visage.

– Alors, depuis la dernière fois que je t'ai vue…

– Je ne me souviens de rien. Je pense que j'ai dû rester inconsciente – c'est la meilleure théorie dont je dispose pour le moment.

L'horreur dansait au fond de ses yeux. Il laissa échapper un soupir et me toucha timidement le bras.

– Je suis content que tu sois encore en vie.

– Moi aussi.

Chapitre 4

Je réapparus à plus d'un mètre du sol, pile à l'endroit où ma voiture aurait dû se trouver. Sauf qu'il n'y avait plus de voiture. J'eus une fraction de seconde pour réagir et me protéger la tête avant que mon corps ne s'écrase sur l'asphalte. La douleur causée par l'impact me fit grincer des dents. Je roulai sur moi-même dès que je touchai le sol, et grimaçai quand le revêtement de la rue érafla ma peau nue.

Voilà donc ce qui se passait quand on se téléportait en étant éveillé.

Des pneus crissèrent et je sentis une masse d'air se déplacer près de moi. Je levai les yeux juste à temps pour voir une voiture braquer vers le côté de la route pour m'éviter. Mon souffle se bloqua dans ma poitrine quand je vis ce qui se trouvait au-delà de la voiture.

La Oldsmobile que j'avais volée s'était encastrée dans un réverbère. Je reconstituai la scène qui s'était déroulée en mon absence : je m'étais téléportée, laissant une voiture rouler sans conducteur à plus de soixante kilomètres par heure. Elle avait quitté la route et s'était emplafonnée. Heureusement, je roulais sur des rues peu fréquentées. Je frissonnai à la pensée de ce qui aurait pu se produire si je m'étais téléportée tout en conduisant sur le boulevard Wilshire, ou pire, l'autoroute.

Je me remis sur mes pieds tout en examinant le quartier résidentiel autour de moi. L'autre véhicule – celui qui m'avait évitée de justesse – s'arrêta, et la portière s'ouvrit côté conducteur. Un homme d'âge moyen sortit de la voiture.

– Vous allez bien, mademoiselle ? demanda-t-il.

Son visage semblait pâle, et ses jambes tremblaient. Au jugé, j'aurais dit qu'il n'était pas tout à fait convaincu que je sois réelle. Je ne pouvais pas lui en vouloir. Si je voyais une femme nue apparaître de nulle part sous mes yeux, je remettrais sérieusement en question ma santé mentale.

J'enveloppai mes bras autour de mon corps, tentant de paraître aussi douce et inoffensive que possible. Alors que mes doigts se refermaient sur le haut de mon bras gauche, je sentis une bosse dure sous ma peau. Je fronçai les sourcils à son contact. Un mystère à creuser plus tard, quand je ne serais pas nue et en cavale. Je fis quelques pas vers l'homme.

– Auriez-vous un téléphone ? demandai-je.

Je modulai ma voix pour qu'elle soit douce et plus aiguë que d'habitude. Innocente.

J'étais encore sur le point de faire une bêtise.

Comme s'il avait lu dans mes pensées, l'homme recula d'un pas et buta contre sa voiture. Puis, semblant prendre conscience de l'absurdité de la situation, il avança vers moi de plusieurs pas. Ce geste devait lui coûter, cependant, car je pouvais voir un voile de sueur s'accumuler sur son front.

J'entendis un bruit de sirènes au loin.

Trop lentement. Ça va beaucoup trop lentement.

Derrière moi, j'entendis quelqu'un pousser une exclamation en m'apercevant. Je me retournai et vis une femme qui promenait son chien. Un couple qui se baladait un peu plus loin dans la rue s'était également arrêté pour me dévisager.

J'étais en train d'attirer l'attention, ce qui signifiait que je devais revoir mes priorités ; or, pour l'instant, j'avais besoin de me replier dans un endroit calme. Je m'écartai de l'homme.

– Attendez, mademoiselle, vous êtes sûre que ça va ?

S'enhardissant, il fit un pas en avant.

– Je vais bien, répondis-je.

Je fis volte-face et commençai à trottiner, en boitant un peu suite à ma chute.

– Mademoiselle ! lança-t-il encore.

Je l'ignorai et accélérai le pas. J'avais besoin de disparaître, et vite.

J'examinai au passage les maisons qui se dressaient

autour de moi. Il fallait que je pénètre dans l'une d'entre elles pour voler des vêtements et des provisions supplémentaires. Dès que j'eus franchi le coin de la rue et que je fus hors de vue, j'en choisis une au hasard et me précipitai dans sa direction. Je traversai la pelouse et poussai un portail sur le côté, qui menait au jardin de derrière. Deux gamins s'amusaient à sauter par-dessus un jet d'eau pendant qu'une femme jardinait. Elle leva la tête vers moi, les yeux écarquillés.

Oups.

– Désolée, mauvaise maison ! lançai-je à la femme interloquée. Je croyais que c'était ici, la piscine-party nudiste !

Je refermai le portail et entendis sa petite fille pouffer.

– La dame, elle était toute nue.

Les sirènes se rapprochaient. Je recommençai à courir. Je ne devais pas m'attarder ici, maintenant que plusieurs personnes m'avaient aperçue.

Je filai vers une autre maison et ouvris le portail menant au jardin de derrière. Un chien accourut vers moi – un beagle, la langue pendant hors de sa gueule. Sacré chien de garde. Il me lécha la jambe en battant la queue tandis que je refermais le portail derrière moi et m'approchais du côté de la maison.

Je jetai un coup d'œil par une fenêtre. À l'intérieur, toutes les lumières étaient éteintes. Je passai à une autre fenêtre ; celle-ci donnait dans la cuisine. La maison avait l'air déserte.

Quand faut y aller…

Je retirai une moustiquaire et triturai une des fenêtres jusqu'à ce qu'elle s'ouvre. Je me hissai sur le rebord et fis basculer mes jambes à l'intérieur l'une après l'autre, effaçant au passage mes empreintes et refermant derrière moi. Une fois dans la maison, j'inspectai chaque pièce en silence pour m'assurer que ses occupants étaient bien absents.

Dans la chambre à coucher, j'aperçus mon reflet dans un miroir de plain-pied. Je fis machinalement un pas en arrière. Ternes, mes cheveux étaient plus longs et parvenaient au creux de mon dos, et ils étaient plus sombres. Mon corps était plus maigre, ma peau plus pâle. La cicatrice de mon épissage ressortait d'autant plus, zigzaguant sur mon ventre. Mais c'étaient mes yeux, mes yeux fous et trop brillants qui me troublaient le plus.

J'étais une étrangère.

Je me retournai et entrevis mon aile d'ange tatouée. Son plumage s'étirait le long de mon dos, et sa courbe suivait les contours de ma chair. Cette vue apaisa la cavalcade de mon pouls. Je levai le bras et touchai le tatouage. Contrairement à tout ou presque, cette partie de moi était restée inchangée, et cela m'apporta un certain réconfort. Je n'avais pas changé, pas complètement. Ironiquement, l'élément que j'avais modifié chez moi était celui qui me rappelait qui j'étais.

Je quittai la pièce. Un rapide passage dans le reste de

la maison me suffit pour déterminer que la voie était libre. De retour dans la cuisine, j'attrapai une vieille veste de sport pour homme jetée sur une chaise et m'en couvris. Malheureusement, mes recherches initiales dans la maison m'avaient appris qu'aucune femme n'y habitait. J'allais devoir me montrer créative niveau garde-robe avant de partir d'ici. Pour l'instant, j'allais rassembler les objets dont j'avais besoin.

Un téléphone fixe sans fil attira mon regard. Dieu merci, tout le monde ne s'était pas converti à l'usage exclusif du portable.

Je m'en emparai et composai un numéro que je connaissais par cœur. La sonnerie retentit une fois, deux fois… J'entendis quelqu'un décrocher le combiné, puis la voix fatiguée de mon père s'éleva :

– Allô ?

Je plaquai une main sur ma bouche, étouffant un sanglot qui remontait à la surface. Entendre sa voix, après ce qui me paraissait être une éternité – après ce qui *était*, plus ou moins, une éternité –, me submergea d'émotion.

– Allô ? répéta mon père d'une voix plus irritée.

Je laissai retomber ma main.

– *Papa*, chuchotai-je d'une voix brisée.

Je l'entendis inspirer brusquement.

– *Ember ?* L'espoir et l'incrédulité teintaient sa voix. Ember Bug ?

– Oui, sanglotai-je.

– Oh, mon Dieu, Ember. C'est tellement bon d'entendre ta voix.

Mon père – mon père si posé et sûr de lui – commença à pleurer. Il ne pleurait jamais. Jamais, jamais. Entendre sa souffrance faillit me faire perdre pied.

– Bug, dit-il. Je t'aime. *Je t'aime*. Je ne te l'ai jamais dit autant que je l'aurais dû.

Je me frottai les yeux, des larmes coulant sur mon visage.

– Je t'aime aussi, papa. Toi et maman, je vous aime tellement.

– Ember, où es-tu ? Que se passe-t-il ? Est-ce que tu as besoin qu'on vienne te chercher ? Tu n'as qu'un mot à dire, et…

C'est à ce moment que je pris la décision de me confier à lui. C'était incroyablement égoïste de ma part, de mettre ainsi mes parents en danger en leur révélant la vérité. L'an dernier, j'avais décidé de ne pas les impliquer. Cependant, depuis, j'avais connu l'épissage. Il était temps d'admettre que tout cela me dépassait. J'avais besoin de toute l'aide disponible, et mes parents méritaient une explication – ils en *voudraient* une, même si cela les mettait en danger.

– Papa, je ne peux pas te parler longtemps, et je ne sais pas quand je te reverrai. Il y a certaines choses dont je dois te parler.

Tout en discutant, je commençai à me déplacer dans la maison pour réunir les objets dont j'avais besoin.

Il inspira profondément et s'éclaircit la gorge.

– Je t'écoute, dit-il en maîtrisant ses émotions.

C'était ce que j'adorais chez lui. Il savait bien mieux gérer les crises que la plupart des parents.

– Prends de quoi noter.

J'ouvris le garde-manger et pris plusieurs bouteilles d'eau ainsi que des barres protéinées, que je posai sur le comptoir.

– Je suis prêt.

– Écris ceci : je fais partie du Projet Prométhée. C'était un projet gouvernemental connu du public sous le nom de Projet Génération. Je m'interrompis pour laisser à mon père le temps d'écrire, avant de reprendre. Le Projet a conçu génétiquement un groupe d'humains capables de… se téléporter. Maintenant, il se sert d'eux – de *nous* – comme espions. Et nous sommes nombreux à mourir.

Je m'interrompis de nouveau, mais le silence au bout de la ligne s'étirait.

Mon père finit par réagir.

– Mourir ? répéta-t-il.

Une nouvelle pause prolongée s'ensuivit, et j'eus l'impression qu'il prenait le temps de rassembler ses esprits.

– J'ai toujours soupçonné quelque chose à ton sujet – à leur sujet, chuchota-t-il. Je le soupçonnais, et je les ai quand même laissés t'emmener.

Je pouvais pratiquement voir mon père se frotter le menton ; puis je l'entendis sangloter doucement.

– Papa, ce n'est pas grave.

Bon, ce n'était pas vrai, tout cela était grave, mais je savais que chacun affrontait les situations difficiles de son mieux, et mes parents n'étaient pas les seuls à avoir fait des erreurs. La dernière heure de ma vie en était la preuve.

– Ça l'est, mais je ne vais pas te faire perdre ton temps à me réconforter alors que tu es pressée. Tu as autre chose pour moi ? demanda-t-il.

Je déglutis. Une pensée étrange naquit dans mon esprit : *Je ne peux pas le dire à mes parents. Ils pourraient les retrouver et les tuer.* J'avais essayé de les protéger, autrefois. Et voilà que maintenant, avec ma mémoire incomplète, j'avais mis mon père en danger.

Impossible de revenir sur ce qui a été fait. J'étais obligée de poursuivre dans cette voie.

– Merci, papa, et oui, répondis-je en serrant le combiné. J'ai besoin que tu fasses discrètement des recherches sur certaines personnes. Dane Richards, d'abord – une des têtes pensantes du Projet. Tu ne trouveras peut-être pas grand-chose sur lui.

– Bon ou mauvais ?

Ah, mon père. Mes yeux me picotèrent ; il comprenait.

– Mauvais.

– Ça marche.

– Voici le suivant : Adrian Sumner. Bon. Il est au courant du Projet parce que son père était leur principal scientifique.

– Comment s'appelle son père ?

Je me pinçai l'arête du nez. *Réfléchis, réfléchis*… Puis, *bam*, le nom me revint d'un coup.

– Dr Brent Sumner.

– Bon ou mauvais ?

– Bon – mais décédé.

– Ember Bug, qu'est-ce qui se passe au juste ?

– Je ne sais pas, dis-je, une boule dans la gorge, mais c'est une question de sécurité nationale, et je fais partie de tout ça.

– Est-ce que tu vas bien ?

Question piège.

– Je vais bien. (*Pour le moment.*) Papa, quoi que tu fasses de cette information, promets-moi que tu seras prudent. Ce dont tu parles, ce que tu lis, les recherches que tu peux faire – le Projet est capable de tout retracer s'il te soupçonne de cacher quelque chose.

– Bien sûr.

– Papa, je suis sérieuse. Ces types… ils ont l'habitude de tuer des gens, et ils n'hésiteront pas à te prendre pour cible s'ils pensent que tu représentes une menace. Maman et toi êtes sans doute déjà en danger à cause de ce coup de fil.

Il devait avoir perçu quelque chose dans ma voix, car c'est d'un ton solennel qu'il me répondit.

– Nous ferons attention, Ember Bug, mais je suis content que tu nous aies appelés. N'attends pas aussi longtemps la prochaine fois, s'il te plaît, quelles que soient les conséquences.

Je fus dangereusement près de lui expliquer pourquoi il n'avait pas eu de nouvelles de moi pendant tout ce temps. Mais raisonnable ou pas, l'homme que j'avais au téléphone était avant tout mon père. Il aurait un anévrisme s'il apprenait à quel point j'avais été malmenée au cours de l'année qui s'était écoulée.

– Merci de me faire confiance, ainsi qu'à ta mère, en nous révélant tout ça, poursuivit-il, interrompant le cours de mes pensées. C'est si bon d'entendre ta voix et de savoir que tu vas bien.

Sa voix se brisa, et je l'entendis ravaler un sanglot.

Le beuglement d'une sirène retentit alors qu'un véhicule passait à toute allure devant la maison.

– Où es-tu, Ember ? demanda mon père.

Je me mordis la lèvre en me demandant s'il valait mieux qu'il le sache ou qu'il l'ignore. Mon père comprenait les risques encourus ; il méritait d'avoir des réponses.

– Los Angeles, pour l'instant, mais la prochaine fois que nous parlerons, je serai soit au Mexique, soit… quelque part près de Big Sur.

S'ils me reprenaient. C'était une possibilité très réelle, maintenant que je me savais capable de me téléporter à n'importe quel moment ; cela limitait mes mouvements.

– C'est là qu'ils me gardaient, avant.

Je l'entendis jurer à l'autre bout du fil.

– Fais attention à toi, Bug. Je sais ce que c'est de te perdre, maintenant. Je ne peux pas revivre ça.

Un autre véhicule passa, toutes sirènes hurlantes. Je savais que mon père l'entendait au téléphone.

– C'est promis. Je dois te laisser.

– Est-ce que ça va aller ? Quand est-ce que tu pourras me rappeler ?

J'ouvris les tiroirs de la cuisine et y pêchai des ciseaux, du chatterton et ce qui ressemblait à un double de clefs de voiture.

– Quand ce sera sûr. Il se passera peut-être un certain temps – ne va pas t'imaginer que je suis morte. (Je n'aurais jamais cru avoir à prononcer ces mots-là.) Je t'aime, papa. Dis à maman que je l'aime et qu'elle me manque.

– D'accord, Bug. Je t'aime aussi. Nous allons trouver un moyen de te sortir de là.

Je ravalai la boule qui s'était formée dans ma gorge et hochai la tête.

– Fais attention à toi aussi. À bientôt.

Je mis fin à l'appel et refermai le poing sur le combiné.

Je venais d'impliquer mes parents.

Merde.

***

La clef de voiture en main, je me dirigeai vers le garage. Je baissai la veste que je portais pour jeter un coup d'œil sur le haut de mon bras, où j'avais un peu plus tôt remarqué une bosse. En passant à nouveau mes doigts dessus, je sentis la même zone dure. Elle ne faisait pas plus d'un centimètre de long, et paraissait parfaitement symétrique au toucher. Je distinguais à peine une fine ligne blanche en dessous, qui ressemblait à une marque d'incision.

– Fait chier, jurai-je à voix haute.

Ça pouvait être n'importe quoi, mais j'avais ma petite idée sur le sujet. Ce devait être une sorte de traceur. J'allais donc devoir l'enlever, et rapidement.

Je reportai mon attention sur la tâche qui m'attendait. J'allais procéder par une étape à la fois.

En entrant dans le garage, je trouvai exactement ce que je cherchais. Une voiture. Un moyen de traverser la frontière. Sauf que maintenant que j'y réfléchissais, j'avais quelques réticences.

Je me mordillai la lèvre. Si je me téléportais encore alors que j'étais au volant, je pouvais mourir ou tuer quelqu'un, selon l'endroit où la voiture s'arrêtait. La première fois, j'avais eu de la chance. Je doutais de m'en tirer aussi bien à l'avenir.

Que faire, que faire ?

L'hésitation est fatale. Les mots de Caden me revinrent à l'esprit, et quelque chose se comprima dans ma poitrine quand je pensai à lui.

Prenais-je le risque de mourir en m'échappant ? Absolument. La mort m'attendait-elle au tournant si je me faisais prendre ? Sans doute pas – pas alors que je venais de me réveiller. Mais l'emprisonnement, ça, c'était une possibilité. J'avais enfreint beaucoup de lois.

Pouvais-je supporter l'idée d'abandonner tous ces gens qui m'avaient pleurée, avant de découvrir que j'avais survécu ? Je n'en savais rien.

– Ember.

Cette voix fit courir un frisson le long de mon dos, alors même que mes épaules se contractaient. Je fis volte-face.

Caden.

Chapitre 5

Quand je me retournai pour lui faire face, je le vis accroupi, une main posée sur le sol pour rétablir son équilibre.

Il se redressa lentement, comme si le moindre mouvement brusque risquait de me faire fuir.

– Mon ange, murmura-t-il en me détaillant, tu as oublié.

J'inclinai la tête.

– Oublié quoi ?

Ses mains s'ouvrirent et se refermèrent. Je savais qu'il avait désespérément envie de me toucher, mais il se retenait. Avait-il désormais peur de moi ?

Les yeux de Caden s'attardèrent sur mon visage.

– Que tu n'es pas seule.

Je fronçai les sourcils, puis le souvenir me revint brusquement. L'odeur douce et âcre des pins mêlée à la saveur piquante de ma peur. C'était juste après que Dane Richards m'eut confrontée. Mes muscles étaient encore douloureux suite à mes efforts physiques. J'étais une femme morte, et je le savais. Puis Caden était arrivé, me demandant de partager mes secrets avec lui. Ma douleur. Me disant qu'il m'aimait, me disant de le laisser entrer dans ma vie.

Il avait tout voulu – il m'avait voulue moi tout entière.

Je ne m'étais pas rendu compte que je fixais le sol avant de relever les yeux et de croiser les siens.

– Je me souviens, chuchotai-je.

Puis nous nous rapprochâmes l'un de l'autre. Ses bras se refermèrent autour de moi, et pendant un moment, je me sentis en sécurité.

La bouche de Caden se posa sur la mienne, et nos lèvres se fondirent dans un baiser. Mon cœur se serra douloureusement ; je ne savais pas si ce que j'éprouvais était dû à la solitude de Caden, aux circonstances actuelles, ou si, au plus profond de moi, je pouvais sentir le temps que nous avions passé loin l'un de l'autre. Ses lèvres entrouvrirent les miennes, et j'eus le droit de le goûter pour la seconde fois. La chair de poule hérissa ma peau tandis que les souvenirs d'autres baisers défilaient sous mes paupières closes.

La langue de Caden caressa la mienne, et je passai mes mains dans ses cheveux. Il gémit en réponse et ses mains entamèrent leur propre exploration, vagabondant sur mon dos, mes bras, ma poitrine, avant de finalement enserrer mon visage. J'eus la nette impression qu'il redécouvrait mon corps.

Comme tous les autres, ce baiser était teinté de désespoir. C'était peut-être notre dernier, suivant la façon dont se dérouleraient les prochaines heures. Nous rejouions constamment cet ultime baiser d'adieu.

Caden y mit fin et posa son front contre le mien.

– Dis-moi que je ne suis pas en train de rêver tout ça.

– Est-ce que tu rêverais de moi uniquement vêtue d'une vieille veste de sport pour homme ? répondis-je en triturant l'ourlet de ma tenue provisoire.

Caden laissa échapper un rire étouffé.

– Alors là, tu peux en être sûre. Tu as oublié à qui tu t'adresses ?

Sa réponse me fit sourire, mais je ne tardai pas à redevenir grave.

– Je dois m'enfuir.

Caden posa un doigt sur mes lèvres. Mes yeux scrutèrent son visage, déchiffrant son expression. Quelqu'un d'autre nous écoutait. Évidemment. J'acquiesçai pour lui faire savoir que je comprenais.

Il détacha une petite puce électronique fixée à l'intérieur de ses vêtements et la laissa tomber par terre, avant de l'écraser avec le talon de sa chaussure.

– Ce n'est pas interdit de faire ça ? demandai-je, rompant le silence.

– Si.

Je reçus sa réponse sans sourciller. Il allait à l'encontre des ordres pour moi, alors que de mon côté je m'apprêtais à partir sans lui. La culpabilité me submergea ; elle m'aurait étouffée si je l'avais laissé faire. Ce n'était pas à moi de sauver les gens, en particulier ceux qui étaient restés dans l'organisation même qui m'avait trahie.

– Il y en a d'autres ? demandai-je.

Il haussa un sourcil, et un sourire espiègle commença à s'épanouir sur son visage. Je retins mon souffle quand ses fossettes apparurent. Elles m'avaient manqué.

– Si tu veux un striptease, mon ange, tu n'as qu'à demander.

Je levai les yeux au ciel, mais sentis un sourire étirer mes propres lèvres, chassant temporairement la tempête de mes émotions.

En voyant mon expression, Caden commença à retirer ses vêtements pour de bon.

– Caden…

Je restai bouche bée quand il fit passer son tee-shirt par-dessus sa tête, révélant son torse. Je ne pus pas m'en empêcher – Caden était devenu *baraqué*. Il était déjà musclé avant, mais là… Il devait s'être mis aux haltères depuis la dernière fois que je l'avais vu.

Il avait également de nouvelles cicatrices. En grand nombre. Elles balafraient la peau de ses bras et marquaient son torse ainsi que son abdomen. Je réprimai un froncement de sourcils. Caden ne s'était pas uniquement consacré aux haltères.

Ses mains se posèrent ensuite sur sa braguette, et mes

pensées passèrent rapidement de la guerre à l'amour. Je rougis à l'idée de le voir nu, mais ne détournai pas le regard.

– Serais-tu gênée ?

Il y avait une légèreté dans sa voix que je n'avais pas entendue depuis que je l'avais vu pour la première fois.

– Tu as changé, dis-je en le contemplant des pieds à la tête.

– Toi aussi.

Il baissa son pantalon sans cérémonie, entraînant son boxer avec le reste.

Et j'oubliai soudain de respirer.

Il ramassa ses vêtements et le mouchard en miettes, puis s'éloigna d'un pas nonchalant, sans doute pour s'en débarrasser et trouver autre chose à enfiler. Je fixai son dos, reluquant ses muscles saillants et son postérieur ferme.

– Ember, dit-il sans prendre la peine de se retourner.

– Hein ?

– C'est grossier de dévisager les gens.

Je pouvais entendre l'humour dans le ton de sa voix. Il savait exactement l'effet qu'il me faisait.

Concentration. Je procédai à un rapide inventaire de la maison. La plupart des objets dont j'aurais besoin se trouvaient dans le garage et la cuisine.

Caden revint, vêtu du short de gym du propriétaire.

– De quoi parlions-nous, déjà ?

– Je dois partir.

Le besoin de faire mon sac et de filer commençait à me démanger. Et mes émotions… Elles oscillaient entre culpabilité, colère, désir, peur et bonheur à mesure que la mémoire me revenait et que je revoyais ma situation passée et présente.

– Tu t'es téléportée en plein jour, dit-il.

Ce n'était pas une question. J'inclinai la tête sur le côté.

– Comment tu le sais ?

– Tu es allée voir Desiree juste après m'avoir retrouvé, et maintenant tu es là.

Il assemblait les morceaux du puzzle bien plus vite que je ne le faisais actuellement. Quelque chose clochait dans tout ça – dans mon talent. Je me frottai le front. C'était un geste que je faisais souvent, ces derniers temps, comme si je pouvais masser mon cerveau pour tout remettre en ordre.

– Ember… Pourquoi l'as-tu attaquée ?

Ni ses yeux ni sa voix ne trahissaient le moindre jugement.

Je le fixai sans broncher.

– Je réglais mes comptes.

– Tu l'as battue jusqu'au sang.

– Elle méritait pire.

Je pouvais voir que cela l'intriguait, mais je voyais aussi qu'il pensait que c'était moi, le problème. Pas elle.

Je repoussai ma peine. Je savais à quoi tout ça ressemblait. À quoi je ressemblais. J'étais en cavale, après tout.

Je fis un pas en arrière. Et comme tout téléporteur génétiquement modifié, il sut lire dans cette simple action physique. Il avait été entraîné pour ça.

– Ember.

Il essaya de me prendre la main. Je la retirai avant qu'il puisse me toucher.

– Ne fais pas ça.

– Je comprends que tu sois perdue, dit-il.

J'éclatai de rire, et une partie de la compréhension dans son regard laissa la place à l'agacement.

– Caden, tu lis les émotions des gens depuis plus longtemps que moi. Tu dois bien savoir que ses blessures n'étaient pas dues à ma *confusion*.

S'il te plaît.

– Alors qu'est-ce qui t'a poussée à faire ça ? demanda-t-il.

Calme. Il était trop calme.

Je fis un nouveau pas en arrière. D'autres sirènes au loin. Le temps me filait entre les doigts.

– Elle m'a piégée, cette nuit-là.

Caden se figea.

– *Quoi ?*

– Tu croyais que j'avais fichu en l'air ma propre couverture ?

Son silence parla pour lui.

Je soupirai. Voilà pourquoi j'agissais seule. Je commençai à me diriger vers la cuisine pour rassembler les objets dont j'aurais besoin pour traverser la frontière.

– Ne me repousse pas, Ember. Aide-moi à comprendre, dit Caden en me suivant. J'ai eu beaucoup de temps pour soupçonner beaucoup de choses. À un moment donné, tu devenais même une conspirationniste, et je ne pouvais pas supporter ça. Pas en plus du deuil.

– Il n'y a rien que tu n'aurais pu comprendre par toi-même, continuai-je, à présent agacée pour de bon. Tu as clairement choisi de ne pas le faire.

Je m'emparai d'un paquet de gants en caoutchouc sous l'évier, puis d'un tournevis et d'un petit marteau dans un tiroir.

– D'accord – tu as raison, grogna Caden. Mais putain, Ember, essaie d'avoir un peu de recul. Tu es *morte*, et c'est moi qui n'ai pas réussi à te sauver.

Je me retournai et le vis incliner la tête et passer les mains dans ses cheveux.

– C'est moi qui t'ai tenue dans mes bras pendant tes derniers instants.

Sa voix se brisa alors qu'il levait la tête.

Nos regards se croisèrent, et je vis qu'il ne se contrôlait qu'à grand-peine. Ses yeux soulignés de rouge m'imploraient.

– Depuis, j'ai sans cesse essayé d'oublier cette nuit.

Je n'hésitai qu'un instant avant de marcher jusqu'à ses bras. Il m'écrasa contre lui.

– Tu m'as tellement manqué, murmura-t-il contre mes cheveux.

Que peut-on répondre à une telle déclaration ? Je ne pouvais pas ressentir le poids du temps que nous avions passé loin l'un de l'autre. J'étais incapable de le comprendre.

Mais je comprenais que la vie m'offrait une seconde chance, et je ne risquais pas de la laisser filer.

– Je dois m'enfuir, Caden, dis-je, la tête posée contre son torse.

Ses bras se contractèrent autour de moi.

– Je ne peux pas te laisser faire ça, mon ange.

J'essayai de m'écarter, mais réalisai qu'il ne relâchait pas son étreinte.

– Ils t'ont envoyé me capturer, compris-je.

La peine flamboya dans ses yeux.

– Oui, souffla-t-il.

– Et tu comptes suivre les ordres, même après tout ce qu'ils m'ont fait – ce qu'ils vont me faire ?

Il secouait la tête pendant que je parlais, les yeux brillants.

– Non. Je vais t'aider, et à ma connaissance, c'est la meilleure façon d'y parvenir.

Ce n'était pas possible. Je me tortillai entre ses bras, en vain.

– Caden, *je t'en prie*, laisse-moi partir. Si tu m'aimes, fais ça pour moi.

Il serra les paupières.

– Je fais ça *parce que* je t'aime. Il ouvrit les yeux. Je

ne peux pas prendre le risque de te laisser mettre ta vie en péril en fuyant. Pas quand tu te téléportes en étant consciente.

Je commençais à craquer.

– Je ne peux pas y retourner, Caden, dis-je d'une voix tremblante. Plutôt mourir.

– Ne dis pas ça, chuchota-t-il.

– C'est la vérité.

Caden fronça les sourcils, et je lus de la férocité dans son regard.

– Si tu veux t'enfuir, on le fait ensemble.

Sa réponse me prit de court. Je scrutai les traits de son visage.

– Je ne te demande pas de retourner au centre pour y rester. Tu crois que j'ai envie que tu repartes en mission et que tu affrontes une mort certaine ? Il me détailla, une lueur tendre dans les yeux. Je te demande d'y retourner pour que nous puissions faire cela correctement.

Je le fixai pendant un long moment tout en ruminant ses paroles. Si j'étais honnête avec moi-même, je savais que dans ma situation actuelle, atteindre le Mexique serait sans doute impossible. Les autorités savaient déjà plus ou moins où j'étais ; elles avertiraient la patrouille frontalière si elles perdaient ma trace. Sans parler du fait que j'avais sans doute un traceur GPS incrusté sous la peau.

Mais revenir et faire face aux personnes qui m'avaient trahie, dépendre d'elles… Cela semblait impossible.

– S'il te plaît, Ember. Fais-moi confiance.

Mes yeux cherchèrent les siens. J'avais devant moi un homme qui m'avait protégée à de nombreuses reprises. Il le referait, ça j'en étais sûre. Je devais également admettre au fond de moi-même que j'étais désormais à court d'options.

J'acquiesçai à contrecœur.

– D'accord.

Je sentis tout le corps de Caden se détendre.

– Merci, mon ange, répéta-t-il encore et encore.

Accepter de rester avec lui, de me soumettre au Projet, représentait plus pour lui qu'il ne l'avait laissé paraître.

Et pendant ce temps, une angoisse froide et paralysante prenait racine en moi.

Moins d'une minute plus tard, j'entendis plusieurs voitures se garer devant la maison. Je tressaillis entre ses bras, puis me dégageai.

– Ils allaient venir quoi qu'il arrive, lançai-je. Je le suppliai du regard de me détromper, mais il n'en fit rien. Tu ne m'aurais pas prévenue.

Caden ouvrit la bouche pour répondre, mais ce qu'il s'apprêtait à dire se perdit quand des militaires débarquèrent en force.

– La voilà, dit l'un d'entre eux.

Ils se précipitèrent dans ma direction. Je poussai un cri quand un militaire me fit tomber à genoux en ramenant brusquement mes bras derrière mon dos.

Caden fit mine de se pencher vers moi, mais deux hommes en treillis le retinrent.

– *Qu'est-ce que vous faites ?* cria-t-il aux hommes qui me maintenaient à terre.

Il se débattit entre les bras des soldats qui cherchaient à l'immobiliser, et je pus voir aux mâchoires serrées de ces derniers que leur tâche n'était pas aisée.

Je luttai contre les mains qui enserraient mes poignets. En récompense pour ma mauvaise conduite, quelqu'un me plaqua à terre.

– Arrête de te débattre, aboya l'homme dans mon dos.

– *Ce n'est pas ce dont nous avions convenu !*

Le visage de Caden était rouge, et de la sueur commençait à perler sur son front.

Nul ne lui répondit.

La pièce commença à se brouiller alors que des larmes s'accumulaient dans mes yeux. Je sentais le regard de Caden posé sur moi, mais je ne pouvais pas relever la tête. Je me contentai donc de fixer le vide en laissant les militaires me malmener.

– Ember, je suis tellement désolé. Ne te renferme pas, je t'en prie, supplia Caden. Reviens-moi.

Je ne suis pas partie. C'était bien le problème.

– S'il te plaît, mon ange.

Mes yeux finirent par se poser brièvement sur lui.

– C'est ce que tu voulais, dis-je.

Il se figea.

– Pas comme ça, dit-il d'une voix brisée.

Puis quelque chose derrière moi attira l'attention de Caden.

– Ne vous avisez pas de lui faire du m…

Pouf. Caden avait disparu. Et maintenant, c'était moi qui me retrouvais toute seule.

Un soldat tira mon bras vers le haut, et je sentis le contact froid d'un coton humide au creux de mon coude.

Ils voulaient m'administrer un sédatif. Je venais tout juste de me réveiller, et voilà qu'ils voulaient me replonger dans l'inconscience.

Pour de bon ?

Je fermai les yeux et inspirai profondément. Puis je ruai sous la poigne des militaires, et profitai qu'ils n'aient pas attaché mes jambes pour distribuer des coups de pied. Je ne m'étais pas réveillée pour qu'on me replonge dans le coma aussitôt après. Mon talon rencontra le genou de quelqu'un, qui laissa échapper un petit cri de douleur.

L'homme qui me maintenait allongée grogna et plaqua mon torse contre le sol. Mes dents claquèrent douloureusement.

Je levai une jambe et le touchai à l'entrejambe, avec suffisamment de force pour qu'il chante en mode soprano pendant un bon bout de temps.

Il lâcha prise, et tomba en roulant plus ou moins sur moi. Je me remis maladroitement sur pied et commençai à courir.

Les militaires me crièrent de m'arrêter. Naturellement, je ne les écoutai pas. Je parvins jusqu'au jardin avant de me faire plaquer sur l'herbe. Désormais, tout un groupe d'hommes en treillis me maintenait à terre.

– Vite, la seringue ! s'écria l'un d'entre eux.

Je me débattis. Une main me plaqua fermement contre l'herbe.

En tournant la tête, j'aperçus un homme qui ressemblait à un médecin, et qui tirait une seringue de la poche de sa blouse.

Je hurlai et commençai à m'agiter en tous sens. Mais aucun d'entre eux ne décrocha un mot. Le médecin agrippa mon avant-bras, resserrant sa prise à mesure que je me débattais. Je le vis retirer avec les dents le capuchon protégeant l'aiguille, et je sentis la morsure de la piqûre quand il la plongea sous ma peau.

Je me tortillai tandis que le liquide se déversait dans mon sang. En l'espace de quelques secondes, je sentis le produit faire effet.

Sédatif, pas de doute, pensai-je alors que mes paupières s'alourdissaient et que mes membres devenaient pesants. Je luttai aussi longtemps que possible, mais c'était inutile.

La dernière chose que je vis fut le beagle qui léchait le treillis d'un soldat. L'image se brouilla jusqu'à se résumer à des cercles de couleur flottant dans un ciel bleu. Puis ils s'évanouirent à leur tour.

***

Les ténèbres m'environnaient.

Pendant une seconde de terreur, je pensai : *C'est fini. Je vais enfin rencontrer mon Créateur.* Mais je clignai alors des yeux et tournai la tête, remarquant que l'obscurité n'était pas complète. La lumière de la rue filtrait par une fenêtre proche. À cette lueur tamisée, je distinguai un homme qui dormait dans un lit. Près de lui était posé un réveil qui indiquait 1:21.

Je tombai à genoux, et un sanglot étranglé m'échappa.

Vivante. J'étais vivante.

Et à en juger par l'heure, j'étais à l'autre bout de la Terre.

Quelqu'un remua de l'autre côté de la pièce.

– Qui est là ?

La voix d'Adrian était empâtée par le sommeil.

– Moi.

Il était intelligent ; il comprendrait.

Un instant plus tard, une lampe s'alluma, et je dus protéger mes yeux de son éclat. Quand j'écartai les mains de mon visage, je plongeai le regard dans des yeux verts.

– *Ember ?*

Le soulagement était inscrit sur son visage, mais j'ignorais si la raison en était que j'allais bien, ou que de toutes les personnes qui auraient pu s'introduire chez lui, j'étais la moins menaçante.

– Tu ne me croirais pas si je te racontais la scène que je viens de vivre, dis-je en secouant la tête avec un rire forcé.

– Qu'est-ce que tu fais là ? demanda-t-il en se frottant les yeux. Tu n'es censée voyager qu'une fois par…

– Cycle circadien, complétai-je à sa place. Ouais, je sais. Quelque chose… quelque chose cloche chez moi. C'est la quatrième fois que je me téléporte aujourd'hui.

J'avais peut-être parlé sur un ton légèrement désespéré. Je me rendis compte que je devais regarder Adrian comme s'il était capable de tout arranger.

Il fronça les sourcils, et son regard se fit lointain.

– Étrange. Je me demande si ce n'est pas ainsi que ton corps se réaligne, songea-t-il à voix haute en se caressant la lèvre inférieure.

Ou bien j'étais cassée.

Mes yeux vagabondèrent vers le torse nu d'Adrian. Contrairement à Caden, il n'était pas musclé. Il avait le corps d'un intellectuel. Tendre. Faible.

Non pas que j'étais en position de juger qui que ce soit. J'avais bien remarqué que mes propres muscles s'étaient atrophiés par manque d'exercice.

J'enveloppai mes bras autour de mon corps, reconnaissante de m'être téléportée en jean et tee-shirt.

Maigre réconfort.

– Est-ce que tu vas bien, pour l'instant ? demanda-t-il.

Je suçotai ma lèvre inférieure et hochai la tête.

– Ils m'ont mise sous sédatif, et je n'ai aucune idée de l'endroit ou du moment où je me réveillerai.

Au moins, ils ne m'avaient pas euthanasiée, contrairement à ce que j'avais craint.

À moins que… ? Les téléporteurs avaient-ils droit à un dernier tour sur scène avant le baisser de rideau ? J'avais seulement entendu parler de téléporteurs qui mouraient pendant leurs dix minutes de voyage. Pour ce que j'en savais, mon corps était peut-être en train de se déconnecter.

Cette idée m'emplit de chaleur et de réconfort.

Ou pas.

Je jetai un coup d'œil à sa chambre.

– C'est là que je suis venue avant mon épissage ?

Il étouffa un bâillement.

– Oui. J'arquai les sourcils sans rien dire. Quoi ?

Je haussai les épaules.

– Je suis juste contente de ne pas t'avoir chassé de chez toi une deuxième fois.

Je tus ma surprise de voir qu'il avait réussi à rester en un même lieu alors que, d'après ce que je savais, le gouvernement était à ses trousses. Cela semblait… providentiel.

Je claquai des doigts.

– En parlant de ça, je crois que j'ai un traceur GPS sur moi.

– *Sur toi ?* répéta Adrian en écarquillant les yeux.

Je tapotai le haut de mon bras.

– Je crois qu'ils l'ont implanté à un moment donné pendant…

Pendant tous ces mois perdus.

Adrian jura.

– Comme toujours, ta présence dans ma vie est source de problèmes.

– Allons, tu ne vas pas me faire le coup de la nostalgie, dis-je en parvenant à esquisser un sourire.

Il me laissa une sensation bizarre sur le visage, en particulier vu à quel point la situation était dénuée de tout comique.

Il se frotta les yeux, un mince sourire sur les lèvres.

– Je vais devoir brouiller leur système GPS.

– Ça a l'air marrant. Et hautement illégal.

Et susceptible de l'aider, lui, mais pas moi. Je serais quand même obligée d'extirper cette chose de mon corps.

– As-tu pu rentrer aux États-Unis depuis ton départ ? demandai-je.

Il secoua la tête.

– Non… malheureusement. Je voudrais y retourner… un jour.

En d'autres termes, il était toujours sur la liste noire du gouvernement, grâce à Richards.

Adrian se leva et attrapa une chemise posée sur une chaise près de son lit.

– Écoute, Ember, dit-il en l’enfilant, je sais que tu n’as pas beaucoup de temps, et il s’est passé beaucoup de choses depuis ta disparition. J’ai poursuivi les recherches de mon père. Ce que j’ai appris aurait de quoi te faire tourner la tête.

– Hum-hum, dis-je sur un autre ton.

Maintenant, je trouvais cela vraiment providentiel que Dane n’ait pas réussi à neutraliser Adrian.

– Voilà pourquoi tu sais exactement ce qui est en train de m’arriver.

Un sourire espiègle s’épanouit sur son visage.

– C’est bon de voir que tu as retrouvé ton goût pour le sarcasme.

Quand avait-il appris que le sarcasme faisait partie de mon caractère ? Et pourquoi avais-je tellement peiné à me montrer sarcastique ? Je posai une main sur mon ventre. À un moment donné au cours de ces dix mois, je craignais d’avoir perdu ce qui faisait que j’étais… *moi*.

– Si tu veux mon aide, considère-la comme acquise, reprit-il. Je travaille à l’étranger avec une organisation nommée Stonehawk Enterprises. Elle consiste en un groupe de chercheurs, bienfaiteurs et chefs d’État qui s’intéressent à ton existence et veulent t’aider, ainsi que ceux qui sont comme toi.

– Hum-hum.

Stonehawk Enterprises ? Ça sonnait comme un nom de fabricant d’armes. On se demandait bien quelle serait l'arme en question… Le Projet Prométhée était la preuve que les organisations s'intéressant aux téléporteurs bénéficiaient généralement à tout le monde, sauf aux téléporteurs eux-mêmes.

Adrian haussa un sourcil.

– Tu ne me crois pas ?

– Je crois que tu veux aider (même si ce n'était que dans le but de blanchir son nom), et je suis sûre que d'autres personnes gagneraient aussi à m'aider. Mais les scientifiques qui sont sur le coup ? Mon petit doigt me dit qu'ils veulent juste me tripoter, me triturer et me tripatouiller.

– Voilà une image fabuleusement évocatrice, Ember.

Je haussai les épaules.

– La faute à ton esprit mal tourné, pas à moi.

– La téléportation est un nouveau domaine de recherche scientifique qui est persécuté par la politique et le nationalisme.

– Envoyez les violons.

Il aurait pu m'épargner le plaidoyer larmoyant.

– Ember… dit-il en changeant de position.

Je voyais déjà qu'il s'apprêtait à tenter une autre approche.

– Le Projet ne cessera jamais de contrôler tes téléportations.

Cette idée me calma net. Dès que mon empreinte était apparue, ils avaient pu régenter mon don. Je me passai les mains sur le visage. Mon dilemme ne se résumait pas à l'évasion, contrairement à ce que j'avais toujours cru. Le gouvernement pourrait toujours, toujours maîtriser mes téléportations. Je ne serais jamais libre.

Adrian posa une main sur mon épaule, et je levai les yeux vers lui.

– Stonehawk a la possibilité de mettre fin à la mainmise du Projet, dit-il en s'exprimant lentement, laissant chaque mot imprégner mon esprit. Nous pouvons te protéger si tu acceptes notre aide.

Je soupesai ses paroles, sans les prendre pour argent comptant. Bien souvent, les choses qui paraissaient trop belles pour être vraies l'étaient bel et bien. Mais cette seule possibilité… Le jeu en valait la chandelle, surtout comparé à mes autres options. De plus, je faisais suffisamment confiance à Adrian pour avoir transmis son nom à mon père. J'espérais avoir pris la bonne décision. Caden m'avait déjà dupée, alors que je lui avais implicitement fait confiance.

Tu lui fais toujours confiance, me chuchota une petite voix. Même si je restais en rogne contre lui après sa petite trahison. Il était sans doute blessé que je sois prête à partir sans lui… et peut-être en colère que j'aie tabassé Desiree. Étaient-ils toujours amis ? Étaient-ils plus qu'amis ? Mon cœur se mit à battre plus fort, aiguillonné par la jalousie.

Je me frottai la tête. Je n'avais aucun droit d'éprouver cela. Caden avait eu dix mois pour refaire sa vie. Merde, je ne savais même pas si nous sortions encore ensemble, à l'heure actuelle. La résurrection n'était pas fournie avec un livre d'étiquette, et ce n'était vraiment pas le bon moment pour psychanalyser ma relation avec lui.

– Ember ?

La voix d'Adrian me ramena brutalement au présent.

– Je suis intéressée par ta proposition. Hésitante, mais intéressée.

Je le contournai et m'emparai d'un stylo et d'un carnet posés sur sa table de chevet. J'y inscrivis le nom, l'adresse et le numéro de mes parents.

Je détachai la page du carnet et la lui tendis.

– Je leur ai déjà parlé de toi, mais en gros, ils ne savent presque rien de ce qui se passe. J'imagine que le Projet les a maintenus dans l'ignorance jusqu'à maintenant.

Je dus serrer les poings pour me retenir de lui arracher le morceau de papier. Mon instinct me hurlait que c'était une mauvaise idée. J'avais survécu aux dix-huit premières années de ma vie en ne me fiant à personne. C'était ainsi que j'avais appris à m'en sortir.

Mais apparemment, si je voulais survivre, je devais maintenant faire aveuglément confiance à des individus aux motivations ambiguës.

– Je les contacterai, dit Adrian en levant les yeux.

– Sois prudent, s'il te plaît, dis-je en fixant la note. S'il arrive quelque chose à mes parents à cause de moi…

Je ne pus terminer ma phrase. Incapable de l'envisager.

– Je ferai attention à eux, répondit Adrian.

J'ignore si ce furent ses paroles ou le ton de sa voix, mais les larmes me montèrent aux yeux.

– Merci, murmurai-je.

– De rien. Nous arrangerons ton évasion dès que nous saurons où le Projet te détient.

J'arquai les sourcils.

– Vous pouvez faire ça ?

Il me répondit par un haussement d'épaules évasif, ce qui m'amena à penser qu'il n'était pas libre d'entrer dans les détails.

– Cela dépendra en grande partie de toi.

– Donc, en gros je m'échappe, et vous me fournissez votre assistance, clarifiai-je.

– Quelque chose comme ça.

Je baissai les yeux sur mes mains.

– Alors il faudra pourvoir à deux évasions.

– Deux ?

Il avait l'air dérouté. J'acquiesçai.

– Il y a un autre téléporteur. Je levai la tête. Je ne pars pas sans lui.

Même si cet enfoiré avait réussi à me capturer par deux fois.

D'une façon ou d'une autre, Adrian sut exactement ce que Caden représentait pour moi. Son corps se tendit et son expression se ferma, presque comme s'il se sentait menacé. Voilà une idée qui était parfaitement étrange.

– Comment peux-tu être sûre qu'il sera prêt à…

– Je l'ai vu il y a un quart d'heure, le coupai-je. Crois-moi, il est partant.

Adrian ouvrit et referma la bouche.

– Ce sera beaucoup plus difficile à coordonner.

Il semblait… contrarié.

– Alors nous vous trouverons par nous-mêmes.

Je pouvais voir qu'Adrian luttait pour contenir ses émotions. Cela piqua ma curiosité – je n'avais pas conscience du fait qu'Adrian pouvait avoir des émotions me concernant.

– Je verrai ce que je peux faire, dit-il.

Je jetai un coup d'œil au réveil – 1:30 du matin.

Moins d'une minute avant que je ne perde connaissance. Et je ne savais pas quand, ni même si je me réveillerais.

Je m'éclaircis la gorge.

– J'imagine qu'on parlera logistique la prochaine fois que je te verrai ?

Adrian hocha lentement la tête, en détaillant l'expression de mon visage. Quelque chose dut me trahir.

– Tu vas bien ? demanda-t-il en me scrutant.

Je fermai les yeux.

– Ça va.

Ça irait, quoi qu'il arrive.

Je sentis Adrian avancer vers moi plus que je ne l'entendis. Des doigts frais effleurèrent ma joue.

– Tu ne vas pas mourir, murmura-t-il.

– Peu importe. Quoi qu'il en soit, je serai en enfer.

***

Quand Caden se réveilla dans l'aile médicale froide du centre, il était trois heures du matin.

Il se redressa dans son lit et plissa les yeux, aveuglé par les néons qui s'activèrent en clignotant dès qu'ils détectèrent son mouvement.

Il avait l'estomac noué par l'inquiétude, et pendant un instant il fut incapable de savoir pourquoi. Il se passa une main sur le menton en essayant de se remémorer ce qui s'était passé.

C'est alors que les événements de la veille lui revinrent d'un coup. Il jura à voix haute, se leva et attrapa son jean plié avec soin, ignorant le tee-shirt et le boxer qui l'attendaient également. Il enfila son pantalon et quitta la pièce, courant vers le seul endroit où il trouverait des réponses.

– Vous n'êtes qu'un putain de menteur ! s'écria Caden juste avant de débouler dans le bureau de Richards.

Ou du moins il essaya. La porte était verrouillée, et aucune lumière ne filtrait par les interstices.

Évidemment, gros débile. On est en pleine nuit.

Dane devait être chez lui, profondément endormi. Heureux comme un coq en pâte, parce qu'il n'avait pas à s'inquiéter quotidiennement de perdre la personne qu'il aimait.

Caden martela quand même la porte.

– Qu'est-ce que vous lui avez fait ? Pourquoi est-ce qu'elle est si… ?

Différente. Comme tous les autres téléporteurs qui étaient revenus. Mais il n'avait pas la force de le formuler à voix haute.

Le Projet l'avait fait disparaître, ça Caden le savait. Mais la façon dont elle avait réagi quand il avait parlé de Desiree… Elle ne souffrait pas de syndrome post-traumatique, contrairement à ce qu'il avait cru. Elle s'était livrée à une vendetta.

Était-il possible que Desiree ait un rapport avec l'épissage d'Ember ? Il ferma les yeux de toutes ses forces. Bien sûr que c'était possible. Si le Projet lui avait demandé de compromettre l'identité d'Ember, elle n'aurait pas hésité à suivre les ordres. Mais cela signifiait que Dane était lui aussi impliqué.

Caden frissonna. Il l'avait toujours su, au plus profond de lui-même, mais il avait dû faire taire ses soupçons pendant qu'il était sous le toit du Projet ; sans quoi il n'aurait pas manqué de tuer Richards.

Le pire, dans tout cela, était que Dane et Desiree faisaient seulement leur devoir.

Devoir. Il ne savait plus ce que ce mot voulait dire, à présent. Il torturait régulièrement des cibles pour obtenir des informations, et ce au nom du devoir. Ses victimes avaient toutes représenté une menace pour la sécurité nationale. Ember entrait dans la même catégorie. Où était-il censé tracer la limite ?

Il s'adossa contre la porte et pencha la tête en avant. Il revoyait en esprit le visage d'Ember quand elle avait compris que les hommes de Richards venaient la chercher malgré le fait qu'elle se soit soumise. Elle pensait qu'il l'avait trahie. Caden ferma les yeux. Pire, quand elle avait été plaquée à terre, elle avait arboré cette expression hantée, brisée, qu'il avait déjà vue chez Éric avant que Richards ne l'envoie ailleurs avec Serena. Caden avait contribué à faire naître ce vide dans les yeux d'Ember en lui demandant de rester.

Parce que tu n'es qu'une chochotte qui préférerait qu'elle vive avec les ailes rognées plutôt que de la voir risquer sa vie en s'échappant. Sans toi.

Et maintenant, il n'avait pas la moindre idée de l'endroit où elle se trouvait.

Chapitre 6

Et merde, encore une chambre d'hôpital. Ce fut ma première pensée quand j'ouvris les yeux.

L'odeur d'antiseptique me picota le nez. Pas de doute, j'étais en vie – à moins que l'enfer ne soit bien plus pervers que je ne l'avais imaginé.

– Bonsoir, Ember.

Mes membres se figèrent au son de la voix de Dane. Je tournai la tête pour le regarder, assis sur une frêle chaise en plastique près de mon lit. Ses bras reposaient sur les accoudoirs, ses mains étaient refermées l'une sur l'autre.

– Salopard, dis-je d'une voix rauque.

Il plissa les yeux.

– Il semblerait que tu n'aies rien perdu de ton charme.

– Où est-ce que je suis ?

Je me redressai dans le lit, en notant avec un temps de retard le tiraillement d'une perfusion plantée dans mon poignet.

– Au centre.

Je fermai les yeux et inspirai, en faisant un effort pour détendre mes muscles.

– Combien de temps suis-je restée inconsciente ?

– Une journée environ.

Réponses brèves et sèches. Il n'était pas venu ici pour parler de ça. Mais je me fichais bien de son planning personnel.

– Où est Caden ? demandai-je.

– Tu le verras bien assez tôt.

Je coulai un regard vers lui.

– Il ne sait pas encore que je suis ici, c'est ça ?

Les lèvres de Richards se réduisirent à une ligne mince. J'avais toujours eu le sentiment que ce type était un connard de misogyne. Sa réaction ne faisait que confirmer mes soupçons. Apparemment, Dane Ducon n'avait pas changé d'avis sur le beau sexe depuis ma disparition, si j'en jugeais par ses tics.

– Au moins nous savons que tu restes utile pour ce qui est de déchiffrer les gens, dit-il.

Je serrai la mâchoire. Les téléporteurs se résumaient à cela, ici : des armes à utiliser. Et comme toutes les armes, notre valeur dépendait uniquement de nos performances.

Richards se pencha en avant.

– Alors, on se demande ce qui se passe ?

Je lui rendis son regard sans broncher.

– À votre avis ?

Son visage était sombre.

– Tu as subi un épissage au cours de ta dernière mission, et nous savons tous deux exactement quelle en est la raison.

Dane partageait des informations avec moi *et* se montrait honnête ? Voilà qui était nouveau.

– On admet avoir saboté la mission ? demandai-je.

Son antipathie pour moi était inscrite sur ses traits.

– Par un miracle quelconque, tu n'es pas morte de tes blessures.

– Pourquoi avoir pris la peine de me sauver ? l'interrompis-je.

– Tu es intelligente – à toi de trouver la réponse.

Les apparences. Voilà pourquoi. Personne n'irait supposer que le Projet avait essayé de me tuer s'ils s'efforçaient vaillamment de me garder en vie. Et peut-être ma survie avait-elle donné l'occasion à la communauté scientifique de m'étudier. Je réprimai un frisson à l'idée que des gens m'avaient manipulée pendant tous ces mois de coma.

La commissure de la bouche de Dane se releva légèrement, même s'il n'avait pas l'air amusé le moins du monde.

– Tu n'étais pas censée te réveiller un jour.

– Alors pourquoi ?

– Caden, soupira Richards.

Quand il s'agissait de ma paire, cet homme et moi étions toujours sur la même longueur d'onde.

– Quoi, Caden ? demandai-je d'un ton moins narquois.

– Il ne va pas fort depuis que tu as disparu. J'ai espéré qu'il parviendrait à s'en sortir, mais son état n'a fait qu'empirer. Il s'estimait responsable de ta… *mort*. Dane se rassit au fond de son siège et me détailla du regard. S'il continue à ce rythme, il ne tardera pas à mourir.

Ce que j'avais vu du torse de Caden m'avait suffi pour remarquer qu'il était devenu tête brûlée.

– C'est pour ça que vous m'avez réveillée, dis-je en assemblant ses non-dits. Pour l'aider.

Richards acquiesça. C'était vraiment typique d'un vieux garçon comme Dane de voir la situation sous cet angle ; moi dans le rôle d'une Florence Nightingale qui prendrait soin de Caden et le remettrait sur pied.

Néanmoins, ses intentions étaient respectables. Alors que je venais de décider en mon for intérieur qu'il était totalement dépourvu d'âme, il fallait qu'il fasse quelque chose pour se racheter.

Je maintenais qu'il restait quand même un sale con.

– Alors c'est pour me dire ça que vous poireautiez à mon chevet ?

Richards se pencha vers moi.

– Tu connais les conditions de ton retour. Le rétablissement de Caden est la seule chose qui te maintient en vie. Tu nous joues un tour dans le style de ce qui s'est passé à l'hôpital ou tu essaies encore de t'échapper, et tu mourras pour de bon, cette fois.

***

J'eus une demi-heure pour ruminer les paroles de Richards avant que des bruits de pas précipités ne brisent le silence qui régnait à l'extérieur de ma chambre. Non pas que j'aie vraiment réfléchi à ses paroles une seule seconde. À force de répétition, les menaces finissent par perdre leur potentiel de choc.

Les pas s'arrêtèrent devant ma chambre. La porte s'ouvrit grand, et la masse de Caden se découpa dans le chambranle.

– Ils viennent de me dire que tu es là.

En trois longues enjambées, il traversa la pièce et s'installa auprès de moi sur le lit.

Naturellement – parce que c'était Caden, après tout. C'était bon de savoir que certaines choses ne changeaient jamais.

Il m'attira contre lui. Je lui lançai un sourire triste et touchai sa joue.

Caden se prêta à la caresse, les sourcils froncés.

– Je suis tellement désolé, chuchota-t-il. Tellement, tellement désolé.

Il le répéta encore et encore, jusqu'à ce que je pose mes doigts sur ses lèvres. Il me fixa alors, les traits figés dans un masque de remords.

Avec hésitation, je commençai à suivre le contour

de ses lèvres. Ses yeux papillonnèrent et se fermèrent. Maintenant que je n'étais plus en cavale, je pouvais prendre la pleine mesure du contexte dans lequel je me retrouvais.

Caden souffrait d'une peur de l'abandon. Je me souvenais de l'avoir appris auparavant. Et j'étais partie, je l'avais abandonné, comme tous ceux qui avaient compté pour lui. D'une certaine façon, l'homme qui me faisait face était plus brisé que moi. Et cette cassure, qui l'avait rendu si imprudent, était ce qui m'avait ramenée à la vie. Nous avions donc chacun une dette envers l'autre, semblait-il.

– Ce n'est rien, dis-je. Le Projet m'aurait trouvée de toute façon.

Tant que la puce GPS était incrustée sous ma peau, Richards restait capable de me localiser. J'aurais atterri ici quoi qu'il arrive.

– Je vais arranger tout ça, dit-il d'une voix grave.

Il se pencha vers moi, puis marqua une pause.

– L'hésitation est fatale, lui rappelai-je.

Il me décocha un sourire, libéré de son mal-être, et sa bouche rencontra la mienne.

Je passai mes mains à travers ses cheveux alors que mes lèvres s'entrouvraient. Il m'embrassa comme un possédé. Comme si j'étais susceptible de disparaître à tout moment.

Sa langue caressa la mienne. L'intimité profonde de ce contact me rappela toutes les autres façons dont je connaissais cet homme. *Homme.* Désormais, ce mot lui correspondait mieux que *garçon*.

Je mis fin au baiser.

– Est-ce qu'on peut s'en aller d'ici ? soufflai-je. Un éclair d'inquiétude traversa son regard. S'en aller de *l'infirmerie*, clarifiai-je.

Comme si j'étais en condition pour une évasion.

Il me lança un sourire rusé.

– Laisse-moi user de mon charme avec les infirmières.

Il se leva pour partir, mais je saisis sa main et déposai un baiser sur ses doigts.

– Je t'aime, chuchotai-je tout contre sa peau durcie par les cals.

Il baissa les yeux sur sa main prisonnière. Son regard remonta lentement vers mon visage, et l'émotion qui palpitait au fond de ses yeux me coupa le souffle. Quelqu'un de moins entraîné que moi à déchiffrer les sentiments des gens y aurait vu du désir. Mais je savais que l'émotion qui m'éblouissait ainsi était différente.

C'était de la ferveur. De la foi. Une conviction des plus profondes.

Le salut.

***

Je suivis Caden jusqu'à ma chambre, le cœur battant de façon erratique. L'idée d'y retourner me rendait nerveuse.

Comme si je pouvais reprendre ma vie là où je l'avais laissée, après tout ce qui s'était passé.

Caden s'arrêta devant ma porte. Il inspira profondément, et me jeta un coup d'œil en coin. Si je m'étais écoutée, j'aurais pu croire qu'il était anxieux.

Il ouvrit la porte, et brusquement je compris la raison de son agitation.

Je haussai peu à peu les sourcils en entrant dans la pièce. Ce n'était plus ma chambre. C'était celle de Caden. Ses posters étaient accrochés aux murs, et une bibliothèque avait été installée en face du lit.

L'appréhension qui me tenaillait avant d'entrer avait disparu. Je pouvais vivre dans une pièce qui ne ressemblait en rien à ce qu'elle était auparavant.

– On dirait que tu t'es fait un petit nid douillet ici, hum ? dis-je en me dirigeant vers son étagère.

Quand je lançai un coup d'œil à Caden par-dessus mon épaule, je vis que son regard était empli de chagrin.

Je ne mentionnai pas que cet arrangement était largement préférable au fait de vivre seule. Ma vie oscillait sur le fil du rasoir – j'avais besoin de quelqu'un à mon côté qui prenne soin de me garder en vie.

– Mon ange, nous faisons ça ensemble ou pas du tout.

De nouveau, les mots de Caden ne laissaient aucune place à la discussion.

Je me retournai vers la bibliothèque, principalement pour détourner mon attention de cet homme qui avait remplacé le garçon que j'aimais. J'effleurai du bout des doigts le dos des livres. Je marquai une pause en tombant sur un de mes propres bouquins. C'était le roman à l'eau de rose que j'avais surpris Caden à lire dans cette même pièce, un an plus tôt. Le souvenir était brumeux dans mon esprit.

Plusieurs nouveaux plis creusaient désormais le dos de l'ouvrage. Apparemment, Caden l'avait lu à de nombreuses reprises. Cette constatation fit naître un sourire sur mes lèvres jusqu'à ce que je prenne conscience que c'était sans doute une autre façon pour lui de se sentir proche de moi. Au cœur d'un stupide roman que mes parents avaient négligemment fourré dans ma valise tant de mois auparavant.

Étrangement ce fut cela, plus que toute autre chose, qui me serra le cœur.

Comme s'il ne pouvait pas s'en empêcher, Caden se rapprocha de moi. Il écarta les cheveux qui cascadaient sur ma nuque. Je me figeai quand je sentis ses doigts rêches caresser ma peau. Son toucher était hésitant, incertain. Étrange, quand mes derniers souvenirs de nous n'étaient ni l'un ni l'autre.

Un baiser d'une douceur infinie s'ensuivit. Ses lèvres frôlèrent ma peau, juste à l'endroit où mon épaule rejoignait mon cou.

Je pivotai pour lui faire face. Il me contemplait comme si j'étais une des sept merveilles du monde. Une fille pouvait facilement s'habituer à être regardée comme ça.

Nous nous regardâmes dans les yeux pendant une éternité. Ses iris complexes, couleur noisette, avaient tant de pensées silencieuses à offrir.

– Mes souvenirs ne te rendaient pas justice, souffla-t-il. Tu es parfaite.

Avec une lenteur insoutenable, il se pencha vers moi, les yeux baissés vers ma bouche.

J'inclinai la tête vers lui, et nos lèvres se rencontrèrent. Le baiser débuta comme un feu qui couve, alors que nous savourions nos retrouvailles comme on apprécie un bon vin.

Le temps parut s'effriter tandis que nous nous fondions l'un dans l'autre. Il en allait toujours ainsi avec lui. La violence de nos vies s'évanouissait quand nous étions ensemble. Je me demandai s'il ressentait la même chose. À en juger par la façon dont il me tenait, comme si j'étais la seule chose qui l'ancrait à ce monde, la réponse était sans doute oui.

Très doucement, je laissai mes mains errer sur son torse et ses bras, me familiarisant avec cette version plus vieille et plus rude de Caden.

Avant, j'avais cru qu'il n'y avait aucune zone tendre sur son corps. Je m'étais trompée ; il devait y en avoir, car à présent il paraissait incroyablement plus ferme, plus affûté.

La chair de poule hérissa la peau de Caden sous mes doigts. Il grogna sans rompre notre baiser, et celui-ci s'intensifia jusqu'à nous couper le souffle. Mes mains descendirent plus bas et tirèrent sur son tee-shirt.

Il mit fin au baiser, haletant, le temps de faire passer son vêtement par-dessus sa tête. J'eus à nouveau un aperçu de son corps. Le terme *sublime* n'est pas souvent utilisé pour qualifier la forme masculine, en particulier quand celle-ci est couturée de cicatrices. Mais à cet instant, c'était le seul mot capable de définir son charisme féroce.

Puis les lèvres de Caden revinrent se poser sur les miennes, affamées.

Mes mains remplacèrent mes yeux, effleurant son torse. Mes doigts caressèrent les petites crêtes de ses cicatrices avant de suivre les contours ronds de ses abdos. Oh oui, Caden possédait cette beauté dangereuse et balafrée si particulière, et bordel, elle me séduisait à un niveau primaire. Je me délectai de sa familiarité. Son odeur, son goût, la texture de ses cheveux entre mes doigts.

Ses mains se refermèrent sur mes hanches et il me souleva, enveloppant mes jambes autour de sa taille.

Ses lèvres quittèrent ma bouche pour déposer un chemin de baisers sur ma mâchoire.

– Mon ange, murmura-t-il.

Le ton de sa voix me donna envie de pleurer.

Je caressai le côté de son visage.

– Ne sois pas triste. Pas maintenant.

Il déglutit péniblement et acquiesça, avant de prendre une nouvelle fois possession de mes lèvres. Sans s'interrompre, il nous déplaça jusqu'au bord de son lit et s'assit en m'installant sur ses genoux.

Je me collai tout contre lui, mais cela ne suffit pas à me satisfaire. J'avais presque tout perdu, et je n'avais aucune raison de croire que je pourrais conserver cet homme ou cette vie plus longtemps.

Caden devait avoir eu des pensées similaires, car il se retourna et m'allongea sur le lit.

Il s'agenouilla entre mes jambes, et ses mains vagabondèrent au niveau de mes hanches. Il caressa ma peau à cet endroit, avec la légèreté d'une plume. J'émis un petit gémissement à son contact, ce qui fit naître un sourire sur ses lèvres. Lentement, il retira la blouse que je portais, buvant des yeux le moindre centimètre carré de peau dénudée.

– Tu es plus pâle que dans mon souvenir, dit-il, presque pour lui-même.

Ce qu'il ne dit pas, c'est que j'étais également plus frêle que dans son souvenir et le mien. Alors que la capacité de mon corps à courir et à se battre était plus importante que jamais.

Caden passa ses mains sur mes jambes, avec une expression d'émerveillement. Il laissa échapper un grognement satisfait.

– Je ne me lasse pas de sentir ta peau contre la mienne.

Je le regardai faire, captivée. Là où je voyais de la faiblesse, il voyait quelque chose à chérir.

Je me tendis vers lui, n'appréciant pas d'être laissée en plan pendant qu'il renouait avec mes jambes.

La commissure de sa bouche se releva.

– Mon Ember serait-elle impatiente ?

J'ignore quelle expression j'arborai, mais elle amusa Caden, et je fus récompensée par un rire. Ce simple son me fit sourire à mon tour.

Le torse de Caden remonta contre mon corps dans un glissement, et il entrelaça ses doigts sous mon tee-shirt.

– C'est mieux comme ça, mon ange ? chuchota-t-il, le visage juste au-dessus du mien.

Il était suffisamment près pour que je remarque que ses cheveux avaient plus de mèches ensoleillées qu'avant.

Je hochai la tête, et levai la main pour enrouler une boucle de ses cheveux dorés autour de mon doigt. C'était un dieu du soleil, le rêve américain, et il me fixait comme si j'étais son univers.

Une chose aussi bonne était vouée à s'achever de façon terrible. C'était le karma qui rétablissait l'équilibre – vous avez droit à un homme sublime en échange d'une vie tragique et d'une mort prématurée. Pas de « ils vécurent heureux pour toujours ». Ça, c'était bon pour les films et les romans à l'eau de rose.

Caden fit passer mon tee-shirt au-dessus de ma tête.

Il le jeta de côté et regarda mon ventre. Mes nouvelles cicatrices.

Par réflexe, je plaquai les mains dessus pour les cacher.

– Non, dit-il en attrapant mes bras et en les plaçant de part et d'autre de mon corps.

Je restai tendue pendant que son regard errait sur la peau décolorée et déformée. La dernière fois qu'il m'avait vue nue, j'étais intacte, musclée, et ma peau avait un éclat sain. Maintenant, la donne était bien différente.

Il lâcha mes mains, m'avertissant d'un coup d'œil de laisser mes bras là où ils étaient. Je me mordis la lèvre, mais ne bougeai pas.

Du bout des doigts, Caden suivit les contours de mes cicatrices. Je dus serrer la mâchoire et les poings pour m'empêcher de me tortiller sous son inspection. Puis il fit la chose la plus étrange de toutes : il se pencha et déposa un baiser sur mon ventre balafré.

– Magnifique, murmura-t-il.

Je me figeai en entendant ce mot.

– Comment peux-tu dire ça ?

Il s'écarta légèrement.

– C'est grâce à ça que tu es en vie, répondit-il. Et c'est la preuve que tu es réelle.

Il leva la tête vers moi pour déchiffrer mon expression.

– Tu pensais que je les trouverais laides ?

Je haussai les épaules.

– Oui.

Ma voix trébucha sur ce mot, trahissant ma vulnérabilité.

– Oh, Ember, dit Caden, en s'empressant de reposer ses lèvres sur les miennes. Jamais, chuchota-t-il en m'embrassant.

Sans réfléchir, j'enveloppai mes bras autour de lui. Il sourit, appréciant manifestement la façon dont je m'accrochais à lui.

Il rompit l'étreinte juste le temps de retirer le reste de ses vêtements, puis il revint s'étendre sur moi. Je soupirai au contact de sa peau contre la mienne. Tout doucement, ses doigts caressèrent ma peau, encore et encore. Il releva la tête pour me contempler. Un amour brut, douloureux et sans concession était inscrit sur ses traits.

– Tu resteras à mon côté, quoi qu'il arrive ? demandai-je.

Je restai intentionnellement vague, au cas où le gouvernement ait installé des micros dans la chambre. Vu ce que nous étions sur le point de faire, j'espérais sincèrement que personne n'écoutait.

Néanmoins, je vis à la façon dont Caden me regarda qu'il savait que je parlais de survivre à cet endroit – et, à terme, de le fuir.

Il s'appuya sur un coude.

– Tu te souviens de ce jour-là, dans les bois, où tu m'as avoué avoir volé des dossiers ?

Je hochai la tête.

Il prit alors ma main et la plaça sur son cœur.

– Et je t'ai dit que ceci t'appartenait ? Eh bien, c'est toujours le cas, et je pense toujours chaque mot prononcé ce jour-là. Nous sommes là-dedans ensemble, d'accord ? Tout le reste peut s'écrouler autour de nous, mais je serai toujours à toi. Toujours.

Je laissai échapper un souffle tremblotant.

Il bascula de nouveau sur moi et m'embrassa gentiment, ses hanches bougeant en rythme contre les miennes. J'accompagnai le mouvement. Toujours pas assez près.

– Caden... dis-je d'une voix étranglée.

Ses fossettes apparurent.

– Encore impatiente, à ce que je vois.

Il pouvait parler. Son entrejambe durci appuyait contre mon ventre, déclenchant en moi tout un tas d'émotions. Désir. Connexion. Affection. Amour.

Son expression joueuse s'effaça de son visage.

– Nous ne devrions pas...

– Nous *devrions*, insistai-je.

Il arqua les sourcils.

– Tu es sûre ?

Je l'embrassai en guise de réponse. Il grogna et céda.

– OK, je comprends, murmura-t-il contre ma bouche. Tu as envie de moi.

Certains commentaires ne méritent pas de réaction.

Quand nous nous séparâmes, il glissa une main entre mes jambes et passa un pouce sur mon sexe.

Il haussa les sourcils en constatant à quel point j'étais

humide, et un sourire de pure arrogance masculine éclaira son visage.

– Dis donc, j'en connais une à qui j'ai beaucoup manqué.

Je levai les yeux au ciel, mais un sourire tiraillait la commissure de mes lèvres.

Caden prit un préservatif dans le tiroir de sa table de chevet, puis hésita. Il jura et le retourna.

Je me redressai en prenant appui sur mes coudes.

– Qu'est-ce qu'il y a ?

– Je ne sais pas s'ils sont toujours bons. Ils sont là depuis…

Mes yeux s'agrandirent. *Oh.* Dix mois s'étaient écoulés, et Caden, qui semblait plutôt du genre actif, était resté chaste pendant tout ce temps. À moins qu'il n'ait utilisé d'autres formes de protection – ou aucune… Je chassai ces réflexions de mon esprit. Le passé était le passé.

Je lui pris gentiment le préservatif des mains et lus la date de péremption.

– Il est encore bon, dis-je, ma main tremblant légèrement.

Je déchirai l'emballage et glissai le préservatif sur lui. Mes yeux s'attardèrent sur le V du torse de Caden.

Il inclina la tête, fourra son nez dans mon cou et embrassa la peau fine à cet endroit.

– Tu m'as manqué, putain, dit-il.

Malgré la légèreté de sa voix, je sentais que ce moment l'affectait profondément.

Je me laissai retomber sur le lit, et il me suivit. Nos poitrines s'effleurèrent alors qu'il prenait appui sur ses avant-bras, le visage juste au-dessus du mien. Si proches, mais encore séparés.

Nous ne nous quittâmes pas des yeux pendant qu'il me pénétrait avec une lenteur insoutenable. Son visage se contracta en un masque d'intensité, et je ne pus détourner le regard. Quand il fut entièrement en moi, il ferma très fort les yeux et ses sourcils se rejoignirent.

– Caden ?

Je passai une main dans ses cheveux. Ce n'était pas tout à fait la réaction initiale que j'attendais. Il avait l'air de souffrir, le souffle court, la gorge contractée.

– Donne-moi… une minute, dit-il sans ouvrir les yeux.

– D'accord.

Ma réponse était à peine plus qu'un chuchotement. La fête était-elle terminée avant même d'avoir commencé ?

Il se retira et me pénétra de nouveau. La sensation me fit rejeter la tête en arrière. Il répéta son mouvement, et un soupir m'échappa.

Quand Caden ouvrit finalement les yeux, ceux-ci brillaient de larmes contenues. Et je compris que j'avais mal interprété ses raisons pour commencer doucement.

Il n'essaya pas d'expliquer ce qui s'était passé, mais il n'avait pas à le faire. Il avait failli craquer. Caden était peut-être vulnérable en ma compagnie, mais il y avait quand même certaines limites qu'il ne voulait pas franchir. Comme de pleurer en faisant l'amour.

Je comprenais. Ou pas. Mais après tout, je n'avais pas connu la perte d'un être cher, contrairement à lui. Je ferais donc comme si tout allait bien… jusqu'à ce que ce soit vrai.

Néanmoins, alors que Caden allait et venait en moi, couvrant mon corps de baisers et caressant ma peau comme si elle était faite de la soie la plus pure, je ne pus m'empêcher de me sentir… chérie. Non pas que j'avais eu à me plaindre de lui à ce niveau. Mais toute cette histoire de résurrection avait quelques avantages, il fallait bien l'avouer.

Comme je l'ai déjà dit plus tôt, une fille pouvait facilement s'habituer à ça.

***

Nous passâmes le reste de la journée au lit, occupés à nous refamiliariser l'un avec l'autre. Nous remettions tous deux sciemment à plus tard les affaires du monde réel. Car, soyons honnêtes, le monde réel était plutôt merdique à ce moment-là.

Je posai la tête sur le torse de Caden, mon corps à moitié sur le sien.

Il me tenait contre lui, un de ses bras enroulé autour de ma taille, et caressait mon tatouage d'une main indolente.

– Mon ange, murmura-t-il en effleurant mon front d'un baiser.

– Plus de princesse ? demandai-je en levant la tête vers lui.

J'avais eu l'intention de lui poser la question depuis qu'il avait commencé à utiliser ce nouveau surnom.

Il secoua la tête.

– Une princesse a besoin d'être sauvée. Un ange… sauve.

Me sauve. Il ne l'avait pas formulé, mais son non-dit resta suspendu dans l'air entre nous.

– Ah.

– Et puis, tu as des ailes d'ange tatouées sur le dos. Il était plus que temps de changer de surnom.

– Tu pourrais te contenter de m'appeler *Ember*. Ça marche aussi.

Caden eut un reniflement sarcastique.

– Ça ne risque pas, mon ange. Estime-toi heureuse que je ne t'appelle pas ma petite chatte, ou mon cœur, ou un autre nom qui te donnerait envie de te suicider à petit feu.

Un sourire étira mes lèvres.

– Ma petite chatte ? Dois-je demander d'où tu tiens ce…

– Houlà, sûrement pas – alors oublie.

Je me mordis la lèvre.

– Je n'arrive même pas à croire que tu aies prononcé les mots *ma petite chatte*.

Caden haussa un sourcil, dans une mimique qui disait clairement « Défi accepté ».

– J'aime ta petite cha…

Je plaquai une main sur sa bouche avant qu'il puisse terminer.

– Ouais, redis un peu ça et tu n'es pas près de la revoir.

Le corps de Caden frémit sous moi, et il me fallut un moment pour réaliser que ce tremblement était causé par un rire grave et profond. Après un instant, je me joignis à lui. Je ne pouvais pas m'en empêcher ; son rire était contagieux.

C'était pour cela que la vie valait d'être vécue.

***

Une sonnerie retentit, et je grimaçai. Je n'avais pas dû dormir plus de quelques heures la nuit passée.

Un bras se referma autour de moi et me ramena au creux du lit.

– Hmm, faisons la grasse matinée, mon ange.

La voix de Caden était enrouée par le sommeil. Il tendit le bras par-dessus mon corps, appuya sur le bouton « Snooze » du réveil, et l'alarme s'éteignit.

Les jours qui venaient de s'écouler déferlèrent dans ma mémoire. Réveillée. Échappée. Capturée. Droguée. Réveillée de nouveau. De retour au centre.

De retour au centre.

Brusquement, je me découvris incapable de rester tranquillement assise. Le besoin de courir – de m'enfuir – me démangeait les jambes. La journée de la veille avait été un répit bienvenu dans ma vie, mais je ne pouvais pas faire comme si tout allait pour le mieux dans le meilleur des mondes.

Je m'extirpai du lit. Caden émit un grognement de protestation et roula sur le côté.

Je me dirigeai vers sa commode, et pris conscience en ouvrant le tiroir du haut que je n'y trouverais pas mes propres vêtements.

Sauf qu'ils étaient là.

Soutiens-gorge, culottes, chaussettes – tout le tintouin. J'ouvris un autre tiroir, et des frissons rampèrent le long de mon dos. Mes tee-shirts étaient tous là ; pas un ne manquait à l'appel.

J'ouvris les tiroirs restants et constatai que ceux que j'avais laissés vides contenaient désormais les affaires de Caden. Il avait cohabité avec un fantôme pendant mon absence.

– Je n'ai pas pu les jeter.

Je sursautai en entendant la voix de Caden. Il se tenait à quelques pas derrière moi, les bras croisés. Son visage encore ensommeillé arborait un air de défi, comme s'il se préparait à ce que je critique le fait qu'il ait conservé mes affaires ici pendant dix mois.

– Je… je vois ça.

Il passa les mains dans ses cheveux.

– Ne me regarde pas comme ça. On en reparlera quand tu auras perdu quelqu'un qui signifie tout pour toi.

Je me retournai vers les vêtements.

– Mais ce que je ne comprends pas, c'est pourquoi tu as préféré les garder à côté de toi ? J'aurais pensé que ce rappel…

– Me rongerait de l'intérieur ? acheva-t-il à ma place. En effet.

Il combla la distance qui nous séparait jusqu'à ce que je sois obligée d'incliner la tête pour le regarder. Ses mains se refermèrent sur mes bras.

– Mais je les ai laissés là dans l'espoir que tu reviennes un jour, comme les autres téléporteurs qui avaient survécu à l'épissage.

D'autres que moi avaient survécu à ça ? Première nouvelle.

Je mourais d'envie de cuisiner Caden pour obtenir plus d'informations à ce sujet, mais j'avais quelque chose de plus important en tête.

– Je pensais que tu ne me croyais pas, dis-je.

Caden me fixa un long moment, puis détourna le regard.

– Je t'ai dit que j'avais beaucoup de théories. Trop, dit-il en secouant la tête. Ce que j'ai pu croire n'a jamais eu aucune importance, de toute façon. L'espoir a eu le dessus.

***

Je pouvais entendre le bourdonnement des conversations depuis l'autre bout du couloir, ponctué de rires et des claquements de plateaux en plastique. Je baissai les yeux sur ma vieille paire de bottes usées, une de celles que Caden avait également sauvées, et ma main se resserra autour de la sienne.

Le réfectoire serait sûrement rempli de téléporteurs à cette heure de la matinée, et ils étaient sans doute tous au courant pour moi. Je m'épanouissais dans l'anonymat ; entrer là-dedans serait donc une expérience particulièrement effroyable.

Mais ce n'était pas la seule facette de cette épreuve qui me terrifiait. Pénétrer de nouveau dans ce monde et prétendre, ne serait-ce qu'un court instant, que tout allait bien suffisaient à me nouer l'estomac.

Voilà bien longtemps, Caden avait déclaré que les téléporteurs qui revenaient n'étaient plus les mêmes. Je comprenais à présent ce qu'il voulait dire par là. On ne frôle pas la mort sans en réchapper avec son lot de cicatrices – causées par la violence, la souffrance, la trahison. Je ne pouvais pas vivre avec cette expérience et m'attendre à rester inchangée.

Le besoin de courir en sens inverse faisait trembler mes jambes, mais je m'obligeai à avancer. Caden serra ma main, une fois. Quand je croisai son regard, il me lança un coup d'œil qui disait : « Tu peux le faire. »

Malgré ce qu'on voit dans les films, une foule ne se tait jamais d'un seul coup. Au lieu de cela, les conversations s'étiolent progressivement. Comme maintenant. Nous commençâmes à faire la queue pour obtenir notre petit-déjeuner, et mes cheveux se dressèrent sur ma nuque. Je n'avais pas besoin de me retourner pour savoir que l'attention de toute la cafétéria était rivée sur moi.

À mon côté, je vis Caden lancer un regard noir à notre public, le menton relevé juste ce qu'il fallait pour lui donner un air hostile.

– Ça va, dis-je.

– Non, ça ne va pas.

– Donne-leur une minute. Une fois qu'ils auront assez maté, ils reprendront ce qu'ils étaient en train de faire.

J'avais raison. Quand nous quittâmes la queue, les regards curieux s'étaient faits rares, même si les chuchotements étaient toujours présents. Nous nous dirigeâmes vers une table située au fond de la salle. Il ne restait plus qu'une seule personne, là où il y avait eu autrefois un groupe d'amis. Jeff. J'ignorais si c'était la mort ou la discorde qui avaient éclairci les rangs de cette manière. Quoi qu'il en soit, cette table avait l'air bien esseulée.

Jeff se leva en me voyant et ouvrit les bras.

– Ma petite Ember. Viens un peu par là.

Je posai mon plateau et me laissai en souriant engloutir

dans l'étreinte de Jeff. Celui-ci me pressa comme un citron.

– Je suis content que tu sois revenue d'entre les morts, dit-il. Je commençais à me sentir seul à table.

– J'ai remarqué, dis-je en m'écartant et en m'asseyant à côté de Caden.

Jeff reprit sa place en face de nous.

– Alors, dit-il, les rumeurs sont vraies ?

– Les rumeurs ?

Jeff se pencha en avant.

– Comme quoi tu aurais flanqué une rouste à Desiree. Elle est à l'infirmerie depuis deux jours.

L'expression que je l'avais vue arborer lors de cette nuit où ma mission avait échoué me revint brutalement à l'esprit. Je serrai les poings, ma colère bouillonnant à la surface à ce simple rappel.

– Merde alors, tu l'as *vraiment* éclatée ! La vache, fillette… dit Jeff en me scrutant intensément. J'y réfléchirai à deux fois avant de te faire chier.

Je lui lançai un pauvre sourire. Je ne pouvais pas plaisanter là-dessus – pas encore. La blessure était trop à vif.

Les yeux de Caden se posèrent brièvement sur mes poings.

– Dis-moi, dit-il en tournant son attention vers Jeff, comment s'est passée ta dernière mission – c'était en Jordanie, non ?

J'aurais pu l'embrasser. Il avait deviné mon humeur

et avait changé de sujet avant que Jeff puisse me harceler de questions. Dès que leur conversation fut engagée, j'examinai subrepticement la salle. Je repérai certains visages vaguement familiers, tandis que d'autres que je m'attendais à voir étaient absents. Des nouveaux venus les avaient remplacés. *Rotation.* C'est le mot qui me vint à l'esprit pendant que je scrutais la foule.

Tout le monde avait l'air si normal. Ces adolescents ne semblaient pas stressés ou effrayés. Ils n'avaient pas l'air de se débattre avec les mêmes problèmes que moi. Peut-être qu'ils dissimulaient bien leurs sentiments, ou peut-être étaient-ils vraiment programmés pour ne pas discuter les ordres.

Pendant que j'étudiais le réfectoire, les noms d'Éric et de Serena me vinrent aux oreilles depuis les tables environnantes. J'essayai de mieux écouter les conversations, mais elles étaient noyées dans le bruit ambiant.

– Ember ?

Je cillai et concentrai mon attention sur Caden, qui venait de m'interpeller. Son visage était plissé d'inquiétude. À en juger par la façon dont il me regardait, il devait avoir prononcé mon nom plus d'une fois. Quand je tournai les yeux vers Jeff, je lus de la pitié sur son visage.

Inadaptée. Je pouvais voir ce mot danser au fond de ses yeux. Et il avait raison.

– Tu n'as pas l'intention de manger ? demanda Caden en regardant mon plateau avec insistance.

Je baissai les yeux sur mon porridge et essayai de ne pas faire la grimace. Dans un bon jour, le porridge était un plat très appétissant. Dans un jour comme celui-ci, quand je sentais des dizaines d'yeux braqués sur moi, je ne me pensais pas capable de l'avaler. Je pris plutôt la banane posée sur mon plateau et commençai à la peler.

– Éric est vivant ? demandai-je l'air de rien.

Je surpris le coup d'œil qu'échangèrent Jeff et Caden avant que celui-ci ne me réponde.

– Oui.

Vivant. Cela signifiait qu'il avait lui aussi survécu à l'épissage. Pas étonnant que Caden ait nourri des espoirs sur mon retour.

J'avais vu les blessures d'Éric quand il était rentré de mission. Je n'aurais jamais parié sur sa guérison après un truc pareil.

C'est à ça que je devais ressembler.

– Où est-il ?

Est-ce que le gouvernement l'avait fait disparaître, lui aussi ? C'était la question que je souhaitais réellement poser, mais je la remis à plus tard.

Caden et Jeff échangèrent un autre regard lourd de sens.

– Ça vous tuerait d'arrêter ces coups d'œil à la con et de me répondre simplement ?

Mon éclat fit taire les téléporteurs assis aux tables autour de nous.

Un sourire s'épanouit sur le visage de Jeff.

– Tu es vraiment devenue une sacrée casse-couilles, Ember.

Je lui décochai un regard de réprimande ; à côté de moi, Caden rit dans sa barbe. Il semblait tirer un plaisir tout particulier de la situation. Mais quand il se tourna vers moi, son hilarité s'était étrangement tarie.

– Ils ont été envoyés dans le centre du Montana.

***

Ils ont été envoyés dans le centre du Montana. Les paroles que Caden avait prononcées au cours du petit-déjeuner tournaient sans relâche dans mon esprit.

C'était dans ce centre qu'on installait les téléporteurs plus âgés pour qu'ils fondent un foyer. J'en avais vu les plans – j'étais même entrée dans un des pavillons du centre. J'avais vu les logements familiaux. Les aires de jeu. Les salles de classe. Les garderies.

Ce centre était une tentative de la part du Projet de produire plus de téléporteurs. À un moment donné, au cours des dix derniers mois, le gouvernement y avait envoyé Éric et Serena. Il n'y avait aucun doute dans mon esprit sur le fait que démarrer une famille était vital pour y vivre.

Cet endroit me mettait tout aussi mal à l'aise que ce centre. Il me rappelait que si nous ne pouvions pas être utilisés comme armes, nous ferions office de poules pondeuses. Les téléporteurs concernés rallongeaient leur durée de vie, mais en échange ils condamnaient leurs enfants à partager leur sort.

Tout cela me donnait la nausée.

Caden détourna son attention de son imprimante.

– J'ai notre emploi du – hé, tu vas bien ? demanda-t-il en voyant mon expression.

Je chassai mes idées noires.

– Oui, oui.

Je vis à la manière dont il me regarda qu'il n'en croyait pas un mot, mais il n'insista pas.

Sa chaise grinça quand il se leva, puis mon armoire à glace de partenaire prit les deux feuilles qu'il venait d'imprimer. Il m'en tendit une avec un regard d'excuse.

– Tu t'es fait avoir, cette semaine, mon ange.

Je fronçai les sourcils et lui pris la feuille des mains.

– J'y crois pas, dis-je en la parcourant.

En plus de mes cours normaux, j'avais des séances de psy tous les jours.

J'étais dans un beau merdier.

***

Nous sortîmes du centre et je plissai les yeux, éblouie par le soleil de ce début de journée. Quand j'inspirai, l'odeur d'humus et de pin me frappa.

Mon Dieu, j'étais vraiment de retour ici.

– J'aurais sans doute dû te demander ça hier, dis-je, mais tu n'as personne en ce moment, hein ?

Caden me lança un sourire tendre.

– Non, mon ange. Mon métier consiste peut-être à trahir, blesser et tuer des gens, mais je ne te tromperais jamais. Je devrais te donner la fessée pour avoir osé poser cette question, dit-il alors que ses fossettes prenaient vie.

– C'est bon de savoir que tu n'as rien perdu de ton sens de l'humour rudimentaire.

Il secoua la tête et fit un pas en avant.

– Je ne plaisantais pas.

Ah. Je reculai d'un pas, et il en fit un autre vers moi, tandis que son sourire s'élargissait. Au moment où je commençais à croire que cette matinée allait prendre une tournure intéressante, il me lança un clin d'œil et me dépassa pour remonter la piste au pas de course.

– Tu penses que tu peux encore me battre, mon ange ? demanda-t-il en se retournant et en courant à reculons pour me faire face.

J'eus un sourire suffisant.

– Je vais bien rigoler quand tu vas te retrouver sur le cul à force de courir comme ça.

– Oh, j'en connais une qui est nerveuse à l'idée que je puisse la battre, me taquina Caden.

Je trottai vers lui et l'attrapai par le devant de son tee-shirt.

– Tu es plutôt rapide, dis-je en baissant rapidement les yeux vers ses lèvres.

Je me penchai jusqu'à ce que seul un souffle d'air sépare nos deux bouches.

– Mais tu ne seras jamais aussi rapide que moi.

Je donnai à Caden une bonne poussée.

– Hé !

Je filai comme l'éclair sur la piste, sans même m'attarder pour voir s'il avait réussi à se rattraper avant de tomber.

Mes jambes me firent presque aussitôt souffrir terriblement. L'allure qui m'était naturelle par le passé mettait désormais mes muscles à rude épreuve. Je ne ralentis pas pour autant, surtout quand j'entendis Caden qui se rapprochait rapidement.

J'accélérai. Le chemin serpentait à plusieurs reprises avant de déboucher sur le stade où nous devions nous retrouver.

Je pouvais entendre le crissement des aiguilles de pin juste derrière moi. Un instant plus tard, Caden me souleva par-derrière et me fit virevolter.

Je laissai échapper une exclamation étranglée tandis que le monde tournoyait.

– Voilà qui n'était pas très gentil, gronda-t-il à mon oreille. La prochaine fois que nous serons dans notre chambre, tu seras *vraiment* fessée pour ça.

Alors qu'il prononçait ces mots, un autre téléporteur

nous dépassa en courant et nous lança un regard salace. En le voyant, Caden sourit comme un idiot.

– Ne fais pas comme si tu n'étais pas jaloux, Cameron ! lança-t-il dans le dos du téléporteur.

Oh, Caden.

***

Je pénétrai sur le terrain et fermai les yeux, laissant le vent balayer mon visage. Mon premier cours de la journée était « combat rapproché », tout comme cela avait été le cas des mois auparavant. J'eus une impression de déjà-vu. C'était comme si on m'avait donné l'occasion de revivre un cauchemar.

Je pouvais le faire.

J'ouvris les yeux et modifiai mon expression de manière à paraître gentiment ennuyée, alors qu'en réalité je hurlais intérieurement.

Je parvins à garder mon sang-froid jusqu'à l'apparition de Desiree. Quand je la vis, ma mâchoire se contracta et mes muscles se tendirent. Je fis un pas menaçant dans sa direction.

– Non.

Caden plaça son bras en travers de ma poitrine.

Je le fusillai du regard, incrédule.

– Tu déconnes. Tu ne vas pas me laisser…

– Non, répéta-t-il d'une voix plus insistante.

Desiree devait avoir senti mes yeux posés sur elle, car elle se retourna pour me regarder. Son visage était encore enflé et contusionné à la suite de mon attaque. Malgré ses blessures, un rictus satisfait releva un coin de sa bouche.

Au diable les conséquences. J'allais me la faire.

Je fis mine de contourner Caden, mais il me plaqua contre son torse et enveloppa ses bras autour de moi.

– Mon ange, me prévint-il d'une voix grave.

Desiree haussa les sourcils et détourna le regard. Son attitude disait clairement : « Tu ne vaux pas que je perde mon temps avec toi. »

– Laisse-moi partir, grondai-je en cherchant à desserrer son étreinte.

– Pourquoi ? Pour que tu puisses la tuer, cette fois ? Je ne crois pas. Je ne te conseille pas de te faire remarquer pour de mauvaises raisons pendant ton premier jour de cours.

Sa remarque me rappela mon entrevue avec Dane. Je devais bien me conduire. J'inspirai, puis expirai profondément. Une partie de ma rage (une partie seulement) me quitta.

– C'est bon ? me demanda Caden une minute plus tard.

Je relâchai mon souffle.

– Je crois que oui.

Il me libéra lentement, juste au moment où le coach Painter entrait sur le terrain.

– Bonjour à tous, dit-il. Je nous ai trouvé un bon

petit exercice pour aujourd'hui. Nous allons travailler les mouvements nécessaires pour désarmer et neutraliser votre opposant. Les solitaires, trouvez-vous un partenaire du sexe opposé. Je vous appellerai par groupes de quatre. Ceux qui ne sont pas appelés passeront le reste du cours à faire des tours de stade. Si j'en vois un glandouiller, je vous colle des exercices supplémentaires jusqu'à la fin de la semaine. Avant de commencer, j'aimerais vous présenter une téléporteuse qui nous rejoint après blessure, dit-il en scrutant la foule. Ember, veux-tu bien avancer ?

Mes muscles se contractèrent, mais je m'obligeai à faire un pas en avant. Pour la deuxième fois de la journée, tous les yeux étaient braqués sur moi. Je me frayai un chemin jusqu'au coach Painter, dont les yeux pétillaient comme s'il savait à quel degré incroyable toute cette attention me mettait mal à l'aise.

Quand je fus à côté de lui, il posa une main sur mon épaule.

– Si vous n'avez pas encore pris le temps de faire sa connaissance, faites en sorte que cela change.

Je fermai les yeux. Il n'allait pas me faciliter la tâche.

Le coach me secoua gentiment l'épaule.

– C'est bon de te revoir parmi nous. J'acquiesçai en lui accordant un sourire affligé. Allez, au travail, dit-il en m'assénant une légère tape dans le dos avant de me pousser vers la foule.

Il prit son sifflet et souffla dedans à trois reprises, avant d'égrener les quatre premiers noms.

Nous ne fûmes appelés que trente minutes plus tard. J'étais déjà sur le point de cracher mes poumons à force de courir autour du stade. Mon corps avait beaucoup de retard à rattraper, et personne ne m'avait dit d'y aller mollo. Pourquoi l'auraient-ils fait ? C'était à *moi* de *les* convaincre que j'étais utile. Sans quoi, j'étais aussi bien morte.

Caden et moi rejoignîmes une autre paire avant de nous placer face au coach.

– OK, vous quatre, dit-il en se penchant sur nous. Je veux vous voir montrer à votre paire de quelle façon vous pourriez le ou la désarmer, avant neutralisation. Vous avez cinq minutes pour vous entraîner.

Tous les autres hochaient la tête, comme si le sens de ses paroles était cristallin. Déjà vu, là encore.

– Euh, coach ? fis-je en me rapprochant. Comment est-ce qu'on est censés s'y prendre, au juste ?

Étais-je toujours la seule à avoir besoin d'instructions supplémentaires ?

Le coach Painter me lança un regard disant clairement qu'il s'attendait à mieux. De ma part. La fille ressuscitée.

– Tu devrais le savoir, dit-il. Et si ce n'est pas le cas, ton partenaire ferait mieux de te faire une mise à niveau express. Il jeta un coup d'œil sévère à Caden et reprit : vous serez notés là-dessus.

Je jetai un coup d'œil à mon partenaire, qui accueillait le regard noir du coach avec un de ceux qui lui étaient propres.

Quand Caden se tourna vers moi, son expression s'adoucit quelque peu.

– Viens, mon ange, je vais te montrer.

Nous nous écartâmes sur le côté pour nous entraîner.

– OK, dis-je en étirant mes bras et en priant pour que mes jambes tremblantes tiennent le coup après tous ces tours de stade, comment est-ce qu'on…

Caden se pencha et inclina la tête de telle manière que ses lèvres touchèrent le bord de mon oreille.

– Nous devons rater cet exercice.

Je m'écartai, surprise.

– Ça ne devrait pas être trop difficile.

Caden recula d'un pas, l'air sombre. J'étudiai son visage en essayant de déchiffrer ses pensées.

Puis je compris.

Ils veulent que je reparte sur le terrain dès que possible !

Je posai la main sur mon ventre, où se cachaient mes cicatrices. Il était impossible qu'ils me renvoient en mission. D'une, j'avais déjà prouvé ma déloyauté, et de deux, j'aurais du mal à séduire des cibles avec mes balafres monstrueuses.

Caden secoua la tête.

– Tu te trompes sur leurs motivations, quoi que tu imagines, dit-il en déchiffrant à son tour mon expression. Les téléporteurs sont renouvelés en permanence. Dès qu'ils t'estimeront apte, ils te renverront sur le terrain.

Je n'aurais pas dû être étonnée – vraiment pas. Mais j'avais cru avoir une utilité et une seule : remettre Caden sur les rails. Cela paraissait illogique de me ramener à la vie pour prendre le risque de me voir mourir une deuxième fois.

Peut-être que Caden avait raison ; peut-être qu'ils étaient réellement aux abois. Ou alors, le Projet voulait l'amener à prendre une décision qu'il n'aurait pas envisagée sans cela. Comme toujours avec cette institution, les niveaux de tromperie étaient nombreux.

Mais quelle décision prendrait Caden, en temps normal ?

Mes yeux errèrent jusqu'à ses bras. Ses muscles épais et noueux détournèrent mon attention une fraction de seconde, puis je me concentrai sur sa peau couturée de cicatrices.

Bien sûr. *Domestication.*

Caden se rapprocha, prit mon visage en coupe et ramena mes pensées sur le moment présent.

– Je t'ai déjà perdue une fois, dit-il d'une voix grave. Je refuse de prendre le moindre risque.

Derrière lui, une silhouette familière pénétra sur le terrain. Je me figeai, focalisée sur elle.

Dane Richards.

Il balaya les environs du regard, et ses yeux s'arrêtèrent

sur moi. Nous nous fixâmes pendant une poignée de secondes sous tension. Suffisamment du moins pour que Caden jette un coup d'œil par-dessus son épaule et voie ce que je regardais ainsi. Puis Dane Ducon se dirigea vers le coach Painter.

Mon cœur tambourinait dans ma poitrine. Dane était venu pour me surveiller. Forcément.

– Ember ? fit Caden.

Je touchai ma poitrine et palpai la peau irrégulière à l'endroit où débutait ma cicatrice. Je n'arrivais plus à respirer. Rien n'avait jamais été aussi douloureux que cette blessure par balle. Puis je m'étais téléportée, et j'avais été la souffrance incarnée. Je savais que j'allais mourir. Et Dane en avait obligatoirement donné l'ordre.

Et voilà où je me retrouvais à présent. Sous son contrôle, une fois encore. Je ne pouvais absolument rien y faire.

– Il faut que je m'échappe. Il faut que je m'échappe. Il faut que…

– Mon ange. Une main se posa sur ma joue, et brusquement je vis les yeux de Caden fixés sur moi. Concentre-toi sur moi. Concentre-toi.

J'obéis en prenant une inspiration tremblotante. Je me sentis à peine mieux. On ne peut pas raisonner avec la peur, ni la physiologie. C'était ce qui m'arrivait à ce moment – mon esprit et mon corps qui réagissaient instinctivement à la présence de Dane.

– Tout va bien, dit Caden d'une voix apaisante. Tout va bien.

– Il l'a fait, Caden, dis-je d'une voix qui se brisa en pleine phrase. Il m'a tuée.

Un chagrin insoutenable traversa son regard, l'espace d'un instant, avant de disparaître.

– Je ne permettrai pas qu'il t'arrive quoi que ce soit.

Ce n'était pas la question.

– Comment as-tu pu rester ici ? lançai-je d'un ton accusateur.

Je connaissais déjà ses raisons ; elles me semblaient seulement invalides à ce moment précis.

Cette fois, il ne prit pas la peine de dissimuler sa peine.

– Je t'attendais.

Cette réponse, celle qu'il avait mentionnée plus tôt, ne laissait aucune prise à ma colère. Ces trois mots tout simples guérirent une partie de mes blessures.

Mais pas ma peur.

Je passai une main tremblante dans mes cheveux, puis je disparus.

Chapitre 7

Il me fallut un moment pour prendre mes repères. Une fois que j'y parvins, je laissai échapper un petit cri. Je me tenais debout derrière Adrian, qui était en train de pisser. Timing parfait, comme d'hab.

Au son de ma voix, Adrian tressaillit. Mais il ne cria pas – je peux au moins lui concéder ça.

– Qu'est-ce que… dit-il en se retournant.

– *Ne bouge pas !* ordonnai-je en hurlant presque.

Le dernier truc dont j'avais envie, c'était de me rincer l'œil. Une fois vues, certaines choses ne peuvent être oubliées. Les parties intimes d'un camarade en faisaient partie.

– Ember ? dit-il en s'adressant au mur face à lui. Puis il secoua la tête. J'y crois pas.

– Je pars, dis-je en tripotant frénétiquement la poignée de la porte dans mon dos. Merde, donne-moi juste une seconde.

Je fis volte-face, saisis la poignée et m'enfuis des toilettes avec un manque de grâce total – pour tomber nez à nez avec une femme. Elle se leva d'un canapé – le canapé d'Adrian – et me regarda fixement, perplexe.

– Qui êtes-vous ? demanda-t-elle en détachant nettement ses mots avec un accent britannique.

Mes yeux s'écarquillèrent, ma bouche s'ouvrit et se referma.

– Moi ? fis-je en me pointant du doigt.

Adrian avait invité une fille chez lui, et la seule chose qui me traversa l'esprit fut que ma présence pouvait vraiment être mal interprétée.

– Oui, vous.

Sa perplexité laissa place à quelque chose de plus sinistre et de plus méfiant.

Adrian m'épargna la peine d'avoir à m'expliquer en sortant à son tour des toilettes. Non pas que j'avais très envie de le voir non plus.

Il me lança un regard contrarié.

– Tu n'aurais pas pu choisir un meilleur moment pour débarquer ? demanda-t-il.

– *Ce n'est pas comme si je pouvais contrôler ces choses-là.*

– Bon, maintenant que tu es ici, il faut que je te parle.

– Que se passe-t-il ? interrompit la femme en nous regardant tour à tour et en essayant de trouver un sens à cette situation. Adrian, que faisait cette fille (elle me lorgna) dans tes toilettes ?

Adrian me quitta brièvement des yeux pour se tourner vers elle.

– C’est une longue histoire, Sarah. C’est en rapport avec mon travail.

– Ton travail ?

Ses sourcils se rejoignirent.

– Tu t’y prends vraiment comme un manche, lui chuchotai-je en aparté.

– La ferme, me rembarra-t-il, grossier, comme d’habitude. Sarah, nous pouvons soit remettre notre dîner à une prochaine fois…

– Remettre à une prochaine fois ?

Elle était passée de la surprise horrifiée à la fureur.

– … soit tu peux attendre dehors pendant les dix prochaines minutes.

– Attendre dehors ? répéta-t-elle.

Je me mordis l’intérieur de la joue. Malgré toute sa matière grise, Adrian galérait à négocier les subtilités d’une relation. Ou alors il ne s’intéressait pas tant que ça à cette femme.

Sarah nous regarda de nouveau l’un après l’autre. Puis, à mesure qu’elle comprenait que ce n’était pas une blague, ses joues s’enflammèrent. Elle pencha la tête, et articula « Waouh » en silence pour elle-même. Saisissant son manteau et son sac, elle quitta la pièce d’un pas raide.

– Ça… aurait pu mieux se passer, déclara Adrian quand la porte se fut refermée sur elle.

– Tu crois ?

Il soupira.

– Encore une de perdue.

Je secouai la tête.

– Cette vie n'est pas faite pour les chochottes, c'est clair.

***

Les doigts frais d'Adrian suivirent les contours de mon aile d'ange tatouée.

– Donc tu as dissimulé ton empreinte ? demanda-t-il.

Nous étions debout dans son bureau ; d'une main, je plaquais mon tee-shirt et mon soutien-gorge contre ma poitrine. Vu ce à quoi j'avais assisté quelques minutes plus tôt, cette situation était loin de se révéler aussi gênante qu'elle aurait pu l'être en d'autres circonstances.

De l'autre main, je passai un coton-tige sur l'intérieur de ma joue, puis le rendis à Adrian.

– Ouais.

Il laissa tomber le coton-tige dans un sachet en plastique et reporta son attention sur mon omoplate.

– Ça ne va pas me faciliter la tâche.

Il prit un appareil photo dans un tiroir de son bureau, et j'entendis les cliquetis de l'objectif tandis qu'il prenait une série de clichés. Adrian avait l'intention d'enregistrer mon empreinte et de prendre un échantillon de mon ADN, choses qui me faisaient plus qu'un peu flipper. Mais plus tôt il aurait ces informations, plus vite il pourrait déterminer les lieux de mes téléportations, ce qui serait important si jamais je voulais échapper au contrôle du Projet.

Cela signifiait également que je devais faire confiance à Adrian. Moi qui n'étais pas une grande fan de la confiance… Ce sentiment avait été bien trop souvent exploité. Mais j'avais déjà vu, déjà emprunté l'autre chemin possible. L'ennemi que je ne connaissais pas était au pire tout aussi néfaste que celui que je connaissais. Je n'avais donc plus rien à perdre.

– À ton avis, pourquoi est-ce que j'atterris toujours aussi souvent près de toi ? demandai-je.

Silence. Je jetai un coup d'œil par-dessus mon épaule, et découvris qu'Adrian ne faisait même pas attention à moi. Non, il examinait l'écran de son appareil photo, les sourcils froncés.

– Qu'est-ce qu'il y a ? demandai-je.

– À l'œil nu, j'arrive à distinguer ton empreinte – la couleur et l'épaisseur sont un peu différentes –, mais ça ne passe pas en photo.

– Tu pourrais toujours en faire un moulage.

Le regard d'Adrian s'éclaira, avant de s'assombrir aussitôt.

– Un moulage en plâtre prendrait trop de temps.

– Tu as des bougies ?

***

– Pire idée du monde, dis-je moins d'une minute plus tard, quand les premières gouttes de cire tombèrent sur ma peau.

J'étais allongée sur le canapé d'Adrian.

– Une fois que nous aurons ton empreinte, nous aurons franchi une étape supplémentaire pour t'affranchir du contrôle du gouvernement.

À l'entendre, c'était facile. Je savais que ce serait loin d'être aussi simple.

– Ils t'ont ramenée au centre de Big Sur, ou tu es ailleurs ? demanda-t-il.

– Big Sur, répondis-je en me tendant quand un autre filet de cire fondue atterrit sur mon dos. Ton offre de nous faire évader, Caden et moi, elle tient toujours ?

– Caden… C'est ta paire, je me trompe ?

Comme s'il l'ignorait. Il possédait les notes de son père. Il était juste en train de me sonder, pour voir comment je réagirais.

– Mmm-hmm, fis-je comme si de rien n'était.

Et le sujet fut clos.

Après une pause et une autre tournée de cire chaude, Adrian reprit la parole.

– L'offre tient toujours. Je vais me renseigner auprès de mes contacts, et je devrais avoir bientôt plus d'informations à te fournir.

Il hésita.

– Mais ? ajoutai-je, sentant le mot planer entre nous.

– Je peux vous aider, toi et ta paire, à rejoindre un refuge à Zurich, mais l'évasion du centre… Ça, vous devrez le faire par vous-mêmes.

***

Je réapparus à poil sur le terrain devant toute ma classe, mon coach, et Dane Richards. Je faillis rire en voyant ce dernier. Dix secondes à peine plus tôt, j'étais en train de comploter contre lui, et maintenant je me retrouvais à poil sous son nez.

– *Ember.*

L'inquiétude le disputait au soulagement dans la voix de Caden. Il vint vers moi, et me fit un bouclier de son corps pour dissimuler ma nudité aux yeux des autres. Je récupérai mes vêtements par terre et les enfilai précipitamment.

Je m'étais encore téléportée en plein jour. Et merde. À en juger par les expressions conflictuelles sur le visage de Caden, il n'accepterait pas de sitôt que nous nous échappions. Pas alors qu'il estimait que ma vie était encore mise en danger par ces voyages diurnes.

Je décoinçai mes cheveux de sous mon col, et Caden captura une de mes mèches.

– Tu vas bien ? demanda-t-il en la frottant entre ses doigts, comme pour s'assurer que j'étais réelle.

Je hochai la tête et jetai un coup d'œil par-dessus son

épaule. Nous avions attiré l'attention de plusieurs autres téléporteurs – y compris Desiree. Elle ne fit pas le moindre effort pour cacher sa jubilation.

Mon regard se décala vers le coach Painter. Il m'étudiait, le front plissé par l'inquiétude. À côté de lui, Dane me jaugeait d'un air renfrogné.

Au moins, je n'avais plus à prendre la peine de foirer l'exercice. J'avais manifestement échoué au test primordial : faire croire au Projet que j'étais stable.

Chapitre 8

– Ember, c'est si bon de te voir, déclara Debbie, la psychologue du Projet, quand j'entrai dans son bureau un peu plus tard ce jour-là.

Assise devant son ordinateur à mon arrivée, elle se leva. Je fis un pas en arrière quand je compris qu'elle s'apprêtait à me prendre dans ses bras. Debbie comprit le message et s'arrêta net.

– Ah, vraiment ? demandai-je.

Elle inclina la tête et fronça les sourcils. Perplexe. C'était l'expression qu'elle affichait.

– Pourquoi ne serais-je pas heureuse de te voir ?

Parce que le Projet pour lequel vous travaillez a failli me tuer. Parce que tous ceux qui étaient impliqués avaient toutes les raisons de croire que j'étais une traîtresse.

Je laissai ces raisons flotter en suspens entre nous, informulées. C'est ça le truc, quand on est capable de déchiffrer les gens. Si on sait de quelle manière ils sont susceptibles de réagir, on peut prédire dans quel scénario on risque d'échouer. Celui que je voyais se dérouler à ce moment même me mènerait là où je ne souhaitais pas aller.

Je soupirai.

– Finissons-en, c'est tout.

Je la dépassai et me laissai tomber sur son canapé.

Elle me suivit, presque précautionneusement, prit un stylo et un bloc-notes avant de s'installer sur un fauteuil face à moi.

Je me mis à l'aise, les bras calés sur le dos du canapé.

– Alors, comment vas-tu ? demanda-t-elle une fois installée.

– À votre avis ?

Ma réponse poussait déjà Debbie à griffonner sur son bloc-notes.

Je pouvais imaginer à quoi ressemblaient ses notes. *La patiente montre des signes d'agressivité, principalement dirigée contre le Projet. Ceci découle probablement d'un besoin de contrôle refoulé.*

Ce qui serait entièrement vrai.

Debbie leva le menton, avec sur le visage une expression d'une neutralité étudiée – ce qui lui donna en réalité un air supérieur.

– Pourquoi ne veux-tu pas me le dire ? fit-elle.

Je triturai un fil du canapé.

– Et si je n'en ai pas envie ? répondis-je sans la regarder.

– Tu ne peux pas résoudre les problèmes que tu refuses de reconnaître.

– Vous avez lu ça dans un bouquin de développement personnel ? répliquai-je.

Elle ne répondit pas, et le silence s'étira. Ma bouderie laissa progressivement place aux premières vrilles de colère. Je savais parfaitement ce qu'elle était en train de faire. Les gens ont une aversion profonde pour les silences gênés, et ils s'empressent de les combler. C'était exactement ce qu'elle espérait que je fasse.

Je m'en gardai bien.

Quand il devint clair que je resterais muette, Debbie se chargea de rompre le silence.

– Que puis-je faire pour rendre ce processus plus confortable pour toi, Ember ?

– Vous pouvez me laisser partir.

– Nous savons toutes les deux que ce n'est pas possible.

Je haussai les épaules.

– Alors ça sera juste inconfortable.

Un autre silence s'installa, plus long que le premier. J'avais beau faire de mon mieux, je n'arrivais pas à comprendre cette tactique. Les gens n'allaient pas s'ouvrir *volontairement* en sentant ce silence oppressant peser de tout son poids sur eux. Cela ne me mettait pas d'humeur à faire des confidences. Au contraire, j'avais déjà commencé à laisser mes pensées dériver.

– Es-tu en colère, Ember ?

J'avais les yeux dans le vide, mais à ces mots mon regard se braqua sur elle. Je la fixai pendant si longtemps qu'elle commença à s'agiter sur son siège.

– Pour quelle raison est-ce que je m'épancherais auprès de vous, Debbie ? demandai-je en plissant les yeux et en me penchant en avant. Vous n'êtes ni mon amie ni un membre de ma famille – je ne vous considère même pas comme une espèce de figure maternelle. Qu'est-ce qui pourrait me pousser à vous choisir comme confidente ?

– *Voilà* pourquoi, répondit-elle, avec une intonation proche du soulagement. Elle devait penser que c'était une petite victoire de m'avoir amenée à parler. Elle reprit : c'est parce que je n'entretiens aucune relation significative avec toi que tu peux décharger tes problèmes sur moi.

– Faux, déclarai-je. La colère qui mijotait au fond de moi depuis le moment où j'étais entrée se déversa enfin. Vous travaillez pour des gens qui ont essayé de me tuer.

Ma voix tremblota à la fin de ma phrase. Je n'avais pas eu l'intention de dire ça ; je ne l'avais pas voulu. J'avais laissé mes émotions prendre le dessus.

– C'est ce que tu crois ?

– C'est ce que je *sais*.

Elle ne prit pas la peine de le nier.

– Ils t'ont aussi soignée. Ils t'ont créée.

– Et du coup, ça excuse tout le reste ? rétorquai-je d'un ton cinglant.

– La trahison est-elle excusable ?

Je me levai.

– Allez vous faire foutre avec votre culpabilisation. Je n'ai pas demandé à naître, je n'ai pas demandé à être modifiée, et je n'ai certainement pas demandé à être retenue ici comme un animal.

Voilà pourquoi j'avais voulu éviter la confrontation. Je savais qu'elle pouvait mener à cette conclusion. J'aurais parié que Debbie prenait son pied à identifier et cataloguer tout ce qui clochait chez moi.

– Ember, tu ne le crois peut-être pas pour l'instant, mais ceci est une bonne chose. Je veux que tu te mettes en colère. Je veux que tu intègres ce qui s'est passé. Tu es libre de t'exprimer, ici.

Un sourire mauvais étira mes lèvres.

– Pitié, épargnez-moi le couplet de la « liberté d'expression ». Je la dévisageai. C'est vous la psychologue ; vous êtes bien placée pour savoir que c'est de la connerie. Vous divulguez le contenu de toutes ces séances à Richards.

Elle ne réagit pas, ne se tortilla pas, ne resserra pas sa prise sur son bloc-notes.

Je secouai la tête et me dirigeai vers la porte.

– Notre séance n'est pas terminée, Ember.

Je m'arrêtai et fis volte-face pour qu'elle me voie, qu'elle voie à quel point mon regard était mort.

– Je m'en fiche.

Sur ces paroles, je quittai son bureau en claquant la porte derrière moi.

***

Allongée sur mon lit, je fulminais encore une heure plus tard quand la porte s'ouvrit.

– Toi.

Je me retournai et vis Caden fermer la porte d'un coup de pied. Je posai le livre sur les plantes comestibles que j'étais en train de lire.

– J'ai un nom.

– Oui. C'est « mon ange » quand tu es sage, et « ma petite chatte » quand tu es méchante, dit-il en avançant vers moi d'un pas nonchalant.

Je lui balançai le livre à la tête. Il l'attrapa au vol d'une seule main. Branleur.

– On t'a déjà dit que ce n'est pas gentil de lancer des choses sur les gens ? dit-il en jetant le livre de côté.

– Nous avons déjà établi ce que je pensais de « ma petite chatte ».

Un sourire en coin releva brièvement la commissure de sa bouche, mais il ne répondit pas. Il traversa la pièce et commença à ouvrir mes tiroirs.

– Qu'est-ce que tu fais ?

Toujours sans rien dire, il me jeta un tee-shirt, qui atterrit en plein sur mon visage, puis un legging. Un soutien-gorge de sport et son string préféré suivirent le même chemin.

– Enfile ça, dit-il en indiquant mes vêtements d'un mouvement de la tête. Tu as cinq minutes.

– Avant que ?

– Avant que je te botte les fesses, mon ange.

Caden était devenu terriblement autoritaire depuis mon retour.

– Tu n'as toujours pas répondu à ma question.

Il s'empara de la chaise du bureau et s'assit dessus à califourchon, les bras posés sur le dossier.

– Tu veux savoir ce que nous allons faire ? demanda-t-il d'un air amusé.

Ses fossettes se creusèrent, tandis que ses yeux se plissaient. Il se pencha en avant, suffisamment proche pour vraiment me troubler.

– Les vacances sont terminées, mon ange. C'est l'heure de s'entraîner.

***

Je décalai mon poids d'un pied sur l'autre, face à Caden.

– Alors, tu vas rester plantée là, ou tu comptes te battre pour de bon ? railla-t-il, ses poings gantés ramenés devant lui.

Ce n'était pas la chose à dire.

Je ne réagis pas tout de suite ; ç'aurait été trop prévisible. Au lieu de cela, je l'attaquai deux secondes plus tard, pile au moment où il commençait à penser que son sarcasme n'avait pas marché.

Ses yeux s'écarquillèrent de façon infinitésimale, seule indication de sa surprise. Puis j'entamai le combat.

Je lui donnai un coup de poing dans le ventre, suivi d'un autre sur le flanc, juste pour le distraire. Pendant qu'il était occupé à bloquer mes coups, je remontai brusquement le genou vers son entrejambe. Il bougea à la dernière seconde et dévia l'attaque. Je bondis hors de portée avant qu'il puisse m'asséner un coup de poing. Peu importait. Mon corps et mes muscles n'avaient peut-être pas oublié les gestes, mais mon temps de réaction était plus lent, et mes frappes plus faibles.

Caden effectua un balayage au ras du sol ; je trébuchai et tombai lourdement. Un instant plus tard, le torse de Caden était plaqué contre le mien.

Aucune sueur ne perlait à son front ; aucun souffle saccadé ne déchirait ses poumons. Ce n'était même pas un combat. Caden était devenu plus fort et plus rapide pendant que je dépérissais.

Tout ce que j'avais réussi à faire, c'était le surprendre. Et encore, de justesse.

– Waouh, mon ange, tu as failli me castrer.

– J'en étais loin.

Il se releva d'une poussée et retira ses gants ainsi que son casque.

– Dieu merci, dit-il en les lançant de côté. Tes

enchaînements sont phénoménaux, et tu n'as visiblement pas peur d'essayer de nouveaux coups, plutôt sous la ceinture. Il me jaugea du regard. C'est une bonne chose, face à un attaquant.

Il s'assit et tapota le sol à côté de lui. J'enlevai à mon tour mes gants et mon casque avant de le rejoindre.

– Tes muscles se sont atrophiés, et tes réflexes ne sont plus aussi rapides qu'avant – normalement, ces deux paramètres sont temporaires. Mais tu ne crains pas d'être vicieuse, ce qui te rend beaucoup plus dangereuse.

Je jetai un coup d'œil à Caden pendant qu'il parlait. Il avait l'air triste.

Il est peiné par ce que je suis devenue.

– J'ai fait pire aux gens qui se sont mis en travers de ma route, dis-je. Les médecins, les infirmières, des passants innocents. Et je n'ai pas hésité. Pas une seule seconde.

Caden tourna la tête pour me regarder. Son expression était insondable.

– Pourquoi me dis-tu ça ?

Tant, tant de réponses me traversèrent l'esprit. *Parce que je suis une mauvaise personne, et je veux que tu le saches. Parce que j'ai peur de te décevoir. Parce que je préférerais te voir me fuir à cause de ce que j'ai dit plutôt que tu me quittes de ton propre chef.*

Mais je ne dis rien de tout cela.

Je secouai la tête.

– Pourquoi t'entraîner au combat avec moi si tu ne veux pas que je reparte en mission ? demandai-je plutôt, esquivant sa question par une autre.

À en juger par la façon dont le regard de Caden vacilla, je sus qu'il avait percé à jour ma petite ruse. Il marqua une pause avant de répondre, pesant ses mots.

– Qu'est-ce que tu crains le plus au monde ?

Je réfléchis.

– De perdre ma liberté.

Il hocha la tête.

– Et comment est-ce que tu retrouves ta liberté ?

En m'échappant. Je ne pouvais pas le formuler à voix haute ici ; je me contentai donc de le fixer.

– Et comment est-ce que tu fais ça ? demanda-t-il d'une voix grave.

En planifiant. En me préparant.

Je croisai son regard, et il inclina la tête en m'accordant un petit sourire chargé de secrets.

– Je n'ai pas oublié ma promesse.

De fuir.

Mon corps vibra d'énergie et d'excitation mêlées à cette pensée.

– Si nous faisons ça, mon ange, nous le faisons dans les règles.

***

J'étais debout devant un meuble vitré, et mes yeux tombèrent sur son contenu avant même que je puisse comprendre où j'étais.

Un objet couleur métal argenté attira mon regard. Je me mordis la lèvre quand je pris conscience de ce que je regardais. Des magnétites.

Il me fallut une autre seconde pour réaliser que quelque chose recouvrait mon visage. Je levai la main, remarquai que je portais des gants, et touchai le tissu. Un masque, qui cachait mon front, mon nez et mes pommettes. Je laissai brusquement retomber mon bras, et mon geste fit onduler mes cheveux qui vinrent effleurer ma mâchoire.

Mais ce n'était pas possible. Mes cheveux étaient actuellement plus longs qu'ils ne l'avaient jamais été. Ce qui signifiait que je portais une perruque.

Je baissai les yeux sur ma tenue, et entrouvris la bouche de surprise.

Qu'est-ce que… ?

Un ensemble en cuir moulait mon corps de façon plus suggestive que fonctionnelle, en particulier le bustier.

Je ressemblais à Catwoman. Pas cool.

Une arme était fixée à ma hanche dans son étui, et une note avait été glissée entre mes seins. Je la cueillis en fronçant les sourcils.

Récupérez les magnétites. Jetez-les dans les toilettes.

Je me frottai le front. Dans les toilettes ? Pourquoi me demanderait-on de… ?

Ma main se figea. Pour les faire sortir clandestinement du bâtiment, bien entendu. On ne pouvait pas faire passer quelqu'un à travers un tuyau, mais une pierre aussi petite que celles-là, si.

Je parcourus du regard l'endroit où je me trouvais, puis reportai les yeux sur la note. Était-ce… une simulation ? Ce ne serait pas la première fois que le Projet m'expédierait sans préparation dans une mission d'entraînement.

Les deux phrases avaient été tapées à l'ordinateur, pas écrites à la main. Le Projet avait-il légèrement modifié son style ?

Non. Ma tenue semblait trop excentrique. Et le gouvernement ne m'avait encore jamais confié d'arme. Je me frottai le front. De plus, je m'étais endormie naturellement ; le Projet m'administrait toujours un sédatif pour contrôler les endroits où je me téléportais.

Ce n'était pas leur œuvre.

Mais s'il ne s'agissait pas d'eux, alors qui m'avait envoyée ici ?

Je mordillai ma lèvre inférieure en contemplant les magnétites. Elles avaient un rapport avec mon don – ça, au moins, je le savais. La seule personne qui s'était intéressée aux pierres, mis à part le Projet, était Adrian. Et il avait récemment récupéré mon empreinte.

Était-il derrière tout ça ? Si la réponse était oui, pourquoi m'enverrait-il en mission alors que j'avais désespérément cherché à y échapper ?

La réponse était juste sous mon nez. Il avait besoin des magnétites.

Je me mis à faire les cent pas. Devais-je vraiment obéir ? Peut-être ne ferais-je ainsi que transférer le pouvoir d'un groupe de personnes à un autre. J'en connaissais suffisamment sur la nature humaine pour savoir que c'était une possibilité, ami ou pas.

J'aboutis à une seule conclusion : Adrian allait nous aider à nous échapper, Caden et moi. Je suivrais donc ses plans jusqu'à être libérée du contrôle gouvernemental.

Je pris une décision. Agir.

Au bout de la pièce se trouvait une carte du musée dans lequel j'avais atterri. Je m'y dirigeai d'un pas pressé, consciente que j'étais peut-être en train de déclencher des détecteurs de mouvements. C'était un risque à prendre.

Je parcourus la carte, à la recherche des toilettes les plus proches. Au bout du couloir, et à droite. Cependant, il y avait d'autres toilettes dans la direction opposée, près d'un escalier. Si je voulais éviter de me faire prendre et de compromettre mon identité, j'aurais besoin d'un accès à cet escalier.

Mes yeux vagabondèrent vers le haut de la carte, et je me figeai.

Le Smithsonian. J'allais voler des magnétites au Smithsonian. Alors que je pensais avoir retrouvé toute ma mémoire, un souvenir perdu s'immisça dans mon esprit. Un an plus tôt, quasiment, un homme qui travaillait avec Adrian avait volé des magnétites dans ce même musée.

Tu n'es qu'un pion. Et un pion ne peut s'empêcher d'être joué. Les mots qu'Adrian m'avait adressés ce jour-là résonnèrent à mes oreilles.

En repartant vers le meuble vitré, j'ouvris l'étui sur ma hanche et en sortis un Beretta. Ce qu'Adrian avait oublié de mentionner ce jour-là, c'était que même un pion pouvait prendre la dame.

Je m'arrêtai à quelques pas du meuble et brandis le flingue.

À mon tour de jouer de la gâchette.

Je tirai.

Le verre vola en éclats et une alarme se déclencha. Une lumière rouge pulsait dans la pièce.

Je me penchai en avant, récupérai prestement les magnétites et sprintai vers les toilettes.

J'oscillais maladroitement sur mes talons. Alors que je maudissais en silence celui qui avait choisi ma tenue, j'entendis des coutures craquer.

Je fermai brièvement les yeux. *Je rêve.* Ce pantalon à la con se déchirait. J'allais devoir m'enfuir les fesses à l'air.

Quelqu'un allait payer pour ça.

Je tournais au coin quand j'entendis des cris au loin. J'obligeai mes muscles qui protestaient déjà à aller plus vite. J'aperçus les toilettes devant moi. Je jetai un coup d'œil en arrière. Le couloir était vide, mais ça ne voulait pas dire grand-chose. S'ils avaient des caméras de surveillance, ils ne tarderaient pas à me retrouver.

J'ouvris d'une poussée la porte des toilettes et me dirigeai vers une cabine. Sous l'éclairage d'urgence saccadé, un éclair rose pâle dans le miroir attira mon regard. Je m'accordai un coup d'œil au passage. La perruque que je portais était couleur barbe à papa. Je ressemblais à une cinglée. Je veux dire, une cinglée sexy et masquée, mais une cinglée quand même. Avec un pantalon déchiré.

J'ouvris une cabine d'un coup de pied, entrai et poussai le verrou derrière moi. Pas très utile, mais bon. Je jetai la première pierre dans la cuvette en porcelaine et tirai la chasse d'eau.

Ah, la vie glamour d'une téléporteuse.

Je laissai tomber une autre magnétite et répétai l'opération. J'aurais préféré les balancer toutes d'un coup, mais il ne servait à rien de voler les pierres pour finalement les laisser coincées dans les canalisations. Dans l'état actuel des choses, je doutais déjà que la procédure réussisse.

Alors que je jetais la troisième pierre, je crus entendre des pas approcher de la porte des toilettes.

Je jurai à mi-voix et me débarrassai des dernières magnétites d'un coup, avant de tirer la chasse. Avec un peu de chance, elles ne bloqueraient pas les tuyaux.

Comment gérer la situation, maintenant ? Si je restais

ici, j'étais prise au piège, mais si j'essayais de fuir, ils m'attraperaient sans doute. Et alors, la fête serait finie.

Je sortis de la cabine et continuai de ruminer. Dès que je lèverais mon arme, ils me tireraient dessus. Mais si je la lâchais, ils me maîtriseraient et me menotteraient. Là encore, mauvaise idée.

Je devais mettre au point un scénario qui me ferait gagner du temps. Les kidnappeurs et les braqueurs de banque arrivaient à se sortir de ces impasses, mais je n'avais pas d'otage.

Attendez un peu.

Mais si.

Je sortis le Beretta de son étui et posai le canon contre ma tempe. Mes jambes tremblèrent quand l'acier froid toucha ma peau. Je fermai les yeux, le souffle court, traversée par le souvenir encore vif du moment où je m'étais fait tirer dessus.

Le canon de l'arme bougea contre ma tempe tant ma main frémissait.

– Sortez les mains en l'air ! cria quelqu'un de l'autre côté de la porte.

– J'ai une arme, et je vais me tirer une balle ! hurlai-je.

Un tremblement tout ce qu'il y a de plus authentique ponctua ma réponse.

Une pause. Puis du mouvement. Des voix s'élevèrent derrière la porte, et j'eus l'impression que mes assaillants communiquaient avec leurs supérieurs.

Mon bras commença à me faire mal, et l'arme se fit lourde dans ma main. Au moment où je me mettais à craindre pour de bon que ma fatigue et ma panique ne provoquent un accident stupide, je disparus.

***

Le réveil sonna à côté de moi, et je grognai dans mon oreiller. Le soleil n'avait même pas fini de se lever. Entraînement au petit matin. Cette idée suffit à me faire plonger plus profondément sous la couette.

Caden se leva et éteignit le réveil, puis saisit le bord de la couverture.

– Ne t'avise même pas d'y penser, grondai-je en la resserrant autour de moi.

Seulement, dès que je bougeai, une vive brûlure parcourut mes muscles. J'émis un petit gémissement de douleur.

– C'est là que je dois jouer les infirmières ?

Je pouvais entendre le sourire dans sa voix.

– Oh mon Dieu, dis-je alors que les événements de la nuit passée me revenaient.

J'enfouis mon visage dans mes mains.

– Qu'est-ce qu'il y a ?

De joueur, le ton de Caden était devenu sérieux.

Quand je baissai les mains, il put enfin lire mon

expression. Ce qu'il vit, quoi que ce soit, fut suffisant pour balayer tout vestige de taquinerie.

– Habille-toi, chuchota-t-il. Il est temps qu'on parle.

L'air du matin était piquant sur ma langue, tout comme dans mon souvenir. J'inspirai l'odeur de pin et de terre ; aucune des machinations humaines ne pouvait abîmer cette nature sauvage. Quelque chose dans cette idée m'apporta du réconfort.

Nous venions à peine de nous arrêter quand Caden fit volte-face pour se planter devant moi.

– Tout est prêt.

– De quoi tu parles ?

– L'argent, les passeports, les cartes de crédit – j'ai déjà tout mis de côté pour nous.

Je le regardai fixement, sans que mon cerveau parvienne à enregistrer ce qu'il disait.

– Quoi ?

Je m'apprêtais justement à lui parler de mes projets. Je ne m'attendais pas à ça.

Un petit sourire dansa sur ses lèvres.

– Tu n'es pas la seule à savoir garder un secret, mon ange.

Je scrutai son visage. L'argent, d'accord, mais des *passeports* ?

– Comment ? Quand ? Où ?

– Comment ? Des relations à moi. Quand ? Ses yeux

se posèrent d'un air entendu sur moi. Tu peux le deviner toute seule. Et où ? Pas très loin d'ici, mais à l'extérieur du centre.

Il avait visiblement eu de quoi s'occuper pendant que je comatais. Je passai une main sur ma bouche. Et il avait fait tout ça pour moi.

– Tu n'aurais pas dû risquer ta vie à organiser cette évasion.

Ses préparatifs motivés par le chagrin avaient pour seule origine mes dernières volontés avant de mourir.

Caden rit.

– Comme si ma vie avait eu tant d'importance que ça pour moi au cours de ces derniers mois.

Ses paroles me firent tressaillir.

– Elle aurait dû. Je ne suis qu'une fille.

Dans le cours de sa vie, je n'étais qu'un bref intervalle.

Il combla la distance qui nous séparait.

– C'est vraiment ce que tu penses ? Que tu n'es « qu'une fille » ? Toi, la seule personne conçue pour moi – la femme dont je suis tombé amoureux et que j'ai perdue ?

Oui. Non. Peut-être. La seule chose dont j'étais sûre, c'est que j'étais différente de la personne qu'il avait perdue, et que même si j'étais restée la même, je ne serais pas à la hauteur de ses souvenirs dorés.

Ses yeux cherchèrent les miens.

– Tu ne sais rien, Ember. Je détournai le regard.

Qu'est-ce que c'est que ça ? demanda-t-il en m'inclinant le menton vers le haut.

– Quoi ?

Il me fixa.

– Ça. Ce regard dans tes yeux. Il a commencé à s'atténuer ces deux derniers jours, mais ce matin, il est de retour.

Je déglutis.

– Tu sais ce que c'est.

Il n'avait tout simplement pas envie de mettre un nom dessus. La terreur.

– Pourquoi est-ce que tu t'es réveillée comme ça ?

Je voulais regarder partout, sauf vers lui.

– Tous les téléporteurs qui ont disparu sont revenus avec ce regard. Tu l'as dit toi-même.

Caden plissa les yeux et devina mes pensées en déchiffrant mon expression.

– Où es-tu allée, la nuit dernière ?

Parfois, je détestais vraiment sa capacité à voir au-delà du masque. Lui cacher des choses en devenait presque impossible.

– Moi aussi j'ai planifié notre évasion.

Il me lâcha le menton.

– Quel rapport avec ta téléportation de la nuit dernière ?

Comment le formuler ?

– La nuit dernière, je suis partie en mission. Une mission qui n'était pas dirigée par le Projet.

Caden me contempla un long moment pendant qu'il assimilait ma réponse. Quelques secondes s'écoulèrent avant qu'un éclair de panique n'apparaisse au fond de ses yeux.

– Tu es partie en mission, répéta-t-il.

– Oui.

– Et tu penses que ce n'était pas l'œuvre du Projet.

Je soupirai.

– J'en suis quasiment certaine.

– Alors qui cela pourrait être ? Et comment est-ce possible ? Il m'étudia encore, l'espace d'un battement de cœur. Ce qu'il vit dans mes yeux le fit reculer en chancelant. Adrian ? Tu lui rends encore visite ?

– Il a promis de nous aider à nous échapper.

– « Nous » ? Dans quoi est-ce que tu nous as embarqués ?

J'entrouvris les lèvres sous le coup de la surprise. Mes joues rougirent de colère.

– Tu te moques de moi ? J'essaie de nous sauver.

– Tu le soupçonnes de t'avoir envoyée en mission, et tu lui fais encore confiance ? Caden s'écarta de moi et écrasa son poing contre un tronc d'arbre. Merde, non, je refuse d'accepter ça. Échapper au Projet, tout ça pour se jeter entre les griffes d'un autre ennemi ? Ça ne fonctionnera pas comme ça.

Je me hérissai. J'avais abandonné mes plans de fuite

dans le seul but de venir ici et de partir avec Caden, et maintenant il essayait de me dicter la marche à suivre de A à Z.

– Ce n'est pas à toi de choisir. Je prends l'aide qu'Adrian nous offre. Soit tu me rejoins, soit tu restes en arrière. C'est aussi simple que ça.

Caden se retourna pour me faire face, les mains jointes derrière la tête. La surprise et la peine jouaient sur son visage. Il ne s'attendait clairement pas à ce que je lui tienne tête. Même si, d'après ce que je pouvais voir, il ne s'agissait pas que de ça. Il pensait surtout que j'accordais ma confiance à la mauvaise personne. Ce qui m'énerva encore plus.

Il laissa retomber ses bras.

– Tu sais quoi ? Ça me soûle, dit-il en secouant la tête.

Puis il s'en alla.

***

Je ne vis pas Caden du restant de la matinée. Nous gardions tous deux nos distances, ce qui valait sans doute mieux. Les paroles qu'il avait prononcées plus tôt me donnaient encore envie de l'étrangler.

J'avais récupéré mon déjeuner dans le réfectoire et je m'apprêtais à filer quand Jeff me rattrapa.

– Hé, yo, Ember ! lança-t-il. Je peux te parler une seconde ?

– Bien sûr, dis-je. Il faut que je passe vite fait par ma chambre…

– En privé, précisa-t-il.

– Euh, d'accord, dis-je en le détaillant du regard. Où est-ce que tu veux aller ?

– On peut discuter dans ma chambre.

Voilà que Jeff avait l'air nerveux.

Curieuse, je le suivis jusque dans son dortoir. Sa chambre était en bordel, c'est-à-dire qu'elle ressemblait à presque toutes les autres chambres de mec dans lesquelles j'étais entrée.

– Alors, dis-je en me perchant au bord de son lit, de quoi est-ce que tu voulais parler ?

Jeff se frotta la nuque. Il ne prenait pas la peine de cacher qu'il se sentait terriblement mal à l'aise. Mon estomac commença à faire le plongeon avant même qu'il parle.

– Je ne suis pas doué pour ce genre de choses, déclara-t-il, donc je vais juste te le dire franchement. Il inspira profondément et croisa mon regard. Tu as presque tué Caden.

Chapitre 9

Je ne m'attendais pas vraiment à ce qu'il dise ça. En même temps, je ne sais pas ce que je m'attendais à entendre de sa part.

– Ah bon ? demandai-je, incrédule.

– Après ton... *départ*, clarifia Jeff.

Ah. Après mon épissage.

– Que s'est-il passé ?

Il se frotta le front.

– Je ne sais pas ce qui se passait entre vous deux avant ton épissage, mais Caden est parti en vrille, après. Je déglutis. Pendant une longue période, il a refusé de manger, et il s'est mis à dormir dans ta chambre – il refusait de la quitter. Lui et Serena – la paire d'Éric – ont gravité l'un autour de l'autre pendant un certain temps, puisqu'ils avaient tous les deux perdu leur paire. Mais ça n'a pas duré, Dieu merci. Une putain de déprime, de les voir ensemble, ajouta-t-il, plus pour lui-même qu'à mon intention. Caden et Serena ? Et puis je ne sais pas, quelque chose a changé, reprit-il. Quoi que ce soit, ça l'a ramené à la vie. Il a recommencé à manger, ne serait-ce que pour se muscler à la gym. Certaines personnes se tournent vers l'alcool – Caden s'est tourné vers la muscu. Il a déplacé ses affaires dans ta chambre. Malgré ça, j'ai pensé qu'il arrivait enfin à faire son deuil. Jeff secoua la tête. Au fil du temps, il est devenu clair qu'il espérait te voir revenir – surtout après le retour d'Éric. Mais comme tu restais absente, il est retombé. Il a accepté plus de missions, il a joué les têtes brûlées.

Je fermai les yeux, les sourcils froncés, submergée par la peine. Je n'avais pas envie d'entendre ça, de savoir que j'en étais la cause. Surtout pas maintenant, alors que j'étais toujours en colère contre lui.

– Ça a fini par le rattraper, et il a fait connaissance avec la lame d'un terroriste. C'est un miracle qu'il n'ait pas subi un épissage. Quoi qu'il en soit, il est passé à deux doigts de se faire étriper.

– Quoi ? dis-je d'une voix qui était à peine plus qu'un chuchotement.

Je n'avais pas pris conscience qu'il avait frôlé la mort d'aussi près.

– J'ai presque perdu mon meilleur ami.

– Comment… comment est-ce qu'il a évité l'épissage avec une blessure aussi grave ?

Jeff haussa les épaules.

– Avec la téléportation, c'est tout l'un ou tout l'autre.

Soit ça amplifie le processus de guérison – même en cas de blessures sérieuses – soit… ça amplifie la plaie. Plus la blessure est grave, plus les chances de s'en remettre diminuent.

– Quand est-ce que Caden s'est fait poignarder ? demandai-je.

– Le mois dernier, répondit Jeff.

Je bronchai.

– Pourquoi est-ce que tu me racontes tout ça ?

– Caden est mon meilleur ami, et il est amoureux de toi, une fille avec une date d'expiration.

Je sursautai en entendant sa réponse.

Avant que je puisse lui demander une explication, il continua :

– Personne ne m'a parlé des conditions de ta remise en liberté, mais je sais que quelqu'un t'a bien effrayée. Je peux le voir dans tes yeux, dit-il en pointant deux doigts vers mon visage.

Apparemment, ici, tout le monde était capable de le voir.

– Tu ne penses pas que cette deuxième chance de vivre va durer. Et Caden le sait aussi.

Je me pétrifiai.

– Tu crois ?

– Je connais Caden comme si je l'avais fait. Peut-être qu'il ne le dit pas, ou qu'il ne le montre pas, mais il flippe. Il pense qu'il va encore te perdre, comme la dernière fois.

***

Après ce début de journée cauchemardesque, je n'avais aucune intention de me pointer à ma séance de thérapie. Cependant, Debbie n'était pas une psychologue pour rien. Cinq minutes après l'heure fixée pour notre rendez-vous, quelqu'un vint cogner à la porte de ma chambre. Comme je ne répondais pas, j'entendis une clef s'insérer dans la serrure, puis la porte s'ouvrit.

Deux hommes en treillis se tenaient sur le seuil.

– Le docteur Fields réclame votre présence, dit l'un d'entre eux.

– Qu'est-ce qui se passe si je décide de ne pas venir ?

– Nous vous ferions sortir de cette chambre par la force, répondit l'autre soldat dans la seconde.

J'étais censée faire bonne figure, et je me laissais déjà aller. Alors, même si l'idée de parler avec Debbie me faisait grincer des dents, je me levai et suivis les hommes hors de ma chambre.

– Merci pour le service d'escorte, dis-je à Debbie moins de cinq minutes plus tard quand j'entrai dans son bureau.

Elle recula son fauteuil loin de son ordinateur.

– Le simple fait que tu en aies eu besoin en dit plus long sur tes intentions que sur les miennes.

Je me dirigeai vers une bibliothèque près de son bureau

en ignorant sa réponse. Des journaux scientifiques et des manuels de diagnostic me rendirent mon regard.

– Pas de *Bouillon de poulet pour l'âme* ? demandai-je.

Debbie ne me quittait pas du regard, les yeux plissés. Elle ne mordit pas à l'hameçon.

Je passai devant son diplôme sous cadre.

– Dr Debra Anne Fields, lus-je à voix haute en haussant les sourcils. Docteur ? Vous êtes psychiatre, doc ?

– Plus tôt tu t'assois sur le canapé, plus vite notre séance pourra commencer, dit-elle d'un ton lisse.

Elle s'était déjà installée dans le siège qui lui faisait face.

Je ne pouvais retarder l'échéance qu'un temps. Je marchai jusqu'au canapé et m'y vautrai en croisant les pieds sur l'accoudoir, comme ma mère en avait horreur. À en juger par l'éclair de contrariété qui traversa le visage de Debbie, elle aussi détestait ça.

– Alors, doc, qu'est-ce que vous voulez savoir ?

– Comment vas-tu ?

Je passai les mains dans mes cheveux, en m'émerveillant encore une fois de leur longueur.

– Ça va.

– Comment se passe ta réadaptation au centre ?

– Aussi bien qu'on pourrait s'y attendre.

– Ça doit être étrange, de revenir ici après tout ce temps.

– Je n'ai pas l'impression qu'il s'est passé « tout ce

temps », vous savez, dis-je en fixant mes ongles coupés grossièrement, preuve qu'il y a quelques jours encore j'étais dans le coma. Pour moi, c'est comme si j'avais été tuée la semaine dernière.

Je levai les yeux vers elle en disant cela.

Ce n'était pas tout à fait la vérité. Je pouvais sentir le passage du temps au plus profond de moi. Les souvenirs avec lesquels je m'étais réveillée avaient ce côté trouble et suranné, comme s'ils avaient lentement pourri pendant que j'étais inconsciente.

– Qu'est-ce que cela te fait éprouver ? demanda Debbie, l'air de vaguement s'ennuyer.

Et c'était sans doute le cas. Ma vie ne comptait pas vraiment pour elle. Son travail et sa vie continueraient quoi qu'il arrive.

– Vous ne pourriez pas l'imaginer même si vous le vouliez, répondis-je.

Elle hocha la tête, en accord avec moi. C'était parfaitement horripilant, cette acceptation désinvolte de mon traumatisme.

Tenter de lui décrire ce que j'avais réellement traversé n'était pas seulement frustrant – c'était insultant. Elle ne pourrait jamais comprendre, car elle n'aurait jamais à survivre aux épreuves que j'avais subies. Elle n'avait jamais été arrachée à sa famille, contrainte de manipuler et de blesser des gens. Elle n'avait jamais connu l'épissage, et on ne l'avait pas maintenue entre la vie et la mort pendant presque un an.

– Qu'éprouves-tu par rapport à tes souvenirs ? essaya-t-elle encore.

C'était ça qu'elle voulait – en arriver à mes émotions.

– Je ne vous dirai jamais une chose pareille, Debbie.

– Le dirais-tu à Caden ?

Je me redressai légèrement. Cette question sortait de nulle part. Quelque chose dans le ton de sa voix et dans son langage corporel me fit penser que beaucoup de choses dépendaient de ma réponse.

– Oui, dis-je. Je le ferais.

Peut-être. Sûrement pas aujourd'hui.

– Et l'as-tu fait ?

De nouveau, cette question semblait lourde de sens.

L'avais-je fait ? Non. Il ne m'avait rien demandé, et je n'avais pas pensé à expliquer ça.

– Oui, mentis-je en la regardant droit dans les yeux.

Elle griffonna quelque chose sur son carnet. Cette entrevue avait un fort relent de roulette russe. Et je venais tout juste de vider le barillet.

***

J'étais debout dans un restaurant à l'éclairage tamisé. Mon arrivée fut accueillie par le cliquetis des couverts, le murmure sourd des conversations ainsi que quelques inspirations étranglées.

De l'autre côté de la salle, Adrian était assis en compagnie d'un autre homme, lequel me tournait le dos. Adrian devait avoir senti le poids de mon regard, car il leva la tête et ses yeux croisèrent les miens.

Je vis une expression choquée naître sur ses traits, mais quand son compagnon se pencha en avant et lui posa une main sur l'avant-bras, il dissimula sa réaction.

– *Excusez-moi ?* Un serveur apparut à côté de moi. *Mademoiselle* ?*

Je lui jetai un coup d'œil avant de reporter mon attention sur Adrian. Il avait quitté sa table et se frayait un chemin vers moi.

– *Excusez-moi**, dit le serveur d'un ton un peu plus insistant.

Adrian nous rejoignit juste à ce moment. Il débita quelque chose en français qui sembla apaiser le serveur, puis il m'entraîna à sa suite à l'extérieur du restaurant.

– Tu parles français ? demandai-je, impressionnée.

Il haussa les épaules.

– J'ai un peu appris depuis que je suis ici.

Une main posée au creux de mes reins, il me guida dans la rue. Ici, l'air nocturne était d'une fraîcheur piquante.

– C'est où, au juste, « ici » ?

---

1. Tous les mots en italique suivis d'un astérisque sont en français dans le texte original *(NdT)*.

– La Suisse.

– Oh, tu crois qu'il y a encore des boutiques de chocolat ouvertes ? demandai-je en observant la lumière sourde des réverbères qui éclairaient la rue. J'adore le chocolat su…

– Je ne vais pas t'acheter de chocolat, m'interrompit Adrian.

Je soupirai. Ça valait le coup d'essayer.

– Ton ami ne va pas s'inquiéter de te voir disparaître pendant dix minutes ?

– Je lui ai dit que j'avais un coup de fil à passer.

– Oh.

Je me frottai les bras. J'avais fait mon apparition vêtue d'un fin tee-shirt en coton et d'un jean, peu appropriés au froid ambiant. Adrian passa distraitement un bras autour de mes épaules.

– Un ami à moi possède un jet, et il a accepté de vous transporter hors des États-Unis, toi et l'autre téléporteur.

Je levai brusquement la tête vers lui tandis que nos pas claquaient sur le trottoir humide.

– Vraiment ?

Ça avait été rapide. Puis le reste de sa phrase pénétra dans mon cerveau.

– C'est quel genre d'ami ? demandai-je, soupçonneuse.

Dans mon monde, tout avait un prix – et le plus souvent un prix assez élevé.

– Il m'aide à financer mes recherches.

Élevé, aucun doute là-dessus.

– Et qu'est-ce qu'il en retire ?

– Il fait partie de l'organisation avec laquelle je travaille. Nous avons le même but.

– Ah oui ? dis-je en détaillant Adrian.

Je n'étais peut-être pas aussi méfiante que Caden, mais je n'étais pas non plus née de la dernière pluie.

Il baissa les yeux vers moi. En déchiffrant mes pensées d'après mon expression, il répondit :

– Ce n'est pas une organisation malfaisante, Ember.

– Oui, et l'enfer est pavé de bonnes intentions.

***

Nous marchâmes ensemble jusqu'au bout de la rue, avant de faire demi-tour et de revenir jusqu'à *La Petite*, le restaurant français que nous venions de quitter. Les gens qui nous entouraient s'exprimaient dans une myriade de langues.

– Pourquoi est-ce que je me retrouve toujours avec toi quand je me téléporte ? demandai-je.

Adrian enfonça les mains dans ses poches, et pendant un moment je crus qu'il n'allait pas me répondre, surtout vu qu'il n'avait rien dit la dernière fois que je lui avais posé la question.

Au lieu de cela, il sortit un objet familier de sa poche.

Je poussai une exclamation étranglée et le lui arrachai

des mains. La magnétite brillait doucement sous la lumière chaude des réverbères. Je lui collai un petit coup de poing dans le bras.

– Ne m'envoie plus jamais en mission sans me le demander d'abord.

Adrian jura et se frotta le bras.

– Tu peux me dire ce que j'ai fait pour mériter ça ?

– La mission au Smithsonian pour récupérer les magnétites. Je reculai devant son expression perplexe. Ne me dis pas que tu ne sais pas de quoi je parle.

– Je ne le sais pas. Adrian me reprit prudemment la magnétite. Celle-ci est une des pierres que mon père avait laissées dans son coffre-fort – celui que tu as ouvert l'an dernier.

Le souvenir de cette nuit refit surface. La petite réserve cachée de magnétites, et les notes du docteur Brent Sumner.

– Qu'est-ce qui s'est passé pendant cette mission ? demanda Adrian, désormais curieux.

Je me remettais encore à peine de la possibilité qu'Adrian ne m'ait *pas* envoyée récupérer les pierres.

– J'ai reçu pour instruction de voler des magnétites.

Je pointai du doigt celle qu'il tenait pour souligner mon propos. Je laissai de côté le fait que je les avais fait disparaître dans les toilettes. Certains détails n'ont pas besoin d'être partagés.

– Et tu as suivi les ordres ?

– Oui.

Adrian me regarda comme si j'étais la fille la plus stupide du monde. Et bon, d'accord, c'était peut-être vrai.

– Écoute, dis-je, j'ai pensé que tu étais derrière tout ça. C'est la raison pour laquelle j'ai obéi.

Adrian secoua la tête.

– Ce n'était ni moi ni mon équipe.

Merde. Il disait la vérité.

Je laissai échapper un soupir et me reconcentrai sur la pierre dans la main d'Adrian, essayant par là d'oublier le fait qu'une tierce personne m'avait envoyée en mission.

– Donc, dis-je, quel est le rapport entre les magnétites et les téléporteurs ?

Adrian fit rouler la pierre entre ses doigts.

– C'est un aimant qui interagit avec les empreintes. Il peut t'attirer vers une destination, ou au contraire te repousser d'un lieu.

– Est-ce que chaque pierre est reliée à un téléporteur en particulier ?

Si c'était le cas, j'avais l'intention de traquer chaque magnétite rattachée à Caden et moi, et de les réduire en miettes.

– Les magnétites ? Adrian rit. Non, au final ce ne sont que des cailloux.

– Alors comment ça marche ?

– Tu veux la version courte ? Une magnétite fausse l'interaction d'un téléporteur avec le champ magnétique naturel de la Terre. C'est comme si tu effaçais le marquage au sol d'une rue pour en dessiner un nouveau. Mais il n'est pas question d'absolu, ici – seulement de probabilités. Des logiciels sont capables d'amplifier cette…

Je levai la main pour lui faire signe d'arrêter. Je commençais déjà à avoir mal au crâne.

– Donc c'est pour ça que je reviens toujours vers toi ?

L'ombre d'un sourire apparut sur le visage d'Adrian.

– Peut-être que tu penses toujours à moi chaque fois que tu t'endors.

Je levai les yeux au ciel.

– Ne va pas te faire des idées.

– Le plus important (et là Adrian eut vraiment l'air excité), c'est que Stonehawk a la capacité d'utiliser ces pierres. Tu sais ce que ça veut dire ?

– Balance.

– Ceci, dit-il en levant la pierre, est notre sésame pour empêcher le Projet Prométhée de t'envoyer en mission.

***

À un moment donné, au milieu de la nuit, le lit se creusa et un bras s'enroula autour de mon torse. Caden n'était pas revenu dans ma chambre après notre dispute matinale, et m'endormir sans lui m'avait posé problème. Je m'étais sentie coupable et désolée, ce qui là aussi m'agaçait encore plus. Comme si être ici, dans ce lit, était un geste de pardon que Caden avait rejeté.

Je sentis son souffle sur ma nuque, puis la pression de ses lèvres sur la peau de mon épaule.

– Je suis désolé, souffla-t-il.

Je me retournai pour lui faire face.

Il tendit le bras et ramena une mèche de cheveux derrière mon oreille. Ses doigts s'attardèrent pour suivre la courbe de ma pommette.

– Mon ange, je ne pourrai jamais faire confiance à Adrian.

J'eus envie de grogner.

– Tu étais vraiment obligé de me réveiller pour continuer à te disputer avec moi ?

Le bras de Caden se resserra autour de ma taille.

– Je pars avec toi, dit-il comme si je ne l'avais pas interrompu, que ce soit avec mon équipe ou la tienne. Donc si tu veux vraiment le faire de cette façon-là… Il laissa échapper un soupir. Alors je suis partant. Cependant, avant de nous lancer, nous devons trouver un moyen pour empêcher le Projet de nous retrouver comme ils l'ont fait quand tu as eu dix-huit ans.

Je lui décochai un sourire rusé, en me remémorant ma conversation avec Adrian.

– C'est drôle que tu mentionnes ça…

***

– Il y a une cabane à outils derrière le centre, près d'un des entrepôts où nous nous entraînons au combat rapproché, déclara Caden le matin suivant à notre point de rendez-vous.

La nuit précédente, je lui avais parlé de mes visites auprès d'Adrian ; il était donc conscient (même s'il était loin d'être ravi) de mes efforts pour nous soustraire au contrôle du Projet.

Je hochai la tête, sans bien savoir où il voulait en venir.

– Seuls le jardinier et Dane possèdent un jeu de clefs, dit-il en me lançant un regard rusé. Du moins c'est ce qu'ils pensent.

– Qu'est-ce qu'il y a dans la cabane ? demandai-je d'une voix qui frôlait le murmure.

Je devais me fier à Caden pour savoir où étaient placées les caméras secrètes du Projet. Sans quoi je me ferais avoir une deuxième fois.

– Des cisailles.

Il n'avait pas besoin d'en dire plus. Il voulait que nous découpions la clôture pour nous enfuir du centre.

– Elles sont suffisamment solides pour couper du métal ?

Il hocha la tête, et je sifflai. Il était bien renseigné.

Caden m'accorda un regard à la fois triste et tendre.

– Tout ce qui manquait à ce plan, c'était toi, dit-il, rejoignant le cours de mes pensées.

Les efforts de Caden ne faisaient que souligner l'impossibilité de retenir et contrôler des gens à l'intelligence modifiée. Pas étonnant que le Projet soit obligé de mater ceux qui refusaient de coopérer. Si un téléporteur y mettait du sien, il pouvait trouver un moyen de s'échapper.

– Dans l'équipe de nuit, le garde responsable de la tour sur le coin arrière droit de la propriété s'endort toujours au travail. C'est là que nous découperons la clôture. J'acquiesçai. Des militaires font une ronde en voiture toutes les quinze minutes, ce qui signifie que nous devrons caler notre évasion entre deux passages.

Nous nous entraînions depuis un bail à échapper à des scénarios incongrus en moins de dix minutes. Comparativement, ça devait être facile.

– Notre argent et nos fournitures sont dans une boîte postale à une vingtaine de kilomètres d'ici. Une fois dehors, nous devrons y faire un saut en priorité.

– *Comment* est-ce que tu as réussi à coordonner tout ça ?

On ne nous laissait pas sortir du centre – mis à part pour nos missions. Obtenir de l'argent et des cartes d'identité pour les stocker dans un lieu tout proche semblait donc impossible.

– Certaines personnes me devaient des faveurs.

Ses yeux prirent un éclat froid quand il dit cela. Comme

s'il avait commis des actes très répréhensibles pour obtenir ces faveurs. Des actes qu'il ne regrettait pas.

– Avant tout, nous devons nous débarrasser de ce traceur, dit-il en faisant un geste de la tête vers le haut de mon bras.

Je touchai l'endroit en question. Le petit objet dur formait une bosse sous ma peau. Je n'avais pas réalisé que Caden l'avait remarqué.

– Tu sais ce que ça veut dire.

Je déglutis et acquiesçai. Ça voulait dire qu'il allait falloir m'ouvrir, ce qui ne me mettait pas particulièrement en joie.

– Je suis prête à faire ce qu'il faut.

Caden grimaça à cette idée.

– Enfin, déclara-t-il en braquant sur moi un regard lourd de sens, je ne me lancerai pas dans cette entreprise jusqu'à être sûr que tu ne te téléporteras pas n'importe quand.

– Caden…

Je fus incapable d'en dire plus. Il secoua la tête.

– Je suis prêt à mettre de côté ma méfiance envers Adrian, uniquement pour toi. Mais si tu veux que je t'aide à quitter le centre, tu dois jouer selon mes règles, mon ange.

Grande surprise. Une des premières choses que j'avais apprises au sujet de Caden, c'est qu'il était le roi des risques calculés.

– Je resterai peut-être toujours comme ça.

Cela me fit mal de formuler cette peur très réelle. Pour un téléporteur, c'était un handicap qui menaçait sa survie.

Le visage de Caden s'assombrit. Quand il se concentra de nouveau sur moi, son expression s'était adoucie.

– Nous nous occuperons de ça quand, et si cela s'avère.

– Plus longtemps nous attendons, plus le risque de se faire prendre augmente.

L'impatience bouillonnait au fond de moi. Cette attente allait me tuer.

– Je ne te demande pas une éternité. Donne-moi deux semaines, répondit Caden. C'est tout ce qu'il me faut.

Ses yeux m'imploraient.

Deux semaines me semblaient une éternité. Mais il y avait de fortes chances pour que mes téléportations diurnes soient bel et bien temporaires, et si c'était le cas, je pourrais m'échapper sans m'inquiéter de disparaître pendant que j'étais en cavale.

Finalement, je hochai la tête.

– Deux semaines.

***

Le lendemain, alors que je mâchonnais mon crayon tout en fusillant Desiree du regard pendant notre cours de profilage, un coup retentit à la porte.

Je redressai le dos un instant plus tard quand elle

s'ouvrit et laissa le passage à Dane. Il ne s'excusa pas d'interrompre le cours, ne prit même pas la peine de s'adresser à Debbie. Au lieu de cela, il parcourut la classe des yeux.

– Ember, dit-il en me découvrant, viens avec moi. Caden fit reculer sa chaise à côté de moi. Seulement Ember.

Je pris note du ton d'avertissement dans la voix de Dane. D'habitude, cet homme ne montrait qu'une affection de papa poule pour Caden. Intéressant.

Alors que je me levais, je remarquai la mâchoire contractée de Caden. Oh. Il y avait de l'eau dans le gaz entre ces deux-là.

Caden me jeta un coup d'œil, et il dut lire quelque chose dans mon expression, car il ne céda pas.

– Tout ce qui la concerne me concerne également, dit-il.

Nous avions maintenant l'attention de toutes les personnes présentes dans la salle de classe.

– Charmant, répondit Dane Ducon. Mais cela ne change rien à ma réponse.

Quand Caden vint se placer à côté de moi et me prit la main, Richards lança un regard lourd de sens à Debbie. Elle s'empara du téléphone fixé au mur à côté de son bureau et commença à composer un numéro.

Caden le remarqua également.

– Cela ne m'empêchera pas de vous suivre, dit-il.

Autour de nous, les gens commencèrent à chuchoter.

– Ne rends pas cela plus difficile qu'il n'est nécessaire, dit Richards d'une voix faussement calme.

Caden remonta l'allée devant moi.

– Je suis sa paire, dit-il comme si cela expliquait tout. Nous faisons les choses en équipe.

Richards pinça les lèvres.

– Je ne manquerai pas de m'en souvenir.

Un frisson courut le long de ma colonne vertébrale. J'avais beau détester l'idée d'être seule avec Richards, je préférais que son déplaisir soit concentré sur moi et moi seule.

Je tendis la main et touchai le bras de Caden. Il se retourna pour me jeter un coup d'œil, les angles durs de son visage s'adoucissant au passage. Ce regard faillit me faire changer d'avis. Je secouai légèrement la tête. *Laisse tomber, pour cette fois.*

Il déduisit mon message silencieux d'après mon langage corporel. Il serra les dents, ses poings se refermèrent une fois, deux fois.

– Très bien. Inutile d'appeler les gros bras, Debbie, dit Caden sans se retourner vers elle. Je vais m'asseoir.

– Tes actions ne resteront pas impunies, déclara Richards dans le dos de Caden.

Je réprimai un froncement de sourcils. Je comprenais pourquoi Richards disait cela. Caden avait résisté à des ordres dans une pièce remplie de téléporteurs. L'insubordination – même légère – alimentait l'insubordination, si rien n'était fait. Néanmoins, cela me mettait en rogne.

Caden fit un geste négligent de la main en retournant s'asseoir.

Ce n'est qu'en arrivant au seuil du bureau de Richards que je pris conscience de l'importance qu'avait la résistance de Caden. Il y a un an, il se serait rassis dès qu'on lui en aurait donné l'ordre. En fait, il l'avait même déjà fait.

Mais ce Caden-là avait refusé.

***

– Ember, fit Dane en m'indiquant un des fauteuils réservés aux invités.

Je fis grise mine en observant les récompenses familières qui tapissaient les murs de son bureau. Distinctions pour comportement héroïque au combat. Pour avoir su prendre des décisions difficiles. Maintenant, son travail se résumait en gros à du trafic de téléporteurs.

– Comment les choses se passent-elles, jusqu'ici ?

Ce n'était pas une vraie question. Loin de là.

– Pourquoi ne demandez-vous pas à Caden ? répliquai-je.

Richards se cala au fond de son fauteuil, sa façon à lui de me montrer qu'il avait toute la journée devant lui.

– Je te pose la question à toi.

– Je m'éclate en cours.

– J'ai entendu dire que tu avais dû être escortée en séance de thérapie, l'autre jour.

– Pourquoi est-ce que je me plaindrais de mes problèmes auprès des gens qui les ont provoqués ?

Dane se pencha brusquement vers moi.

– Tu fais l'erreur de croire que ceci est dans ton intérêt, Pierce. C'est faux. La seule raison de ta présence ici est que je ne veux pas voir notre meilleur téléporteur tué au combat.

– C'est tout ce que Caden représente pour vous ? Un simple téléporteur ?

Je pouvais l'entendre au ton de sa voix. Dans son esprit, Richards nous distinguait des humains normaux. Rien de très étonnant à ça. C'était ainsi qu'on justifiait toutes sortes d'atrocités. Ça commençait par un détachement clinique.

– Je n'ai pas le luxe de m'attacher aux hommes et aux femmes qui sont ici, répondit Richards, comme en écho à mes pensées.

Or, je savais qu'il mentait. D'une façon ou d'une autre, il réussissait à faire cohabiter deux sentiments opposés – son amour pour Caden, le fils d'un ami, et sa froideur envers les téléporteurs.

– Comme tu as pu le voir plus tôt, Caden fait des siennes. C'est à toi qu'il revient d'étouffer ces tendances chez lui.

– Sinon ?

– Tu connais déjà les enjeux.

Ma vie. Et sans doute celle de Caden, si le Projet n'arrivait pas à le contrôler. Richards lui accordait peut-être de l'importance, mais il en accordait plus encore à d'autres choses.

– C'est tout ? demandai-je.

Richards secoua la tête, comme si je l'avais déjà déçu.

– Tu vas échouer. Je le vois bien. Et ce n'est pas ce que je veux pour vous deux.

Je me levai, et jaugeai l'homme en face de moi. Malgré tous ses coups fourrés et son intelligence retorse, j'étais sûre de quelque chose à son sujet. Richards ne fonctionnait que dans un monde où il était roi.

Je tapotai son bureau du bout des doigts.

– Alors vous êtes aveugle, dis-je en me penchant pour qu'il perçoive bien toute la gravité de mes paroles. Je ferai tout ce qu'il faut pour survivre. *Tout ce qu'il faut.*

Chapitre 10

J'apparus dans une librairie. Alors que j'observais les livres empilés n'importe comment les uns au-dessus des autres, je réalisai que ce n'était pas *juste* une librairie. C'était ma préférée, celle où mon père m'emmenait tous les samedis matin depuis que nous avions déménagé à San Francisco.

Je fermai les yeux et inspirai l'odeur de renfermé qui y régnait. C'était un parfum que j'avais associé avec le bonheur absolu. Pendant dix minutes délicieuses, j'allais pouvoir revivre cela.

Il en allait ainsi avec la téléportation. Vous pouviez vivre au paradis et être obligé de visiter l'enfer chaque nuit, mais vous pouviez aussi vivre en enfer et avoir de brefs aperçus du paradis.

C'était une librairie indépendante, qui vendait des livres neufs et d'occasion ; le week-end, le café était gratuit. Nous venions si souvent que nous nous étions liés d'amitié avec la propriétaire, Ingrid.

Je contournai le comptoir et arrachai la page d'un carnet. Attrapant un stylo au hasard, j'écrivis un message à la hâte.

Ingrid,

Pourriez-vous appeler mon père pour lui dire que je suis en vie et aux mains du Projet ? Il saura ce que ça veut dire.

Bises,

Ember

PS : Votre café me manque.

J'ajoutai les coordonnées de mon père, y compris son adresse mail au cas où elle ne parviendrait pas à le joindre par téléphone, puis je scotchai le mot sur son écran d'ordinateur. Je ne pouvais que prier pour qu'elle suive mes instructions.

Je me dirigeai ensuite vers la section voyage de la librairie. Je commençai par prendre une carte de la Californie. Je n'avais qu'une vague idée de l'endroit où nous étions, mais peu importait. Même avec une notion générale de l'emplacement du centre, je savais que celui-ci était à des kilomètres de tout centre urbain. Caden et moi allions devoir survivre en pleine nature pendant des jours, avant de nous fondre dans la masse. Ce ne serait pas une mince affaire. Mais c'était une difficulté que j'avais déjà incluse dans mes plans avant même de connaître l'existence du Projet Prométhée.

Je m'emparai d'un atlas couvrant la région située entre le Montana et la Californie.

Je le feuilletai et mémorisai les grands axes qui découpaient ces États, ainsi que les autoroutes qui nous mèneraient soit au Mexique, soit au Canada.

Paranoïa était mon deuxième prénom. Nous ne verrions jamais le centre du Montana ; je n'aurais donc pas dû perdre mon temps à étudier les autoroutes de cet État. D'ailleurs, je n'aurais même pas dû regarder celles qui traversaient la Californie, vu qu'Adrian avait un jet pour nous faire quitter le pays. Je n'aurais jamais besoin de connaître toutes ces informations que j'étais en train d'absorber. Cette logique ne suffit pas à m'empêcher de mettre au point des trajets possibles depuis le Montana.

Quel que soit le lieu d'où nous allions devoir nous échapper, le défi restait de taille, car nous n'avions que quelques routes à notre disposition. S'il y avait moins d'options, cela signifiait que les patrouilles seraient plus faciles à effectuer.

Quand j'eus mémorisé les différentes autoroutes internationales qui permettaient de quitter les États-Unis, je refermai l'atlas et le remis en place sur son étagère.

Je n'aurai jamais besoin de ces informations, me répétai-je.

Mais si c'était vrai, pourquoi étais-je taraudée par cette étrange appréhension ?

***

Je me réveillai au milieu de la nuit, le cœur battant la chamade et la peau couverte de sueur froide.

Besoin de fuir. Besoin de fuir.

J'avais encore les muscles douloureux après les exercices intensifs. Dépasser mes limites à ce point pendant l'entraînement n'était sûrement pas bon pour moi. Cela ne m'empêcha pas de repousser les couvertures et de lacer mes chaussures de course.

Je devais bouger ; mon corps vibrait de ce besoin. Je marquai une pause et jetai un coup d'œil à Caden, qui dormait à côté de moi. La lumière de la lune éclairait ses traits, soulignant sa mâchoire puissante. Il était d'une beauté parfaitement ravageuse, comme s'il sortait d'un conte de fées. Mais surtout, il semblait en paix.

Depuis mon retour, il avait été heureux, en colère, inquiet, lascif, mais il n'avait jamais eu l'air paisible. Comment l'aurait-il pu ? Il était prisonnier ici, son travail quotidien était fait de violence, et sa petite amie était revenue d'entre les morts – avec des problèmes personnels.

Je laissai échapper un soupir tremblotant. J'allais tout faire foirer, exactement comme la première fois. Je ne serais jamais à la hauteur des souvenirs qu'il conservait de moi – je n'en avais jamais été aussi loin. Je soupirai encore et me glissai furtivement hors de la chambre.

À l'extérieur, les étoiles scintillaient avec éclat dans le ciel, me rappelant au passage à quel point nous devions être loin de toute civilisation. Elles ne brillaient pas comme ça en ville.

Je remontai un des sentiers en trottinant, remettant lentement mes jambes en route. La brûlure se fit sentir presque immédiatement, mais je persistai pour la dépasser.

Tandis que j'entamais l'ascension de la colline, une série d'élancements inhabituels accompagna mes mouvements. Alors même que mon corps voulait que je m'arrête, la frustration m'aiguillonna.

Je m'arrêtai quand je réalisai que j'étais devant le lac. J'avais déjà la respiration sifflante, et des spasmes parcouraient mes mollets malmenés.

Je me penchai et pris appui sur mes genoux. Des sanglots étouffés secouèrent ma poitrine. Mon corps était tellement faible, tellement brisé.

Je m'assis, les bras croisés sur les genoux, et restai là un long moment, la tête penchée, à pleurer ce que j'avais perdu.

– Donc c'est comme ça que tu le prends ? demanda la voix de Caden derrière moi.

Je regardai par-dessus mon épaule et le vis sortir du bois. Ses yeux étaient marqués par la tension. Je détestais savoir que j'en étais la cause.

– Caden, qu'est-ce que tu fais là ? demandai-je.

Il ignora ma question et avança vers moi, la main tendue. Je la saisis et me relevai. Il ne me lâcha pas une fois que je fus debout. Au lieu de cela, il m'attira vers lui, et je tombai dans ses bras.

– Tu sembles toujours oublier que tu n'es pas seule là-dedans, chuchota-t-il à mon oreille.

– Peut-être que je ne veux pas que tu me voies quand je suis faible.

Ses bras se resserrèrent autour de moi.

– C'est à ce moment-là entre tous que je veux être là. Pour pouvoir te dire que tu es la personne la plus forte que je connaisse.

Je ravalai la boule qui s'était formée dans ma gorge. Je secouai la tête et échappai à son étreinte.

– Pourquoi est-ce que tu ne m'as jamais posé de questions sur la nuit de mon épissage ?

Caden inclina la tête, intrigué par ce changement de sujet. La lumière de la lune se refléta dans ses yeux.

– J'étais là.

– Pourtant tu ne connais pas certains des détails les plus effrayants de cette soirée-là.

Même dans l'obscurité, le regard de Caden me transperçait.

– Alors dis-moi, fit-il doucement.

Je secouai la tête. Je n'allais rien dire… jusqu'à ce que les mots sortent tout seuls.

– Cette nuit-là, j'ai su à la minute où Emilio raccrochait que quelqu'un m'avait piégée.

Je sentis mes yeux se poser dans le vide tandis que je replongeais dans le souvenir.

– Il m'a traînée à travers toute la cour, et j'ai compris à ce moment-là que personne n'allait s'interposer. Que j'étais toute seule.

Et puis il y a eu l'expression de Desiree. Je frissonnai. J'ai su quand je l'ai vue que le Projet n'allait pas me sauver. C'est là que j'ai vraiment pris conscience que j'allais mourir.

Je cillai pour chasser cette image et reportai mon attention sur Caden.

Quelque part au-dessus de nous, une chouette hulula et les arbres bruirent.

Caden fit un pas vers moi, et posa sa main sur ma joue.

– Je suis tellement désolé, Ember, dit-il.

Je pouvais entendre le remords dans sa voix, profond et infini. Même maintenant, il réussissait à se sentir coupable de la situation dans laquelle je me trouvais. C'était pour *ça* qu'il n'avait rien demandé, compris-je. J'avais remué le couteau dans cette plaie béante qu'il avait essayé de refermer pendant les dix derniers mois.

– Je ne veux pas que tu sois désolé. Je veux que tu comprennes ce que j'ai traversé.

Je demandais l'impossible. Nous étions tous des créatures tellement solitaires, avec un fardeau d'expériences que nul autre ne pouvait comprendre intimement.

Le regard de Caden fouilla le mien, puis ses yeux s'élargirent.

– Ça n'a rien à voir avec cette nuit-là, souffla-t-il comme si cette idée venait tout juste de le frapper.

Je fronçai les sourcils. N'avait-il pas entendu ce que j'avais dit ? Je fis un pas en arrière pour mettre un peu de distance entre nous.

– Comment est-ce que tu peux dire ça après ce que je viens de te raconter ?

Je sentis mon estomac se nouer.

– Ça n'a rien à voir avec cette nuit-là, répéta-t-il sans détacher ses yeux des miens. C'est le mensonge que tu t'es raconté à toi-même. En réalité, tu me repousses dans une tentative idiote de me protéger.

Je le fusillai du regard.

– Comment *oses*-tu t'imaginer savoir ce que je ressens ? Les choses que j'ai vécues… tu ne peux pas comprendre.

Caden passa les doigts dans ses cheveux.

– Tu veux parler de choses que tu ne peux pas

comprendre ? Essaie un peu le deuil. Cette impression d'étouffer chaque fois que tu respires, d'être mort à l'intérieur. Tu as le sentiment de devenir fou, car qui pourrait vivre avec ce genre de douleur pendant si longtemps en restant sain d'esprit ? Caden se frotta la poitrine, comme si son cœur lui faisait encore mal. On ne s'en remet pas. Jamais. On choisit seulement d'occuper son esprit avec autre chose pour pouvoir oublier, l'espace d'un instant seulement, que rien n'ira plus jamais bien.

Caden s'interrompit brutalement et se détourna pour se pincer l'arête du nez.

Ma gorge se serra à nouveau.

– Tu as raison, dis-je doucement. Je ne sais rien du deuil. Je clignai des paupières pour chasser mes larmes. Je ne sais plus rien sur *toi*, et on dirait que tu ne sais plus rien sur moi non plus.

Caden se rapprocha brusquement, l'air dangereux.

– Au contraire. Je sais que chaque fois que tu songes à sauter, tu veux en fait que quelqu'un te rattrape. Et chaque fois que tu fuis, tu veux que quelqu'un se lance à ta poursuite.

Je reculai, et l'eau du lac vint laper mes chaussures.

– Ne projette pas tes doutes sur moi.

Caden serra la mâchoire. J'avais touché un point sensible.

– Je ne le nie pas. Je suis paumé sur tout un tas de plans. Mais toi aussi. Tu ne l'assumes pas, c'est tout.

Jusqu'ici, la tristesse le disputait en moi à la colère, mais aux paroles de Caden, la colère l'emporta. Je serrai les poings de part et d'autre de mon corps.

Caden posa brièvement les yeux sur mes mains, avant de les reporter sur mon visage.

– Tu as l'intention de me frapper ?

Mes narines s'évasèrent.

– Laisse-moi tranquille.

– Quoi ? Pour que tu puisses te refaire une petite séance d'auto-apitoiement ? Dis-moi, mon ange, celle que j'ai interrompue, elle t'a soulagée ?

Mon poing filait vers son visage avant même que j'aie pris la décision de le frapper.

Il le bloqua avec son avant-bras, et je fus ulcérée de voir avec quelle facilité il avait paré le coup.

– Tu te sens mieux, maintenant ? Il me jaugea du regard. Non, fit-il, répondant à sa propre question. Apparemment, ça t'a juste mise en colère.

Je laissai échapper un cri et virevoltai pour lui asséner un coup de pied circulaire au flanc. Cette fois, il ne bougea pas ; il n'essaya même pas d'esquiver. Il ne broncha pas non plus quand le coup l'atteignit.

– C'est tout ce dont tu es capable ? demanda-t-il, me provoquant ouvertement.

Je comblai la distance qui nous séparait, lui écrasai le

pied et le frappai en plein dans le plexus solaire. Il grogna en encaissant les coups, mais il ne tenta pas de les bloquer. Au lieu de cela, il me souleva d'un seul bras et commença à marcher en me portant.

Je profitai de ma position pour faire pleuvoir les coups sur ses reins.

Caden émit un bruit sourd venu du fond de la gorge.

– Dis donc, pour un ange, tu es une petite chose très féroce.

Ce commentaire condescendant ne fit que me pousser à le frapper plus fort. J'étais tellement concentrée sur le fait de lui faire sentir ma colère que je ne vis pas qu'il nous faisait entrer dans le lac. Pas avant qu'il soit trop tard.

Il me lâcha, et brusquement je me retrouvai en train de tomber. Je glapis en heurtant l'eau froide.

J'en émergeai en crachotant.

– Je ne p-peux p…

Je m'interrompis en pleine phrase quand Caden hissa mon corps hors de l'eau. Puis sa bouche chaude se plaqua sur la mienne.

– Tais-toi un peu, Ember, dit-il. Je t'aime.

Il n'en fallut pas plus pour que je me dissolve. Ma colère disparut, ainsi que ma peine. Ce type m'avait entourloupée avec une facilité déconcertante. Je resserrai ma prise sur lui et lui rendis son baiser, en notant ce faisant que je tremblais.

Caden interrompit brièvement notre baiser.

– Tu te sens mieux maintenant que tu m'as ruiné les reins ? demanda-t-il.

– Non.

Peut-être.

– Menteuse, souffla-t-il avant de recommencer à m'embrasser. Il grogna contre ma bouche. Tu es tellement plus facile à gérer quand tu t'en prends à moi que quand tu fuis.

C'était ça, la raison de notre altercation physique ? Me pousser à me battre au lieu de fuir ? Pour une personne censée être intelligente, j'étais une vraie cruche.

– La démonstration était-elle bien nécessaire ? demandai-je.

– Hmm, murmura-t-il. Tout comme celle que je m'apprête à donner sur la bonne manière de se réconcilier.

Il souleva mes hanches et enveloppa mes jambes autour de sa taille.

– Tu préfères que la démonstration ait lieu ici, ou qu'on rentre au centre ? demanda-t-il en m'embrassant dans le cou.

– C'est terriblement présomptueux de ta part de supposer que je veux me réconcilier tout court, dis-je.

Il plaça deux doigts contre ma gorge pour sentir mon pouls.

– Tu me dis une chose, et ton corps m'en dit une autre. Qui dois-je croire ?

Je répondis en passant mes mains dans ses cheveux et en joignant nos lèvres.

– Je crois que tu le sais, chuchotai-je avant de l'embrasser.

Ma bouche s'entrouvrit et sa langue caressa la mienne. Ses doigts serrèrent mes cuisses.

– Je pense que oui, acquiesça-t-il.

C'est ainsi que les choses devaient être.

Il nous fit pénétrer plus loin dans l'eau pendant que nous commencions à nous déshabiller, nos vêtements mouillés atterrissant dans le sable derrière nous. Maintenant, ce n'était plus qu'eau et peau.

Je haletai quand Caden prit un de mes seins au creux de sa main, avant de baisser la tête pour le saisir entre ses lèvres. J'arquai le dos en arrière tandis que ses dents effleuraient mon téton, les mains enfouies dans ses cheveux.

Il laissa échapper un rire rauque contre moi.

– Ça te plaît, mon ange ?

En tirant sur les cheveux emmêlés autour de mes doigts, j'inclinai sa tête vers mon visage.

– Qu'est-ce que tu en penses ?

– Je pense que je récompense bien mal ton mauvais comportement, dit-il en déposant un baiser sur mon épaule.

– Ce ne serait pas la première fois.

Caden retira une de ses mains qui soutenaient mes cuisses. Une seconde plus tard, il la faisait passer entre mes jambes.

– *Bo*-ordel, soufflai-je.

Il rit de nouveau, et son rire était plein de cette arrogance toute masculine que j'aimais tant chez lui.

– Tu es prête, mon ange ? demanda-t-il sans cesser de me caresser.

– Qu'est-ce que c'est que cette question…

Ma réponse fut brutalement interrompue quand Caden me souleva au-dessus de lui et me pénétra.

– Préservatif, dis-je d'une voix étranglée.

– Déjà fait.

Voyant que je lui lançais un regard incrédule, il prit ma main dans la sienne avec un sourire espiègle et l'amena entre mes jambes. Puis je le touchai. Mes doigts caressèrent le latex lisse du préservatif, et une tension dont je n'avais pas été consciente disparut entre mes épaules.

Ses hanches entamèrent un mouvement de va-et-vient, et ma tête bascula en arrière.

– Je n'oublierai jamais, Ember, dit-il en me fixant dans les yeux. Tu peux me faire confiance.

Je caressai son visage pendant qu'il bougeait en moi.

– Merci.

Il embrassa ma clavicule en réponse.

Il n'y eut rien de doux dans notre réconciliation.

Récompenser un mauvais comportement, tu parles. Les coups de reins de Caden étaient impitoyables. Il y avait quelque chose de libérateur dans cette réunion brutale, comme si nous relâchions tout ce qui était venu se mettre entre nous.

La pression de sa peau contre la mienne, son goût chaud quand il m'embrassait, l'étreinte farouche de ses mains sur mes hanches – comme si je pouvais disparaître s'il me lâchait –, ce fut tout à coup trop, et je fus submergée.

Je laissai échapper un cri tandis que des ondes de choc se diffusaient en moi depuis le cœur de mon être, et j'agrippai Caden. Il accéléra ses va-et-vient, avant de grogner tandis que son soulagement succédait au mien.

Je rejetai la tête en arrière et commençai à rire – et une fois que j'eus commencé, je fus incapable d'arrêter.

Car tout avait disparu. Chaque souci, chaque peur, chaque pression qui m'étouffaient de l'intérieur. Il ne restait plus que les étoiles dans le ciel, la fraîcheur de la nuit, et l'homme enveloppé autour de moi, qui me regardait comme si j'étais son univers.

***

Richards se cala au fond de son siège et regarda la vidéo de mauvaise qualité qui s'affichait sur l'écran de son ordinateur portable. Il avait passé des heures à étudier scrupuleusement toutes les vidéos d'Ember et Caden depuis leurs retrouvailles. Le garçon avait l'air heureux ; il lui accordait au moins ça. Mais il y avait quelque chose d'autre – quelque chose dans l'attitude de Caden, dans son langage corporel – qui mettait Richards sur le qui-vive, et il avait déjà été sur le qui-vive auparavant.

Il ignorait si c'était la relation de Caden et Ember qui le mettait mal à l'aise, ou si c'était sa propre relation avec le garçon qui était en cause. Il poursuivit donc le visionnage des vidéos.

Depuis que la paire de Caden était revenue dans sa vie, ils s'étaient souvent retirés tous les deux dans la forêt, loin des caméras qui peuplaient le centre. Ce comportement pouvait facilement être attribué à un simple désir de renouer sans être filmés ; Caden n'ignorait pas que le système de surveillance dans les bois était au mieux inégal, contrairement à celui des chambres au sein du bâtiment principal.

Richards pianota sur son bureau. Oui, ce manège pouvait aisément être excusé, mais le métier de Richards n'était pas de trouver des excuses. Non, son métier consistait à être sceptique et à neutraliser les menaces.

Et ces deux-là étaient officiellement devenus une menace. Les rencontres en cachette, la subversion de Caden, le comportement instable d'Ember – au mieux, leur conduite allait attirer l'attention des autres téléporteurs, si ce n'était pas déjà le cas, ce qui pourrait alimenter d'autres insurrections. Au pire, les deux adolescents pourraient chercher à s'échapper.

Il décrocha son téléphone et composa le numéro de Debbie. Elle répondit dès la première sonnerie.

– Debbie, je vais avoir besoin que vous accélériez votre évaluation sur Ember Pierce.

– Mais, monsieur, il me reste encore plusieurs séances avec elle. Je n'ai même pas encore commencé…

– Évaluez ce que vous avez. Annulez vos rendez-vous et rendez-moi votre rapport.

– Oui, monsieur.

Richards raccrocha et soupira. Caden était leur meilleur téléporteur. L'idée de le perdre lui répugnait. Mais il fallait que ce soit fait.

***

Pendant deux jours, la vie suivit son cours habituel – mis à part une téléportation en plein jour dans une boutique de bonbons. Mais le vendredi matin, bien avant le lever du soleil, des coups puissants retentirent à ma porte. Je me réveillai le cœur battant.

– Qu'est-ce qui se passe ?

– Habille-toi, mon ange, dit Caden en attrapant un jean.

Il n'eut pas besoin de me le dire deux fois. J'enfilai mes vêtements tandis que les coups s'intensifiaient.

– Ember Pierce et Caden Hawthorne ! brailla une voix de l'autre côté de la porte. Richards veut vous voir, tous les deux.

Quand mon regard croisa celui de Caden, je sus qu'il pouvait y voir ma panique.

On y est – j'ai échoué, et j'ai entraîné Caden dans ma chute.

Avant que nous puissions l'un ou l'autre ouvrir la porte, une clef fut insérée dans la serrure. J'entendis un déclic, et le battant s'ouvrit en grand. Moins de deux secondes plus tard, plusieurs gardes entrèrent dans la chambre et entreprirent de nous escorter à l'extérieur.

Mis à part notre petit groupe, le couloir était désert. Même la cuisine était encore inactive à cette heure indue. Cette situation ressemblait beaucoup trop à une exécution de nuit.

Une main chaude frôla la mienne et l'enserra. Je jetai un coup d'œil à Caden, et il hocha brièvement la tête à mon intention. Quoi qu'il arrive, il serait à mon côté.

Les soldats nous conduisirent à une salle de conférences. Quand la porte s'ouvrit et que nous fûmes poussés à l'intérieur, j'avais plusieurs hypothèses sur la scène qui nous y attendait.

Aucune d'entre elles n'était juste.

Tous mes éducateurs étaient assis autour d'une table,

présidée par Dane Richards. Il fit un geste pour désigner les chaises devant nous.

– Je vous en prie.

Je lorgnai Caden, qui me lança un regard rassurant, et je m'assis avec circonspection.

Une fois que nous fûmes installés, Dane commença.

– Ember, Caden, merci de vous joindre à nous. (Comme si on nous avait laissé le choix.) Depuis ton retour, Ember, le centre a rigoureusement évalué ta rentrée. Tu l'as en partie constaté par toi-même – par exemple lors de tes séances de psychothérapie avec Debbie –, mais il y a d'autres évaluations dont tu n'as pas eu conscience. Nous espérions, dans l'idéal, pouvoir reformer ton duo de distraction-extraction avec Caden.

Je remarquai que Caden serrait les poings sous la table. Je partageais sa colère.

– Cependant, poursuivit Richards, cette option n'est plus envisageable. Je suis navré de dire que tu as échoué à votre évaluation.

Je me raidis. Que se passait-il ? Je n'étais revenue que depuis une semaine. Bien sûr que j'allais échouer dans un laps de temps aussi court ; physiquement et émotionnellement, j'étais encore en piteux état – même moi, j'étais capable de l'admettre.

– Qu'est-ce que cela signifie ? demandai-je.

Ma voix était claire et forte, mais je tremblais

intérieurement. Et si tout ce cirque n'était qu'une ruse pour se débarrasser de moi de façon permanente ?

Comme à point nommé, un coup retentit à la porte, et un des hommes qui nous avaient escortés alla ouvrir. Une femme en blouse blanche pénétra dans la salle.

Merde. J'avais raison.

Je me levai.

– Que se passe-t-il ? demandai-je sans quitter la femme des yeux.

– Il est manifeste que vous comptez beaucoup l'un pour l'autre, déclara Dane d'un ton raisonnable – magnanime, même. Vous avez bien failli être séparés à jamais, et je suis certain que cet événement pèse lourdement sur votre esprit. Nous avons décidé que la meilleure chose à faire dans l'état actuel des choses est de vous envoyer tous les deux au centre du Montana.

Je m'apprêtais déjà à me battre quand ses paroles se frayèrent un chemin jusqu'à mon cerveau.

– Attendez – *quoi ?* dis-je en pivotant pour lui faire face.

– Le centre du Montana, répéta-t-il calmement.

Mieux que la mort, mais pire que de rester sur place. Au moins, ici, nous avions un plan pour nous échapper. Le Montana était un État inconnu, avec un terrain différent, inédit pour nous ; il y faisait plus froid, moins de gens y vivaient, et la frontière que nous visions en était plus éloignée.

Je reculai d'un pas.

– Je n'ai pas eu assez de temps pour m'acclimater.

Caden avait les yeux braqués sur moi. Je refusais de le regarder, car je savais ce que je verrais. Avec son langage corporel, il me dirait de ne pas résister. De ne pas attirer l'attention sur le fait que ce déménagement réduisait nos plans à néant.

– Nous avons suffisamment de données pour prendre une décision. Mais comme les autres paires du centre du Montana, vous pourrez déposer une demande pour réintégrer les missions à une date ultérieure.

Il y avait un éclat triomphant dans le regard de Dane.

Il devait avoir eu des soupçons. Et ma réaction sur la défensive ne faisait que les confirmer.

Je glissai finalement un regard en direction de Caden. Sa mâchoire se contracta, seul indice de sa contrariété.

– Bref, dit Dane en écartant les doigts sur les papiers disposés devant lui, vous partirez aujourd'hui.

– *Aujourd'hui ?*

Mes yeux faillirent sortir de leurs orbites. Puis ils se posèrent sur le médecin.

Pas seulement aujourd'hui. À la minute même. Je reculai encore, mais percutai le corps rigide d'un des gardes.

La femme s'approcha de nous.

– Ember, Caden, dit-elle en hochant la tête à notre adresse.

Caden se leva.

– Pourquoi êtes-vous là ? demanda-t-il.

Je pouvais voir les muscles de son bras jouer sous sa peau, tant il était tendu.

– Nous allons devoir vous placer sous sédatif pendant votre voyage.

Nous nous étions fait avoir.

– *Quoi ?* lâcha Caden.

Presque machinalement, il vint se placer devant moi. Comme si me protéger allait changer quoi que ce soit à notre situation. Comme si ce médecin représentait une plus grande menace que les hommes dans notre dos ou les instructeurs qui observaient tranquillement le déroulement de la scène.

– D'après votre dossier, vous vous êtes déjà téléportée involontairement alors que vous étiez réveillée. Nous ne voulons pas jouer avec votre sécurité, déclara la femme en s'adressant clairement à moi, même si je la distinguais à peine derrière Caden.

Bien joué, Richards, bien joué.

– Pourquoi est-ce que vous endormez Caden ? demandai-je.

Le regard du médecin se posa brièvement sur Richards, puis revint vers moi.

– Je ne suis pas autorisée à révéler cette information, déclara-t-elle.

Un faux-fuyant, cette réponse. La véritable raison était

évidente : Dane avait envisagé la possibilité que nous cherchions à nous évader. Il s'était donc assuré que cela n'arrive pas.

Le médecin nous regarda alternativement, Caden et moi, l'air sceptique.

– J'ai peur que nous ne devions procéder ici.

– Non-non-non-non, dis-je en secouant la tête.

La peur me serrait la gorge. Et s'ils me piégeaient une nouvelle fois ?

Caden fit volte-face pour se tourner vers moi, au moment même où une main pesante s'abattait sur mon épaule et me forçait à me rasseoir.

– Ne la touche pas, putain, dit Caden en repoussant le bras du soldat.

De l'autre côté de la pièce, j'entendis le soupir résigné de Richards.

– Maîtrisez-les tous les deux.

Je vis un éclair blessé traverser les yeux de Caden. Il en allait ainsi avec la trahison. Même si celle-là était bien moindre que celle que j'avais connue, Caden avait investi plus d'émotions en Dane Ducon.

Plusieurs paires de bras m'empoignèrent et m'immobilisèrent sur mon siège.

– Qui dois-je endormir en premier ? demanda la femme en blouse blanche à Richards.

Au lieu d'assister impuissante à cette scène, j'inclinai la

tête en arrière contre ma chaise et fermai les yeux pour échapper à l'instant présent.

– La fille d'abord.

Mes muscles se tendirent.

– Tout va bien se passer, mon ange.

La voix de Caden était tendre.

J'acquiesçai et ouvris les yeux pour le contempler. Deux fois plus de soldats le maintenaient, même s'il avait cessé de se débattre.

La femme s'approcha et posa une mallette médicale sur la table devant moi. Elle en sortit de l'alcool à 90° et des cotons, avant de se mettre au travail.

Ces préparatifs familiers me rendaient nerveuse ; je me concentrai donc sur les détails. Les ongles manucurés à la française du médecin. L'étiquette sur le flacon de sédatif – fentapropol. Son odeur de jasmin. Je sentis une piqûre douloureuse, et je tentai de retirer mon bras par réflexe. Les soldats me retinrent plus fermement.

– Je vais devoir vous demander de rester tranquille, dit la femme en injectant le liquide dans mes veines.

Un instant plus tard, je laissai échapper un petit gémissement morne quand le médecin retira l'aiguille et posa une compresse sur le point d'entrée.

– Là, c'est fini, dit-elle comme si j'étais une gamine.

Je me tins le bras en regardant d'un air sombre la gouttelette de sang rouge qui s'était formée sur le point d'entrée de l'aiguille. Mes membres commençaient déjà à s'alourdir, et ma vision à se brouiller.

Ma tête pencha sur le côté, et je fixai le visage de Caden.

– Ne les laisse pas…

Je perdis le fil de mes pensées. Qu'est-ce que j'avais cherché à lui dire ? Mes paupières se fermèrent. Mon idée dansa sur le bout de ma langue, mais au moment où j'étais sur le point de la formuler, elle s'éloigna.

– Je t'aime, dit Caden.

Ses mots semblaient me parvenir de très loin.

Je souris, ou essayai de le faire. Tout était si lourd. Je m'abandonnai au sommeil, et bientôt mes appréhensions furent remplacées par un oubli familier.

***

Je me trouvais dans ce qui ressemblait à la chambre d'amis d'un palais. Lit à baldaquin, draps de soie, statues de marbre, piano ancien et plafond tapissé de fresques.

Si ce n'était pas un palais, alors je me trouvais dans la maison d'un individu très riche.

Je commençai à bouger, et un tissu luxueux caressa mon corps. Je baissai les yeux et constatai que je portais une robe rouge. C'était l'indice le plus évident que j'étais censée distraire quelqu'un. Séduire.

Je ne portais rien d'autre, mais j'avais sûrement été

envoyée ici avec un mot. Cette situation puait l'espionnage à plein nez.

Je fis courir mes mains le long de mon torse, avant de sourire sombrement quand j'entendis le crissement du papier dans mon corsage. Je plongeai la main dans mon décolleté et en tirai une note pliée, bien plus grande que les précédentes.

Entrez en contact avec le président ukrainien, Borys Vasylenko.

Sous le message imprimé s'étalait une photo du président. Oh, on était *loin* du sex-symbol.

La rumeur de tintement de verres et de rires étouffés dériva jusqu'à moi. À mon avis, Borys devait faire partie des invités.

Après avoir mémorisé son visage, je repliai la note et la glissai à nouveau dans mon corsage. Une note imprimée et une photo ; le Projet avait toujours envoyé de simples notes écrites à la main. Une preuve de plus qu'une tierce personne m'envoyait accomplir ces missions.

Maintenant, j'avais le choix : je pouvais soit rester ici…

Le bouton de porte tourna, et un instant plus tard un homme d'âge mûr accompagné d'une femme beaucoup trop maquillée entrèrent dans la chambre d'un pas trébuchant. Ils pouffaient et chuchotaient dans une langue d'Europe de l'Est. Le cou et le col de chemise de l'homme étaient maculés de rouge à lèvres fuchsia. Ça n'avait pas l'air de le gêner, cela dit. Il semblait entièrement absorbé par son projet actuel, qui était de poser ses mains sur chaque centimètre carré du corps de sa compagne.

Autant pour mes choix. Je m'éclaircis la gorge. Ils devaient être tous les deux pas mal éméchés, car ils parurent à peine embarrassés.

Je leur accordai un sourire crispé et les dépassai, en notant au passage l'alliance de l'homme et son absence totale chez la femme. Certaines personnes sont tristement prévisibles.

Je pouvais toujours essayer de trouver une autre chambre dans laquelle me planquer jusqu'au terme de mes dix minutes, mais pourquoi ne pas boire un peu de champagne, créer quelques troubles et vivre un peu ? Il ne me restait plus que quelques minutes à passer ici.

La note crissa dans mon décolleté tandis que mes talons claquaient sur le sol en marbre. Devais-je suivre les instructions qu'on m'avait données, comme une bonne petite téléporteuse ? La dernière fois que je l'avais fait, j'avais dû pointer une arme sur ma propre tempe, et la fois d'avant, on m'avait tiré dessus et j'avais subi un épissage.

Peut-être était-il temps d'ignorer les instructions.

Je pénétrai dans une salle de bal grandiose, et une fois encore je fus frappée par l'opulence de ce bâtiment. Moulures dorées, sols de marbre, lustres élaborés. Le contraste avec l'endroit que je venais de quitter n'aurait pas pu être plus flagrant. Je me massai discrètement les tempes. Une fois de plus, je ne savais absolument pas quand ni où je m'étais réveillée.

Je cueillis une flûte de champagne sur un plateau et bus sans modération, en détaillant mon environnement. Entre les colonnes et les fougères se tenaient des petits groupes de gens occupés à bavarder en buvant. Les voix qui me parvenaient semblaient s'exprimer dans un mélange d'anglais et de langue de l'Est.

Les convives me rendirent mon regard – certains avec dédain, d'autres avec intérêt. Alors que je scrutais les visages les uns après les autres, celui de Borys retint mon attention. Il était déjà en train de m'observer, et son expression disait nettement qu'il me trouvait à son goût. Je pris une autre gorgée de champagne et détournai les yeux.

– Vous avez l'air perdue.

Un homme assez âgé apparut à côté de moi.

C'était ça qu'il y avait d'étrange avec mon apparence. J'étais peut-être séduisante, mais j'avais aussi un air innocent, comme si j'avais besoin qu'on me protège. De temps en temps, lors de grands rassemblements, un homme d'un certain âge finissait par sortir de la foule et me proposer son aide. Parfois il s'agissait de préoccupation sincère, et parfois, comme maintenant, cette préoccupation masquait un intérêt tout autre.

Le fait que le regard de l'homme ne cessait de plonger vers mon décolleté n'aidait en rien.

– Antonia.

Je dis le premier nom qui me passa par la tête et lui tendis la main.

– Sergi. Il saisit ma main offerte et y déposa un baiser humide. Je ne vous ai pas vue entrer, dit-il en la relâchant.

Je l'essuyai discrètement sur ma robe.

– C'est que vous ne deviez pas suffisamment bien regarder.

– Êtes-vous venue avec quelqu'un ? m'interrogea-t-il.

Ce genre de questions m'attirait toujours des ennuis.

– Pourquoi ? demandai-je d'un air de défi. Cherchez-vous à savoir si je me suis faufilée ici sans invitation ?

Je m'assurai de lui lancer un sourire taquin, car techniquement, il pourrait effectivement le penser, et techniquement, il aurait raison.

Sergi rit.

– Je ne pourrais pas imaginer une demoiselle telle que vous en train de se faufiler là où elle n'a pas sa place. (Si seulement il savait.) Vous aviez simplement l'air d'avoir égaré votre…

La phrase de Sergi mourut sur ses lèvres, et ses yeux se posèrent sur quelque chose juste derrière mon épaule. Autour de moi, j'entendis plusieurs exclamations étranglées.

La peau de mes bras me picota alors que je me retournais.

Caden se tenait derrière moi, vêtu d'un jean et d'une chemise bien coupée. Manifestement, il n'avait pas été envoyé ici intentionnellement.

– Ember ? dit-il, les sourcils froncés de confusion.

Ses yeux se posèrent sur ma robe, la flûte de champagne dans ma main, puis mon compagnon plus âgé.

Quelle que soit l'identité de la personne qui avait organisé cette mission, elle n'avait jamais prévu que j'amène un passager clandestin. Mon cœur se réchauffa un peu à l'idée que Caden avait fait le voyage jusqu'ici parce qu'il avait pensé à moi en s'endormant.

Les gens nous fixaient. Certains l'avaient vu apparaître de nulle part. Et même s'ils n'avaient rien vu, ses vêtements étaient beaucoup trop décontractés pour l'occasion.

Le percevant, il se retourna vers la foule et s'inclina, comme si toute cette situation avait été soigneusement orchestrée pour distraire les invités. De vagues applaudissements et plusieurs regards perplexes s'ensuivirent.

Caden me lança un dernier coup d'œil lourd de sens avant de sortir.

Je le regardai battre en retraite dans le même couloir par lequel j'étais arrivée.

– Sergi, qui est votre ravissante amie ?

Je me détachai de Caden pour faire volte-face vers cette voix grave au fort accent. Je parvins de justesse à réprimer un grognement. Borys.

Nos regards ne s'étaient croisés dans la salle que

quelques secondes tout au plus, mais parfois il n'en fallait pas plus. Parfois, un moment suffisait à faire basculer le monde sur son axe.

– Euh, excusez-moi un instant, dis-je en faisant un signe de tête aux deux hommes.

Je suivis le trajet emprunté par Caden tout en vidant le reste de mon champagne, et déposai ma flûte sur le plateau d'un serveur de passage.

Caden était adossé contre un mur, non loin.

– C'est une autre de tes missions, mon ange ? demanda-t-il en s'en écartant.

Je jetai un coup d'œil derrière moi, au cas où quelqu'un nous aurait suivis.

– Je ne sais pas de quoi il s'agit, mais oui, si je devais deviner, je dirais que c'était une mission.

Caden me prit la main pour me conduire un peu plus à l'écart.

– Et tes instructions ?

– J'étais censée rencontrer le type costaud avec lequel tu m'as vue.

– Borys Vasylenko, le président ukrainien. Il le connaissait. Donc tu as suivi tes instructions ?

Je réprimai un rire.

– Non, c'est plutôt lui qui m'a suivie.

– Rien d'étonnant. Caden baissa les yeux sur moi et ses fossettes réapparurent. Tu vas lui donner la crise cardiaque de trop.

– Où est-ce qu'on va alors, au juste ?

– Dans un coin plus intime.

Caden essaya une des portes. Fermée à clef. Il s'aventura un peu plus loin et tenta d'en ouvrir une autre. Celle-ci n'était pas verrouillée, et Caden m'entraîna à l'intérieur.

C'était encore une suite digne d'un palais – mais vide, Dieu merci.

– Nous allons parler de cette sale habitude que tu as de te fourrer dans des situations dangereuses, dit Caden en refermant la porte derrière lui. Mais pas tout de suite.

Je me retournai pour lui faire face.

– Qu'est-ce que tu…

Il me plaqua contre la porte fermée et sa bouche emprisonna la mienne. Sa main remonta le long de mon cou et se posa en coupe autour de ma tête, l'inclinant pour approfondir le baiser. Je m'excusai en silence auprès du couple que j'avais jugé quelques minutes plus tôt. Ceci valait largement de risquer la gêne de se faire surprendre.

Mes doigts se coulèrent sous la chemise de Caden et caressèrent ses muscles fermes.

La main de Caden remonta le long d'une de mes jambes, et il grogna sans cesser de m'embrasser.

– Ils font des fentes comme ça (il tripota le tissu près de ma cuisse) dans le seul but de tuer les hommes.

– Tu crois qu'on a le temps… ?

Alors *ça*, c'était quelque chose que je n'avais jamais fait pendant un voyage de dix minutes.

Caden interrompit notre baiser, le regard brûlant.

– Mon ange, je t'ai déjà dit que j'adore ta façon de penser ?

Il se pencha, glissa un bras dans mon dos et l'autre derrière mes genoux. Je laissai échapper un petit cri quand il me souleva.

– Non, je ne crois pas te l'avoir dit, ajouta-t-il, répondant à sa propre question.

Il me porta jusqu'au lit et m'y installa, avant de reculer suffisamment longtemps pour me boire des yeux.

– Ouaip. J'ai toujours aimé l'allure que tu as, allongée sur un lit.

– C'est parce que tu as l'esprit très, très mal tourné.

– Je ne le nie pas, mon ange, dit-il en me décochant un sourire malicieux.

Il s'allongea au-dessus de moi.

– Coucou, fis-je, les yeux fixés sur lui.

– Coucou, ma belle.

Avec une tendresse infinie, il repoussa les mèches de cheveux qui tombaient devant mon visage. Caden venait tout juste de se pencher pour déposer un baiser sur mes lèvres quand quelqu'un tenta d'actionner le bouton de la porte. Caden soupira et appuya son front contre le mien.

– Typique, dit-il.

On tambourinait désormais à la porte, et un homme parla dans une langue d'Europe de l'Est.

– As-tu la moindre idée de ce qu'il raconte ? chuchotai-je à Caden.

– Pas du tout.

Nous attendîmes encore un peu, et l'homme finit par s'en aller.

Mes lèvres frémirent.

– Il y a des chances pour que nous venions de ruiner le plan cul d'un vieux plein de poils.

Des fossettes creusèrent les joues de Caden, et nous commençâmes à rire.

Une fois que j'eus repris mon souffle, je tâtai la literie en satin sur laquelle nous étions allongés, et remarquai que je portais une bague avec un énorme rubis. N'importe qui de mal informé pourrait penser que j'appartenais à ce monde.

– Je n'aurais jamais imaginé que ma vie ressemblerait à ça, dis-je.

Caden secoua la tête, tout humour disparaissant dans ses yeux.

– Moi non plus, mon ange.

Chapitre 11

Je me réveillai et ouvris les yeux pour découvrir un plafond en bois. Je n'avais pas réalisé que quelqu'un me tenait la main avant de sentir qu'on l'étreignait.

Je tournai la tête. Caden était allongé à mon côté, ses yeux indéchiffrables déjà posés sur moi. Nous nous contemplâmes pendant un long moment, sans rien dire.

– Nous y sommes, n'est-ce pas ? demandai-je enfin.

Il acquiesça, sans me quitter du regard.

Il n'y avait rien de plus à dire. Nous allions devoir repartir de zéro, ici, dans ce nouvel État.

– Ils nous soupçonnent déjà de vouloir fuir, dit Caden.

Je hochai la tête. Je me souvenais du visage de Dane, juste avant qu'on nous administre le sédatif.

– Ils vont essayer de nous empêcher de partir, ajouta-t-il.

Je scrutai ses traits.

– Comment ils vont s'y prendre, à ton avis ?

Il tourna la tête pour observer le plafond.

– Ils n'utiliseront pas la violence. C'est un centre paisible, ici. Je pense… qu'ils espèrent que quelque chose d'un peu plus… naturel se produise.

Je fronçai les sourcils.

– Naturel ?

Il se retourna vers moi.

– Je pense qu'ils espèrent que tu tombes enceinte.

Oh.

– Mais ça ne…

Je laissai la fin de ma phrase mourir sur mes lèvres. J'étais sur le point de dire que ça ne changerait rien. Mais si. Il y avait une différence entre risquer ma propre vie, et mettre en péril quelqu'un qui dépendait de moi.

Je me frottai le front avec la paume de ma main libre.

– Et merde. Caden grogna en signe d'assentiment. J'imagine qu'ils ne proposent pas de moyens de contraception, ici ?

Il laissa échapper un petit rire dénué d'humour.

– Tu leur ferais confiance si c'était le cas ?

Carrément pas. Mon Dieu, que le Projet était infâme.

Caden se passa une main sur le visage.

– Je n'aurais jamais imaginé avoir cette conversation aussi tôt, mais… Tu ne veux pas encore d'enfants, n'est-ce pas ?

Je faillis rire en voyant son expression terrifiée.

– Euh, non. Je veux dire, un jour sans doute, mais…

L'idée même d'avoir un enfant dans de telles circonstances était tout bonnement incompréhensible.

– Certainement pas dans un futur proche.

Caden poussa un soupir, et tout son corps se détendit.

– Donc nous sommes sur la même longueur d'onde. Mais juste pour être clair, poursuivit-il, tu peux toujours me faire confiance à ce sujet. Nous nous abstiendrons, c'est tout. Je peux me contrôler… je crois.

Il prononça ces derniers mots avec un sourire de loup, que je lui rendis à contrecœur en lui serrant la main.

Notre projet d'évasion tenait toujours, même si la romance allait devoir attendre. Ça ne devrait pas être trop difficile ; j'avais passé dix mois entiers à être célibataire, après tout.

***

Je quittai le lit, et notai que je ne portais qu'un tee-shirt et un short de sport. Caden, pour sa part, était vêtu d'un pantalon de jogging et d'un tee-shirt blanc. Nous avions été drogués, habillés et expédiés.

L'idée d'avoir été manipulée ainsi fit courir des frissons déplaisants sur ma peau. Je me frottai les bras et examinai mon nouvel environnement. J'avais quitté un lit *king size* couvert d'une couette gris acier. Sur la table de chevet à côté de moi se trouvaient une lampe, un réveil et une Bible.

Si je n'avais pas su à quoi m'en tenir, j'aurais pu croire que nous nous étions réveillés dans une chambre d'hôtel.

Des tableaux étaient accrochés aux murs – un représentant des fleurs, un autre des collines. De bon goût, mais sans âme. Une commode se dressait contre un mur. Je m'en approchai et ouvris les tiroirs. Ils étaient tous vides.

Toujours sur le lit, Caden cala un bras derrière sa tête tout en se frottant le sternum de sa main libre. Il semblait se satisfaire de me regarder explorer.

Je me dirigeai ensuite vers le placard et l'ouvris. Vide lui aussi, mis à part un sachet en plastique contenant des vis de rechange que quelqu'un avait relégué dans un coin. Une odeur de peinture fraîche flottait dans la chambre, et le tapis sous mes pieds nus avait le moelleux du neuf.

– Tout est flambant neuf.

Je traversai la pièce pour me rendre dans la salle de bains. Elle diffusait elle aussi l'odeur âcre d'une construction récente. Je tournai le robinet du lavabo, et notai l'eau jaunâtre qui en jaillit. Cet endroit était neuf, et personne n'y avait encore vécu.

Je revins lentement dans la chambre. Caden n'était plus allongé sur le lit, mais se tenait devant une des fenêtres. Une lumière tamisée par le feuillage pénétrait dans la pièce.

Je vins me placer à côté de lui et inspectai notre nouveau monde. Des conifères se succédaient derrière notre fenêtre. Je repérai une sorte de chalet à bonne distance, mais il était en grande partie dissimulé par la végétation. Le sol entre les arbres était recouvert de mousses et de fougères. Les parcelles de terre nue visibles ici et là étaient d'une riche couleur café.

Vert et marron, aussi loin que portait le regard.

– Dane nous a vraiment envoyés jusqu'ici, déclara Caden.

Il y avait une note d'incrédulité dans sa voix.

– Sale con, marmonnai-je.

Caden se tourna vers moi et haussa un sourcil.

– Quoi ? demandai-je d'un ton innocent. Il fallait que ce soit dit.

Il laissa échapper un petit rire et se passa une main dans les cheveux.

– Il y a moins d'un mois je te croyais morte, et voilà qu'on s'installe ensemble dans la nature sauvage du Montana. C'est… irréel.

Je parcourus la pièce des yeux.

– Donc, c'est là qu'on habite ?

Caden fronça les sourcils.

– J'en ai bien l'impression.

– Alors allons explorer, dis-je en lui prenant la main.

La visite de la maison se révéla plus courte que prévu.

Il n'y avait qu'une seule autre chambre, et elle aussi était meublée.

– La vache, soufflai-je.

Ma chair de poule était de retour.

Une chambre d'enfant. Je ressentis soudain une terrible envie de vomir. Dane devait être mort de rire, à l'heure actuelle.

Dans mon dos, Caden détacha ma main de la poignée et me tira gentiment en arrière avant de refermer la porte. Il me lança un regard lourd de sens.

– Cette porte-là reste fermée.

Je levai les mains en l'air.

– Aucun problème.

Il m'entraîna loin de la chambre, en me frottant machinalement le bras.

– Tu ne plaisantais vraiment pas quand tu disais que les téléporteurs venaient ici pour fonder une famille, dis-je.

Je ne parvenais pas à me sortir de la tête l'image de cette chambre.

– Non, en effet.

Nous descendîmes l'escalier pour entrer dans un salon. Il y régnait l'atmosphère chaude et confortable caractéristique d'un chalet. Le sol était en parquet, mais un tapis le recouvrait en majeure partie. Une cheminée était lovée dans un coin, accompagnée d'un tas de bois et d'un tisonnier.

Arme potentielle, pensai-je sans pouvoir m'en empêcher.

Plusieurs cartons avaient été déposés près de la porte d'entrée. J'ouvris l'un d'entre eux. Il contenait les vêtements de Caden, soigneusement pliés, ainsi que plusieurs livres que j'avais vus dans sa bibliothèque. Ils avaient empaqueté nos affaires avant de nous les expédier. Comme c'était attentionné. Ou pas.

Dehors, j'entendis le piaillement éloigné d'un enfant.

– Ça, dis-je en me redressant pour faire face à Caden, c'est carrément pas cool.

Ses lèvres tressaillirent en réponse.

Je le dépassai et entrai dans la cuisine. La première chose que je remarquai fut les couteaux rangés dans un bloc en bois sur le comptoir – d'autres armes évidentes. Je n'avais pas besoin de me demander ce que cela révélait sur ma personnalité.

Caden ramassa une feuille de papier qui avait été posée contre la machine à café.

– Chers Caden et Ember, lut-il, bienvenue au Centre familial du Montana. Nous sommes ravis de vous accueillir dans votre nouveau foyer.

– Aww, ne sont-ils pas adorables ? marmonnai-je en ouvrant les placards.

– Nous sommes tous impatients de mieux vous connaître, et nous vous invitons à une fête de bienvenue, qui aura lieu ce soir au feu de camp principal, à dix-neuf heures. Consultez la carte pour plus d'indications. En attendant, profitez bien du champagne. Il marqua une pause. Nous sommes tout particulièrement ravis à l'idée de vous voir forniquer comme des lapins…

– Je suis *sûre* qu'ils ne disent pas ça, dis-je en me retournant et en lui arrachant la feuille de papier.

– Ils pourraient tout aussi bien, dit Caden en s'appuyant contre le comptoir et en croisant les bras. Ils veulent seulement qu'on se soûle et qu'on se jette l'un sur l'autre.

Je soupirai. Nous n'aurions jamais dû être là.

– Hé.

Caden fit un pas en avant et me souleva le menton.

– Où est la fille *badass* dont je suis tombé amoureux ?

Je lui montrai les dents dans un rictus peu convaincu.

– Toujours pas très féroce, dit-il en réprimant un sourire.

Il me lâcha le menton pour me saisir par les hanches et me hisser sur le comptoir.

Profitant de sa distraction, je saisis un couteau sur le bloc en bois et le posai contre sa gorge.

– Et maintenant ? demandai-je en haussant un sourcil.

Ses mains glissèrent sur mes cuisses.

– OK, trop féroce. Beaucoup, beaucoup trop féroce.

Je baissai le couteau avec un sourire satisfait. Les yeux de Caden se posèrent sur mes lèvres.

– Mais sexy. Il secoua légèrement la tête. Bordel, ça va être une vraie torture de ne pas te toucher.

J'entrouvris les lèvres en baissant les yeux. Le self-control n'était pas notre fort, à l'un comme à l'autre.

Un coup frappé à la porte d'entrée nous interrompit. Après un dernier regard brûlant, Caden s'écarta et alla ouvrir. Je bondis en bas du comptoir et le suivis, le rattrapant juste à temps pour voir qui attendait de l'autre côté.

J'écarquillai les yeux. Éric et Serena se tenaient sur le seuil.

– Ember ! piailla la jeune femme blonde avant de me prendre dans ses bras.

Je lui rendis son étreinte avec hésitation et lui tapotai le dos. Je ne connaissais pas Serena si bien que ça, et sa réaction me mettait mal à l'aise. À côté de nous, des paumes claquèrent et des dos résonnèrent tandis que Caden et Éric se saluaient également.

Serena se glissa hors de mes bras pour se jeter dans ceux de Caden.

Après l'avoir embrassé sur la joue, elle déclara :

– J'ai pleuré quand j'ai appris qu'elle était de retour !

– Ouais, moi aussi – comme un gros bébé, dit Caden.

Tous deux souriaient comme des idiots.

Mes yeux s'arrêtèrent sur Éric, qui s'était décalé sur le côté. Il inclina la tête dans ma direction et sourit avec une expression amicale, ouverte. Mais ses yeux racontaient une tout autre histoire. Mon propre sourire poli s'effaça quand je vis les ombres tapies au fond de son regard.

Je pris une inspiration hachée, mais je semblais incapable de faire entrer suffisamment d'air dans mes poumons. À quoi est-ce que je ressemblais, quand je baissais ma garde ?

– Vous voulez entrer ? demanda Caden, interrompant le fil de mes pensées.

Éric détourna son attention de moi et la reporta sur Caden.

– Nan, on s'était dit qu'on resterait juste à se les geler sous votre porche, dit-il.

Du sarcasme. Ça n'allait tellement pas avec ce que j'avais vu dans ses yeux. Mais maintenant que je l'observais à nouveau, les ombres s'étaient dissipées.

Mon regard resta braqué sur le dos d'Éric pendant que Serena et lui entraient dans le chalet.

Il faisait peut-être comme si tout allait bien, mais mes yeux ne m'avaient pas trompée.

Éric était habité par ses propres ténèbres. La mort n'avait pas totalement relâché son emprise sur lui.

Ni sur moi.

***

– C'est trop, trop génial de vous voir tous les deux ! dit Serena en s'installant sur un des canapés.

Éric l'imita, s'asseyant juste à côté d'elle.

– Euh… Vous voulez quelque chose à manger ? demandai-je, incertaine de notre rôle d'hôtes.

– Mon ange, tu crois qu'on a de la nourriture dans le

frigo ? demanda Caden en s'asseyant sur l'autre canapé et en haussant un sourcil.

Je haussai les épaules.

– Pas la moindre idée.

– Ça ira, merci, dit Serena en riant.

Caden tapota le coussin à côté de lui.

– Viens par là, ma belle.

Je me frayai un chemin jusqu'au canapé et m'assis.

Caden et Serena ne tardèrent pas à se lancer dans une conversation, me laissant tout le loisir d'étudier nos invités. Éric était calé au fond du canapé et écoutait paresseusement. Un regard troublé obscurcissait ses yeux.

Serena agitait les mains tout en parlant, et tout son visage s'illuminait. Elle était l'image même du bonheur. J'observai ensuite Caden, dont toute l'attention était centrée sur elle.

À un moment donné, je finis par en avoir assez. Je me levai pour aller dans la cuisine, décidée à ouvrir le champagne dès maintenant et à l'engloutir. Après la semaine que j'avais eue, j'aurais bien eu besoin d'un petit remontant. Mais au lieu de prendre la bouteille, je finis appuyée contre le comptoir de la cuisine, les yeux fixés sur la fenêtre.

– C'est dur de faire semblant après tout ça, hein ?

Je fis volte-face, surprise de voir Éric sur le seuil de la cuisine. Je déglutis, puis hochai la tête en me reprenant.

– Très dur, acquiesçai-je d'une voix qui était à peine plus qu'un murmure.

– Qu'est-ce que tu as fait pour te retrouver sur leur liste de casse-couilles ?

Mes yeux parcoururent rapidement la pièce, à la recherche de caméras ou de matériel d'écoute.

– Quel est l'intérêt de se taire ? demanda Éric en remarquant mon inquiétude. Ils savent déjà ce que nous avons fait, et nous avons déjà été punis.

Je haussai les sourcils.

– Tu veux dire que toi aussi tu as essayé de les révéler au grand jour ?

Éric hocha la tête.

– Je donnais régulièrement des informations sur le Projet à un journaliste d'investigation que j'ai rencontré, dit-il en faisant plusieurs pas dans la cuisine. Le Projet a détruit toutes les preuves, tabassé le journaliste, et…

Éric souleva son tee-shirt, dévoilant les cicatrices irrégulières qui balafraient son corps. Je touchai mon propre ventre en les voyant.

– Ils m'ont fait passer par l'épissage.

Je baissai la voix.

– Pourquoi est-ce qu'ils ne sont pas plus nombreux à dévoiler l'existence du Projet ?

C'étaient des paroles dangereuses à prononcer ici, mais la nonchalance d'Éric me rendait plus téméraire.

Il haussa une épaule.

– Quelle vie y a-t-il pour nous derrière ces clôtures ? Nous aurons toujours du mal à nous acclimater ; nous ne pourrons jamais nous mêler aux autres. Pas vraiment. Nous ne pouvons même pas avoir d'enfants avec le reste de la population. La plupart des téléporteurs pensent que c'est le mieux qu'on puisse espérer.

Éric fit un autre pas en avant, et je pus voir nettement cet éclat particulier dans ses yeux. Je cillai et détournai le regard. Toute l'horreur de ses souvenirs dansait dans ses prunelles, et cela me rappelait mes propres expériences.

– Je le vois aussi dans tes yeux, dit-il en se rapprochant encore jusqu'à avoir quasiment comblé toute la distance qui nous séparait.

Je me penchai en arrière au-dessus du comptoir. Normalement, Caden était le seul que je laissais s'approcher aussi près de moi.

Éric perçut mon malaise, mais il se pencha quand même et son souffle me chatouilla l'oreille.

– Caden et toi, vous songez à fuir ?

Je me raidis à cette question.

– Éric, qu'est-ce que tu fais ?

La voix de Caden avait une nuance tranchante, et quand je jetai un coup d'œil vers lui par-dessus l'épaule d'Éric, je vis que tout son corps était tendu.

– Vous y pensez, n'est-ce pas ? insista Éric en m'observant.

– Éric.

Caden fit un pas en avant.

Les yeux perturbants d'Éric restèrent braqués sur les miens pendant qu'il reculait.

– J'échangeais seulement des souvenirs de guerre avec ta paire, dit-il en détachant enfin son regard du mien.

Je m'écartai du comptoir, maintenant qu'un peu de distance était rétablie entre nous. Serena arriva à son tour. Elle devait avoir entendu les derniers mots d'Éric, car elle échangea un coup d'œil avec Caden.

– Mon chéri, on devrait sans doute y aller, dit-elle.

Le sourire qu'elle lui lança était sincère ; elle l'acceptait malgré ses problèmes persistants. Et ceux-ci étaient nombreux.

Le sourire qu'il lui rendit bannit toute obscurité dans ses yeux. De façon presque machinale, elle se toucha le ventre. Je me concentrai sur son geste, et sur son regard qui passa d'Éric à son ventre.

– Tu es enceinte.

Ah. Vomi verbal.

Elle écarquilla les yeux quand elle comprit qu'elle avait baissé sa garde.

– Oui, c'est vrai. Nous venons de l'apprendre.

Éric se plaça à côté d'elle et passa un bras protecteur autour de ses épaules. Il me regarda à nouveau.

– Nous voulons nous joindre à vous.

Serena lui lança un coup d'œil acéré, puis reporta son attention sur nous.

Je m'expliquais mieux, à présent, l'attitude étrange d'Éric quelques instants plus tôt. Alors que je me pensais incapable de fuir si cela impliquait de mettre quelqu'un d'autre en danger, il devait pour sa part penser qu'il n'avait plus le choix.

Néanmoins, je n'allais pas prendre de décision sur un coup de tête, et surtout pas avec un autre téléporteur. Pour ce que j'en savais, il cherchait peut-être à me piéger.

– Il n'y a rien à rejoindre, dis-je.

Il eut un petit sourire en coin ; il pouvait entendre le mensonge dans ma voix.

– Parles-en avec ta paire, dit-il. Et viens nous voir quand vous serez prêts à discuter.

***

Éric et Serena ne furent pas les seuls à nous rendre visite. Une heure environ après leur départ, d'autres coups retentirent à la porte. Je sortis la tête de la salle de bains, où j'étais occupée à déballer mes affaires.

– Je vais ouvrir ! cria Caden depuis la chambre.

Notre chambre. C'était encore un concept très étrange.

Je le suivis dans les escaliers, et pus donc voir sa réaction au moment où il ouvrit la porte. La façon dont son corps se figea quand il vit qui nous rendait visite, puis son rire franc. Un battement de cœur plus tard, il soulevait la femme dans une étreinte digne d'un ours.

– Terri, lança-t-il d'une voix ravie, qu'est-ce que tu fais ici ?

Je descendis la dernière marche et m'approchai par-derrière alors qu'il reculait.

– Caden, c'est si bon de…

Elle s'interrompit brutalement en m'apercevant.

J'eus un petit sursaut d'étonnement. Je reconnaissais cette femme. Elle était là le jour où Dane m'avait trouvée. Elle était présente dans la maison de mes parents.

Plus encore, cependant, je reconnaissais ses traits. Les yeux et les cheveux noirs, la forme du visage, même l'arc subtil de ses sourcils. Des traits familiaux qu'elle avait transmis à sa fille. À Desiree Payne.

– … te voir, termina-t-elle.

Son visage se durcit tandis qu'elle me détaillait. Ma réputation devait m'avoir précédée.

– Ember Pierce, fit-elle avec un mouvement de tête, ravie de vous revoir.

– Vraiment ? demandai-je en avançant.

Elle sourit comme si j'étais stupide.

– C'est une façon de parler, et c'était de la politesse.

– C'est hypocrite, dis-je.

– Et vous n'avez jamais été hypocrite, j'imagine ?

Là, elle me tenait.

Elle retourna son attention vers Caden et s'adressa à lui seul.

– Bienvenue au Centre familial du Montana. Je suis responsable de la communauté satellite du Projet, ici.

Caden poussa un sifflement.

– Félicitations. J'avais oublié ta promotion.

Cette réflexion me rappela que Caden avait grandi avec ces gens, et qu'il entretenait des relations personnelles avec eux.

– Merci, Caden, dit-elle avec quelque chose de maternel dans la voix. Un ange passa, puis elle claqua des deux mains, et reprit : eh bien,... j'imagine que je dois vous faire une petite présentation des lieux. Sur de nombreux points, le Centre familial du Montana fonctionne comme votre centre précédent. Nous avons nos propres emplois du temps et tâches quotidiennes. Cependant, ici vous bénéficiez d'une bien plus grande autonomie. Vous recevrez principalement vos instructions d'autres téléporteurs – surtout Marissa, que vous rencontrerez ce soir au feu de camp. Ici, notre objectif n'est pas de vous contrôler – elle jeta un coup d'œil éloquent dans ma direction –, mais de vous permettre de faire des choses.

Oh, ça c'était inimitable.

– C'est bien joli tout ça, dis-je, mais il n'empêche qu'il y a toujours une clôture pour nous empêcher de sortir.

En fait, je ne savais absolument pas si c'était le cas, mais alors Dane serait bien bête de m'envoyer ici.

Terri pinça les lèvres, seul signe indiquant qu'elle

m'avait entendue. Elle ne quitta pas Caden des yeux une seule seconde.

– Marissa vous donnera vos emplois du temps et veillera à vous installer ici. Je ne serai présente au centre que par intermittence, ne l'oubliez pas si vous avez besoin de moi pour une raison ou une autre, ajouta-t-elle en souriant. Bienvenue dans notre centre.

***

Les volutes de vapeur tourbillonnaient autour de moi. On pouvait reprocher ce qu'on voulait à ce centre, au moins ils ne lésinaient pas sur la pression de l'eau. Tout petit bonheur est bon à prendre. Je fredonnai la berceuse de ma mère, le visage levé vers le pommeau de douche.

– C'est quelle chanson, ça ?

Je glapis et faillis tomber sur les fesses. La voix masculine de Caden tonnait dans le petit espace de la cabine.

– Oh, merde, dit-il. Désolé, mon ange. Je ne voulais pas te faire peur.

Je repris mon souffle ; c'était la deuxième fois aujourd'hui que quelqu'un se faufilait en douce à côté de moi.

– Comment tu t'y prends pour faire ça ?

Silence.

– Je me suis amélioré en extraction depuis ton départ,

dit-il enfin alors que j'entendais le bruit étouffé de vêtements tombant par terre. Alors, la chanson ?

– « Rose Red », dis-je après une pause. Ma mère me la chantait quand j'étais petite. Cet air me trotte dans la tête depuis des mois.

J'attendis qu'il me demande de la chanter. Je sentais qu'il l'avait sur le bout de la langue. Mais il n'en fit rien.

La porte de la douche s'ouvrit, et Caden entra avec moi. Il n'y avait clairement pas assez de place pour nous deux.

– Caden…

Je reculai en essayant de ménager assez d'espace pour sa largeur d'épaules.

– Il faut qu'on parle, dit-il, le visage grave.

Le simple fait que ses yeux n'étaient même pas descendus en deçà de mon visage en disait plus que ses mots.

Je ravalai ce que je m'apprêtais à dire et hochai la tête.

– Qu'est-ce qui s'est passé, hier ? demanda-t-il.

– Hier ? répétai-je.

Je m'attendais à ce que nous parlions de tout ce qui s'était passé aujourd'hui. Au lieu de cela, il voulait parler de la mission.

Je savais que le sujet viendrait sur le tapis à un moment ou à un autre, mais je l'avais mis de côté car, sérieusement, comment étais-je censée répondre à une question à laquelle je n'avais aucune explication ?

J'ouvris la bouche, la refermai, puis haussai les épaules.

– Je n'en ai aucune idée.

– Tu as encore été envoyée en mission.

Je fis la grimace. Elle ne s'était pas mal terminée, mais ce n'était pas la question.

– Mon ange, dis-moi, qu'est-ce que j'ai interrompu ? La moitié de ces hommes sont sur la liste rouge du Projet. Je dus avoir l'air perplexe, car il précisa sa pensée. Ce sont des cibles potentielles. (Naturellement.) Dans quoi est-ce que tu t'es retrouvée impliquée ? dit-il à voix basse.

J'avais les yeux baissés sur le torse de Caden, mais je levai la tête pour croiser son regard. J'y lus de la compassion, et de la peur.

– Je… je ne sais pas.

Une main humide s'éleva et me caressa la joue.

– Tu penses toujours qu'Adrian est innocent ?

Je le fixai un long moment.

– Je ne sais pas, répétai-je.

Je ne savais plus quoi croire.

– Tu as toujours l'intention d'accepter son aide ?

– Oui.

Les narines de Caden s'évasèrent, mais il acquiesça.

– Je suis toujours partant.

Je m'appuyai doucement contre lui.

– Je sais.

Car c'était le genre d'homme qu'était Caden. D'une loyauté à toute épreuve. Honorable… mis à part quand il s'agissait de me voir nue. *Ça*, il en profitait honteusement. Nudité mise à part, il n'était pas du genre « coup d'un soir ». C'était plutôt le genre de type qui se dévoilait *a posteriori*, celui qui prenait une femme telle qu'elle était – avec son passif et tout – et la chérissait jusqu'à la fin de sa vie.

Sa main s'immobilisa. Puis il suivit la courbe de ma joue du bout du doigt et le cala sous mon menton avant de toucher mon visage vers le haut.

– Parle-moi encore de ces missions, dit-il d'un air sérieux. N'omets rien.

Je m'exécutai donc.

Quand j'eus terminé, une eau désormais tiède aspergeait notre peau, et Caden paraissait agité.

Il referma ses mains sur le haut de mes bras.

– As-tu la moindre idée de qui pourrait être derrière tout ça, si ce n'est pas Adrian ?

Je lui lançai un regard triste.

– Si je devais deviner, je dirais l'ennemi de mon ennemi.

Caden me lâcha et prit une profonde inspiration. Puis il se retourna et donna un coup de poing contre le carrelage. Je le regardai faire. Il était en train de craquer devant moi, et je ne trouvais rien à dire.

– Putains de missions, marmonna-t-il dans sa barbe en s'appuyant contre la paroi.

Son corps puissant et balafré trembla, et quand

j'observai son visage de plus près, je vis qu'il fermait les paupières de toutes ses forces.

Je posai une main sur son dos et appuyai mon front contre son épaule. Longtemps auparavant, il m'avait tenue dans ses bras pendant que je pleurais dans une autre douche. Apparemment, nos tragédies se jouaient toujours dans des lieux très terre à terre.

Il m'enveloppa d'un bras et m'attira contre sa poitrine.

– Promets-moi que tu seras en sécurité si ça se reproduit, dit-il.

J'entrelaçai mes doigts avec les siens. Il n'y avait aucune sécurité possible pendant les missions. Il le savait mieux que moi. Mais à cet instant précis, il avait besoin d'un mensonge rassurant.

– Je te le promets.

Il resserra son autre bras autour de moi et se pencha pour appuyer ses lèvres contre mon épaule, en chuchotant une promesse à son tour.

– Ça va se terminer. Même si c'est la dernière chose que je dois faire, ça va se terminer.

***

Peu après le coucher du soleil, nous gravîmes la colline vers le feu de camp. C'était la première fois que nous sortions depuis notre arrivée.

J'inspirai l'odeur boisée de ce nouveau centre. C'était

étrange à quel point un parfum pouvait être à la fois familier et nouveau. Ici, la forêt avait une odeur plus humide.

Nous croisâmes plusieurs autres chalets en marchant vers le feu de camp. Je n'avais pas encore aperçu les bâtiments principaux du centre, mais je ne me faisais aucune illusion. Ils étaient sûrement situés dans la direction opposée.

Entre les arbres, j'entrevis la danse des flammes, et l'écho de bavardages flotta jusqu'à nous.

– C'est parti, marmonna Caden.

Nous pénétrâmes entre les arbres. Une bonne vingtaine de gens étaient debout ou assis autour du feu de camp, occupés à discuter, à boire du soda ou de la bière et à faire griller des chamallows. Serena et Éric étaient parmi eux.

– Les voilà, dit une femme, et tous les convives tournèrent leur attention vers nous.

Certains lancèrent des mots de bienvenue ; d'autres levèrent leur verre dans notre direction.

Je me concentrai aussitôt sur celle qui avait parlé, une jolie rousse. Elle s'approcha de nous, le visage ouvert, et je fus surprise d'y lire un bonheur sincère. Elle était également plus qu'enceinte. Un homme lui emboîta le pas, sans doute sa paire. Comme sa compagne rousse, il avait l'air ouvert, amical.

– Caden et Ember, c'est ça ? demanda la femme.

– Ouais.

Je plaquai un sourire sur mon visage – le genre de sourire faux qui me faisait loucher. Elle était peut-être au courant de mon passif peu glorieux avec le Projet, mais quoi qu'il en soit, cela restait une bonne idée de faire une impression positive à la première rencontre.

– Nous sommes tous tellement excités que vous rejoigniez notre famille, ici.

Elle sourit, les épaules détendues. Elle faisait partie de ces femmes qui débordent naturellement d'enthousiasme ; je sentais déjà naître un mal de crâne à l'idée de la côtoyer.

– Je m'appelle Marissa, et voici ma paire, Kyle, dit-elle en désignant l'homme qui vint se placer à côté d'elle.

Voilà donc la fameuse Marissa.

Nous leur serrâmes la main et murmurâmes des bonjours avant d'être présentés au reste des invités. À l'instar de Kyle et Marissa, la plupart d'entre eux étaient appariés. Seules quelques personnes étaient célibataires, et la plupart étaient des femmes.

Je pouvais percevoir leurs regards fixes du coin de l'œil, ce qui me rendait nerveuse. Certains nous jaugeaient ; d'autres étaient simplement curieux.

Pendant tout ce temps, la main de Caden ne quitta pas la mienne. Parfois, nous échangions un regard et une pensée silencieuse passait entre nous.

Elle fait semblant d'être excitée.

Encore une femme enceinte !

Il n'arrête pas de la tripoter.

Une fois que nous fûmes débarrassés des présentations sommaires, Caden et moi partîmes chacun de notre côté. Je m'assis sur un rondin et contemplai le feu de camp.

– Alors, dit Marissa en s'asseyant à côté de moi, tu es excitée d'être ici ?

Son regard était trop acéré, ce qui me rappela que nous vivions dans un repaire de loups. Elle serait capable de percer à jour la plupart de mes mensonges ; nous avions tous été entraînés à le faire.

– Nerveuse.

Je lui lançai un faible sourire. C'était suffisamment proche de la réalité pour qu'elle y croie.

Elle me serra gentiment l'épaule.

– Je l'étais aussi quand je suis arrivée ici avec Kyle. C'est une vie très différente de celle que nous menions avant. Je me gardai bien d'ouvrir la bouche et me contentai d'acquiescer. C'était un peu une décision sur un coup de tête de venir ici, non ?

Je plongeai les yeux dans le soda que quelqu'un m'avait donné, revoyant en esprit la réunion matinale durant laquelle Dane Ducon nous avait piégés.

– On peut dire ça.

– Tu es enceinte ?

Je levai brusquement la tête vers elle.

– Quoi ?

En voyant mon expression, Marissa fit machine arrière.

– C'était un peu direct, désolée.

Je parvins de justesse à réprimer un frisson.

– Non. Je ne suis pas enceinte.

Elle attendit patiemment que je poursuive. Je tentai de déterminer ce que je devais lui répondre – et si je devais lui répondre.

– Je n'arrivais pas à... m'acclimater, dis-je finalement.

– Oh. Le silence s'étira. Elle posa une main sur mon genou. Ce n'est pas grave, dit-elle doucement. C'est derrière toi, maintenant. Tu te plairas ici.

Je lui jetai un coup d'œil, et le duvet de mes bras se hérissa à la vue de son sourire franc. Elle était tellement plus douée que moi pour faire semblant. Quand je la regardais, tout ce que je voyais était une femme joviale et empathique. Une femme simple. La seule raison pour laquelle je savais qu'elle était bien plus que ça, c'était sa présence ici. Le masque de Marissa n'avait aucune faille ; rien n'indiquait qu'elle n'était pas telle qu'elle paraissait.

Je resserrai la main sur mon verre. Il fallait que je quitte cet endroit ; les gens qui étaient ici faisaient des trucs à mon esprit.

Caden me fixait depuis l'autre côté du feu ; la fumée et les flammes rendaient ses traits plus acérés et lui donnaient une allure dangereuse. Il me regardait comme un homme hypnotisé.

Je dus m'empêcher de lever une main et de ramener exprès une mèche de cheveux derrière mon oreille.

– Il a envie que tu le rejoignes, dit Marissa en se penchant vers moi.

– Je sais, répondis-je sans cesser de le regarder.

Elle me poussa du coude.

– Alors vas-y. Il a l'air en pleine angoisse de séparation.

Nous savions toutes les deux que ce n'était pas du tout le genre de regard qu'il me lançait. Je me levai quand même.

– Merci pour ton accueil, dis-je.

Elle me fit un clin d'œil.

– Pas de problème, ma belle. Passe une bonne soirée.

Je contournai le feu et m'approchai de Caden. Ses fossettes pointèrent le bout de leur nez quand je m'assis à côté de lui.

– Coucou, toi, dit-il en se penchant et en m'embrassant dans le cou.

– Coucou toi-même.

Je souris, lovée contre lui.

Des rires s'élevèrent parmi les téléporteurs près de nous.

– D'accord, d'accord. Kyle s'éclaircit la gorge. Votre voyage le plus gênant, allez-y.

– Échange d'histoires de téléporteurs, expliqua Caden.

Le sujet de la conversation me poussa à tendre l'oreille.

Un des types assis de l'autre côté de Caden prit la parole.

– Une fois, je me suis téléporté dans la chambre de

mes parents pendant qu'ils le faisaient. Il secoua la tête. Ils ont cru que j'étais venu les regarder.

Même la lueur du feu ne pouvait dissimuler la rougeur de ses joues.

– Le pire, c'est que je ne pouvais pas leur dire la vérité. Le lendemain, ils m'ont pris un rendez-vous chez un psy, précisa-t-il en frissonnant. Il y a certaines images qu'on ne peut jamais effacer de son cerveau.

Je sentis les yeux de Caden poser brièvement un regard lourd sur moi. Je remuai, mal à l'aise, consciente des images qui étaient imprimées dans son cerveau à lui.

– Votre voyage le plus chelou ? demanda Kyle.

Ce fut Serena qui répondit, cette fois.

– Quand j'avais quatorze ans – je n'avais jamais embrassé personne, je le souligne – je me suis téléportée dans un club échangiste. Les choses que je les ai vus se faire… Elle fronça le nez. Et ils étaient tous vieux et gras.

– Comment tu as réussi à sortir de là ? demanda un autre téléporteur.

Elle haussa un sourcil.

– Par la porte d'entrée. Ce n'étaient pas des monstres.

Un autre téléporteur s'exprima :

– Vous avez entendu parler des hommes-taupes ? demanda-t-il. Quelqu'un murmura que non. Ce sont des gens qui vivent sous les villes. Je suis tombé sur un groupe d'entre eux à Las Vegas. Ils sont plutôt sympas, en fait. Mais bon, la plupart d'entre eux étaient en train de se rouler un joint, donc ils ont dû penser que je faisais partie de leur trip.

Kyle toussota.

– J'ai une histoire pour vous.

Il possédait une sorte de magnétisme étrange ; au moment où il parla, il obtint aussitôt l'attention de tous.

– Je m'étais couché tard ce soir-là, comme d'habitude.

Autour de moi, les téléporteurs hochèrent la tête. Ils avaient tous vécu des expériences similaires à la mienne, obligés d'attendre que tout le monde soit endormi pour disparaître. Une sensation trouble et désagréable se nicha au creux de mon ventre – l'impression de faire partie d'une communauté.

Je fronçai les sourcils. Je ne voulais pas ressentir ça, pas alors que toute cette situation était foireuse.

– Je regardais une émission sur les maisons hantées quand j'ai piqué du nez. Kyle secoua légèrement la tête. La seconde suivante, quand j'ai ouvert les yeux, je me suis retrouvé dans l'une d'entre elles.

En réaction, Caden m'attira tout contre lui. Je lançai un regard amusé dans sa direction, pensant qu'il devait être happé par l'histoire comme tous les autres autour du feu. Au lieu de quoi il me rendit mon regard. L'ombre d'un sourire en coin taquina ses lèvres quand il me surprit à l'observer. Il avait utilisé le prétexte de cette histoire pour un câlin.

– Aujourd'hui encore, je ne sais pas exactement où

j'étais. Mais maintenant... dit-il en riant de son propre malaise, je crois aux fantômes.

– Qu'est-ce que tu as vu ? demanda une fille.

Je pouvais entendre le scepticisme dans sa voix, et je la comprenais. La plupart d'entre nous n'avaient pas le luxe de croire au surnaturel.

Kyle lui accorda un petit sourire et baissa les yeux pour contempler le feu. Il secoua la tête.

– Disons simplement que c'était suffisant pour me convaincre.

Ma peau me picota sous ma veste – sûrement la réaction que Kyle avait cherché à provoquer. Puis je me souvins que les fantômes étaient le dernier de mes soucis. Un silence méditatif s'abattit sur le groupe, jusqu'à ce qu'un autre téléporteur renchérisse avec sa propre histoire qui fait peur.

– Tu veux qu'on y aille ? chuchota Caden à mon oreille.

D'autres histoires de fantômes, ou rester seule avec Caden ? Sacré dilemme.

Je me levai en guise de réponse. Caden m'imita et me prit la main. Nous nous esquivâmes ensemble pendant que les autres personnes autour du feu continuaient à écouter les récits partagés. Ceux qui croisèrent notre regard agitèrent la main en nous lançant des sourires entendus, ce qui me révulsa au plus haut point.

– Donc, dit Caden quand nous eûmes laissé le feu de

camp derrière nous, j'ai oublié de te demander – pourquoi Éric te harcelait comme ça, tout à l'heure ?

Je n'étais pas surprise que Caden y revienne maintenant que nous venions de revoir Éric et Serena, mais j'étais étonnée qu'il ne l'ait pas mentionné plus tôt.

– Il sait que nous voulons nous échapper.

Caden baissa un regard acéré sur moi. Je pouvais voir les engrenages tourner dans sa tête.

– Ils veulent se joindre à nous ?

Je hochai la tête.

– Je ne sais pas si nous pouvons leur faire confiance, cependant.

– Moi non plus, dit-il, les sourcils froncés. Je me fie à Serena, mais Éric… Il est différent, maintenant. Peut-être qu'ils lui font du chantage pour nous prendre au piège.

C'était bien le style du Projet, en effet.

Caden s'arrêta devant notre chalet.

– Pour le moment, ça te va si notre projet d'évasion reste entre nous deux ?

Je me mordillai la lèvre inférieure.

– Je ne vois pas d'autre option.

C'était étrange d'entrer dans le chalet et de faire comme s'il était à nous. Quelqu'un d'autre l'avait meublé, et quelqu'un d'autre avait pris la décision que nous allions vivre ensemble. Non pas que ce dernier point me gênât beaucoup.

J'eus un temps d'hésitation au pied de l'escalier ; penser

à Serena et Éric m'avait amenée à penser à Serena et Caden.

– Qu'est-ce qu'il y a, mon ange ? demanda Caden, déchiffrant mon langage corporel.

Je me retournai pour lui faire face.

– Toi et Serena, vous n'avez jamais…

Couché ensemble ? Formé un couple ? Je n'étais même pas sûre de ce que je demandais ; je savais seulement que leur familiarité, constatée un peu plus tôt, avait réveillé en moi toutes sortes d'insécurités.

Caden rit, ce qui me fit froncer les sourcils.

Il se calma très vite en voyant mon expression.

– C'est un non empathique. (Ah bon ?) Nous étions là l'un pour l'autre, mais rien de plus. Il me ramena contre lui pour m'enlacer. Il n'y a que toi pour moi, mon ange.

– Tu n'en sais rien, murmurai-je contre sa poitrine.

– Je prends ça comme un défi.

Je n'eus pas le temps de répondre ; il me souleva dans ses bras et me porta jusqu'à notre chambre.

– Caden, qu'est-ce que tu fais ? demandai-je en refermant les bras autour de son cou.

Il traversa la pièce en trois grandes enjambées et me déposa sur le lit. Il m'y rejoignit une seconde plus tard et se mit à caresser gentiment la peau nue juste au-dessus de mon pantalon.

Sa main descendit plus bas. Il me décocha un sourire coquin, défit le bouton de mon jean et baissa la braguette.

– Tous ces mois passés à souhaiter t'avoir auprès de moi. Tu ne peux pas savoir combien j'ai rêvé d'avoir droit à un jour de plus avec toi.

– Caden ?

Je tentai désespérément d'attraper mon jean, mais il me l'enleva d'un coup, et retira mes chaussures dans la foulée. Mes chaussettes subirent le même sort.

– Nous n'allons pas coucher ensemble, n'est-ce pas ?

– Faire l'amour, mon ange, corrigea-t-il en enlevant sa veste.

Je ne pris pas la peine de lui dire à quel point ces mots étaient sexy quand ils franchissaient ses lèvres. Dieu savait qu'il n'avait pas besoin que je nourrisse son ego.

– Tes pupilles sont dilatées. J'ai l'impression que cette expression ne te déplaît pas.

– Ne te fais pas d'idées.

Oh, bon sang, est-ce que j'avais la voix rauque ?

– Faire l'amour, souffla-t-il en fixant mes yeux et en laissant échapper un rire étouffé. C'est bien ce que je pensais, dit-il d'un air suffisant, les doigts occupés à déboutonner ma veste.

Maudit soit mon traître de corps ; Caden avait une conversation avec lui, et il ne mentait pas.

Son expression devint malicieuse. Il retira ma veste et la jeta par terre. Il saisit ensuite l'ourlet de mon tee-shirt et le fit passer au-dessus de ma tête. Le fait que je laisse

Caden aller aussi loin en disait long sur mes sentiments pour lui.

L'air frais chatouilla la peau nue de mon ventre. Mes abdos se contractèrent quand ses mains errèrent à cet endroit. Caden se pencha et m'embrassa la clavicule.

– Détends-toi. Aucun bébé ne sera conçu cette nuit.

– Vraiment ?

Caden passa une main dans mon dos. Il haussa un sourcil.

– Tu as changé d'avis au sujet des enfants ?

– Ah, non.

– Hmm. C'est bien ce que je pensais.

Il défit mon soutien-gorge et le jeta de côté. Il prit une brusque inspiration en contemplant mes seins.

– Vous m'avez manqué, Sheila et Carmen, leur dit-il.

– Non.

Je n'arrivais pas à croire qu'il ait osé baptiser mes seins.

– Tu ne me crois pas ? Alors je vais devoir te le montrer.

Du bout des dents, il effleura un de mes tétons.

J'attrapai Caden par les cheveux et le forçai à relever la tête vers moi. Il arborait un sourire malicieux.

– Non aux surnoms.

– Mais Sheila…

Je lui plaquai une main sur la bouche.

– Dis-le encore une fois, et je vais me mettre à appeler ta bite Clochette.

Caden plissa les yeux.

– C'est un coup bas, ça, mon ange. Ses yeux se posèrent à nouveau sur ma poitrine. Pauvres… (il me jeta un regard à la dérobée) *seins*, termina-t-il en les caressant des deux mains. Ember ne fait pas assez attention à vous. Contrairement à moi.

Alors que j'étais sur le point d'ajouter une clause à la règle bannissant les surnoms pour interdire également à Caden de parler à mes seins, il prit l'un d'entre eux dans sa bouche.

Mon souffle s'échappa dans un sifflement, ainsi que ma capacité à parler. Béni soit l'univers pour l'existence des seins et des bouches.

Trop tôt à mon goût, cependant, les lèvres de Caden descendirent le long de mon corps en déposant un chemin de baisers vers mon ventre. Il franchit mon nombril.

– Caden ? dis-je d'une voix étranglée.

Il s'interrompit, le temps de faire glisser ma culotte, avant de se réinstaller entre mes cuisses et de reprendre ses baisers.

Il écarta mes jambes. Oh mon…

Ses lèvres me touchèrent à *cet* endroit, et ma vision se brouilla.

– *Caden.*

C'était une surcharge de sensations.

J'essayai de lui échapper avant d'entrer en combustion

spontanée. Caden agrippa mes cuisses pour me maintenir en place.

– Caden, implorai-je.

– Je t'ai déjà dit que j'aime quand tu prononces mon nom en gémissant ?

Je ne parvins même pas à répondre ; son souffle faisait tout un tas de choses indécentes à ma chair. Sa bouche se remit à l'ouvrage, léchant, caressant et me rendant peu à peu complètement folle jusqu'à ce que, sans prévenir, l'orgasme explose en moi, et je poussai un cri.

Caden remonta vers moi jusqu'à me fixer dans les yeux.

– Tu es convaincue, maintenant ?

– Convaincue de… ?

De quoi ? Qu'il pouvait faire des choses dangereuses avec sa langue ? Ça oui, carrément.

– La bonne réponse est « oui », dit-il.

Il m'enlaça et nous fit basculer, de telle manière que je me retrouvai en partie allongée sur son torse.

– Hmm-mhh, dis-je en me lovant contre lui. Ton argumentation était éloquente – tu as une bouche très persuasive.

Caden m'attira contre lui en riant, et ses lèvres effleurèrent mes cheveux.

Je posai une main en bas de son abdomen et la laissai s'égarer vers le sud. Il l'attrapa et l'embrassa avant de la replacer contre mon flanc.

– Ce soir, c'était pour toi et toi seule.

L'émotion me serra la gorge. L'homme avec lequel j'étais allongée, qui dessinait oisivement des cercles sur ma peau du bout des doigts, me donnait l'impression d'être chérie. Je me nichai tout contre lui.

– Je ne regrette rien de tout ça, chuchota-t-il dans le noir. Le monde pourrait brûler autour de nous, je pense que je serais toujours heureux, tant que tu es avec moi.

– Fais attention à ce que tu souhaites, Caden, murmurai-je. Ça pourrait bien se réaliser.

Chapitre 12

Nous nous réveillâmes avant l'aube. Nous nous habillâmes sans dire un mot, de peur que notre nouvelle maison ne soit truffée de micros. Nous nous aventurâmes dehors, notre souffle s'élevant en panache devant nous. La veille, avant de nous endormir, nous avions décidé d'explorer notre nouveau centre ce matin.

Les chalets se trouvaient derrière le centre à proprement parler, perchés sur ce qui se révéla un flanc de montagne. Au-delà s'étendait la nature sauvage. Des hectares et des hectares de nature sauvage. Et c'était cette zone que nous allions explorer aujourd'hui. Nous avançâmes entre les arbres, en croisant de temps à autre un chalet. La plupart d'entre eux étaient encore plongés dans le noir.

Au bout d'un certain temps, nous laissâmes derrière nous le réseau de sentiers. C'était peut-être une mauvaise idée ; tout dépendait de la taille réelle du centre. Après avoir couru sur plus d'un kilomètre, j'attrapai Caden par le bras et pointai quelque chose du doigt. Il croisa mon regard et acquiesça, avant de poser un doigt sur ses lèvres.

Nous nous rapprochâmes prudemment, en plaçant soigneusement nos pieds pour minimiser le bruit que nous produisions. Au-dessus de nous se dressait une clôture, presque identique à celle du centre de Big Sur. Grillagée, surmontée de fil de fer barbelé. Et qui bourdonnait.

– J'y crois pas. Une clôture électrique ? chuchota Caden.

– Mais pas de miradors, notai-je en la suivant du regard.

Comme c'était le cas dans notre ancien centre, une route de terre longeait la clôture sur son périmètre extérieur. Cependant, contrairement à notre ancien centre, une route de terre longeait également la clôture côté intérieur.

Nous aperçûmes au loin l'éclat de deux phares, avant que le ronronnement d'un moteur ne brise le silence. Caden m'attrapa et nous fit pivoter derrière un tronc d'arbre, nous cachant à la vue des intrus.

J'étais plaquée contre son torse, et nos souffles se mêlaient. Mes yeux vagabondèrent vers les siens, et il replaça tendrement une mèche de cheveux rebelle derrière mon oreille. Nous attendîmes tous les deux pendant que la patrouille approchait.

Je jetai un coup d'œil de l'autre côté de l'arbre.

– Quatre gardes armés, comme dans notre ancien centre, dis-je tandis qu'ils s'éloignaient.

Quand je reportai mon attention sur Caden, je constatai qu'il me fixait encore.

– Quoi ?

Il secoua la tête.

– Rien.

Mais ce n'était pas rien. L'affection et le désir dansaient dans son regard.

Il jeta un coup d'œil à sa montre.

– Maintenant, on attend la prochaine patrouille.

Quinze minutes plus tard, des phares éclairaient la clôture au loin. Entre-temps, Caden avait commencé à frissonner.

– Tu as froid ? demandai-je.

– Pas du tout, répondit-il. J'ai le sang trop chaud pour ça.

Je levai les yeux au ciel.

– Super humble.

– L'humilité, c'est pour les fillettes.

– Alors les fillettes ont l'humilité de laisser aux garçons leurs illusions de grandeur.

Caden s'accroupit à côté de moi.

– Je vois clair dans ton jeu.

Le bruit du moteur semblait anormalement proche. Je compris pourquoi une minute plus tard. Caden jura et nous dissimula un peu plus derrière l'arbre. Le deuxième véhicule passa de notre côté de la clôture, si près que je respirai la poussière et les gaz d'échappement dans son sillage.

Je commençai à compter le nombre de gardes, quatre – et à me concentrer sur leurs armes, des fusils d'assaut. Dès que mes yeux se posèrent sur le conducteur, mon cœur rata un battement.

Je venais de reconnaître au moins un des visages, pour l'avoir vu autour du feu de camp la nuit précédente, ce qui ne pouvait signifier qu'une chose.

Les téléporteurs patrouillaient dans le périmètre.

***

– Crétins lobotomisés, chuchotai-je dès qu'ils furent passés.

Des téléporteurs qui surveillaient les limites de *leur propre prison*. Nous étions les seuls êtres assez bêtes pour préférer rester à l'intérieur tandis que la sécurité rôdait au-dehors.

– Donc ce sont les nôtres qui patrouillent dans le périmètre – je dois avouer que c'est futé, dit Caden.

C'était ça le plus rageant. C'était bel et bien futé. Les téléporteurs n'étaient pas seulement des soldats entraînés ; c'étaient aussi des espions, des *assassins* entraînés. Quatre soldats armés étaient déjà suffisamment difficiles à tromper, mais quatre téléporteurs ? C'était presque impossible. Et ils passaient deux fois par heure.

– Ils connaissent mieux que nous la configuration du terrain, déclara Caden, et je peux te promettre que rien ne leur échappe. Si la clôture ou la terre tout autour ont été dérangées, ils le remarqueront à coup sûr.

Je jurai. Ici, nous ne pourrions pas nous enfuir d'un simple coup de cisailles.

– Alors, comment est-ce qu'on s'échappe ?

Caden ne me répondit pas. Je jetai un coup d'œil dans sa direction et me retrouvai nez à nez avec l'arme braquée sur nous. Son propriétaire, Éric, nous souriait.

***

Je levai les mains, le cœur battant la chamade.

– Tu vas encore me dire que vous ne cherchez pas à vous évader ? me demanda-t-il alors que je le fusillai du regard. Voici comment je vois les choses. Vous avez désormais prouvé que vous avez l'intention de fuir. Je pourrais vous dénoncer, ce qui serait très, très gênant…

Malgré l'arme braquée sur lui, Caden se leva d'un air menaçant. Il s'interposa entre Éric et moi.

– Qu'est-ce qui te fait croire que je te laisserais nous balancer ?

– Ou alors, Serena et moi pourrions nous joindre à

votre petite escapade, poursuivit Éric en baissant son flingue.

– Tu es conscient que quitter cet endroit ne supprimera pas comme par magie la mainmise du Projet sur tes téléportations, n'est-ce pas ? lui demanda Caden. Parce que tant que c'est le cas, tu restes leur prisonnier.

– J'ai l'intention de dévoiler l'existence du Projet dès que nous serons sortis d'ici.

– Pourquoi as-tu besoin de notre aide ? demandai-je en lorgnant l'arme à son côté.

Son doigt était toujours posé sur la détente.

– On ne peut pas quitter cet endroit à deux personnes seulement.

– Nous ne te faisons pas confiance, déclarai-je sans détour.

– Ce qui signifie que vous n'êtes pas stupides, dit-il en tournant son regard vers Caden. Je ne suis pas en train de vous tendre un piège, mais je vous dénoncerai si vous refusez mon offre.

Super. Maintenant, nous n'avions plus le choix.

J'échangeai un regard lourd de sens avec Caden, puis me tournai vers Éric.

– Ça marche.

Caden me lança un coup d'œil incrédule, mais resta muet.

Éric nous observa l'un après l'autre, sans rien perdre de nos interactions silencieuses.

– Super, dit-il en enclenchant le cran de sûreté de son arme et en rangeant celle-ci dans son étui. Alors commençons à élaborer un plan.

***

Caden et moi ne cessions de couler des regards prudents vers Éric tout en traversant la forêt à ses côtés.

– Je ne vais pas vous tirer dessus, dit-il en franchissant un rondin, alors vous pouvez arrêter vos échanges de regards.

– Ben, c'est assez compliqué de ne pas flipper, vu que ce truc était pointé sur nous il n'y a pas cinq minutes, répondit Caden avec un geste de la tête en direction de l'arme.

Éric poursuivit, comme s'il ne l'avait pas entendu :

– Chaque équipe de sécurité effectue un tour du périmètre toutes les trente minutes. Ils les ont échelonnés de façon que les équipes extérieures – celles composées de soldats – fassent leur ronde dans l'intervalle des équipes intérieures – les nôtres. C'est à ça que vous venez d'assister. Caden grogna en guise d'assentiment. Nous devons donc passer entre deux équipes. De plus, le centre n'a qu'une seule entrée, encadrée par deux miradors. Chacun est gardé par un seul soldat.

– Pourquoi la sécurité est-elle aussi légère ? demanda Caden en se rapprochant un peu d'Éric.

C'était ça qu'il appelait « légère » ?

– La plupart des téléporteurs qui vivent ici n'ont pas envie de partir. Mais ne t'y trompe pas – c'est quand même une forteresse. Nous allons devoir couper la source d'électricité principale ainsi que le générateur de secours pour pouvoir nous échapper. Le générateur, je m'en charge, mais la ligne électrique principale… On parle de couper un immense réseau électrique pendant au moins quinze minutes, là. Je n'ai pas l'équipement nécessaire pour coordonner ce genre de black-out.

– Tu n'as pas l'équipement… mais tu as les compétences ? demandai-je.

Éric me lança un coup d'œil.

– Je suis spécialisé en analyse de données. En voyant mon expression perplexe, il clarifia : j'étais un hacker.

Je le fixai un long moment sans rien dire, pendant que les rouages tournaient sous mon crâne.

– Donc c'est tout ce qu'il faut faire ? Pirater le système qui contrôle le réseau électrique ?

– Eh bien, oui.

Je connaissais quelqu'un de sacrément doué en informatique.

– Je crois que je connais une personne qui pourrait le faire pour nous.

Caden me toucha l'épaule.

– Ember, non – ça fait une faveur de plus que tu devras à ce type.

– Tu connais quelqu'un qui en serait capable ? me demanda Éric.

Je détachai les yeux de Caden pour les reporter sur lui.

– En effet.

– Tu crois qu'il sera d'accord ?

Je me mordillai l'intérieur de la joue.

– Je pense que oui, mais je ne sais pas quand je pourrai lui parler.

– *Ember...*

– Fantastique.

Caden me lança un regard qui disait clairement : « Mais qu'est-ce que tu fous ? »

– Tu crois pouvoir lui parler d'ici dimanche ? demanda Éric.

Je fronçai les sourcils.

– Dans une semaine ? Peut-être. Pourquoi ?

Éric nous regarda alternativement, tandis qu'un sourire s'étirait sur son visage.

– Je veux qu'on s'évade à ce moment-là.

– Tu rêves, putain, dit Caden.

– Quoi, tu as quelque chose d'urgent prévu ce jour-là ? demanda Éric.

– Va te faire foutre, mon vieux. Pas moyen qu'on le fasse à ce moment-là. Ember se téléporte encore en plein jour.

Éric me jeta un coup d'œil chargé de compréhension.

– Ça reviendra bientôt à la normale.

– Bientôt quand ? demandai-je.

Avec tout ce qui se passait en ce moment, je n'avais pas pensé à questionner Éric sur sa propre expérience.

Il secoua la tête d'un air songeur.

– Dans quelques semaines tout au plus. D'ici un mois, tu seras redevenue comme avant.

– Alors pourquoi es-tu aussi pressé de quitter cet endroit ? demanda Caden.

– C'est à cause de toi.

Caden haussa les sourcils. Quand il comprit qu'Éric ne plaisantait pas, il ricana.

– C'est mignon tout plein.

– De toi et de Serena, précisa le téléporteur. Tous les deux, vous ne comprenez pas pleinement le pouvoir néfaste du Projet, donc vous êtes plus susceptibles de renoncer à nos plans et de décider de rester.

Caden plissa les yeux.

– C'est n'importe quoi. Serena et moi, nous avons tous les deux perdu quelqu'un. Ne fais pas comme si nous ignorions jusqu'où ça peut aller.

– Ouais, et qu'est-ce qui se passerait si Ember tombait enceinte ? Tu serais toujours aussi détendu à l'idée qu'elle s'enfuie, au risque qu'il arrive quelque chose à votre enfant ? Caden serra les mâchoires. Ouais, c'est bien ce que je pensais, dit Éric. Ça ne te plairait pas, Hawthorne. Sauf que si vous restez ici suffisamment longtemps, c'est ce qui va arriver. Tu te laisseras aller, tu la mettras enceinte (Éric hocha la tête dans ma direction), et tout à coup, partir te semblera être la pire idée au monde.

– Et pourtant ça ne te dérange pas de risquer la vie de Serena ? De partir après tout le temps que vous avez passé ici ? dit Caden en envahissant l'espace d'Éric. Ne sois pas hypocrite.

– Bien sûr que la situation est pourrie, répondit Éric. Mais voir mon enfant grandir ici et vivre la même vie que moi ? Rester, c'est signer son arrêt de mort.

Je m'interposai entre eux.

– On se calme, les garçons, dis-je en les forçant à reculer. Je me tournai vers Éric. Si je peux arranger ça de mon côté d'ici dimanche, je suis partante.

Dans une semaine. Mon Dieu, j'étais tellement proche de la liberté que je pouvais presque en sentir le goût.

Caden tourna son regard ravageur vers moi ; il affichait une expression d'homme trahi.

– *Mon ange.*

Éric eut un sourire triomphant.

– Parfait.

La colère traversa le visage de Caden quand il se tourna vers l'autre téléporteur.

– Caden, dis-je, Éric a raison.

Depuis le feu de camp de la veille, cet endroit commençait déjà à m'atteindre. D'ici un mois, Caden et moi n'aurions peut-être plus envie de nous enfuir.

– Nous devons le faire avant de nous dégonfler. (Et

avant qu'ils nous attrapent. C'était une autre possibilité que personne n'avait formulée.) Je m'en sortirai.

La colère de Caden se changea en souffrance visible.

– Je ne peux pas te perdre une deuxième fois, mon ange.

Je lui souris.

– Ça n'arrivera pas.

Ma réponse eut pour seul effet de le peiner encore plus.

– La dernière fois que tu m'as fait cette promesse, tu as connu l'épissage.

***

Éric nous raccompagna à notre chalet. Le soleil venait tout juste de se hisser au-dessus de la cime des arbres, peignant le ciel de tons rose et or. Quelque part, au loin, un bébé pleura.

– Serena sera d'accord avec tout ça ? demandai-je en m'arrêtant devant le chalet.

Éric hocha la tête.

– Elle est déjà partante.

Face au soleil levant, Caden plissa les yeux.

– Si nous faisons ça dimanche prochain – et je suis carrément opposé à cette idée, mais apparemment je suis en minorité… (Je ne manquai pas de remarquer le regard éloquent qu'il me lança.) alors on doit mettre au point un plan en béton d'ici là.

– Déjà fait, répliqua Éric.

Caden se frotta le menton d'une main.

– Dans ce cas, on se retrouve au feu de camp à huit heures ce soir pour passer tout ça en revue.

– Nous y serons, répondit Éric en s'éloignant.

Nous le regardâmes partir vers son propre chalet. À quelques mètres de nous, il marqua une pause.

– Oh, Ember ? dit-il en jetant un regard vers moi par-dessus son épaule.

– Quoi ?

Il baissa un regard lourd de sens vers le haut de mon bras, pile à l'endroit où se trouvait ma puce GPS. Nous savions tous les deux de quoi il était question ; tant que ce dispositif était logé sous ma peau, ils pourraient me suivre à la trace.

Il sourit.

– Éclate-toi bien.

***

– Je ne lui fais pas confiance, déclara Caden tandis que nous approchions du réfectoire.

– Moi non plus.

Malheureusement, la liste des gens en qui nous n'avions pas confiance ne faisait que s'allonger.

Caden me tint la porte ouverte, et nous eûmes notre premier véritable aperçu du centre.

J'en avais vu le plan avant mon épissage, et après le départ d'Éric, j'avais passé une heure à étudier de près la carte fournie par le centre. J'avais désormais mémorisé la disposition des lieux. Les chalets, disposés en fer à cheval derrière les bâtiments communs du centre, les bâtiments en eux-mêmes ainsi que les miradors et l'entrée principale, laquelle se trouvait juste derrière les bâtiments, au pied du centre.

La porte menant au réfectoire se referma derrière nous et nous fûmes brusquement projetés sans ménagement dans ce nouvel univers. Tout projet d'évasion fut chassé de notre esprit tandis que nous examinions les lieux.

– On dirait… des petits gremlins, dit Caden, l'air vaguement horrifié face aux enfants qui couraient dans la salle. Je veux dire, ils sont plus ou moins mignons – un gamin assis à l'une des tables se mit à exiger d'une voix perçante son chocolat au lait –, mais ce sont quand même des gremlins.

Je savais que mes yeux étaient ronds comme des soucoupes.

– Je crois que mes ovaires viennent de se ratatiner et de mourir.

Nous nous frayâmes un chemin vers le buffet du petit-déjeuner et trouvâmes une table libre. Le réfectoire était bien rempli, mais j'ignorais quel pourcentage du centre était rassemblé ici. Chaque chalet possédant sa propre cuisine, certaines familles mangeaient sûrement dans l'intimité de leur maison. C'étaient ceux-là les plus futés.

Je grignotai mon fruit et mon yaourt, l'appétit un peu coupé pour le moment. À côté de moi, Caden fit la grimace en voyant un gamin éternuer sur la nourriture de ses parents.

Quelqu'un me serra l'épaule. Je levai la tête et tombai nez à nez avec une Marissa tout sourire.

– Bonjour, ma belle. Elle tourna son attention vers Caden. Ça t'embête si je te vole ta chérie quelques minutes ?

– Tu veux me voler ? répétai-je avant que Caden puisse répondre.

– Ton rendez-vous chez le docteur, bécasse. Tout est sur ton emploi du temps.

L'emploi du temps ? Merde, c'était reparti.

– Tu ne me l'aurais pas, euh, envoyé par e-mail, dis-moi ?

– Bien sûr que si. Cet endroit fonctionne à peu près de la même manière que votre ancien centre.

Je me mordis la lèvre.

– Je n'ai pas encore déballé mon ordinateur.

– Ah, dit-elle, la compréhension se faisant jour sur son visage. Eh bien, tu as de la chance, c'est ton seul rendez-vous de la journée. Marissa jeta un coup d'œil vers Caden. Je te conseille de vérifier ta boîte mail aussi. Tu n'as pas de rendez-vous aujourd'hui, mais il y a des e-mails d'orientation qui devraient t'intéresser.

Caden lui décocha son sourire le plus charmeur.

– Tu me voles ma copine et tu me donnes des ordres ? Il secoua la tête. Je ne suis pas sûr d'apprécier cet arrangement, Marissa.

Elle lui sourit en retour, s'amusant clairement de sa taquinerie.

– Tu ferais mieux de t'y habituer. Là, encore, je suis de bonne humeur, dit-elle d'un ton aguicheur.

Je haussai les sourcils à l'intention de Caden. Ses yeux croisèrent les miens et son sourire s'accentua. Cette attention ne lui déplaisait manifestement pas. C'était la façade qu'il avait portée comme une seconde peau quand je l'avais rencontré. Apparemment, il avait décidé de la ressortir du placard.

– C'est bon, c'est bon, dit-il. Tu peux prendre ma copine, mais pas longtemps. Après, elle sera toute à moi.

Il me regarda d'une façon qui établissait clairement ce qu'il avait en tête.

– Ça marche.

Marissa me serra à nouveau l'épaule, et je me levai aussitôt.

J'étais vraiment à nouveau plongée dedans, obligée de faire semblant. Je laissai échapper un soupir.

Une semaine. C'était tout. Et je serais libre.

– C'est quoi, comme genre de rendez-vous ? demandai-je en suivant Marissa dans l'aile médicale.

Elle s'éclaircit la gorge.

– Un rendez-vous de femme.

Oh non, j'y crois pas. C'était donc un de ces rendez-vous. J'avais cru que je devais voir un médecin parce que j'étais récemment sortie du coma. Je ne serais pas allée jusqu'à m'imaginer qu'ils étaient plus intéressés par mes capacités reproductrices que par ma santé générale.

– Je peux t'accompagner, si tu préfères. Je suis là pour t'aider à t'acclimater.

La seule perspective plus déplaisante que celle d'écarter les jambes devant un étranger était qu'une connaissance de fraîche date assiste à mon calvaire.

– C'est adorable (et un peu chelou, pensai-je en moi-même), mais ça ira.

Je fus consciente du moment précis où nous pénétrâmes dans la section pédiatrique de l'hôpital. Il y régnait cette odeur de bonbon caractéristique des endroits qui hébergent un grand nombre d'enfants. Je savais que si je touchais les murs, ils seraient collants.

Nous nous arrêtâmes devant une salle d'attente.

– C'est ici que je te laisse. Tu sauras retrouver ton chemin ?

Vu ma connaissance parfaite des plans du centre, il me serait impossible de me perdre.

– Je crois que je m'en sortirai.

Marissa me saisit les mains et les serra.

– Je passerai le reste de la journée au pôle artisanat, si tu veux un peu de compagnie, ou si tu as des questions à poser.

– Merci, Marissa.

Je la regardai s'éloigner avant d'entrer dans la salle d'attente.

Je donnai mon nom à l'infirmière en service et m'installai sur un siège. Mon pied commença presque immédiatement à tressauter. Je passai distraitement la main sur le haut de mon bras et y sentis la petite bosse dure. Tant que ce truc restait sous ma peau, le Projet saurait où je me trouvais.

Je serrai les lèvres à l'idée de ce qui m'attendait. Un rendez-vous chez le docteur ne serait pas le pire qui puisse m'arriver aujourd'hui. Loin de là.

***

Quand je rentrai au chalet, un sac en papier brun à la main, Caden était suspendu à la rambarde de la terrasse et faisait des exercices de muscu. À en juger par son tee-shirt détrempé, il devait s'activer depuis un bon moment.

– Alors, mon ange, dit-il en se remettant sur ses pieds, comment s'est passé ton rendez-vous ?

Il me regarda plus attentivement. Je devais avoir

l'air troublée, car il fronça brusquement les sourcils d'inquiétude.

– À ce point-là ?

– Je n'ai pas envie d'en parler.

Honnêtement, à cet instant précis, tout ce que je voulais, c'était un milkshake – surtout vu ce que je m'apprêtais à faire.

– Tu peux me rendre un service ? demandai-je.

Ce genre de demande était toujours une question piège, en particulier vu que je ne pouvais pas préciser ce que j'avais en tête. Pas ici, alors que quelqu'un avait sûrement implanté des dispositifs d'écoute.

Caden scruta mes yeux, puis m'adressa un hochement de tête déterminé.

– Tout ce que tu veux.

Je lui souris et inclinai la tête en direction du chalet. Il marcha devant moi et m'ouvrit la porte.

Je me glissai à l'intérieur et laissai tomber mon sac en papier brun sur le comptoir. Tandis que Caden entrait à son tour d'un pas nonchalant, je filai au premier et attrapai mon sac à dos ainsi qu'une pince à épiler. Je retirai mon tee-shirt à manches longues pour enfiler un débardeur. Quand je revins dans la cuisine, je vis Caden, désormais torse nu, occupé à déballer mes trouvailles. Des gants, des boules de coton, un rouleau de gaze et un flacon d'alcool à 90°.

– Ma douce petite cleptomane, tu me rends fier, déclara-t-il en examinant l'ensemble.

– C'est le médecin qui m'a donné tout ça, répondis-je en déposant le sac et la pince à épiler sur le comptoir.

J'ouvris et refermai plusieurs tiroirs avant de trouver ce que je cherchais : un briquet.

– Ça enlève tout le sel de la chose, alors, dit Caden.

Il s'appuya contre le comptoir et croisa les bras devant son torse démesurément large.

– La prochaine fois que tu as besoin de quelque chose, tu n'as qu'à demander. Ces doigts sont capables d'accomplir des merveilles.

– Oh, crois-moi, je le sais, dis-je en fourrant le briquet dans mon sac.

Je fus récompensée par un sourire en coin, qui s'effaça aussitôt quand Caden me vit tendre la main vers le support à couteaux.

– Mon ange, qu'est-ce que…

Je lui tendis un couteau, puis allai ouvrir le frigo. J'en sortis la bouteille de champagne et retirai la coiffe en aluminium avant de faire sauter le bouchon et de commencer à la boire au goulot.

Derrière moi, Caden garda le silence. Une attitude inexplicable était d'ordinaire le code signalant des actions interdites. Au lieu de me questionner plus avant, il se mit à remballer les objets qu'il avait sortis. Je savais que cette fois, quand ils passèrent entre ses mains, ils étaient chargés d'une signification toute nouvelle.

Je m'interrompis et écartai la bouteille de mes lèvres.

– Je te conseille de mettre un truc chaud.

Son expression s'assombrit, mais il acquiesça et quitta la pièce.

Je terminai de vider la bouteille quelques minutes plus tard, en me sentant légèrement nauséeuse d'avoir ingurgité autant d'alcool d'un coup. Je jetai la bouteille vide dans la poubelle alors que Caden revenait dans la cuisine. Il ajouta une serviette de toilette dans le sac à dos, puis se dirigea tout droit vers l'évier, où il se lava les mains et les bras jusqu'aux coudes.

Une fois qu'il eut terminé, il s'empara de mon sac rempli de trésors et le passa à son épaule.

– Tu as pris tout ce qu'il te fallait ? demanda-t-il en se dirigeant vers la porte.

– Mon Dieu non, mais c'est tout ce que j'ai pu rassembler en si peu de temps.

Ce serait du charcutage, au mieux.

Caden se renfrogna, mais ne fit pas de commentaire. J'ouvris le congélateur pour voir si nous avions de la glace. Il y avait bien des bacs à glaçons, mais ils étaient tous vides. Tant pis.

Je rejoignis Caden, qui me tenait la porte ouverte. Le champagne clapotait dans mon estomac. Après réflexion, c'était peut-être une mauvaise idée d'engloutir la bouteille tout entière.

Nous dépassâmes les chalets voisins et le feu de camp abandonné sans échanger un mot. Nous grimpâmes encore pendant cinq cents bons mètres avant que Caden ne pose le sac et que je me mette au travail.

J'ouvris le sac à dos et tendis les gants en latex à Caden, qui les enfila diligemment.

– Tu es sûre de vouloir faire ça maintenant ?

Ses yeux étaient fixés sur mon bras nu. À un moment donné depuis mon retour au chalet, il avait deviné ce que j'avais en tête.

– Ne me fournis pas de prétexte pour annuler, s'il te plaît, dis-je tout en redoutant déjà la douleur à venir. Je risquerais de te prendre au mot.

Il hocha solennellement la tête.

– Dans ce cas, verse de l'alcool sur mes mains.

Je m'exécutai et le regardai frotter ses paumes l'une contre l'autre. Puis j'arrosai le couteau d'alcool et utilisai une des boules de coton pour répandre le liquide sur toute sa longueur.

– J'ai essayé de trouver un scalpel, mais…

Caden me lança un sourire tendre.

– Ça ira comme ça, mon ange, dit-il en me prenant le couteau des mains. Il fit un signe de tête vers le flacon. Maintenant, mets-en sur ta peau.

Je mouillai d'alcool un autre coton et m'en servis pour

tamponner la bosse sur le haut de mon bras, ainsi que la zone alentour. Le froid du liquide et son odeur familière me crispèrent. Cette odeur était toujours suivie de douleur.

Pour finir, je pris la pince à épiler et la désinfectai à son tour. Celle-là, j'allais devoir la garder ensuite.

Caden hocha à nouveau la tête, cette fois vers le sac.

– J'ai ajouté une serviette.

Il n'avait pas besoin d'en dire plus ; il l'avait mise là au cas où j'aurais besoin de mordre dans quelque chose. Je la sortis et la tortillai sur elle-même.

Ça ne fera pas assez mal pour que ce soit vraiment utile, pensai-je pour me réconforter.

Caden inspira profondément.

– Prête, mon ange ?

Une chaleur agréable commençait à se diffuser dans mon ventre ; le champagne faisait enfin son travail. J'acquiesçai, le regard dans le vide.

– Allons-y.

Je calai la serviette entre mes dents.

Il referma une main autour de mon bras et appuya la lame du couteau sur ma peau.

Je mordis le tissu de toutes mes forces quand je sentis la morsure de la première entaille, plus pour m'empêcher de retirer brusquement mon bras que pour compenser la douleur. Bon, peut-être que la serviette était nécessaire, finalement.

Caden fit une incision d'un mouvement fluide, puis une autre. Je risquai un coup d'œil dans sa direction.

Il affichait cette expression intense qu'il arborait parfois quand il croyait que personne ne le regardait. Celle qui signifiait que rien ne lui échappait.

Ses yeux se posèrent brièvement sur moi.

– Tu t'en sors très bien.

Je levai les yeux au ciel et souris malgré mon bâillon, essayant de faire comme si j'étais trop courageuse pour ses paroles réconfortantes.

Caden plissa les yeux et me rendit mon sourire.

– Je t'adore, tu sais.

Son regard s'attarda encore un instant sur moi, puis il se concentra à nouveau sur sa tâche. Il fit une nouvelle incision. Je remerciai le ciel que Caden sache comment manier un couteau – qu'il ait entaillé suffisamment de chair humaine pour savoir quelle pression appliquer afin de minimiser la douleur tout en maximisant la précision de son geste. C'était ironique que cette exposition à la violence soit ce qui le rende aussi doué pour ça.

Mon bras trembla tandis que des filets de sang serpentaient sur ma peau. Malgré le léger bourdonnement qui résonnait dans ma tête, la douleur me submergea.

– Pince à épiler, dit-il.

Je la posai dans sa main.

Il glissa avec précaution les extrémités de la pince sous ma peau. Je mordis un peu plus fort la serviette en sentant cette étrange sensation de tiraillement en plus de la douleur. Chaque fois qu'il tirait, une nouvelle vague de souffrance me traversait. Je fermai les yeux en combattant ma nausée grandissante.

– Voilà, déclara Caden une minute plus tard.

Je cillai, puis ouvris les yeux. Le dispositif GPS était là, serré entre les branches de ma pince à épiler.

Je tendis ma main libre, et Caden y laissa tomber le traceur. Je l'essuyai rapidement et le jetai dans mon sac.

– J'aurais besoin que tu verses de l'alcool sur le couteau et sur l'incision. Tu t'en sens capable ? demanda Caden.

Je lui lançai un autre coup d'œil significatif. J'avais survécu à une blessure par balle et à l'épissage. Ça me ferait peut-être un mal de chien, mais j'étais de taille à désinfecter la plaie béante sur mon épaule.

Je saisis l'alcool à 90° et le fis couler sur l'entaille. Les muscles de mon bras se contractèrent spasmodiquement quand l'alcool picota ma peau, et la douleur me fit monter les larmes aux yeux.

Une fois ma blessure bien aspergée, je procédai de même avec le couteau.

Caden me regarda faire, une étrange combinaison de souffrance et de fierté brûlant dans ses yeux.

– La suite sera plus douloureuse, dit-il. Tu es prête ?

En guise de réponse, je pris le briquet et lui fis signe de rapprocher le couteau. Caden s'exécuta et me présenta la lame. J'allumai le briquet, et la flamme lécha le bord tranchant.

Nous n'avions ni l'un ni l'autre mentionné le fait de cautériser la plaie, mais nous savions tous les deux que ce serait nécessaire si je ne voulais pas m'exposer à un épissage.

– C'est bon, déclara Caden quelques secondes plus tard. Maintenant, verse encore un peu d'alcool sur la plaie.

J'obéis et grimaçai en sentant la morsure du liquide. Dès que j'eus terminé, Caden me saisit le bras et appuya le plat de la lame contre la blessure.

Je ne pus m'en empêcher – je hurlai à travers la serviette.

– Je suis désolé, mon ange, murmura-t-il en écartant le métal de ma peau pour étudier son œuvre. Encore deux coups et je crois que ce sera bon.

Seulement deux.

Nous répétâmes chaque étape. Je chauffai la lame au-dessus de la flamme ; cette fois, ma main libre trembla. Caden plaqua de nouveau le couteau contre la plaie, en maintenant mon bras en place quand je tentai par réflexe de l'arracher à sa prise.

Le choc provoqué par la douleur me fit papillonner des yeux. Quand j'étais plus jeune, quelqu'un m'avait demandé si je préférerais mourir par le feu ou par l'eau.

Pour rire, j'avais répondu que je préférerais disparaître dans une explosion.

Quand Caden posa pour la troisième fois la lame chauffée contre ma peau, je décidai de ne plus jamais plaisanter sur ce sujet à l'avenir.

– Voilà, dit-il en retirant le couteau.

Je crachai mon bâillon et regardai mon bras. Pour le moment, la plaie n'était qu'une masse rouge et ensanglantée, mais je savais qu'elle était refermée.

– Ça a l'air pas mal.

Caden se pencha au-dessus de mon épaule et fourragea dans mon sac à dos jusqu'à en sortir le rouleau de gaze. Il banda soigneusement la blessure, et noua les deux extrémités du pansement. La zone à vif était sensible au toucher.

Je sentis une bouffée de fierté m'envahir. Nous avions retiré le traceur GPS.

– La fille la plus couillue que je connaisse, dit Caden en secouant la tête. Je suis amoureux de la fille la plus couillue du monde.

Je lui adressai un sourire fatigué, puis je disparus.

***

Je me retrouvai dans le salon d'Adrian. Il était vautré sur le canapé, les pieds croisés sur la table basse en face de lui. Du moins jusqu'à mon apparition.

Adrian sursauta violemment, manquant de faire basculer l'ordinateur portable posé sur ses cuisses. Il jura dans sa barbe.

– Je déteste quand tu fais ça.

– J'essaierai d'être plus subtile la prochaine fois, dis-je en examinant le salon.

J'avais réussi à me téléporter jusqu'ici – et en un seul morceau. Je remontai la manche de mon tee-shirt et inspectai l'œuvre de Caden. La blessure avait encore l'air enflammée, mais elle avait fini de guérir au lieu de se rouvrir.

Je laissai retomber ma manche et reportai les yeux sur Adrian.

– Faut qu'on parle, mon pote.

Il rabattit l'écran de son ordinateur et le mit de côté.

– Je suis tout ouïe, cocotte.

– J'ai besoin que tu règles son compte à un réseau électrique dimanche prochain.

Adrian marqua un temps d'arrêt.

– Ça t'embêterait de me la refaire ?

– J'ai été transférée dans le centre du Montana, et je participe à la coordination d'une évasion dans une semaine. J'ai besoin que tu coupes l'électricité pour la rendre possible.

– Wow, wow, wow, dit Adrian en levant les mains comme s'il pouvait endiguer le torrent de paroles qui sortait de ma bouche. Tu veux que je fasse quoi en moins d'une semaine ?

– Déconnecter un réseau électrique, répétai-je.

– Tu veux que je déconnecte tout un réseau dans le seul but que toi et ta paire puissiez vous échapper.

– Euh, à ce propos… Il y a un petit changement de plan. Maintenant, nous sommes quatre à nous évader, dis-je en tendant la main vers la tasse de café d'Adrian pour en boire une gorgée.

– *Quatre ?* Je croyais que vous n'étiez que deux ?

Je mordillai l'ongle de mon pouce.

– Cinq, en fait, techniquement. Une téléporteuse est un Kinder surprise.

Adrian se massa les tempes.

– Bon, résumons. Tu veux que je provoque une panne électrique dans le centre du Montana dans une semaine, puis tu veux que je coordonne le sauvetage de quatre téléporteurs ?

– Cinq, corrigeai-je, et oui.

Adrian s'extirpa du canapé et commença à faire les cent pas.

– Ember, ce n'est pas…

Il secoua la tête.

– Est-ce que tu as les compétences nécessaires pour couper un réseau électrique ?

– Eh bien, en théorie oui, mais…

– C'est le seul moyen pour que moi ou qui que ce soit s'échappe de ce centre.

– Vous ne pourriez pas y parvenir sans coupure d'électricité ?

– Honnêtement, je n'en sais rien, mais le téléporteur qui nous a fait chanter, Caden et moi, pour qu'on s'associe à lui semble penser que c'est la seule possibilité.

– Attends un peu, on te fait du chantage pour que tu t'évades, maintenant ?

Je soufflai par le nez.

– Ouais, le monde entier en veut à mes fesses. Tu le feras ?

Adrian eut l'air extrêmement mal à l'aise. Je ne pouvais pas lui en vouloir ; je le mettais au pied du mur. J'étais bien placée pour savoir ce qu'on ressentait quand on était acculé et contraint à faire quelque chose.

– Ember, je ne sais pas si j'en suis capable. Je vais devoir parler à certaines personnes et mettre au point de nouveaux plans maintenant que tu n'es plus en Californie. Sans mentionner le fait que je vais devoir convaincre des gens très puissants de faire sortir clandestinement du pays deux téléporteurs supplémentaires.

Sa réponse me découragea. Bien sûr que le monde n'allait pas arrêter de tourner juste pour pourvoir à mes besoins impossibles. Car c'était bien ce qu'ils étaient : impossibles.

– Hé, me lança Adrian en traversant la pièce pour me rejoindre.

Il referma ses mains sur le haut de mes bras. Je grimaçai, son étreinte ayant réveillé la douleur de ma blessure cautérisée.

– Je ferai de mon mieux.

Je lus dans son regard qu'il était sincère.

Ses yeux errèrent sur mon visage, ses pupilles dilatées. Il entrouvrit les lèvres pour reprendre la parole.

– Ember, je…

Je reculai d'un pas, légèrement effrayée par l'expression qu'il arborait.

Adrian laissa retomber ses mains, et l'instant passa.

– Pourquoi t'ont-ils transférée ? demanda-t-il en retournant vers le canapé et en prenant sa tasse de café sur la table basse.

Certains de mes muscles, que j'ignorais avoir contractés, se détendirent grâce à ce changement de sujet.

– Dane Richards nous a soupçonnés de planifier notre évasion.

– Donc ils vous ont transférés dans le centre de reproduction ?

Adrian serrait avec trop de force la tasse qu'il tenait, et ses articulations blanchissaient.

– Tu es au courant de ça ?

– J'ai mené mon enquête.

Je déambulai dans la pièce, et laissai courir mes doigts au passage sur une console.

– C'est une des raisons pour lesquelles ils m'ont fait revenir à la vie. Pour empêcher ma paire de mourir, et pour produire d'autres téléporteurs.

– C'est ignoble.

Je marquai une pause et baissai les yeux vers la console, couverte de photos encadrées tout comme un an auparavant. L'homme qui était à la source de tout cela apparaissait sur un grand nombre d'entre elles – le père d'Adrian.

– En effet, dis-je doucement.

Adrian soupira.

– Écoute, Ember, quoi qu'il arrive de mon côté, fuir le centre n'est que le premier des obstacles que vous devrez affronter. Il vous restera encore à effectuer le trajet jusqu'à Zurich.

– Je sais.

Ni Caden ni moi n'avions cherché à étoffer nos plans concernant la suite de notre évasion – mis à part courir comme des dératés –, mais échapper à la capture nous permettrait de tester nos capacités.

– Vous devez parvenir de l'autre côté de la frontière aussi vite que possible, poursuivit Adrian. Le Canada n'est pas le meilleur choix possible, mais c'est le plus proche de vous. Le Projet agira rapidement quand ils découvriront votre disparition.

Adrian prit un stylo et une feuille de papier sur la table

basse et griffonna un numéro de téléphone avant de me le tendre.

– Mémorise-le et partage-le avec les trois autres télé-porteurs, dit-il. C'est une ligne privée. Si tu as besoin de me joindre à un moment ou à un autre, sers-t'en.

Je saisis le morceau de papier, mais Adrian ne le lâcha pas.

– Si ce numéro est compromis, tu perdras tout moyen de communication avec moi, mis à part tes visites, donc choisis soigneusement les moments où tu m'appelles.

Je hochai la tête, mémorisai le numéro et lui rendis le papier.

– Merci, dis-je à voix basse.

Il sourit d'un air grave, le regard dur.

– Bonne chance… et fais attention à toi.

***

Je réapparus avec une inspiration étranglée et tombai à genoux.

– Tout va bien, mon ange ? demanda Caden en se pré-cipitant pour s'agenouiller à mes côtés.

Il posa une main sur mon bras.

– Oui, répondis-je, le souffle un peu court.

Je pris appui sur mes bras pour me relever.

– Où est-ce que tu es allée, cette fois ? demanda Caden en me tendant mes vêtements.

Je lui adressai un sourire reconnaissant et commençai à m'habiller.

– Chez Adrian.

– Encore ? fit-il d'un ton incrédule.

– C'est ces magnétites – il a trouvé comment m'attirer chez lui. C'est tout. Sauf que j'avais désespérément souhaité le voir pour parler de notre évasion. Il ne sait pas s'il réussira à couper l'électricité, mais il nous a donné un numéro à appeler une fois sortis d'ici.

La mâchoire de Caden se contracta ; je pouvais le voir lutter pour retenir les mots qu'il brûlait de prononcer.

– Je sais ce que tu penses, dis-je, lui coupant l'herbe sous le pied. C'est nous qui prenons le plus de risques, c'est vrai.

Il glissa sa main sur ma nuque.

– Je ne veux pas que tu sois blessée, et ce plan te met de plus en plus en danger.

– Il nous met tous les deux en danger, corrigeai-je.

– J'ai des années d'expérience sur le terrain, mon ange.

Je lui lançai un regard incrédule.

– On en est vraiment là, retour à la case départ ? Ou tu insistes pour que je fasse comme tu l'as décidé parce que c'est toi qui sais mieux ?

– Tu déformes mes propos.

Je me dégageai de son étreinte.

– Il faut que tu arrêtes ça, dis-je. Je comprends ce qui se passe, d'accord ? Je comprends que je te force la main

– que tu perds le contrôle de la situation. Tu peux vouloir me protéger, mais ça ne signifie pas que tu as le pouvoir de valider mes décisions.

Je ramassai mes chaussures et m'éloignai à grands pas.

– Ember ! s'écria-t-il derrière mon dos, mais je poursuivis mon chemin sans m'arrêter. Tu te trompes. Tu ne comprends pas, et j'espère pour toi que tu n'auras jamais à le faire.

***

Ce soir-là, Caden et moi arrivâmes au feu de camp dans un silence tendu. Nous n'avions pas parlé de ce qui s'était passé plus tôt dans la journée, et je n'en avais guère envie.

Heureusement, Éric et Serena étaient déjà là, ce qui éliminait le besoin de combler le silence avec la dispute qui nous occupait encore l'esprit.

– Par ici, dit Éric en inclinant la tête vers la forêt derrière nous.

Il suspendit un sac à son épaule et s'enfonça entre les arbres plongés dans l'obscurité.

Je le suivis en m'éclairant avec ma lampe-torche. Dans une autre vie, pénétrer dans une forêt sombre et inconnue aurait été effrayant. Maintenant, la forêt n'avait qu'à bien se tenir ; j'avais d'autres peurs bien réelles à affronter.

Nous suivîmes une pente raide pendant un petit kilomètre avant qu'Éric ne pose son sac. Il en tira plusieurs feuilles de papier pliées. Serena les rassembla et leva vers nous des yeux presque timides.

– Tout d'abord, je voulais vous remercier tous les deux, chuchota-t-elle.

Caden croisa les bras et braqua sur elle un regard peu amène.

– Nous n'avons pas trop eu le choix, dit-il en lançant un coup d'œil vers Éric.

Celui-ci n'avait pas l'air désolé le moins du monde.

Serena tourna elle aussi son attention vers son compagnon.

– Oui, j'ai appris ce qui s'était passé. Je suis désolée pour ça, mais nous voulons tous les deux quitter cet endroit. En fait, nous avons déjà trouvé un moyen de nous échapper. Tout ce dont nous avions besoin, c'était un autre couple.

– Et quelqu'un pour couper l'électricité, ajouta Caden.

– Oui, ça aussi, dit Serena en se tournant vers moi. Il paraît qu'une de tes connaissances peut s'en charger ?

– Une de mes connaissances *pourrait* s'en charger, clarifiai-je. Dimanche, c'est un peu tôt pour lui.

À côté de moi, je vis Caden lancer à Éric un coup d'œil signifiant : « Je te l'avais bien dit. »

– Attends un peu. Éric s'avança vers moi, ignorant Caden. Tu veux dire que tu lui as déjà parlé ?

Je consultai Caden du regard, incertaine. Il hocha la tête pour me faire signe de continuer.

– Oui.

– Dis-leur le reste, intima Caden sans se départir de son air dur.

Je poussai un bref soupir. J'en connaissais un qui s'était levé du mauvais pied.

– Tout ? demandai-je.

– Tout.

– C'est une longue histoire.

Genre très, très longue.

Éric s'installa par terre.

– Nous avons le temps.

– OK, dis-je en secouant la tête.

Je m'assis par terre à mon tour, et pendant les trente minutes qui suivirent, je leur racontai l'histoire d'Adrian, en n'omettant aucun détail – pas même le numéro d'appel d'urgence. Si Éric ou Serena voulaient nous dénoncer, ils avaient à présent une quantité effarante de preuves contre nous.

Mais à cet instant, ça ne semblait pas être leur priorité.

– Donc ce que tu es en train de dire, c'est que si nous parvenons jusqu'à ce refuge, nous serons à l'abri du Projet ? demanda Serena d'une voix pleine d'espoir.

– Dans une certaine mesure.

Je vis à l'expression de Serena que c'était suffisant pour elle. Éric et elle avaient mis au point un autre plan – révéler l'existence du Projet aussi rapidement que possible une fois dehors. L'alternative que je leur proposais était plus pragmatique.

– Cette organisation m'a l'air suspecte, dit Éric.

Caden poussa un grognement approbateur.

– Parce qu'elle l'est.

Je les contemplai tous les trois.

– Le gouvernement contrôle les lieux où nous nous rendons, et ce où que nous soyons dans le monde. J'avais appris cela à la dure juste après mon dix-huitième anniversaire.

– Au moment où nous quitterons cet endroit, nous aurons une cible sur le dos. Les gens de Stonehawk sont les seuls à pouvoir nous affranchir de ce contrôle.

– Ils ont quand même l'air suspects, répéta Éric.

J'acquiesçai. Cette préoccupation n'avait rien de nouveau pour moi.

Il leva la tête vers le ciel, comme pour y chercher un surcroît de patience.

– Si on veut être réalistes, c'est notre meilleure option ? demanda-t-il en s'adressant directement à moi.

Je pensai au plan concocté par Éric de démasquer le Projet publiquement. Cette idée requérait de la finesse, de la stratégie et, plus important, du temps. La proposition d'Adrian était-elle préférable ?

Après une pause, je finis par répondre :

– Oui.

***

Quand la soirée toucha à son terme, nous avions convenu d'un plan. Serena ne plaisantait pas quand elle disait qu'ils avaient déjà réfléchi à tout le déroulement de leur évasion.

– Le dimanche matin, entre trois et quatre heures du matin, des camions arrivent au centre pour réapprovisionner la cafétéria. Éric lissa le plan qu'il avait réussi à voler et en pointa l'emplacement du doigt, au milieu du centre. Nous nous servirons de ça comme diversion ; l'attention des gardes sera en majeure partie concentrée sur l'entrée principale et sur le lieu de déchargement. C'est là qu'ils s'attendent que quelqu'un s'enfuie. Pendant ce temps, nous serons près de la clôture, juste ici.

Il déplaça son doigt vers une zone située au bord de la carte.

– Et si Adrian se plante ? demanda Caden d'une voix rocailleuse.

– Si Adrian se plante, nous trouverons autre chose. Mais si ce type a besoin de notre aide pour dénoncer le Projet et blanchir son nom, comme Ember le prétend, alors il réussira.

Caden pinça les lèvres et détourna le regard, comme si toute cette situation le dégoûtait.

– Une fois l'électricité coupée, nous quitterons nos chalets pour filer dans cette direction. Vous verrez deux rochers en bordure de la route intérieure. C'est là que nous nous retrouverons pour couper la clôture, continua Éric.

– Et une fois de l'autre côté, poursuivit Serena, nous tendrons une embuscade au véhicule de l'équipe extérieure.

Caden redressa le dos, les avant-bras reposant sur ses genoux.

– Tu veux donc qu'on s'empare d'un véhicule transportant quatre hommes armés ?

– Ce n'est pas comme si tu ne l'avais pas déjà fait auparavant, répliqua Serena.

Il secoua la tête avec un rire dénué d'humour.

– Oui, mais je disparaissais toujours après dix minutes. Je pouvais faire autant de bruit et de dégâts que je le voulais.

Je fis la grimace alors que sa réponse convoquait dans mon esprit toutes sortes de scènes sanglantes.

– Pour qu'ils arrêtent la voiture, quelqu'un va devoir faire diversion, dit-il.

J'eus un petit sourire en coin. Ça, c'était mon rayon.

– Je m'en occupe.

Caden se tendit, mais finit par hocher sèchement la tête.

– Je suis d'accord. Ember est la moins douée d'entre nous avec une arme.

Cette remarque lui valut un regard noir. Il m'adressa

un large sourire, les yeux joueurs, sans plus aucune trace de la dureté qu'il affichait quelques secondes seulement plus tôt.

– OK, OK, admit-il, tu sais te servir de certaines armes…

– Merci.

– … dans la chambre à coucher.

Je plissai les yeux d'un air courroucé tandis que Serena déclarait :

– Beurk, Caden, tu seras gentil de garder tes réflexions cochonnes pour quand vous êtes seuls.

Son sourire ne fit que s'agrandir.

– Ember est aussi la meilleure en matière de persuasion, ajouta-t-il en redevenant sérieux. Elle a été entraînée pour ça.

– Super, dit Éric. Ember créera une diversion, pendant que nous choisirons nos cibles pour leur tendre une embuscade. Ember, tu prends le chauffeur. Ensuite, on monte dans la voiture et on part.

– Le centre ne va pas trouver bizarre que leur véhicule militaire s'en aille comme ça ? demandai-je.

– Justement, répondit Serena, le circuit extérieur bifurque près de l'entrée principale. Il y a là une voie d'accès que les soldats utilisent pour faire le plein et changer d'équipe sans rompre la formation. Pendant que le reste du centre sera concentré sur les camions de nourriture, nous nous esquiverons par cette route. Et ensuite, nous serons libres.

***

Pendant que les autres se levaient, je pris Serena à part.

– Est-ce que tu connais bien l'aile médicale ?

Elle fourra les dernières cartes dans son sac.

– Comme le dos de ma main, dit-elle. Caden est doué pour… convaincre les gens, Éric est doué en piratage informatique, et je suis douée pour apprendre les secrets d'un endroit.

C'était bien ce que je pensais. Quand Éric avait étalé les plans sur le sol, j'avais remarqué que la plupart des pièces avaient été annotées. À en juger par l'écriture pleine de boucles, j'avais deviné que c'était Serena, et non Éric, qui avait ajouté ces détails supplémentaires. Elle avait inscrit des renseignements comme « Cuisinier #3 cache ses clefs de rechange ici », et « Bouche d'aération ».

Serena me lança un regard curieux.

– Qu'est-ce que tu veux savoir ?

– Je dois mettre la main sur les sédatifs qu'ils nous administrent avant chaque mission.

Elle écarquilla les yeux, mais ne me demanda pas d'explications.

– Ils sont gardés sous clef dans un bac régulateur de température – ça ressemble beaucoup à un croisement entre un frigo et un distributeur automatique. Il te faudra un pass magnétique pour y accéder.

Ce ne serait pas un problème si l'électricité était coupée.

– Où est-ce que je peux trouver le bac ?

– Dans le sous-sol de l'hôpital. Troisième porte à gauche.

– Parfait.

J'avais ma propre mission à mener.

Chapitre 13

Je ne revis pas Adrian avant le mercredi suivant.

– Il t'en a fallu du temps, dit-il quand je me pointai à côté de lui dans un supermarché suisse, vêtue d'un tee-shirt et d'un jean.

– Tu pourrais avoir un peu de compassion. Je viens de disparaître d'un réfectoire bondé où je vais revenir à poil dans dix minutes.

– Ça a l'air fun, dit-il en parcourant du regard les articles en rayon.

Je réprimai l'envie de lui tirer la langue.

Il prit de la soupe en brique et poursuivit son chemin dans l'allée.

– Je peux faire ce que tu m'as demandé, déclara-t-il.

Il me fallut plusieurs secondes pour intégrer ce qu'il venait de dire. Je restai plantée là, les yeux fixés sur son dos, jusqu'à ce qu'il regarde par-dessus son épaule en haussant un sourcil.

– Tu veux dire que tu peux couper l'électricité ?

– Et organiser votre évasion.

Je virais rarement en mode *girly*, mais la situation était exceptionnelle. Je poussai un petit cri et me jetai à son cou. Il grogna et laissa tomber son sac de courses.

– Merci, Adrian, dis-je.

J'avais l'impression qu'un poids venait de quitter ma poitrine.

Il hésita, puis ses bras se refermèrent autour de moi, me rendant mon étreinte.

– Hé, pas de problème, dit-il.

Son début de barbe me râpait le front, son souffle agitant mes cheveux.

Je finis par me calmer et m'écarter de lui.

– À quelle heure as-tu besoin que je programme le Black-out ? demanda-t-il en ramassant son sac.

– Entre trois et quatre heures du matin, dans l'idéal.

Adrian se remit à marcher, et je lui emboîtai le pas.

– Le mieux que je puisse faire, c'est trente minutes.

– Alors disons de trois heures à trois heures et demie.

– Ça marche.

Nous avançâmes jusqu'au bout du rayon, et je m'emparai d'une barre chocolatée que je jetai dans le sac.

Il baissa les yeux dessus, perplexe.

– Pour quand j'arriverai, expliquai-je.

– Et tu veux que je te l'achète.

Je fixai la barre et changeai d'avis. Je la sortis du sac et déchirai l'emballage.

– Qu’est-ce que tu fais ?

– Je viens de décider que je n’ai pas envie de la réserver pour plus tard.

Je mordis dedans et faillis gémir de plaisir. On ne faisait vraiment pas le chocolat de la même manière, aux États-Unis.

Adrian soupira.

– Est-ce que tu enfreins la loi où que tu ailles ?

– Je ne vais pas enfreindre la loi. C’est toi qui paies.

Adrian eut un reniflement sarcastique.

– Je ne cesse de me demander pourquoi je t’apprécie, dit-il.

– Je diffuse un charme incroyablement attachant, dis-je en lui souriant entre deux bouchées. Ce n’est pas ta faute.

Mon sourire le fit grimacer.

– Quelqu’un vous attendra chez *Big Bud’s*, un *diner* à Eureka, dans le Montana. La ville est à une quinzaine de kilomètres au sud de la frontière avec le Canada, et devrait être à environ une heure au nord de votre centre. (Je mémorisai les informations au fur et à mesure.) Soyez-y avant huit heures du matin, sinon mon contact partira sans vous. Il vous emmènera dans un aérodrome où vous embarquerez sur un jet privé. Il atterrira à Saint John’s, en Terre-Neuve. De là, vous prendrez un vol commercial vers Zurich, sous pseudonymes.

– Qu’est-ce qui se passera quand ils nous demanderont

nos passeports, vu que nous n'en avons pas ? demandai-je, la bouche pleine de chocolat.

Les faux passeports que Caden avait préparés étaient toujours cachés dans une boîte postale de Big Sur, et je doutai qu'Éric et Serena aient paré au problème.

Adrian examina différents paquets de pâtes.

– Nous avons acheté le personnel pour qu'il ferme les yeux, dit-il en se tournant vers moi.

Je ruminai tout cela en finissant ma barre chocolatée. Le plan qu'il avait en tête semblait précaire, comme si le moindre grain de sable était susceptible d'enrayer toute la machine.

Il dut déchiffrer mon expression, car il déclara :

– Faites seulement en sorte d'être chez *Big Bud's* avant huit heures. Laisse-moi m'inquiéter du reste.

– Et une fois que nous aurons atterri à Zurich… ?

– Je viendrai vous chercher à l'aéroport et je vous emmènerai au refuge.

– Nous serons vraiment en sécurité, là-bas ?

– La maison est renforcée par des magnétites qui repoussent les empreintes non autorisées. Aucun téléporteur étranger ne pourra apparaître sur la propriété.

Nous serions en sécurité… mais toujours enfermés. *Ce sera seulement temporaire*, me dis-je intérieurement.

Je lâchai l'emballage désormais vide dans le sac d'Adrian. Il se mit à rire quand je me retournai vers lui.

– On dirait que tu as réussi à mettre du chocolat partout, sauf dans ta bouche.

Je me léchai les doigts.

– Je ne suis pas de cet avis.

Adrian tendit la main et passa son pouce sur la commissure de mes lèvres.

– Voilà, dit-il.

Sa main s'attarda. Ses yeux restèrent braqués sur ma bouche.

Le regard brûlant de désir, il se pencha en avant.

Il veut m'embrasser. Oh, bordel de merde – Adrian Sumner veut m'embrasser.

Je reculai en le regardant d'un air circonspect.

– *Big Bud's*. Huit heures. Eureka, dans le Montana. Pigé.

Il battit des paupières à plusieurs reprises, reprenant contenance.

– Ember… dit-il, pris de regrets.

– Nous y serons.

Je tournai les talons, laissant derrière moi un Adrian perplexe.

Pas étonnant que je fuie mes problèmes. J'étais sacrément douée pour ça.

Pendant le reste de la semaine, Caden, Serena, Éric et moi nous retrouvâmes plusieurs fois pour mettre la touche finale à notre plan et faire des repérages à notre point de rencontre. Entre-temps, je leur avais transmis les informations qu'Adrian m'avait confiées.

Je n'avais vu la mère de Desiree, Terri, que deux fois depuis sa première visite, et toujours de loin. Elle ne mentait pas en affirmant que ce centre était moins intrusif. Cependant, les autres téléporteurs compensaient largement l'absence des responsables. Au cours des derniers jours, plusieurs paires étaient venues se présenter, faisant de leur mieux pour nous accueillir au sein de leur groupe.

Pendant la journée, Caden et moi avions droit à des cours d'informatique ; si nous ne pouvions plus être des agents, le Projet nous utiliserait comme chercheurs analystes. Ce travail était aussi ennuyeux que son nom le laissait entendre, et il me fit presque regretter les missions. Presque.

Je me téléportais également de moins en moins souvent en état de veille, mais cela se produisait encore. J'avais commencé à remarquer un schéma récurrent dans ces téléportations. Elles avaient tendance à se produire quand j'étais particulièrement fatiguée ; ce qui était logique, vu que je me téléportais normalement juste *après* m'être endormie.

J'avais caché cette information à Caden et je gardai le silence sur mes voyages, maintenant que je pouvais plus ou moins les prédire. Il pensait que mon organisme avait fini par surmonter ces téléportations diurnes.

Maintenant, alors que nous nous réunissions tous les quatre quelques heures avant notre évasion, je glissai une main dans ma poche et tripotai le traceur GPS qui ne m'avait pas quittée. J'allais devoir mettre en branle mon plan de secours. J'avais passé toute la semaine à redouter ce moment.

– Vous avez pris tout ce qu'il vous fallait ? demanda Caden au couple de téléporteurs.

– Oui, répondit Serena. Et vous ?

Je laissai retomber ma main contre mon flanc.

– Un sac est prêt et caché près de notre point de rendez-vous. L'autre est dans notre chalet, prêt lui aussi.

– Éric, tu as le chalumeau ? demanda Caden.

Car en effet, nous allions faire fondre cette clôture pour nous tailler un chemin vers la liberté.

– Je me suis occupé de tout, ne t'inquiète pas.

Caden passa les mains dans ses cheveux, puis hocha la tête. Il était ce que je me plaisais à appeler une tête brûlée froide. Le plan de ce soir – ou plutôt, notre évasion tout entière – comportait trop de « si » à son goût.

J'avais le cœur qui battait la chamade à l'idée de ce que nous allions faire, mais une sorte d'exaltation enivrante palpitait également en moi. En voyant l'expression sur le visage des autres, je compris que je n'étais pas la seule dans cet état.

Alors que notre ultime réunion touchait à sa fin, il ne me restait plus qu'une chose à faire. Je pris Éric à part.

– Ce soir, je vais être un peu en retard…

Quand j'eus terminé de lui expliquer les circonstances, son visage était grave.

« Promets-moi que tu emmèneras Caden avec toi, dis-je.

Je lus de l'empathie dans ses yeux, et malgré son attitude souvent perturbante, je compris qu'Éric et moi partagions une sorte de camaraderie étrange.

– Je ferai de mon mieux, dit-il.

Mon estomac se contracta quand je me retournai vers Caden. Il surprit mon regard et me décocha un sourire qui illumina ses yeux.

C'était pour cette raison même qu'il m'avait demandé de ne rien lui cacher. Parce qu'un peu plus tard, dans la soirée, j'allais devoir le quitter.

Chapitre 14

Je sus à quel moment précis se produisit la panne de courant. La veilleuse que j'avais prise dans l'ignoble chambre d'enfant et installée dans notre chambre clignota avant de s'éteindre. Je retins mon souffle et attendis que le générateur de secours prenne le relais. Je poussai un soupir en voyant que rien ne se produisait. Adrian et Éric avaient réussi.

– Putain, c'étaient les heures les plus longues de ma vie, dit Caden en se levant et en allumant la lampe-torche qu'il avait laissée près du lit.

Je me levai également, déjà habillée, en laissant délibérément mon traceur GPS dans le lit. Contrairement à moi, Caden n'avait pas à s'inquiéter de ces saletés-là. Apparemment, seuls les téléporteurs ramenés à la vie étaient marqués de cette manière.

Le compte à rebours avait démarré. Nous avions peut-être plus de dix minutes pour nous échapper, contrairement à d'habitude, mais nous n'aurions qu'une seule occasion de surprendre la patrouille extérieure et d'exécuter notre plan sans accroc.

Je saisis ma propre lampe-torche et déambulai dans le chalet, rassemblant des objets qui n'avaient pas encore été empaquetés. Parmi eux se trouvaient ceux que Caden avait volés au cours de la semaine – des gants, du ruban adhésif isolant, des ciseaux, un tournevis à tête plate. Cette fois, si je devais démarrer une voiture avec les câbles, je serais légèrement mieux préparée.

Caden n'avait pas tiqué en entendant mes requêtes, même si techniquement nous n'aurions pas besoin de voler une voiture avec notre plan actuel. Caden aimait être surpréparé. Et moi… eh bien, j'aimais avoir mes petits secrets.

Il y avait tant de choses que nous ne pourrions pas emporter avec nous. Des photos, des vêtements, des livres. Peu m'importait qu'ils restent là. Les seules choses qui comptaient pour moi, je les emportais dans mon cœur.

Je me dépêchai de fermer mon sac, et Caden fit mine de le prendre pour le porter à ma place.

Je resserrai les doigts autour des sangles.

– Ça ira, affirmai-je.

– Tu es sûre ? demanda-t-il, en éternel gentleman.

– Certaine.

J'aurais besoin du sac pour ce que je m'apprêtais à faire.

Il le lâcha et embrassa du regard notre salon plongé dans le noir.

– Un dernier mot d'adieu ?

Je lui décochai un coup d'œil dubitatif.

– Non.

– Eh bien, moi j'ai quelque chose à dire.

D'un large mouvement du bras, je l'invitai à s'exécuter.

Caden se tourna vers le salon et la cage d'escalier.

– Merci à toi, chalet, de nous avoir hébergés pendant une semaine. Tu as fait du bon boulot. Dédicace spéciale au lit – oh, et à cette espèce de douche massante. Grave.

Caden ricana, content de lui.

Je lui assénai une claque sur les fesses, en essayant de refréner mon propre sourire.

– T'as fini ?

Il jeta un dernier coup d'œil autour de lui avant de se retourner vers moi.

– Mouais, maintenant je suis prêt.

J'allumai ma lampe-torche et sortis du chalet, Caden sur mes talons.

Une fois que nous fûmes au pied des quelques marches menant à la terrasse, je pivotai pour lui faire face.

– Bon, Caden, j'ai un truc à faire.

Il me lança un regard interrogateur.

– Là, tout de suite ? demanda-t-il, incrédule.

– Tout de suite.

– Qu'est-ce que c'est ?

Je commençai à reculer ; à chaque pas en arrière que je faisais, Caden avançait d'un pas.

– Quelque chose qui va m'aider à m'échapper.

Caden plissa les yeux.

– De quoi s'agit-il ?

Je me composai une expression neutre pour qu'il ne puisse rien deviner. Il jura.

– Qu'est-ce que tu me caches ?

– Nous n'avons pas le temps. Je dois y aller.

Caden m'attrapa le bras.

– Mon cul, oui ! Soit tu viens avec moi, soit je t'accompagne.

J'arrachai mon bras à son emprise d'un coup sec.

– Je serai revenue à temps.

Je reculai, et il me suivit à nouveau. Je fis un mouvement de la tête en direction de notre point de rendez-vous.

– Ils ont besoin de toi. Personne n'a besoin de moi, pour le moment.

Triste, mais vrai.

– Qu'est-ce que tu mijotes ? demanda-t-il, les sourcils froncés.

La peur brillait au fond de ses yeux.

– Je te le dirai dès que nous serons sortis d'ici, mais pour l'instant tu vas juste devoir me faire confiance.

C'était une faveur difficile à demander, surtout vu que je mentais comme un arracheur de dents. Je n'avais aucune intention de lui dire quoi que ce soit, car je savais qu'il s'opposerait à moi.

Il se balança d'avant en arrière sur ses talons.

– Pu-tain-de-merde, scanda-t-il. Tu ferais mieux d'être à notre point de ralliement d'ici quinze minutes, sinon je ne pars pas.

– J'y serai, affirmai-je d'une voix ferme.

Il m'attira contre lui.

– Ne fais rien de stupide. Il m'embrassa sauvagement avant de me laisser partir. Quinze minutes, répéta-t-il en s'écartant.

– Compris.

Je tournai les talons et commençai à courir.

Derrière moi, je l'entendis marmonner :

– Je me fais vraiment mener par le bout du nez, bordel.

Quand je regardai par-dessus mon épaule, il avait disparu.

Je courus jusqu'aux bâtiments principaux, en prenant soin de me cantonner aux zones d'ombre. Au loin, j'entendis le vrombissement d'un camion. C'était dangereux de traîner dans cette section du centre ; je n'aurais aucune explication à fournir si je me faisais prendre.

Je ne me ferai pas prendre.

Je filai d'un bâtiment à l'autre jusqu'à atteindre l'aile médicale. En des circonstances normales, les projecteurs placés tout autour auraient dû m'aveugler, et des caméras auraient enregistré le moindre de mes mouvements. Mais dans l'état actuel des choses, l'obscurité régnait.

Je pénétrai dans le bâtiment et me frayai un chemin dans le couloir, en passant par la section pédiatrique. Je plissai les lèvres en tâtonnant le mur – il était aussi collant que je l'avais soupçonné. Devant moi, à la lueur sourde de la lune qui brillait à travers les fenêtres, je distinguai la cage d'escalier. Je me précipitai dans cette direction, et grimaçai en entendant l'écho de mes pas.

Je sortis la lampe-torche de mon sac et la braquai sur les marches dès que je commençai à les descendre. Je m'attendais à moitié à ce qu'un zombie jaillisse des ombres. Quelque chose dans le mouvement d'une lumière artificielle dans un lieu sombre me faisait toujours craindre le pire.

Mon cœur battait dans ma gorge, et je resserrai ma prise sur mon sac.

Tu y es presque.

Je quittai la cage d'escalier et m'aventurai dans le sous-sol.

Troisième porte à gauche. Les sédatifs m'attendaient

juste de l'autre côté. Je saisis la poignée de la porte et poussai – mais je rencontrai une résistance.

Je fixai le battant, horrifiée. Cette saloperie de porte était fermée, alors qu'elle aurait dû être ouverte. La coupure de courant aurait dû s'en charger.

Je jurai à mi-voix. Je n'avais pas prévu ça. Le temps me filait entre les doigts ; il fallait que je sorte d'ici et que je rejoigne le lieu de rendez-vous.

Je balayais le mur du couloir avec ma lampe-torche quand quelque chose attira mon attention. Une hache, dans un boîtier en verre.

En cas d'urgence uniquement, disait l'étiquette.

De mon point de vue, il s'agissait bien d'une urgence.

Je m'en approchai à grands pas et brisai le verre d'un coup de coude. Allais-je vraiment me tailler un chemin à coups de hache jusqu'à mon objectif ?

Oui. Oui, j'allais le faire.

J'arrachai la hache à son support et revins me placer devant la porte. Les jambes écartées, je visai la poignée et marquai une pause, le temps de lancer un regard noir au boîtier de carte magnétique.

J'avais vraiment fait une erreur de débutante en le croyant alimenté par l'électricité.

Je n'avais plus que trois minutes pour entrer et ressortir ; après quoi je devrais me magner le cul pour rejoindre les autres à temps.

Je positionnai une de mes mains près de la tête de la

hache et l'autre plus bas sur le manche, puis je ramenai mon arme vers l'arrière.

– Qu'est-ce que vous faites ?

Je faillis lâcher ma hache en entendant la voix. Je me retournai et me trouvai nez à nez avec une infirmière. Elle sortit un téléphone portable de sa veste. Je pouvais voir le blanc de ses yeux. Elle était pétrifiée, mais ça ne l'avait pas empêchée de chercher à appeler des renforts. En d'autres circonstances, j'aurais admiré son sang-froid. À l'instant présent, ce trait de caractère n'était cependant qu'un désagrément.

– Je ne ferais pas ça, si j'étais vous, dis-je d'une voix dure.

Sa main trembla.

– Posez la hache.

– Posez votre portable. L'infirmière plissa les yeux, et resserra sa prise sur son téléphone. Il faut toujours qu'ils préfèrent la manière forte, grommelai-je en m'approchant d'elle.

– Un pas de plus, et j'appelle Richards.

Je dissimulai la bouffée de peur que ce nom fit naître en moi. Il serait mis au courant quoi qu'il arrive. Je devais seulement m'assurer d'être très loin d'ici quand cela se produirait.

L'infirmière resta obstinément plantée là, le menton relevé, et pendant une seconde je la soupçonnai d'avoir des connaissances en matière de combat.

Cette idée s'évanouit cependant sans tarder quand j'écrasai la paume de ma main contre son nez. Du cartilage crissa, et elle laissa tomber son téléphone pour se couvrir le visage.

Profitant de sa distraction, je passai derrière elle et enroulai mon bras autour de son cou pour le comprimer de part et d'autre. Avec un temps de retard, elle comprit ce que j'étais en train de faire, et lâcha son nez pour me griffer les bras. Je comptai silencieusement à rebours.

… sept, six, cinq, quatre…

Le corps de l'infirmière se ramollit entre mes bras, et je l'allongeai par terre en douceur. Je m'accroupis ensuite au-dessus d'elle et plaçai mes mains de chaque côté de son nez.

Pourquoi est-ce que je perds mon temps comme ça ?

Je remis le cartilage en place afin que la fracture guérisse proprement.

Je m'emparai du cordon suspendu à son cou et me dirigeai à nouveau vers la porte verrouillée. Je glissai le code-barre de son badge sous le lecteur de carte magnétique. Une LED verte clignota, et la porte s'ouvrit avec un déclic.

Serena n'avait pas menti. Le compartiment qui contenait les fioles ressemblait vraiment à un croisement entre un frigo et un distributeur automatique. Je scannai de nouveau la clef magnétique de l'infirmière et ouvris la porte du bac.

Plusieurs rangées de fioles s'alignaient à l'intérieur. Je les inspectai en quête d'une étiquette indiquant « fentapropol ».

Bingo. Il y avait trois rangées de produit au sein du compartiment.

J'en pris autant que possible et les fourrai dans mon sac dans un cliquetis de tubes en verre. Une fois que j'eus récupéré l'ensemble – qui s'élevait à une trentaine de fioles –, je refermai le conteneur et passai aux tiroirs d'à côté.

Je dus en ouvrir et en refermer plusieurs avant de tomber sur ce que je cherchais. J'en déversai le contenu dans mon sac avant d'en remonter la fermeture Éclair. La pression accumulée en moi depuis mon départ du chalet put désormais se dissiper quelque peu.

J'effaçai mes empreintes, repassai le cordon autour du cou de l'infirmière et quittai le sous-sol. Ils découvriraient sûrement que j'étais venue ici – sans doute très rapidement, vu que l'infirmière m'avait croisée. Mais plus le Projet mettrait de temps à le comprendre, meilleure serait mon avance.

Car une fois qu'ils connaîtraient mon point faible, nous serions foutus.

Caden faisait les cent pas quand je rejoignis notre point de ralliement. De l'autre côté de la clôture, Éric et Serena nous attendaient, l'air anxieux. J'entendis le grondement lointain d'un moteur.

Quand Caden m'aperçut, il parvint à avoir l'air à la fois méchamment contrarié et incroyablement soulagé.

– Où est-ce que tu étais ? demanda-t-il en s'avançant vers moi à grands pas.

Il m'agrippa par les épaules.

– Ça peut attendre. Je jetai un coup d'œil derrière lui. Comment ça se passe, de votre côté ?

– Mis à part que tout le monde flippait à mort parce que tu n'étais pas là, ça va. Mon ange, il va falloir qu'on ait rapidement une discussion à propos de tous ces petits secrets, dit-il en me lâchant. Mais pour l'instant, je veux juste te voir de l'autre côté de cette clôture.

Je le suivis jusqu'à l'ouverture qu'ils avaient découpée dans le grillage. Le bruit de moteur s'intensifia, et je vis des phares à une certaine distance.

– C'est la patrouille extérieure, lança Éric, grouillez-vous !

Je me faufilai à travers le trou et traversai la route au pas de course pour rejoindre les deux autres télé-porteurs.

Serena m'accueillit avec un regard noir.

– La prochaine fois que tu décides de faire cavalier seul, ça te dérangerait de nous en informer ?

Mes yeux croisèrent ceux d'Éric. Lui, je l'avais mis au courant.

– Ça marche, dis-je en fixant la route.

Serena renifla, manifestement toujours en colère.

Caden nous rejoignit.

– Vous êtes prêts ? nous demanda-t-il pendant que je lui tendais mon sac.

– Demande ça à Ember, répondit Serena.

– Du calme, Serena. C'est grâce à elle que nous avons pu découper la clôture, dit Caden. Il se tourna vers moi. OK, mon ange, fit-il en indiquant la route d'un mouvement de la tête, je pense que c'est le moment d'entrer en piste.

***

J'étais debout au milieu de la route, frissonnante, les bras refermés autour de mon corps. C'était ça notre plan génial pour détourner l'attention des militaires, même si, à mon avis, « bancal » aurait été un terme plus approprié.

Les phares du véhicule m'aveuglèrent tandis qu'il fonçait dans ma direction. Quand il fut à trois mètres de moi, il s'arrêta en dérapant.

– Les mains en l'air ! cria un des soldats.

J'obéis en plissant les yeux. De l'autre côté des phares, je distinguai quatre M16 braqués sur moi. Je serrai les dents. Voilà que je me retrouvais encore coincée dans une situation où j'étais du mauvais côté du canon.

Les soldats bondirent hors du véhicule, et effectuèrent d'abord un balayage des buissons qui bordaient la route avant de pointer à nouveau leurs armes sur moi. Mes dents claquaient et mes bras tremblaient.

– S-s'il vous plaît, dis-je. Je ne sais pas comment je suis arrivée ici.

L'un d'entre eux cracha par terre à côté de moi.

– T'es une de ces monstres ? demanda-t-il avec un mouvement sec de la tête en direction du centre.

– Hé, Chris, lança un des soldats à l'homme qui me faisait face, il y a un trou dans la clôture, ici.

J'étais déjà en mouvement avant que Chris ne pivote vers moi. J'attrapai son arme et écartai le canon loin de moi. Caden, Éric et Serena s'étaient déployés depuis les buissons et combattaient les autres soldats.

J'écrasai la paume de ma main sur le nez de Chris. Il lâcha son fusil en poussant un cri. Je m'en emparai puis effectuai un coup de pied circulaire au ras du sol. Il s'écroula lourdement, et je me jetai sur lui. Ramenant mon bras en arrière, je lui administrai un coup de coude sur la tempe. Son corps se détendit immédiatement, et je me relevai.

Je le tâtai du bout du pied avant de passer la bandoulière du fusil sur mon épaule. Le soldat était inconscient. Je le fouillai en quête d'autres armes, confisquai son flingue et fracassai sa radio.

Un coup de feu déchira le silence de la nuit. Je relevai

brusquement la tête et croisai le regard de Caden. Il secoua la tête, et je fis de même – nous n'étions pas blessés. À la droite de Caden, Éric tenait le canon d'un M16 qui fumait encore. Le soldat recula d'un pas trébuchant. D'une frappe vive comme l'éclair, Éric lui asséna un coup de pied à la tête.

Les yeux de son adversaire se révulsèrent et il s'effondra.

Éric se tourna vers nous. *Bougez !* Il devait l'avoir hurlé, mais le tintement dans mes oreilles m'empêchait d'entendre quoi que ce soit.

Je courus vers notre cachette pour récupérer mon sac, le battement de mon cœur entrant en harmonie avec le sifflement. Caden était sur mes talons, et il attrapa l'autre sac que nous avions préparé.

Nous sprintâmes de concert vers la voiture. J'embrassai du regard les quatre soldats à terre ; du sang s'écoulait de la blessure reçue par l'un d'eux. Mes yeux se posèrent ensuite sur l'arrière de la voiture, où Serena tenait la main d'Éric.

La part logique de mon esprit savait que nous devrions peut-être avoir recours à la violence, mais je ne m'étais pas préparée à sa réalité concrète.

Caden fit le tour du véhicule pour s'installer sur le siège conducteur. Ce n'était pas plus mal, vu ce que j'allais devoir faire dans un futur proche.

Nous venions tout juste de grimper dans la voiture

quand les lumières du centre se rallumèrent derrière nous.

– On se casse ! hurla Caden.

Il passa la première et écrasa l'accélérateur.

Dans mon dos, j'entendis le cri victorieux d'Éric et le rire de Serena.

Je fermai les yeux. Nous l'avions fait… mais pas sans effusion de sang.

Une main chaude saisit la mienne. Je commençai par la fixer, puis je levai les yeux vers l'homme auquel elle appartenait. Caden détacha les yeux de la route pour me décocher un sourire déchirant.

– Nous sommes libres, mon ange. Nous sommes libres.

Chapitre 15

La Jeep volait au-dessus de la route dans un jaillissement de gravier. Alors que nous dépassions le centre, je captai le son d'une alarme au loin. Notre plan n'était pas en béton, et nous avions toujours su que nous n'aurions pas beaucoup d'avance, mais j'avais espéré en grappiller un peu plus que ça.

– Tout droit ! cria Serena à Caden quand nous parvînmes à un embranchement.

Il leva le pouce pour signaler qu'il l'avait entendue.

Je sortis la boussole que j'avais emportée, et je m'autorisai un sourire sombre. Toutes ces années d'entraînement à la survie allaient enfin payer.

– Prends à droite, dis-je quand un nouveau croisement se présenta.

Maintenant, cette bonne vieille boussole incarnait la différence entre une fuite au nord vers le Canada ou au sud vers le Mexique.

Caden suivit mes indications et accéléra.

– Cette voie nous amènera sur la route 93, déclara Éric.

– Nous ne pourrons pas continuer très longtemps avec cette voiture, dit Caden d'une voix calme, concentrée.

Nous allions bientôt devoir nous en débarrasser ; elle était trop voyante.

Je jetai un coup d'œil aux deux téléporteurs derrière moi et croisai le regard d'Éric. Pour la première fois depuis que je l'avais vu ici, il avait l'air vivant. Il m'adressa un clin d'œil, puis attira Serena vers lui pour l'embrasser.

Je souris et appuyai ma tête contre le dossier de mon siège. Mon cœur tambourinait encore dans ma poitrine, mais il s'apaisait peu à peu.

Nous étions sur la route depuis une trentaine de minutes quand les premières vrilles de fatigue s'insinuèrent en moi.

Ne panique pas. Ça ne va pas se produire tout de suite.

Ça ne *pouvait pas* se produire tout de suite. Pas alors que le Projet n'était qu'à quelques minutes derrière nous. Nous étions loin de leur avoir échappé.

J'ouvris la boîte à gants et pris le kit de premiers secours, puis le fourrai dans mon sac. Nos phares étaient éteints ; nous repérer en pleine nature serait donc difficile, que ce soit sur terre ou depuis les airs.

Une nouvelle vague d'épuisement s'abattit sur moi, et je clignai des paupières.

Merde.

Merde, merde, *merde*.

Maintenant que l'adrénaline retombait, je pouvais sentir que j'étais sur le point de me téléporter. C'était trop tôt.

Je pris mon sac contre moi.

– Arrête-toi.

Caden me lança un coup d'œil.

– Tu es folle ?

– Arrête la voiture *maintenant*.

Il perçut l'intonation inflexible de ma voix, et la voiture commença à ralentir.

– Qu'est-ce que tu fais ? s'écria Serena depuis la banquette arrière.

Je l'ignorai et ouvris la fermeture Éclair de mon sac, en croisant les doigts pour que mon plan fonctionne. Je faisais un pari à un moment critique. Je pouvais attendre que la téléportation se produise, ou je pouvais le faire maintenant. Si j'attendais, mes trois compagnons devaient patienter dix minutes jusqu'à mon retour. C'étaient dix minutes que nous n'avions pas. Dix minutes pendant lesquelles nous pouvions tous nous faire prendre. Mieux valait qu'ils perdent une seule minute, au pire. Je pouvais m'en sortir toute seule. Mais si je le faisais et que ça ne marchait pas…

Il serait alors temps de m'en inquiéter.

Je sortis une fiole et une seringue du sac.

Caden se tourna vers moi, abasourdi.

– Qu'est-ce que tu fais ?

J'arrachai le capuchon en plastique de la seringue avec

les dents et enfonçai l'aiguille dans la fiole, en prenant une dose légèrement inférieure à celle que j'avais vu les techniciens me donner. Mieux valait sous-estimer que surestimer, dans ce genre de cas.

Les yeux de Caden se posèrent sur la fiole, puis sur moi.

– Ember ?

Serena se pencha en avant.

– Vous pouvez me dire ce qui nous retarde, bordel ? Il faut qu'on se bouge, et tout de suite.

À côté d'elle, Éric gardait le silence.

Caden se détourna l'espace d'une fraction de seconde, et je profitai de sa distraction. Je plongeai l'aiguille dans le creux de mon bras et serrai le poing, incommodée par la sensation du liquide injecté dans mon système sanguin.

L'instant était passé. Au moment où Caden se retournait vers moi, je sortais l'aiguille de sous ma peau et mon corps commençait déjà à me picoter.

La confusion se changea en horreur sur son visage.

– Tu m'as menti, dit-il.

J'ouvris la portière de la voiture et sortis d'un pas vacillant avec mon sac à dos. Derrière moi, une autre portière claqua, puis les bras de Caden se refermèrent autour de mon corps.

Je levai les yeux vers lui, puis regardai Serena et Éric.

– Roulez, et ne vous retournez pas.

Éric hocha la tête. Je vis que Serena commençait elle aussi à comprendre.

– Chiotte.

Elle parvint à faire sonner ce mot de manière délicate.

Caden me secoua gentiment.

– Mon ange, qu'est-ce que tu as fait ?

Ses yeux étaient trop brillants – à cause des larmes, réalisai-je.

– Je vous ai sauvé la vie, chuchotai-je d'une voix endormie.

Je fermai les yeux, imaginai un visage, puis je disparus.

***

– Oh, merci mon Dieu, dis-je en me matérialisant dans le bureau d'Adrian.

Il était assis devant son ordinateur, le dos voûté, toute son attention braquée sur l'écran.

Il sursauta au son de ma voix.

– La vache, Ember, tu m'as encore foutu une trouille pas possible.

– Pourquoi est-ce que ça te surprend encore ? demandai-je.

Adrian fit pivoter sa chaise pour me faire face.

– Quoi de neuf ? Puis il s'interrompit. Attends un peu. Hé, qu'est-ce que tu fais ici maintenant ?

– Il y a eu un changement de plan. Je ne vais pas pouvoir être là au rendez-vous de huit heures.

– Quoi ?

– J'ai été obligée de m'administrer un sédatif. C'était le seul moyen pour que les autres puissent s'échapper.

Adrian blêmit.

– Es-tu seulement à l'extérieur du centre ? demanda-t-il en s'écartant de son bureau.

– Oui, je suis sortie.

Adrian eut l'air rassuré, mais ce soulagement temporaire se transforma en colère.

– Ember, tous ces préparatifs ont été faits pour toi.

Il aurait dû se méfier.

– Nous savions tous les deux qu'il y avait un risque pour que je n'y arrive pas, dis-je en marchant jusqu'à la fenêtre de son bureau. Et je n'ai jamais dit que je ne viendrais pas à Zurich. Je vais seulement rater le rendez-vous. Dehors, les nuages gris semblaient de mauvais augure.

Mes pensées se tournèrent vers Caden. Quelque part, à l'autre bout du monde, il devait être en train de paniquer. Je ne lui avais rien dit. J'avais gardé le secret sur mon état, car il ne m'aurait pas laissée partir, sans cela. Maintenant, il y avait au moins une chance pour qu'il s'en sorte sans moi.

– Qu'est-ce qui va t'arriver ? demanda Adrian quand il eut repris ses esprits.

Je le regardai par-dessus mon épaule.

– Je ferai ce que j'ai toujours fait. Survivre.

***

Le crépitement d'un feu me réveilla. Mes yeux embrumés de sommeil cillèrent, et le monde retrouva sa netteté. Des pas lourds traversèrent la pièce, puis des bras puissants me plaquèrent contre un torse chaud.

– Mon ange.

La voix de Caden était beaucoup trop douce.

Attendez une minute.

– Tu n'es pas censé être avec moi, murmurai-je.

Il écarta les cheveux qui me tombaient devant les yeux, et je le vis clairement pour la première fois. Il me contemplait avec un mélange d'amour et de colère.

– Tu es la fille la plus stupide que j'aie jamais rencontrée, dit Caden en déposant un baiser sur mon front, le même Caden qui aurait dû se trouver à des kilomètres et des kilomètres de moi. Tellement, tellement stupide, chuchota-t-il en boucle.

– Tu ne devrais pas être là, dis-je en me frottant les yeux.

Ses doigts glissèrent le long de mon bras avec la légèreté d'une plume, et j'inspirai son odeur.

– Tu ne comprends toujours pas. Je serai là jusqu'au bout, mon ange. Ce qui signifie avant tout que je ne te laisserai pas inconsciente au bord de la route. La tristesse teinta ses yeux. Je sais que c'est en partie ma faute, dit-il en se passant une main sur la bouche et détournant le regard. Je comprends, putain. J'ai voulu tout contrôler, alors tu t'es sentie obligée de garder le secret. Mais s'il te plaît, mon ange, plus de secrets entre nous.

Je pinçai les lèvres.

– Est-ce que tu vas arrêter de vouloir tout contrôler ?

Caden contracta les mâchoires. Non. Nous reconnaissions tous deux l'hypocrisie de ce qu'il me demandait.

– Tu aurais vraiment dû partir avec les autres, repris-je. Je ne te sers à rien, dans mon état.

Car la vérité, c'était que rien n'avait changé depuis que je m'étais réveillée dans cette chambre d'hôpital. J'étais toujours cassée. Planifier notre évasion nous avait tous les deux détournés du fait que j'avais ma part d'obscurité, tout comme Éric. Et le fait que je garde des secrets ? Je le percevais comme la dernière ancre me reliant à la fille que j'étais autrefois – celle qui ne comptait que sur elle-même. Celle qui pouvait courir vite et longtemps. Celle qui en savait un peu plus sur la compassion.

Caden se figea près de moi.

– Qu'est-ce que tu as dit ?

Avant que je puisse répondre, il nous fit basculer et se retrouva au-dessus de moi.

« Ne t'avise plus jamais de dire une chose pareille. Un éclat féroce traversa son regard. Tu es revenue d'entre les morts pour moi. Quand on a perdu un être cher, tu crois que ça a la moindre importance si la personne que tu aimes revient avec des problèmes ? Non, ça n'en a aucune, répondit Caden à ma place. Quand je t'ai vue effrayée, ça m'a brisé le cœur. Quand je t'ai vue en colère, j'ai eu envie de combattre tes démons pour toi. La première fois que tu m'as rembarré, je me suis réjoui que le feu en toi ne soit pas mort – mais si ça avait été le cas, j'aurais tout fait pour en démarrer un autre. Tu ne peux pas me faire fuir, mon ange. C'est impossible, alors sors-toi cette idée débile et blessante de la tête.

Je serrai et desserrai la mâchoire tout en passant en revue mes émotions. Il baissa les yeux vers moi.

– Si nous pouvons échapper au Projet, alors nous sommes sûrement capables de surmonter des problèmes de couple. Mais j'ai besoin que tu en aies envie. Que tu aies envie de nous. Tu peux le faire ?

Je le dévisageai. Je laissai échapper un soupir et détournai le regard en sentant des larmes s'amasser au coin de mes yeux. Caden me tira la tête en arrière afin que je sois obligée de lui faire face.

– Bien sûr que je le peux. Mais c'est vraiment ce que tu veux ? Tu veux vraiment de moi, avec mes cicatrices et tout le reste ?

Pour la première fois depuis un long moment, un sourire radieux s'épanouit sur le visage de Caden, le genre de sourire qui montait jusqu'à ses yeux et plissait la peau tout autour.

– Je ne voudrais pas que tu sois différente en quoi que ce soit.

***

Je hissai mon sac à dos sur mes épaules pendant que Caden refermait la porte derrière lui. Je me sentais encore un peu vulnérable, suite à notre conversation.

– Où sommes-nous ? demandai-je en contemplant ce qui n'était guère plus qu'une cabane.

Derrière elle, les doigts roses de l'aube pointaient entre les arbres.

Caden me rejoignit.

– C'est le pavillon de chasse de quelqu'un. Il n'était pas trop éloigné de la route.

– Comment est-ce que tu m'as amenée ici ? demandai-je alors que nous commencions à marcher.

– Avec difficulté. Il rit quand je lui assénai une tape. Quoi ? Je suis sûr que tu pèses plus que tu n'en as l'air.

– Tu es de bonne humeur, dis-je.

– L'idée de quitter le pays sans l'aide d'Adrian me plaît infiniment.

Je regardai le ciel en plissant les yeux.

– Nous avons peut-être encore le temps de retrouver son contact.

Caden suivit la direction de mon regard.

– Si le ciel ressemblait à ça en Californie, peut-être, oui. Mais nous sommes plus au nord, et à cette période de l'année, le soleil se lève plus tard. Désolé, mon ange, mais il est déjà huit heures passées.

Il me mit sa montre sous le nez pour achever de me convaincre. Je ne me laissai pas démonter.

– Alors nous devrions nous diriger vers le Canada et décider de la prochaine étape une fois là-bas.

– C'est un plan qui me va.

Nous repartîmes en direction de la route et la suivîmes, tout en restant sous le couvert des arbres pour ne pas nous faire remarquer.

– Des signes du Projet ?

Caden secoua la tête.

– Pas à ma connaissance. Mais ce n'est pas vraiment leur genre de se dévoiler. Nous ne les remarquerons que quand ils seront sur nous.

Je frémis à cette idée et me mis à examiner les environs d'un œil méfiant.

– Alors, dis-je après avoir marché en silence pendant un kilomètre, Éric n'a pas réussi à te convaincre de partir avec eux ?

Caden grogna.

– C'est ça que tu lui avais demandé de faire ?

Je baissai la tête, prise de culpabilité en voyant comment les choses s'étaient déroulées. Caden me donna un petit coup d'épaule.

– Pas besoin de te sentir coupable, mon ange. En fait, je n'aurais pas pu demander mieux comme situation – plus d'Éric pour nous faire chanter, et plus d'Adrian à qui nous devons faire confiance.

– Pour le moment.

Il fronça les sourcils.

– Pour le moment, acquiesça-t-il. Des aiguilles de pin crissaient sous nos pieds tandis que nous marchions.

« Pour répondre à ta question, j'ai menacé Éric de le réduire en charpie à coups de poing s'il m'obligeait à partir. Je dois te dire qu'il n'a pas vraiment fait d'efforts pour me convaincre de renoncer à rester.

Caden avait raison – j'étais stupide. Stupide de penser qu'il me laisserait, stupide de penser qu'Éric le convaincrait de le faire. Si j'avais un peu plus réfléchi à la situation, je l'aurais compris bien plus tôt. Mais il y avait eu tellement de zones d'ombre dans le déroulement des événements ; et puis j'avais abordé cette situation d'un point de vue émotionnel pas logique. J'avais pris peur, donc j'avais fui.

– Alors ils sont partis sans…

Comme tombé du ciel, un téléporteur apparut juste devant moi. Je n'eus même pas le temps de réagir avant que son poing ne fuse vers moi. J'esquivai par réflexe, et mon instinct prit le dessus.

Je me laissai tomber en position accroupie et lui donnai un coup de pied. Il sauta pour l'éviter. Il bondit ensuite vers moi et je reculai maladroitement en me débarrassant de mon sac d'un mouvement d'épaule. Il était plus fort que moi, plus rapide, et mieux entraîné. En des circonstances normales, je n'aurais pas eu une seule chance. Mais les circonstances n'avaient rien de normal, et j'étais désespérée. Très, très désespérée.

Ma jambe se détendit comme un fouet et mon pied rencontra sa mâchoire. J'entendis ses dents claquer les unes contre les autres, et il recula de deux pas vacillants pour atterrir droit dans l'étreinte de Caden.

Celui-ci referma un bras autour du cou du téléporteur et commença à serrer. Son adversaire donna des coups de pied frénétiques contre ses tibias et enfonça son coude dans la cage thoracique de Caden. Malgré les efforts du type, ma paire ne bougea pas d'un poil. Ce fut terminé en quelques secondes. Les yeux du téléporteur se révulsèrent et ses muscles se relâchèrent.

– Grimpe ! me cria Caden.

Il n'aurait pas dû prendre cette peine. J'avais déjà eu la même idée.

Je récupérai mon sac et le passai sur mes épaules, avant de tendre la main vers la première branche d'un arbre proche et de me hisser vers les hauteurs. Caden était juste derrière moi.

J'étais au beau milieu de mon escalade quand un autre téléporteur apparut. Il se matérialisa juste à côté de moi. Malheureusement, « juste à côté de moi » signifiait dans le vide.

– Attention ! criai-je vers le bas.

Caden s'aplatit contre le tronc.

Le téléporteur heurta violemment le sol. Je grimaçai en entendant l'air se faire expulser de ses poumons. Voilà qui ne devait pas être agréable.

Caden se laissa retomber par terre à côté de lui et s'empara de l'arme dans l'étui du téléporteur. Il la braqua sur la tête de notre assaillant.

– Pas de gestes brusques, si tu tiens à la vie.

Le type leva la tête. Dès qu'il vit son flingue pointé sur lui, il écarta les deux mains.

– Du calme, mon vieux.

– Tu sais comment ça se passe, Bradie.

Un éclair traversa les yeux de ce dernier.

– Ça veut dire que tu comptes me tirer dessus ?

– Ça dépend.

Bradie aperçut le téléporteur inconscient allongé près de lui.

– Bordel, qu'est-ce que tu as fait à Sean ?

– Tu n'es pas en position de poser des questions.

Le regard de Bradie se reporta sur ma paire.

– Caden, tu ne me tirerais pas dessus, hein ? En guise de réponse, l'intéressé arma son chien. OK, OK, fit Bradie en levant les mains un peu plus haut.

– Qui t'envoie ? demanda Caden.

– À ton avis ?

– Bouche-toi les oreilles, mon ange, me lança Caden sans détacher son regard de Bradie.

Le téléporteur écarquilla les yeux.

– Wow, attends, mec. Désolé, putain – *désolé*. Je vais répondre à tes questions, mais ne tire pas. Caden attendit. C'est Dane qui nous envoie. Il est contrarié, même s'il fait comme si rien ne sortait de l'ordinaire.

Caden hocha la tête.

– Continue.

– Il n'y a pas grand-chose d'autre à dire. Nous ne savons rien, mis à part que vous appréhender tous les deux est une mission de haute priorité.

– Tu me caches le point le plus important, dit Caden.

Bradie inspira, puis laissa échapper un soupir.

– Morts ou vifs, ajouta-t-il finalement. Vivants, de préférence, mais au point où il en est... Tout ce qu'il veut, c'est que vous soyez stoppés tous les deux.

Tous les *deux*. Ce détail avait son importance. Dane ignorait-il qu'Éric et Serena s'étaient également échappés, ou avait-il seulement préféré ne pas en dire plus que nécessaire aux téléporteurs ? La deuxième option me paraissait la plus probable.

Je tins tout de même ma langue, au cas où le Projet n'aurait pas appris leur évasion. Je n'avais pas envie que Bradie retrouve Dane pour lui recracher des informations que j'aurais lâchées sans le faire exprès. Dans l'état actuel des choses, Bradie rapporterait que je m'étais cachée dans un arbre pendant tout ce temps, parfaitement inutile.

Et merde. Cette information-là aussi serait exploitée ;

le Projet exploitait toujours les faiblesses. Je ne pouvais pas me permettre de paraître faible.

Je m'accroupis, saisis la branche sous mes pieds et fis basculer mon corps jusqu'à atterrir près d'eux, bien consciente que si l'un de ces deux téléporteurs portait une caméra sur lui – ce qui était fortement probable – un autre homme serait rapidement envoyé sur place.

Et il viendrait pour moi.

L'heure était venue de faire passer un message.

Le regard de Bradie se posa sur moi avant de se reporter sur Caden. Chez qui que ce soit d'autre, j'aurais pu voir de la peur. Mais chez les téléporteurs, la peur avait été éradiquée par l'entraînement, et je ne lus que du calcul dans les yeux de Bradie.

Je vins me poster près de Caden et tendis la main, en sachant qu'il pouvait déchiffrer les traits durs de mon visage. La masse lourde et froide d'une arme tomba dans ma paume.

Je m'approchai de Bradie avec une expression sombre.

Il leva les bras en l'air.

– Wow. Je croyais que vous n'alliez pas me tirer dessus si je coopérais, dit-il à l'intention de Caden.

Je comblai la distance qui me séparait de lui, m'accroupis et abattis le flingue sur sa tempe et sa pommette gauche.

– Mais personne n'a promis de ne pas utiliser le flingue du tout, dis-je en me redressant.

Je marchai vers l'autre téléporteur, toujours inconscient, et le frappai également au visage, quoique avec beaucoup moins de force.

Quand j'eus terminé, je rendis l'arme à Caden. Il avait l'air impressionné. Et légèrement excité.

Je vérifiai le pouls de chaque téléporteur pendant qu'il démontait l'arme.

– Ils sont encore en vie tous les deux.

– Bien, dit-il en éparpillant autour de lui les éléments du flingue. Alors partons d'ici.

***

Nous trottinâmes pendant une heure, en restant proches de la route et en observant les voitures de passage. Oh, et j'ai failli cracher mes poumons entre-temps. Je manquais encore un poil d'entraînement.

Les premières voitures que nous vîmes firent se dresser les poils sur mes bras. Les conducteurs ressemblaient à des civils – barbe, cheveux longs, vêtements ordinaires. En gros, que des choses qui ne criaient pas *agents*.

Ce qui les trahissait n'était ni le modèle de la voiture, ni l'individu qui s'y trouvait. C'était le nombre de véhicules qui roulaient sur la nationale. Dans ce coin reculé des États-Unis, le trafic était quasiment inexistant.

Une fois que nous parvenions à les identifier comme des agents, d'autres détails venaient les trahir. Pour certains, c'était un vide particulier dans le regard. Pour d'autres, le pli dur de leurs lèvres. Pour d'autres encore, c'était la façon dont ils étaient assis dans leur voiture, comme s'ils se tenaient prêts à l'action. Ou, plus accablant, s'ils regardaient en direction des arbres.

– Il va bientôt falloir qu'on récupère une voiture, dit Caden en se frottant les yeux. Soit ça, soit on va devoir escalader.

Ce qu'il passait sous silence, c'était qu'il avait besoin de dormir. Nous en avions besoin tous les deux. L'idée d'autres téléporteurs apparaissant pendant notre sommeil…

Je hochai la tête.

– Une voiture, acquiesçai-je.

Nous devions rester en mouvement. Mais nous devions aussi prendre garde de ne pas tomber entre les griffes d'un agent sous couverture.

Le salut apparut quinze minutes plus tard sous la forme d'un semi-remorque chargé de bois de construction. Dès que nous le vîmes, nous nous mîmes à courir vers la route.

Juste à l'orée de la forêt, je posai une main sur le torse de Caden.

– Attends dix secondes avant de me suivre.

Je défis l'élastique qui retenait mes cheveux longs et les secouai.

Caden me regarda faire.

– Tu sais, tu es une vraie terreur pour tous les hommes sur cette terre.

Je levai les yeux au ciel.

– Si je me souviens bien, ça ne te dérange pas trop que je te terrorise, dis-je en reculant vers la route.

Caden me saisit le menton avant que je m'éloigne et me donna un rapide baiser.

– C'est vrai. Maintenant, va nous choper un routier, dit-il en me relâchant.

Le pouce dressé, je marchai sur le bas-côté de la route en souriant. Il fallut au routier moins de trois secondes pour ralentir le semi-remorque. Même moi, je ne m'attendais pas à une réaction aussi rapide, manipulation ou non.

Il était presque entièrement à l'arrêt quand Caden apparut à côté de moi.

– Besoin d'un chauffeur ? demanda le routier en me détaillant des pieds à la tête, puis en faisant de même pour Caden.

– Ce serait super, répondis-je en lui lançant un sourire reconnaissant.

J'y ajoutai une dose supplémentaire de charme, et le routier me rendit mon sourire.

Caden me poussa du coude.

– Vas-y mollo quand même, chuchota-t-il. On cherche un moyen de transport, pas une demande en mariage.

Je me retournai pour lui lancer un regard noir avant de grimper dans le camion.

– Vous allez où ? demanda le routier une fois qu'il eut redémarré.

– Au Canada.

Il laissa échapper un petit rire.

– Désolé, ma douce, mais je ne peux pas traverser la frontière avec vous deux.

Je réprimai un soupir.

– Alors la ville la plus proche.

Nous avions besoin de nourriture et d'un accès à des voitures. Une fois que cette étape serait réglée, nous pourrions traverser la frontière.

Chapitre 16

Finalement, le routier nous déposa sur la bretelle de sortie menant à Eureka. Si seulement nous avions été là quelques heures plus tôt… Au moins, nous étions près de la frontière. Elle n'était qu'à quinze minutes en voiture.

Je jetai un coup d'œil vers Caden tandis que nous pénétrions dans la ville. Il avait des cernes sous les yeux, et je jure que seule sa force de volonté le maintenait debout et éveillé.

– Trouvons un endroit pour que tu puisses te téléporter, dis-je.

Son besoin de sommeil devait être plutôt pressant, car il ne tenta même pas de protester. Nous nous dirigeâmes vers un motel à moitié vide.

Ma vie tout entière nous avait amenés ici.

– Bon, c'est quoi le plan ? demandai-je tandis que nous traversions le parking.

– Je vais nous faire entrer dans une chambre, nous

nous téléporterons à tour de rôle, et une fois que ce sera réglé, on se paiera une petite virée en voiture.

En d'autres termes, nous allions en voler une. Ce n'était qu'une activité illégale de plus à ajouter à mon CV de plus en plus rempli.

Nous choisîmes une chambre située hors de vue, à l'écart de l'accueil. Je m'appuyai contre le mur en affectant un air d'ennui, alors que j'utilisais mon corps pour dissimuler les mouvements de Caden.

Il enfonça quelque chose dans la serrure, fit levier, puis abattit son coude sur le bouton de porte.

Le battant s'ouvrit en grand, et Caden fit un pas de côté pour me laisser passer.

– C'est effrayant de voir à quel point tu es doué pour les effractions, dis-je.

Caden m'accorda un sourire endormi.

– De rien, mon ange.

Je lui rendis son sourire et me dirigeai vers le lit.

Je m'y laissai lourdement tomber, et un instant plus tard, je sentis une main chaude me caresser le dos. Je tendis le bras pour la saisir et tirer dessus, mais Caden me résista.

– Toi d'abord, dit-il.

Je basculai sur le dos pour le regarder.

– Sûrement pas. C'est toi qui as l'air sur le point de t'écrouler.

En ce qui me concernait, j'avais au moins eu droit à un peu de sommeil médicamenté grâce au sédatif.

Il haussa les épaules et s'installa dans un fauteuil proche.

– Je peux tenir. Toi d'abord.

Je laissai échapper un soupir. Inutile de perdre mon temps à discuter. Je posai ma tête sur l'oreiller et fermai les paupières en apaisant ma respiration. Quand cinq minutes se furent écoulées sans que je me sois endormie, j'entendis le fauteuil de Caden crisser sur le plancher. Un instant plus tard, le lit se creusa, et un bras chaud s'enroula autour de ma taille.

– Tu es en sécurité, mon ange, chuchota-t-il en effleurant ma tête d'un baiser.

Que ce soit dû au confort, à la chaleur ou au sentiment de sécurité, la pression de son corps contre le mien sembla faire l'affaire et je sombrai dans le sommeil.

***

La première chose que je vis fut une canalisation en métal d'aspect inoffensif dans le sol en béton sous mes pieds.

Le temps que j'intègre cette vue et que je comprenne ce qu'elle signifiait, j'entendis du bruit derrière mon dos.

Je me retournai, balayant du regard la pièce dans laquelle je me trouvais. Des taches étranges marquaient certaines zones du béton. Des chaînes pendaient du plafond, et j'en vis plusieurs autres fixées aux murs. Mais l'objet le plus accablant était la chaise vissée au sol et équipée de sangles en cuir pour les poignets et les chevilles, avec le chariot surmonté de couteaux, de pincettes et serre-joints juste à côté.

Ils s'étaient préparés à ma venue.

Merde.

Un homme en treillis – un type énorme, baraqué, avec une tête effrayante – montait la garde, un immense fusil fixé dans son dos. Le truc le plus flippant chez lui, cependant, c'était son visage. Il y avait quelque chose de dérangeant et d'anormal dans la nonchalance qu'il affichait. Comme si m'attacher et me torturer faisait partie de la routine de son boulot.

Et c'était peut-être le cas.

– Tu peux choisir la manière douce, dit-il.

Mon corps me hurlait de fuir, mais je savais déjà qu'il n'y avait aucune échappatoire possible pour moi. J'allais devoir combattre cette espèce d'ours à forme humaine.

Je décalai mon poids d'une jambe sur l'autre.

– Nous savons tous les deux que c'est un terme très relatif dans cette pièce.

« Douce » signifiait seulement que je suivrais ses règles.

Il haussa les épaules.

– Très bien, dit-il en me faisant signe d'avancer. Finissons-en.

Un tortionnaire réticent. Comme c'était mignon.

Au lieu de le charger, je pris mon temps. J'allais devoir utiliser des techniques d'évitement pendant le combat, ce qui signifiait que le premier pas lui revenait.

Quand il comprit que je n'allais pas l'attaquer, il marcha vers moi d'un pas détendu.

Je bougeai à la dernière minute ; je fis deux pas vers la chaîne qui pendait du plafond, sautai et l'attrapai. Balançant mes jambes vers l'avant, je les projetai vers son torse.

Il anticipa mon geste, exactement comme je l'avais espéré. À la dernière seconde, je remontai brusquement mon pied afin que le coup l'atteigne juste sous le menton.

Je le cueillis à la mâchoire et sa tête partit en arrière. Je me laissai retomber au sol tandis qu'il se frottait le menton en me dévisageant d'un air songeur. Comme s'il m'avait prise pour un chaton sans défense, et venait de découvrir que j'avais des crocs – des crocs adorables. Il ne me considérait toujours pas comme une menace, et ne toucha pas à son arme.

Je me ramassai, afin de garder un centre de gravité bas. Il s'approcha d'une démarche de prédateur, en laissant beaucoup de zones de son corps exposées. Il n'aurait pu exprimer plus clairement qu'il ne prenait pas ce combat au sérieux.

Je reculai à chaque pas qu'il faisait, me rapprochant de la chaise de torture et de son chariot d'horreurs.

– Vous êtes quoi ? Un ancien commando de la marine ?

Il ne répondit pas. Évidemment.

Je vis le chariot du coin de l'œil. Je bondis, saisis le premier instrument qui me tomba sous la main et le lançai vers lui dans un seul mouvement fluide.

L'objet – un couteau cranté – rebondit sur lui.

Raté.

Je tendis la main pour en prendre un autre, et il m'attrapa le bras.

– Je ne crois pas, non.

Il me fit pivoter entre ses bras comme si je ne pesais rien, et je me changeai en furie.

De ma main libre, je m'attaquai à ses yeux tout en me tortillant entre ses bras. Dans cette situation, c'était tuer ou être tuée. Je n'étais pas arrivée jusqu'ici pour me faire éliminer.

Il pencha la tête, et mes ongles raclèrent sa peau. Ce tank humain ne broncha même pas. Je donnai des coups de pied, mais ne rencontrai que le vide. C'était un combat que je ne pouvais pas remporter ; je n'arrivais même pas à en retarder l'échéance.

Un Interphone s'alluma dans la pièce.

– Ember Pierce, vous êtes placée sous détention en vue d'être interrogée pour crimes contre l'État.

Je me figeai en entendant la voix de Dane Richards. Il était là, il attendait cette confrontation. Il devait à présent être assis devant un écran, occupé à observer la scène.

Et « en vue d'être interrogée » ? Je n'avais pas réalisé que la torture avait besoin d'un euphémisme. Imaginez ma surprise.

Mon geôlier me balança sur la chaise et referma une sangle autour de mon poignet. Je hurlai et me débattis comme une diablesse. Je n'avais que quelques secondes pour renverser la situation avant d'en être définitivement incapable.

Mon pied rencontra le menton de mon assaillant et il recula, m'offrant l'ouverture que je cherchais.

Je commençai à défaire la sangle. Une main puissante plaqua mes épaules contre le dossier de la chaise. Il saisit ma main libre et la passa de force dans les liens en cuir.

Il était inutile de se battre. C'était le moment de passer à autre chose.

– S'il vous plaît, suppliai-je, je ne suis qu'une gamine.

De toute évidence, ce n'était pas tout à fait la vérité, mais mon instinct me disait que ce type n'était pas porté sur la violence envers les femmes ou les enfants. Il s'était montré trop doux envers moi, même quand j'avais fait tout ce que je pouvais pour lui échapper. Le fusil toujours rangé dans son dos en était la preuve.

Il m'ignora, s'empara d'un pied et l'attacha avec une des sangles réservées aux chevilles.

– Tout ce que je veux, c'est être libre. Je suis une citoyenne américaine, dis-je en ajoutant un petit sanglot à ma voix.

Je ne faisais d'ailleurs pas entièrement semblant.

– Je ne peux pas vous permettre de compromettre la sécurité nationale, dit-il.

Ses yeux me tenaient un autre discours. Une étincelle de conflit intérieur s'alluma au fond de son regard. Elle disparut si rapidement que j'aurais pu l'avoir imaginée. Mais je savais que non.

J'avais trouvé la faille dans son armure.

– Je ne compromets pas la sécurité nationale ! dis-je. Je suis juste une adolescente ! On m'a arrachée de force à ma maison, envoyée en mission contre mon gré. Je me suis enfuie parce que…

– Un soldat n'abandonne pas son unité.

Malgré ses paroles, je remarquai une certaine hésitation dans ses mouvements, comme s'il essayait de gagner du temps.

Derrière lui, Caden se matérialisa, venant de nulle part.

Merci mon Dieu.

Il ne lui fallut qu'une seconde pour appréhender la situation. Il s'approcha en silence de l'homme au treillis.

L'Interphone crachota, et je réprimai un juron.

– Caden, je te déconseille de faire cela.

Mon adversaire se redressa, perplexe. Au moment où il commençait à se retourner, Caden lui asséna un coup de poing en pleine tempe.

L'homme s'effondra.

Évidemment, ça marchait quand Caden le faisait. Chiotte.

Avant que le soldat puisse se relever, Caden enroula un bras autour de son cou et commença à serrer.

– Tu n'aurais pas dû t'en prendre à elle, lui chuchota-t-il à l'oreille.

L'homme donna un coup de reins, et putain, observer ces deux-là se battre revenait à regarder une tornade se mesurer à un ouragan. Qui que soit ce type, il savait ce qui l'attendait. Il pesa de tout son poids en arrière. Les deux adversaires glissèrent et tombèrent. Caden grogna quand son dos heurta le sol, mais il ne lâcha pas le cou du soldat.

Celui-ci projeta sa tête en arrière, et Caden parvint de justesse à détourner la sienne à temps.

Il serra les lèvres, et ses muscles gonflèrent sous son tee-shirt. Puis tout à coup, la résistance de son opposant s'évapora, et ses paupières papillonnèrent avant de se fermer.

Caden ne le lâcha que pour lui enlever son fusil et en abattre la crosse sur la tempe de sa victime. Pendant tout ce temps, l'Interphone conserva un silence inquiétant.

Caden passa la bandoulière du fusil en travers de sa poitrine, puis vint vers moi et défit les boucles des sangles. Son regard se posa sur le chariot d'instruments en métal, puis se reporta sur moi. Toute parole était superflue.

Il me remit debout, puis m'écrasa dans son étreinte. Nous tremblions tous les deux.

– Je suis tellement contente que tu te sois endormi, dis-je enfin.

– Moi aussi, mon ange. Moi aussi.

***

Une fois qu'Ember eut disparu, Caden s'affaira dans la pièce, attachant l'homme inconscient à la chaise et vérifiant le nombre de cartouches présentes dans le Beretta M9 qu'il portait désormais.

Partout où se posait son regard, il découvrait des rappels de ce qui aurait pu arriver à Ember. Ce qui se serait passé s'il ne s'était pas accidentellement endormi en pensant à elle. De légers tremblements le parcouraient encore quand il songeait à quel point il avait été proche de la perdre. À nouveau.

Jusqu'ici, toute l'attention du Projet, toutes leurs attaques avaient été dirigées contre elle. Malgré l'aveu de Bradie, qui avait affirmé qu'ils étaient tous deux recherchés morts ou vifs, le Projet semblait avoir pour priorité de l'éliminer, elle.

Il parcourut la pièce du regard. Dans ce milieu, la torture n'était qu'un outil pour obtenir des informations. Il ignorait ce que le Projet voulait à Ember, mais il ne cherchait pas qu'à la punir. Elle devait savoir quelque chose que Dane voulait connaître, ou qu'il voulait supprimer. Mais quoi ?

Des bruits de pas se firent entendre de l'autre côté de la porte. Caden leva son arme et la pointa vers le battant. Il ne tirerait pas tout de suite… mais il le ferait peut-être une fois la situation éclaircie.

Quand la porte s'ouvrit en grand, une onde de choc traversa Caden, même s'il n'en laissa rien paraître sur son visage. Il s'était attendu à l'arrivée de Dane, mais le voir ici, dans ce… *centre de détention*, brisa quelque chose en lui. Son ancien commandant était entouré de gardes qui le mirent en joue.

– Pose ton arme, fiston, dit Dane d'une voix désagréablement raisonnable.

– Je ne suis pas votre fils.

Caden vit un bref éclair d'irritation traverser le visage de Dane.

– Pose ton arme, Caden, dit-il d'un ton un peu plus forcé.

Il ne lui restait plus qu'une poignée de minutes à passer ici, et il savait que malgré tous ses défauts, Dane ne le torturerait pas. Il jeta le flingue de côté.

Quand les gardes firent un pas en avant, Caden leur jeta à chacun un regard belliqueux.

– Non, dit-il simplement.

Richards leva une main, et les soldats firent halte.

– Peut-être devrions-nous aller discuter ailleurs ?

Caden croisa les bras sur son torse.

– Si cet endroit était suffisamment bon pour Ember, alors il l'est assez pour moi.

– Très bien. Mais si tu fais ne serait-ce qu'un millimètre vers les armes présentes dans cette pièce, mes hommes tireront à vue.

– Ça ne me dérange pas.

Dane hocha la tête, et pénétra pour de bon dans la pièce en compagnie de ses soldats. La porte claqua derrière eux, et la pièce lui parut soudain étouffante. C'est ce qui se produit, la plupart du temps, quand plusieurs flingues sont pointés sur vous.

– Tu dois revenir, Caden – avec ou sans Ember.

Caden secoua la tête.

– Vous lui avez tendu un piège – et vous avez failli la tuer – tout ça parce qu'elle en avait trop appris.

– Caden, nous savons l'un comme l'autre qu'il ne s'agissait pas que de cela. (Et c'était vrai.) Elle s'apprêtait à ruiner notre couverture – la sécurité nationale était en jeu. Tu sembles avoir oublié ce que cela signifie.

Caden fit un pas en avant.

– Je n'ai *jamais* oublié ce que ça signifie.

– Alors pourquoi fuir ?

– Monsieur…

Caden retint un juron. Même après tout ce qui s'était passé, il n'arrivait pas à laisser tomber le titre honorifique quand il s'adressait à Dane.

– Il n'est pas seulement question de moi. Quand j'ai pris la décision de me battre pour mon pays, j'étais beaucoup trop jeune, mais je m'y tiens. Mais Ember n'a décidé de rien, et je n'accepterai pas de la perdre à nouveau.

– Tu crois vraiment qu'elle a un jour été tienne ? Tout ce qu'elle veut, c'est s'échapper. Et elle se servira de n'importe qui pour y parvenir.

Dane le traitait comme s'il avait été envoûté. Comme si Ember n'était pas sa paire, mais une espèce de femme fatale qu'il suivrait comme un chien bien dressé.

– Est-ce que vous détestez toutes les femmes, Dane, ou seulement Ember ?

Richards plissa les yeux et se rapprocha de Caden jusqu'à pouvoir presque le toucher.

– Tu crois qu'elle n'a pas déjà couché avec l'ennemi ? Adrian Sumner ?

Caden avait déjà encaissé des coups qui avaient fait moins mal que cette phrase. Dane connaissait ses doutes à ce sujet, et il les exploitait sans vergogne.

– Elle vous manipule tous les deux, ajouta-t-il.

– Cette conversation est terminée.

Dane fit un autre pas en avant.

– Caden, le Projet a besoin de toi. Reviens avec nous.

– Jamais.

– Fiston, nous vous trouverons tous les deux, et nous vous ramènerons au centre. J'espère que d'ici là, tu seras un peu plus coopératif.

***

Je me réveillai au son de voix étouffées, le cœur battant la chamade. Un sentiment de malaise me tordait l'estomac avant même que je me rappelle où j'étais et les circonstances qui m'avaient conduite ici.

Je tournai brusquement la tête vers l'endroit où Caden était allongé, et poussai un soupir de soulagement en le voyant étendu à côté de moi, le tee-shirt remonté à mi-hauteur de son torse, laissant apparaître ses abdos durs et couturés de cicatrices.

Je tendis la main et laissai courir mes doigts sur sa mâchoire bien dessinée, où un chaume blond et rêche commençait déjà à pousser. Pendant un instant d'horreur, j'avais craint qu'il ne soit blessé.

Cela aurait été… intolérable.

Je ramenai ma main vers moi et le contemplai. À partir de maintenant, j'allais devoir m'administrer des sédatifs pour contrôler plus ou moins les endroits où je me téléportais. Sans cela, je risquais de retomber tout droit dans cette salle de torture. Et je doutais que la situation prenne un tour aussi favorable la prochaine fois.

Les voix continuèrent leurs échanges de l'autre côté de la porte. Étions-nous dans la chambre de quelqu'un ? Derrière les rideaux tirés, le crépuscule était tombé. C'était l'heure à laquelle les clients du motel risquaient de rentrer. Nous n'aurions jamais dû dormir aussi longtemps.

Je roulai sur le côté et secouai Caden.

– Debout, chuchotai-je.

Il se réveilla dans un sursaut, les yeux brusquement ouverts. Par réflexe, il bascula sur moi, me plaquant contre le lit et appuyant son avant-bras sur ma trachée.

– Caden, fis-je d'une voix rauque.

Il écarquilla les yeux en comprenant qui était cette personne qu'il avait clouée au lit.

– Oh, merde, dit-il en s'écartant aussitôt de moi. Je ne me suis pas rendu compte… Merde, répéta-t-il. Je suis désolé, mon ange.

Je frottai ma gorge endolorie.

– Pas de problème, croassai-je.

Les voix à l'extérieur s'éloignèrent, et mes muscles se détendirent. Fausse alerte.

L'air au supplice, Caden tendit le bras vers ma main, toujours posée sur mon cou.

– Je peux voir ? demanda-t-il.

Je le laissai retirer ma main et me masser tendrement le cou. Son regard troublé croisa le mien.

– Tu as failli mourir.

Il ne parlait pas de ce qu'il venait de faire.

Mes yeux errèrent sur son visage.

– Tu m'as sauvée.

Il mit ses mains en coupe sur mes joues, et ses yeux orageux me dévorèrent.

– Je refuse de te perdre à nouveau. Ni ce soir, ni demain – jamais.

Je posai mes mains sur les siennes et entrelaçai nos doigts. Il y a des moments, dans la vie, où tout ce que vous avez pu faire vous mène à un point précis dans le temps. Pourquoi était-ce maintenant – dans cette chambre de motel à l'odeur de renfermé – que ce moment décisif se produisait, je ne le saurais jamais. Mais en plongeant mon regard dans les yeux de Caden, je parvins au bord de ce précipice.

Il n'y aurait jamais personne d'autre pour moi, pas même si j'explorais le monde entier. Il n'y avait que lui. L'homme qui s'était battu pour moi, qui avait pleuré ma perte. L'homme qui m'avait sauvée, à bien des reprises et de bien des manières.

Nous nous jetâmes l'un sur l'autre. Les mains sur les joues, entortillées dans les cheveux, tendues, attrapant, caressant. Nos bouches se précipitèrent pour se toucher, comme si le contact était tout ce qui pouvait nous sauver. Nos langues se rencontrèrent, et je savourai le goût de Caden. Ses mains parcoururent la peau de mes bras, encore et encore.

Nous tirions sur nos vêtements, brûlant d'être peau contre peau. Mon haut disparut le premier, puis son tee-shirt, puis mon soutien-gorge. Je ne croyais pas au surnaturel, à l'inexplicable. Cela ne signifiait pas que je ne croyais pas à la magie. Ça, sa peau contre la mienne, c'en était.

Je ne m'en lasserais jamais. Caden me fit rouler sur le dos afin que sa poitrine soit plaquée contre la mienne.

Ce sentiment qui me consumait, qui faisait trembler la terre – rien ne pouvait le rassasier. Plus je le touchais et plus le baiser se faisait profond, plus le besoin était intense.

– Mon ange, mon ange, mon ange… chuchota Caden contre mes lèvres.

***

C'était si bon de la sentir sous lui. Il était passé si près de la perdre à nouveau. Perdre cette femme qu'il aimait tant.

Caden couvrit de baisers le cou d'Ember. Il avait envie de la déshabiller et de se fondre en elle. Mais ce n'était ni l'heure, ni l'endroit. Ils devaient repartir.

Ses mains avaient d'autres projets. Elles parcouraient son corps sans relâche. Caden plaça une main entre ses jambes et la caressa à travers ses vêtements. Elle se cambra à ce contact et gémit. Ce son alimenta sa passion.

Depuis un certain temps, maintenant, il connaissait l'étendue de ses sentiments pour elle. Mais elle ignorait encore jusqu'où allaient les siens. Jusqu'à cet instant, dans cette chambre de motel ; il avait vu la prise de conscience dans ses yeux. Et bon Dieu, il avait envie de hurler à la lune comme un idiot.

Caden ne s'était pas senti aussi ridiculement fou de joie depuis un long moment – pas même quand elle était apparue dans sa chambre après être morte pendant dix mois. À ce moment, il ne pouvait pas s'autoriser ce genre d'espoir.

Il retira sa main d'entre ses jambes et la passa dans les cheveux d'Ember.

– Je t'aime, dit-il.

Elle leva le bras et suivit le contour de la fine cicatrice au-dessus de son œil.

– Je t'aime aussi. Le Projet avait raison sur un point, chuchota-t-elle en baissant les yeux vers les siens. Caden attendit qu'elle poursuive. Il n'y a toujours eu que toi pour moi.

Il se pencha en avant et l'embrassa doucement.

– Toujours, mon ange, murmura-t-il. Toujours.

***

Peu de temps après, Caden et moi nous faufilâmes hors de la chambre, main dans la main. J'avais l'impression d'être Boucle d'or, une intruse utilisant les affaires de quelqu'un d'autre avant de s'en aller.

Et ça ne risquait pas de s'améliorer.

Quand nous parvînmes dehors, le soleil s'était couché. Caden fit un geste de la tête vers le parking.

– Nous ne devrions sans doute pas voler une voiture ici. Tu connais le proverbe, on ne chie pas où on mange, tout ça.

– Est-ce qu'on t'a déjà fait remarquer que tu étais particulièrement éloquent ?

– On me le dit tout le temps.

Ses fossettes apparurent quand il baissa la tête vers moi. Sa main se referma sur la mienne et, comme s'il ne pouvait pas s'en empêcher, il se pencha et me vola un baiser.

– Hé ! dis-je. Je refuse de récompenser ta mauvaise attitude.

– Dommage, mon ange, dit-il en déplaçant sa bouche vers mon oreille. Tu aimes ça quand je te rends la monnaie de ta pièce.

– Tu sais, des fois c'est carrément rageant cette capacité que tu as à me décrypter.

Il devait avoir déduit ce bout d'information d'après mon expression. Je m'éclaircis la gorge et en revins au problème qui nous occupait.

– Il vaut mieux prendre une voiture ici ; il y a des chances pour que le propriétaire mette au moins plusieurs heures avant de déclarer le vol.

Idéalement, personne ne réaliserait que nous l'avions prise avant le lendemain matin.

Caden émit un grognement approbateur.

– Nous sommes sur le point de foutre en l'air la journée de quelqu'un, dit-il quelques minutes plus tard quand nous arrêtâmes notre choix sur un pick-up cabossé.

Je pinçai les lèvres.

– Je sais, dis-je.

Pire encore, le propriétaire ne l'avait pas fermé à clef, sans doute parce que le coin était vraiment sûr. Nous allions donc profiter de la confiance d'un inconnu pour la lui jeter au visage.

Je laissai échapper un soupir. Qu'il en soit ainsi.

Je m'installai sur le siège conducteur, et mon regard tomba immédiatement sur le porte-gobelet, où quelqu'un avait laissé de la monnaie. C'était la première fois que j'avais de l'argent à portée de main depuis que nous avions quitté le centre.

Je me tournai vers l'arrière du motel, où se dressait une cabine téléphonique usée par le temps. Elle ressemblait plus à une relique qu'à quelque chose de fonctionnel.

– Il faut que je passe un coup de fil.

– Maintenant ? demanda Caden en prenant place sur le siège à côté de moi.

Je pris plusieurs pièces de vingt-cinq cents dans le porte-gobelet.

– Oui, maintenant. Je ne savais pas quand je retomberais sur un téléphone public. Je reviens tout de suite.

Je sortis prestement du pick-up et me dirigeai vers la cabine.

Je glissai mes pièces de monnaie dans la fente et composai le numéro qu'Adrian m'avait fait mémoriser. Il décrocha à la première sonnerie.

– Ils patrouillent la frontière avec le Canada, dit-il en guise de salut. Vous devez repartir vers le sud.

J'élevai une main vers mon front.

– Attends un peu, quoi ?

– Le Projet vous attend sur la frontière entre les États-Unis et le Canada.

Mon estomac se contracta.

– Comment tu le sais ?

– Tu es sérieuse, Ember ?

Le ton de sa voix me disait toute la bêtise de ma question. J'imagine que s'il pouvait couper tout un réseau électrique, il était également capable d'accéder à cette information.

– Et si on essayait de passer par la forêt ?

– Ils y font aussi des patrouilles. Même si vous arrivez à traverser, ils ont placé les aéroports en alerte maximale pour vous retrouver.

Je jurai.

– Nous sommes à quinze minutes de la frontière. Tu crois quand même que nous avons plus de chances de leur échapper en partant au sud ?

Le Mexique était à plus de mille cinq cents kilomètres

de là. Même en voiture, cela représentait un trajet de plusieurs jours. Plusieurs jours pendant lesquels nous pouvions être attaqués, capturés, tués.

Une ombre tomba sur moi. Caden croisa les bras et s'appuya contre le mur, un pli sombre marquant sa bouche. Apparemment, il s'était lassé d'attendre dans le pick-up.

– Oui, répondit Adrian. Le jet sera prêt à partir d'ici la fin de la semaine. Contentez-vous de garder un temps d'avance sur le Projet (plus facile à dire qu'à faire, pensai-je), et pendant ce temps, frayez-vous un chemin jusqu'au Mexique.

J'appuyai ma tête contre la paroi en plastique de la cabine gauchie par le soleil.

– D'accord, dis-je en me sentant brusquement épuisée par la tâche intimidante qui nous attendait. Éric et Serena sont arrivés à temps au rendez-vous ?

– Oui. Je pouvais l'entendre taper sur son clavier en bruit de fond. Écoute, Ember, je dois raccrocher. Rappelle-moi quand tu auras du nouveau.

– Ça marche. Au revoir, Adrian.

La communication se coupa, et je raccrochai le combiné.

– Mon ange, nous allons devoir retourner au centre, déclara Caden.

– Quoi ?

Je tournai la tête d'un coup sec pour lui faire face. Il leva les mains en l'air.

– À Big Sur, en Californie. C'est là que j'ai planqué nos passeports.

Nos fausses identités. Une fois que nous les aurions récupérées, nous disparaîtrions du radar du Projet. Et nous en avions besoin, maintenant plus que jamais.

– C'est parti pour la Californie, alors, dis-je.

– … *I wish they all could be California girls*, chantonna Caden en hommage aux Beach Boys. Il afficha un grand sourire en voyant le regard que je lui lançais. C'était mieux qu'une blague salace, non ?

Chapitre 17

Je me réinstallai sur le siège conducteur du pick-up, et Caden s'assit du côté passager. Je serrai les mâchoires en attendant que le propriétaire déboule hors de sa chambre en exigeant de savoir ce que nous fabriquions. Voyant que rien ne se produisait, je me mis au travail.

– Tu peux me sortir le tournevis et les gants que j'ai mis dans le sac ? demandai-je.

Contrairement à la fois où je m'étais enfuie de l'hôpital, nous avions pris exactement les outils qu'il me fallait pour démarrer une voiture sans clef.

Caden farfouilla dans le sac et sortit les objets requis. Je les lui pris des mains et retirai une de mes bottes.

– Mon ange, qu'est-ce que tu… ?

– Pour l'instant, la colonne de direction est verrouillée.

Tenant ma botte d'une main, j'encastrai la tête plate du tournevis dans le Neiman.

J'abattis d'un coup sec le talon de ma chaussure sur le manche du tournevis, et les broches de la colonne de direction se brisèrent dans un craquement. Je décochai un sourire diabolique à Caden.

– Et maintenant elle ne l'est plus.

– Jette-moi encore un sourire comme ça, et je ne promets pas que mes mains resteront sages, mon ange.

Je me mordis le coin de la lèvre, et les yeux de Caden se braquèrent sur le mouvement. Il se passa une main sur la bouche et examina les environs. Je l'entendis marmonner quelque chose à propos d'une distraction, avant de reporter mon attention sur la tâche qui m'occupait.

J'enfilai les gants et me penchai sur le paquet de fils.

Séparant les câbles de la batterie, de l'allumeur et du démarreur, je commençai à les couper et à les dénuder.

– Mon ange.

– Hum ? fis-je.

Je levai la tête juste au moment où une voiture de police se garait devant le motel. L'homme qui en sortit portait des lunettes de soleil et des bottes de cow-boy, son bide débordant par-dessus la large ceinture à sa taille.

J'aurais pu dire qu'il paraissait inoffensif, si ce n'était la façon dont ses yeux balayèrent le parking.

Je jurai. Ces voix que j'avais entendues à l'extérieur de notre chambre n'étaient peut-être pas si innocentes que ça, après tout. Le shérif se pencha à l'intérieur de sa voiture et en tira son chapeau de cow-boy.

Quelle que soit la raison de sa présence ici, il n'avait

rien d'un homme pressé. Je classai cette information dans un coin de ma tête.

Reportant les yeux sur mon ouvrage, je frottai les câbles de la batterie avec celui du démarreur et le moteur s'éveilla en rugissant.

Caden poussa un sifflement.

– Voilà qui est super sexy, mon ange. Si nous n'étions pas en pleine cavale, je te renverserais sur la banquette arrière et…

– Sérieusement, Caden ? l'interrompis-je. C'est précisément maintenant que tu choisis de faire une allusion sexuelle ?

Je récupérai ma botte pour la remettre sur mon pied.

– Rho, ne fais pas ton rabat-joie.

Laisse tomber l'enfilage de botte ; je la lui lançai à la tête, quelque peu déçue quand il se baissa et qu'elle rebondit sur la vitre.

Caden se redressa.

– C'est tout ce dont tu es capable ? Tu es étonnamment inoffensive, pour une arme gouvernementale.

– J'ai quand même un tournevis, et du sommeil en retard. Ne me tente pas.

Caden leva les mains, hilare.

– OK, petite lionne, tu gagnes ce coup-ci. Il détourna la tête et poussa un juron. On ferait mieux de filer.

Je suivis son regard. Le shérif et un membre du personnel du motel marchaient vers nous, le visage sévère.

Je m'empressai de rassembler les câbles afin de ne pas m'électrocuter toute seule par accident.

– Genre, maintenant, insista Caden.

– Merci pour la précision, dis-je en passant la marche arrière.

Au lieu d'essayer de nous arrêter, les deux hommes dépassèrent notre voiture… pour pénétrer dans la chambre que nous avions si récemment quittée.

Je quittai la place de parking et me dirigeai vers la sortie. Le shérif jeta un coup d'œil à notre voiture au passage, et repéra la plaque d'immatriculation.

Je retins mon souffle jusqu'à ce que nous soyons éloignés du motel.

– Il se peut que le shérif ait noté nos plaques, dis-je.

– Alors nous allons devoir en voler d'autres, déclara Caden, imperturbable.

Je fermai brièvement les yeux.

– Contentons-nous d'abord de foutre le camp d'ici.

***

Ce n'est que quand nous fûmes sur la route depuis vingt bonnes minutes que la tension commença à quitter mes muscles.

La tête de Caden bascula vers l'avant. Ce n'était pas la première fois qu'il faisait ça. Je tendis la main et passai tendrement mes doigts sur sa joue. Un sourire ensommeillé naquit sur son visage.

– Hmm, c'est agréable.

– Dors un peu, dis-je. Je me charge du reste.

Nous allions devoir dormir tour à tour de toute façon, et grâce à nos téléportations au motel, Caden avait encore presque toute une journée devant lui avant de se téléporter à nouveau.

Je conduisis pendant le reste de la nuit, ne faisant qu'un rapide arrêt pour prendre de l'essence. Aux petites heures du matin, je réveillai Caden le temps de voler une autre voiture, ainsi que des plaques d'immatriculation séparées – que nous fixâmes à l'avant et à l'arrière de notre nouvelle monture d'emprunt – et nous abandonnâmes le pick-up sur un chemin de terre.

Au cours de ce long voyage solitaire à travers l'État du Montana, j'eus enfin le temps de vraiment réfléchir aux événements qui s'étaient déroulés depuis notre évasion.

Le fait que le Projet ait l'intention de me torturer impliquait une ou deux choses. Premièrement, c'était la conception tordue qu'ils se faisaient de la persuasion. Une façon de me pousser à rentrer au centre la tête basse. Ou deuxièmement, le Projet voulait quelque chose de moi. Et je pouvais deviner de quoi, ou plutôt de *qui*, il s'agissait : Adrian. À moins… à moins qu'ils ne soient au courant pour Stonehawk Enterprises.

Si c'était bien cela, en cas de capture, je risquais de

ruiner non seulement ma vie… mais aussi celle de beaucoup d'autres.

***

En milieu de matinée, nous quittâmes le Montana pour entrer dans l'Idaho.

– Nous n'avons vu personne, fis-je remarquer en empruntant une sortie.

Pas depuis l'embuscade dans la forêt, le matin précédent.

– En effet, acquiesça Caden, le visage troublé.

– Pourquoi, à ton avis ?

Aussi ironique que ce soit, l'absence d'attaques me perturbait.

Caden tritura sa lèvre inférieure.

– Il regroupe ses forces.

– Tu crois qu'il sait où nous sommes ? demandai-je en jetant un coup d'œil vers lui.

Caden regarda par la vitre tandis qu'une de ses jambes tressautait.

– J'en sais rien.

Mes mains se resserrèrent sur le volant. Si Richards n'était pas déjà au courant, il pouvait encore le deviner. Il suffisait d'une seule gaffe de notre part, et la voiture que nous avions volée laissait déjà une piste de miettes de pain que le Projet pouvait suivre.

Je garai notre voiture devant un centre commercial situé juste en bordure de la route. Nous avions besoin de nourriture et de fournitures.

Caden s'étira, et son mouvement fit remonter son tee-shirt. J'eus un aperçu alléchant de sa peau bronzée, et mes pensées passèrent de la survie en mode *Caden*.

Il surprit mon regard et m'adressa un large sourire.

– Tu es prête, mon ange ?

Je fis la grimace. D'autres vols. Ça aurait dû me poser problème, mais après tout ce que j'avais fait, j'avais l'impression que ce n'était qu'une goutte d'eau dans l'océan.

– Comme toujours, dis-je en sortant de la voiture.

Nous entrâmes ensemble dans un supermarché et commençâmes à entasser des objets dans notre chariot. Des lampes torches, un couteau suisse, un GPS, des radios, du chatterton, du savon, des barres protéinées, des bouteilles d'eau, des vêtements de rechange, des casquettes et des lunettes de soleil.

Quand nous passâmes devant le rayon de chasse, Caden lança un regard d'envie aux armes. Certains garçons étaient branchés sport automobile, d'autres football ou jeux vidéo. Caden était plutôt flingues.

Quand il s'attarda un peu trop longtemps, l'homme derrière le comptoir lui lança un regard dur. Je tirai sur la manche de Caden pour qu'il me suive. Inutile d'attirer l'attention.

Devant nous, un trentenaire examinait le rayon camping. Caden hocha la tête vers lui.

– Notre cible numéro un, dit-il.

L'homme en question étudiait les caractéristiques d'une tente un peu sophistiquée.

– Je m'en charge. On se retrouve au rayon poêles et casseroles.

– Nous donnons une toute nouvelle signification au terme de terrorisme domestique, murmura Caden. À plus tard dans la section cuisine.

Je lui fis signe de la main et me dirigeai vers les tentes, en secouant légèrement la tête à mesure que je m'approchais. Je me plantai à côté de notre cible, juste un poil trop près. Comme prévu, l'homme jeta un regard vers moi.

Je me mordillai le pouce tout en fixant la tente pour quatre personnes. Je pris le temps de bien souligner mon air perdu avant de m'adresser à lui.

– Vous ne vous y connaîtriez pas en tentes, par hasard ? demandai-je.

L'homme eut un petit rire et sourit.

– Sans doute pas autant que je le devrais.

– Mes parents sont fans de camping, expliquai-je. Je veux leur offrir un nouvel équipement pour leur faire une surprise pour leur anniversaire, mais je n'ai aucune idée de ce que je dois prendre.

– Eh bien, le meilleur moyen de ne pas se tromper,

c'est d'en trouver une qui soit facile à monter, dit-il. Vous voyez celle-là ?

Il pointa du doigt le modèle qu'il était en train de regarder.

Je saisis cette opportunité pour me rapprocher de lui.

– Hum-hum, dis-je d'une voix un ton plus basse.

L'homme tourna la tête vers moi et m'observa un battement de cœur trop longtemps avant de reporter son attention sur la tente.

– Les mâts s'imbriquent ensemble grâce à des aimants, ce qui les rend faciles à plier et à ranger…

Je continuai de poser des questions, me lançant dans une vraie conversation avec le pauvre homme que nous étions sur le point de détrousser. Je ne vis jamais Caden passer à côté de nous, et je ne l'entendis pas plus. Étant donné l'intérêt grandissant de mon nouvel ami, je pense qu'il en alla de même pour lui.

Quand notre échange toucha à sa fin, je pris la tente qu'il m'avait « convaincue » d'acheter.

– Merci encore pour toute votre aide, dis-je en reculant.

– Pas de problème. J'espère qu'elle leur plaira !

– Je pense que oui.

Je souris. J'ignore pourquoi mes yeux tombèrent sur la taille de l'homme, je sais seulement que ce fut le cas. Sa longue chemise en coton cachait une bosse familière sur le côté.

Il dissimulait une arme.

Mes yeux ne s'y attardèrent pas, et mon corps ne trahit rien. Je reculai un peu plus, sans cesser de sourire. Mon dos heurta quelqu'un, et des mains puissantes s'abattirent sur mes épaules.

Des agents. Nous nous étions jetés droit dans leurs pattes.

– Ember Pierce, dit l'homme face à moi, je vous arrête pour crimes contre l'État. Veuillez…

Je ne le laissai pas finir. Je ramenai mon pied en arrière et le fit retomber sur le cou-de-pied de mon adversaire. Sa prise se relâcha, et je jetai la tente à la figure de l'autre homme.

Deux agents. J'aurais parié qu'ils étaient comme les rats – soit il n'y en avait qu'un, soit toute une colonie.

Je projetai mon coude vers l'arrière, l'enfonçant dans le plexus solaire de l'homme qui me tenait. Il grogna et me saisit le bras. Je donnai un coup de pied et le touchai en plein dans les testicules.

Le premier homme tira mon autre bras d'un coup sec vers lui. Une femme et son jeune fils passèrent près de nous. Elle poussa une exclamation étranglée en nous voyant.

– Aidez-moi ! dis-je. Ils essaient de me kidnapper !

Je rendis ma voix plus aiguë pour simuler la panique de l'innocent.

– La ferme, dit Tente-man en me secouant le bras.

L'autre agent était trop occupé à se tenir l'entrejambe et à me fusiller du regard pour réagir.

La femme s'en alla précipitamment. Dès qu'elle fut partie, je me tortillai pour échapper à la prise de Tente-man. Je lui collai deux coups de poing en plein visage. Il recula d'un pas trébuchant. Je ne lui laissai pas le temps de reprendre ses esprits. Je virevoltai sur moi-même et mon coup de pied circulaire l'atteignit à la tempe. Il parvint à bloquer en partie le coup, mais je le touchai quand même.

Il perdit l'équilibre et sa tête s'écrasa contre les étagères en métal. Son corps tomba lourdement par terre. Il n'était plus un problème, du moins pour le moment. Je reportai mon attention vers le deuxième agent.

Le rayon derrière moi était vide.

Mon cœur se mit à cogner dans ma poitrine. *Caden*. Un mélange de peur et de colère m'envahit à l'idée qu'il lui arrive quoi que ce soit. Je ne le permettrais pas.

Accroupie à côté d'un Tente-man inconscient, je tirai son Glock de sa poche. Après avoir vérifié que le cran de sûreté était en place, je le fourrai dans ma ceinture au creux de mes reins. Quant à sa radio, je l'attachai à ma poche.

Il me fallut tout mon sang-froid pour ne pas courir quand je rejoignis le rayon cuisine du magasin.

Caden était appuyé contre une étagère, un mixeur entre les mains. Il le posa quand il me vit.

– Pendant que tu étais occupée à flirter, j'ai fait les poches de deux aut… *qu'est-ce qui ne va pas ?* demanda-t-il en remarquant ma respiration hachée.

– Des agents sont ici. Ils m'ont repérée. Caden jura. Je vais les attirer à l'extérieur. Paie ce dont on a besoin et retrouve-moi à la voiture.

– Sûrement pas, putain…

Je partis avant qu'il puisse finir. Je sortis du supermarché et longeai la rangée de voitures devant moi. J'utilisai les rétroviseurs des véhicules pour observer les gens derrière moi.

Quand j'eus atteint la moitié du parking, j'étais presque convaincue de les avoir semés ; c'est alors que je repérai une femme et un autre homme qui approchaient dans mon dos, d'une démarche trop déterminée pour une simple virée shopping.

Je m'engageai dans une rangée de voitures perpendiculaire. Ils m'emboîtèrent le pas. L'un d'entre eux sortit sa radio pour parler à l'intérieur, et celle accrochée à mon côté crachota.

– Suspecte repérée à pied sur le parking de Riverrock.

Un SUV noir remonta l'allée d'à côté.

Et merde. Je pris une inspiration pour me calmer. J'allais devoir blesser encore pas mal de personnes pour nous sortir de ce pétrin.

Un coup de feu retentit dans le parking. Les gens se

baissèrent immédiatement. Je fis de même et me mis à courir entre deux voitures sans me redresser.

Un autre coup éclata, et les gens commencèrent à crier. Fait chier, j'avais supposé que les agents chercheraient à m'embarquer discrètement. Les paroles de Bradie me revinrent en mémoire. Ils nous voulaient morts ou vifs.

Je tendis la main vers le creux de mon dos. Sauf que le flingue n'était plus là.

Non.

Caden. Il devait me l'avoir subtilisé. Maintenant, au moins, je savais qui était à l'origine de cette pagaille.

Je jetai un coup d'œil par-dessus les voitures. Les deux agents qui m'avaient suivie se précipitaient désormais vers leurs SUV. Des passants s'accroupissaient ou traversaient le parking à toute allure.

Je n'aurais pas de meilleure opportunité. Tout en restant proche du sol, je serpentai entre les voitures jusqu'à retrouver mon chemin jusqu'à la nôtre.

– Tu en as mis du temps.

Caden était adossé contre la voiture et souriait comme un dément. Je jure que ce type devait être capable de se téléporter à volonté. Il n'y avait aucune autre explication possible à ses déplacements si rapides et si furtifs.

Un bruit étranglé m'échappa, et je le serrai dans une étreinte qui ressemblait plus à un tacle. Ses bras se refermèrent autour de moi.

– Han, mon ange, tu t'inquiétais pour moi ?

Je ravalai la boule d'émotion qui me bloquait la gorge.

– Tu n'es qu'un gros crétin, marmonnai-je en m'écartant.

– Maintenant, dégageons d'ici, dit-il gentiment.

Une fois que nous fûmes de nouveau sur la route, Caden secoua la tête, les mains posées avec décontraction sur le volant.

– Eh ben, c'était marrant, dit-il.

Dans l'autre direction, des sirènes retentirent. Nous avions réussi à nous tirer de là juste à temps.

J'émis un reniflement sarcastique, mais j'appréciais sa légèreté. J'avais encore les mains qui tremblaient. Nous l'avions vraiment échappé belle.

– Alors, qu'est-ce qui s'est passé au juste ? demanda Caden, toute légèreté à présent absente de sa voix.

– Le mec à la tente était un agent.

Il se tourna vers moi, la surprise inscrite sur son visage.

– Ce type-là ? Le faux jeton. Son expression s'assombrit. Ils ne s'en sont jamais pris à moi.

Cela ne pouvait signifier qu'une seule chose. Le Projet brûlait de me récupérer.

Caden tendit le bras vers la banquette arrière. Je regardai derrière nous, surprise d'y voir nos achats. Il prit le GPS.

– Tu peux le configurer ? demanda-t-il en me le tendant.

Je retournai la boîte entre mes mains.

– Tu as eu le temps d'acheter ça avant de tirer les coups de feu ?

Le coin de sa bouche se releva.

– Nan. J'ai arraché les bandes magnétiques en t'attendant. Je suis sorti en douce pendant que le caissier regardait ailleurs.

J'ouvris le carton et sortis le GPS.

– Tu crois qu'ils peuvent nous retrouver grâce à ça ? demandai-je en le déposant sur le tableau de bord.

– Est-ce que ce truc triangule ta position par satellite, et est-ce qu'il a une marque et un numéro de série spécifiques ?

– Oui et oui.

– Voilà ta réponse.

Eh bien voilà qui craignait.

Nous roulâmes pendant plusieurs heures avant que Caden se gare sur le bas-côté. Il se tourna vers moi, mais j'avais déjà la main tendue vers le sac.

– Tu sais, on devient vachement bons en communication non verbale, dit-il en me regardant sortir une fiole et une seringue.

Je souris en coin.

– Soit ça, soit on est juste prévisibles.

– Oh, touché, dit-il en laissant apparaître ses fossettes. Ses yeux se baissèrent sur la fiole que j'avais tirée du sac.

Attends, laisse-moi faire, mon ange, fit-il en tendant la main vers le tube et la seringue.

– Je peux le faire, dis-je sans lâcher prise.

– Je sais que tu le peux, répondit-il doucement. Ça ne veut pas dire que tu y es obligée.

Mes mains s'ouvrirent avant que je puisse y réfléchir à deux fois, et il s'empara des deux objets.

Caden ne parvint pas à dissimuler le sourire qui tiraillait ses lèvres, comme s'il avait remporté une petite bataille. Et si je voulais être honnête avec moi-même, c'était un peu le cas. Je ne renonçais pas facilement à avoir le contrôle.

Caden me prit le poignet et tendit mon bras sur le tableau de bord avant de s'atteler à mesurer la bonne dose de sédatif.

Pendant ce temps, je pris de l'alcool à 90° et du coton pour tamponner le creux de mon coude.

– Prête, mon ange ? me demanda-t-il. Je me mordis l'intérieur de la joue et acquiesçai. Ferme les yeux, et imagine l'endroit où tu veux aller.

Je m'exécutai ; moins d'une minute plus tard, je rouvris les yeux, et j'y étais.

***

Mon père sursauta sur son fauteuil de bureau en laissant échapper un juron étouffé.

Il reprit rapidement ses esprits et inspira profondément.

– Ember Bug ?

– *Papa.*

Je lui sautai au cou, et le fauteuil dans lequel il était assis s'inclina dangereusement sous l'impact. Pendant tout ce temps, j'avais été si forte. Et maintenant, là dans les bras de mon père, je n'avais plus à l'être, pour une fois.

Il me serra contre lui, et je pus sentir ses sanglots secouer tout son corps tandis qu'il me tenait.

– Ma petite fille, tu es là. Tu es en vie.

Sa main caressa mes cheveux, et je craquai.

Je me mis à trembler entre ses bras.

– Papa, tu m'as tellement manqué, dis-je d'une voix brisée par l'émotion.

– Tu m'as manqué aussi, dit-il. Mon Dieu, comme tu m'as manqué.

Notre étreinte se poursuivit un moment, jusqu'à ce que nos retrouvailles émouvantes laissent place à un rire de bonheur. Il s'écarta et me maintint à bout de bras pour mieux me contempler.

– Est-ce que tu vas bien ? Tu as l'air trop maigre.

– Je vais bien, papa. Je te le promets.

Ses yeux pétillèrent.

– Oh, ta mère va être si jalouse de moi, dit-il.

En parlant de ça…

– Papa, je… Je me suis enfuie d'un centre dans le

Montana, et maintenant je suis en cavale avec un autre téléporteur.

Si je m'étais attendue à ce qu'il soit abasourdi par mon évasion ou qu'il me questionne sur cet autre téléporteur, j'en fus pour mes frais.

– Êtes-vous tous les deux en sécurité ? demanda-t-il plutôt.

Je haussai les épaules, essayant de repousser le souvenir de ma séance de torture avortée.

– Ça va, pour l'instant.

– Alors c'est tout ce qui compte.

Mon père jeta un coup d'œil vers la salle située derrière sa porte close. Heureusement pour nous deux, son bureau se trouvait dans un angle, et il était en grande partie caché à la vue des boxes à l'extérieur. Néanmoins, nous nous étions attiré les regards choqués de deux collègues de mon père, qui pouvaient nous voir à travers les vitres intérieures du bureau.

Il s'en aperçut et se pencha vers moi.

– Ember, dit-il, ce n'est pas sûr de parler ici.

Je suçotai ma lèvre inférieure. Ils étaient venus à son travail, ils avaient parlé à mon père. Mon estomac se noua à cette pensée. J'allais devoir formuler avec soin ce que j'allais lui dire. Le Projet était capable de glaner des informations…

Il se leva et ouvrit la porte.

– Marche derrière moi, dit-il en la refermant.

Il longea à grands pas les rangées de boxes. Certains de ses collègues me remarquèrent, les yeux ronds. Un ou deux tentèrent même de nous rejoindre, mais mon père les chassa d'un geste de la main.

Nous arrivâmes devant une série d'ascenseurs, et j'appuyai sur le bouton pour descendre.

– Mes collègues sont trop nombreux à t'avoir vue, ce qui signifie que je vais devoir appeler ce salopard de Richards et lui dire que tu es passée.

Mon père se frotta le front.

Les portes de l'ascenseur s'ouvrirent et nous pénétrâmes à l'intérieur.

– Ce n'est pas grave – en fait, plus tu coopères, plus tu seras à l'abri.

Le reste de la descente se déroula en silence. Mon ventre se contracta quand mon père me prit la main et la serra. Je levai la tête vers lui et vis ses yeux briller.

Devant l'immeuble où travaillait mon père, des passants affairés se bousculaient sur le trottoir. J'inspirai l'odeur familière de gaz d'échappement et d'eau de pluie. Ah, San Francisco, comme tu m'avais manqué.

Nous commençâmes à marcher.

– Ember, dit mon père, hier ces types du gouvernement sont passés nous voir séparément au travail, ta mère et moi. Ils nous ont posé des questions sur toi.

Je relevai brusquement la tête vers lui. Bien sûr, j'aurais dû m'y attendre. Le gouvernement était suffisamment au fait de la nature humaine pour savoir que je risquais d'entrer en contact avec eux.

– Qu'est-ce que tu leur as dit ? demandai-je.

Mon père tourna son visage solennel vers moi.

– Rien. Je leur ai dit que je ne t'avais pas vue et que je n'avais pas entendu parler de toi depuis que tu nous avais quittés.

Sa voix se fêla sur ces mots.

J'écarquillai les yeux. Il leur avait menti. Mon père avait menti au gouvernement pour moi. Même s'il ignorait ce qui se passait, il m'aimait suffisamment pour mettre sa propre vie en péril.

Je pris sa main et la serrai, car je me sentais incapable de mettre des mots sur ce que son geste signifiait pour moi.

– Papa, tu n'aurais pas dû faire ça, chuchotai-je d'une voix rauque.

– Ce n'était sans doute pas très malin, acquiesça-t-il, et ils savaient que je mentais. Depuis, je suis devenu parano.

Je me mordis la lèvre.

– C'est sans doute une bonne chose. C'est mon manque de paranoïa qui m'a entraînée dans cette situation.

Il me jeta un regard en biais.

– Que s'est-il passé, Ember ?

Je pris une inspiration.

– Je n'ai pas beaucoup de temps devant moi, donc je vais te fournir la version abrégée.

Je lui racontai alors tout ce que je pouvais sur les événements récents.

– Ember Bug, dans quoi t'avons-nous fourrée, ta mère et moi ?

J'entendis l'angoisse qui teintait sa voix.

– Ce sont eux les responsables. Pas vous.

– Non, dit-il en secouant la tête, nous le sommes aussi. Mais ce qui est fait est fait. Il regarda en haut de la rue, les yeux plissés. J'ai discuté une fois avec Adrian – très brièvement. Il craignait que la ligne ne soit sur écoute.

– C'était sans doute le cas. Ces types… ils sont partout.

Même maintenant, l'idée de rester sonnée par les sédatifs pendant les heures à venir m'emplissait d'anxiété.

Il fronça les sourcils, les traits tendus. Je réalisai que c'était à cela que ressemblait l'impuissance.

– Papa, la meilleure chose que tu puisses faire pour moi, c'est d'agir normalement pendant les semaines qui viennent. Si le Projet te contacte, ne leur dis que le minimum – que tu sais que je peux me téléporter, que j'étais en fuite, et que je voulais te dire que je t'aimais au cas où je mourrais.

Mis à part le fait que j'avais fourni un supplément d'information à mon père, c'était l'exacte vérité. J'étais venue l'avertir, et potentiellement lui dire au revoir.

– *Non*, dit-il en déglutissant. Ne dis pas ça.

Il passa la main sur ses yeux rougis.

– Je ne pourrai pas t’appeler, mais pars du principe que je suis en vie.

Dans quel univers une fille était-elle amenée à dire une chose pareille à son père ? Un rire hystérique menaça de remonter à la surface. Je le ravalai de force, craignant de ne plus pouvoir m’arrêter si je le laissais s’échapper.

– Est-ce que je peux faire *quoi que ce soit* pour t’aider, Ember Bug ?

Mon temps était presque écoulé.

– Tu peux dire à maman que je l’aime.

J’eus un pincement au cœur en pensant à elle. J’avais choisi de communiquer avec mon père parce qu’il était doué pour gérer n’importe quelle situation. Maman et moi aurions passé ces dix minutes à pleurnicher dans les bras l’une de l’autre. Mais bon Dieu, c’était douloureux de ne pas pouvoir la serrer dans mes bras et lui dire ces mots en personne.

– Je le ferai, ma chérie, dit mon père, mais tu dois me promettre que tu feras attention à toi.

Je n’en eus jamais l’occasion. À un moment j’étais auprès de lui, et l’instant d’après j’avais disparu.

***

Mes yeux s’ouvrirent en papillonnant. Ma tête reposait sur un tee-shirt roulé en boule qui dégageait l’odeur de Caden. Une couverture était drapée sur moi.

– Hmm.

Je me frottai les yeux et m'assis.

– Bonsoir, mon ange.

Je me tournai vers Caden, en remarquant au passage que le revêtement des sièges m'était inconnu. Caden tapota le tableau de bord.

– Nouveau bébé.

– Tu as… volé une voiture ? Tout seul ? Pendant que je dormais ?

Caden m'adressa un coup d'œil, accompagné d'un sourire espiègle.

– Ne fais pas comme si tu n'étais pas impressionnée.

Bordel.

– Je suis admirative.

Il haussa les épaules.

– J'apprends vite.

– Ou tu as eu un bon professeur.

Il rit à ma remarque.

– Je te l'avais dit.

– Quoi ?

– L'humilité, c'est pour les fillettes.

Je souris et triturai l'ourlet de mon tee-shirt, tout en prenant conscience que je ne portais pas de soutien-gorge. Une seconde…

Je relevai brusquement la tête.

– Tu m'as… habillée ?

Le sourire espiègle fit son retour.

– Je ne pouvais pas te laisser en pleins phares alors qu'on roulait, mon ange – c'est contraire à la loi.

– Donc tu as pris l'initiative de m'habiller. Comme c'est altruiste de ta part.

Il augmenta la luminosité de son fichu sourire.

– J'ai beau fortement apprécier la vue de ton corps nu, j'ai besoin de cette bouche insolente qui va avec.

– Ce n'est pas ce que dit ta poupée gonflable.

– Hé, ne manque pas de respect à Susie. Elle était là pour moi quand tu avais disparu.

Je repoussai la couverture jetée sur moi et glapis en comprenant qu'à part le tee-shirt, je ne portais qu'un string.

– Oh, mon dieu Caden, tu es sérieux ?

Son rire fit frémir mon siège.

– Désolé, mon ange, mais ton pantalon était trop serré.

– Et mon soutif aussi ?

Il grogna.

– Ces machins sont déjà assez compliqués comme ça à enlever. Carrément impossible de les remettre. En plus – il lorgna vers ma poitrine –, la vue n'était pas désagréable.

J'entrouvris les lèvres et rougis.

– Toi, je peux te jurer que je ne vais pas te louper.

Son rire rauque et profond éclata à nouveau.

– J'ai hâte de voir ça, mon ange.

Il allait regretter ces paroles quand je me serais occupée de son cas.

Je regardai le paysage défiler derrière la vitre.

– Où sommes-nous ?

– Toujours dans l'Idaho.

Je pelotonnai sur mes genoux le sweat-shirt de Caden. Ses yeux se posèrent brièvement sur mon geste, et un sourire satisfait tirailla la commissure de sa bouche. Il s'évapora quelques instants plus tard.

– Où es-tu allée ?

Il y avait une certaine tension dans sa voix. Je fronçai les sourcils.

– Qu'est-ce qui ne va pas ?

– Rien. Où es-tu allée ? répéta-t-il.

– J'ai rendu visite à mon père.

Il expira.

– Oh.

Plusieurs prises de conscience s'enchaînèrent alors.

– Tu pensais que j'étais allée voir Adrian, c'est ça ? Il fronça à son tour les sourcils sans répondre. *Et* tu penses que je suis intéressée par lui, dis-je doucement.

– Non.

– Menteur.

Ses fossettes surgirent.

– Bon, d'accord. Je suis jaloux – tu es contente ? Son expression s'assombrit. Je ne fais pas confiance à ce type, c'est tout.

– Pourquoi est-ce que tu ne réserves pas plutôt ton opinion en attendant de le rencontrer ?

Caden se renfrogna.

– D'ici là, ce sera peut-être trop tard.

***

Caden quitta la route peu de temps après – une fois que j'eus terminé de me rhabiller – et nous échangeâmes nos places dans la voiture.

Il tendit son bras pour que je le tamponne avec de l'alcool à 90°, son regard tendre posé sur moi.

Je levai les yeux de ma tâche et plongeai mon regard dans le sien.

– Mon ange.

Le surnom roula sur sa langue comme le plus affectueux des mots doux. Je lui serrai le bras.

– Ne te blesse pas.

Il s'esclaffa en guise de réponse, mais ses lèvres frémirent. Apparemment, ça ne lui déplaisait pas que je me tracasse pour lui. Il me prit la main et entrelaça ses doigts avec les miens.

– C'est promis.

La fermeté de sa voix m'apaisa.

Je pris une fiole et une seringue neuve dans nos affaires et mesurai une dose de sédatif.

Ce n'était sûrement pas bon de faire cela tous les jours. Mon corps me semblait légèrement en décalage, et l'épuisement alourdissait mes muscles. Nous ne nous administrions que de petites doses, mais même ainsi, il était insensé de penser que nous pourrions continuer de cette manière. Sans mentionner que la température allait affecter l'efficacité du sédatif.

De sa main libre, Caden me lissa le front.

– Tout va bien se passer.

Mes yeux croisèrent les siens ; du regard, il m'exhorta à rester forte. Mes épaules se relâchèrent et je hochai la tête.

J'enfonçai l'aiguille sous sa peau, puis injectai le sédatif dans son système sanguin.

– À très vite, Caden, dis-je en mettant la seringue de côté et en lui prenant la main.

– Je serai au rendez-vous, répondit-il en fermant les yeux.

Je ne lâchai pas sa main et regardai sa respiration se faire plus régulière. Ce fut néanmoins un choc de le voir disparaître instantanément. Il n'y avait rien de graduel là-dedans, aucun *pouf* satisfaisant pour accompagner son absence soudaine.

Je mis à profit ces dix minutes pour avaler à contre-cœur deux barres protéinées et pour étudier le GPS. Il nous restait encore en gros vingt heures de route avant d'atteindre la frontière du Mexique, sans compter tous les arrêts nécessaires pour prendre de l'essence, trouver d'autres provisions et de nouvelles voitures. Donc deux jours – peut-être plus si nous nous arrêtions vraiment pour nous reposer.

À cette idée, une vague de peur me traversa. Deux jours représentaient une éternité, avec le Projet à nos trousses. La perspective de disparaître alors que nous roulions était tout aussi terrifiante ; or, elle devenait de plus en plus probable à mesure que s'éloignait ma dernière vraie nuit de sommeil.

Le corps nu de Caden se matérialisa près de moi et je sursautai, en me cognant douloureusement le coude au passage contre la portière. Je m'éclaircis la gorge en me traitant mentalement de trouillarde. Au moins, personne ne m'avait vue.

Caden dormait paisiblement. Mon regard erra sur sa peau exposée. Il semblait indemne, mais cela ne m'empêcha pas de l'examiner à fond. Mes doigts suivirent le contour de ses cicatrices, puis s'attardèrent sur l'empreinte sur sa nuque. Chaque marque était un rappel soulignant le caractère unique de cet homme.

Quand j'eus terminé mon inspection, je repris la route. Où qu'il se soit téléporté, il était revenu sain et sauf, ce qui signifiait que l'Opération Représailles était à présent officiellement lancée.

Je récupérai un sous-vêtement dans mon sac, et ricanai en constatant qu'il s'agissait d'un string. Encore mieux.

Je passai les dix minutes suivantes à en vêtir Caden,

y ajoutant un débardeur rose que j'avais choisi dans le dernier magasin que nous avions visité, en ricanant tout du long.

Retour à l'envoyeur.

***

Quand Caden se réveilla, nous étions dans le Nevada. Il s'étira, ses muscles roulant sous sa peau.

– Hmm, coucou mon an… (Il s'interrompit et baissa les yeux.) Qu'est-ce que…

Je pinçai les lèvres pour m'empêcher de rire.

– C'est vraiment ta couleur, le rose, dis-je.

Un éclat de rire finit par m'échapper.

Caden jura, retira précipitamment le débardeur et chercha un autre haut dans nos sacs. Il enfila un tee-shirt noir en secouant la tête et en marmonnant dans sa barbe.

– Juste pour ton information, je suis parfaitement à l'aise avec ma sexualité. Je peux sublimer le rose.

– J'avais remarqué, crois-moi.

Caden se laissa aller contre le dossier de son siège.

– Tu n'es vraiment qu'une pes… Il s'interrompit une deuxième fois et haussa les sourcils. Mon ange, dit-il en se tournant vers moi. Un avertissement couvait dans sa voix. Pourquoi est-ce que j'ai l'impression que mon cul est scié en deux par du fil dentaire ?

Jusqu'à présent, j'avais réussi à contenir mon hilarité, mais en entendant la question de Caden, elle jaillit hors de moi. J'étais incapable de parler ; je pouvais à peine respirer entre deux éclats de fou rire.

Il souleva la couverture que j'avais drapée sur lui et inspira brusquement.

– Oh putain non, tu n'as pas fait ça !

J'étais pliée en deux sur le volant, des larmes de rire perlant au coin de mes yeux.

Caden retroussa la lèvre en fixant son entrejambe avec horreur.

– C'est complètement tordu.

Je retrouvai mon souffle, juste le temps de lui asséner le coup de grâce.

– Je n'ai jamais pu comprendre ton obsession pour les strings avant de te voir dedans.

Puis je craquai à nouveau.

– Je ne sens même plus mes jambes. Ton petit bout de tissu me coupe la circulation.

Les hoquets de rire m'empêchaient encore de parler, mais je parvins à lui adresser une moue faussement empathique.

– Pauvre Caden.

Ses yeux se réduisirent à des fentes, et il eut un sourire qui promettait un châtiment.

– Tu ferais mieux de commencer à faire tes prières, dit-il en me jetant un bref coup d'œil.

Mon rire mourut quand je vis l'éclat dans ses yeux ; les pensées de Caden étaient déconseillées aux moins de treize ans à cet instant – non pas qu'elles leur étaient autorisées d'habitude.

– C'est la guerre, déclara-t-il.

Chapitre 18

Rien d'inhabituel ne se produisit jusqu'à ce que nous franchissions la frontière entre le Nevada et la Californie.

– Tu préférerais… manger des insectes crus ou du poisson pourri ? demandai-je en me faisant une fausse moustache avec une mèche de cheveux.

– Grands dieux, je dois vraiment choisir ? demanda Caden, son bras reposant nonchalamment sur le volant.

– *Gneuh*, fis-je en levant les yeux au ciel. C'est le principe du jeu.

– Très bien, souffla-t-il. Des insectes.

Je plissai le nez.

– Beeeerk.

– C'est toi qui as demandé.

– Pas faux.

Je remontai mes jambes sous mon menton et enveloppai autour d'elles le sweat démesuré à l'odeur de parfum rance. La voiture que nous avions subtilisée quelques heures plus tôt incluait un chauffage déficient, et à trois heures du matin, l'air froid de la nuit s'infiltrait dans l'habitacle.

J'étouffai un bâillement, et Caden resserra sa prise sur le volant.

– Nous devrions nous arrêter pour nous reposer. Tu n'as pas suffisamment dormi.

Lui non plus. Nous n'étions plus soutenus que par notre volonté pure. Les siestes sous sédatif que nous avions faites dans la voiture n'avaient rien de comparable avec une nuit dans un vrai lit.

– Nous ne pouvons pas nous permettre de rester aussi longtemps en un seul endroit, dis-je. Nous risquerions de tomber dans une embuscade.

Caden serra la mâchoire, mais acquiesça.

– Alors, où en étions-nous ? demanda-t-il.

– C'est ton tour, répondis-je.

Je me retournai pour prendre la couverture dans un des sacs et m'en enveloppai.

– Quel est ton souvenir d'enfance préféré ? demanda Caden en me regardant.

– Ce n'est pas une question du genre « tu préfères ».

Caden haussa les épaules.

– C'est une question du genre « je veux savoir ce qui te rend heureuse ».

Je repensai à mon enfance. C'était étrange de constater à quel point je m'étais peu attardée dessus. Un temps qui remontait à avant l'apparition de mes capacités surnaturelles. Je souris.

– J'ai vécu au Texas pendant deux ans avec mes parents, et il y avait tout un tas d'enfants de mon âge dans notre quartier. Pendant l'été, on jouait tous ensemble, et nos parents s'arrangeaient pour organiser tour à tour des énormes soirées pyjama. C'était comme une fête qui ne finissait jamais.

Caden eut un sourire en coin.

– Ça a l'air sympa.

– Ça l'était.

Je souris en y repensant, et me demandai si cette tradition s'était perpétuée. Étaient-ils tous restés proches, ou s'étaient-ils éloignés en grandissant ? Je ne le saurais jamais.

Ma poitrine se serra ; les bons souvenirs avaient un arrière-goût doux-amer. On savoure une ombre du passé, mais sans jamais pouvoir le revivre.

– Et toi, alors ? demandai-je.

Il parut songeur. Un sourire vint finalement éclairer son visage.

– Mes sœurs s'amusaient à me déguiser.

– Et le petit Caden les laissait faire.

Son sourire s'approfondit et il adopta une posture plus détendue, les doigts de sa main libre pianotant sur sa cuisse.

– Elles avaient le droit de me déguiser, mais en échange

elles devaient jouer aux cow-boys et aux aliens avec moi – ce que, au passage, elles arrivaient toujours à éviter de faire.

– Naturellement, acquiesçai-je. Elles me plaisent déjà, tes sœurs.

Le sourire qu'il me lança était tendre.

– Tu leur plairais aussi.

Ça restait à voir – j'étais, après tout, la fille au tatouage gigantesque sur tout le dos. Et c'était à cause de moi que la vie de Caden était maintenant en danger.

Nous croisâmes un panneau signalant une station essence, et Caden mit son clignotant en prenant la sortie. Le silence retomba tandis que nous pénétrions dans la station. Je m'extirpai de la voiture et m'étirai, les muscles fourbus.

– Je crois que je vais aller faire un petit jogging. Tu viens avec moi ?

Nous avions fait ce genre de choses dès que possible, pour détendre nos muscles et garder la forme.

Caden inséra le pistolet d'essence dans le réservoir et s'appuya contre la voiture.

– Ça marche. Pars en premier. Je te rattraperai une fois que j'aurai fait le plein. Peut-être même qu'avec une bonne longueur d'avance, tu arriveras à me battre, cette fois.

Petit con. Dommage pour moi, j'aimais bien sa façon de

me faire tourner en bourrique. Je lui fis un doigt d'honneur tout en commençant à trottiner à reculons.

– Tu ferais mieux de te dépêcher. Une fois que je t'aurai rattrapée, tu auras droit à une fessée pour ça, dit Caden avec un mouvement de tête vers le doigt incriminé.

– J'aimerais bien te voir essayer.

Je m'éloignai à petites foulées dans l'obscurité. Mes pas m'entraînèrent derrière la station essence, et sur le chemin de terre au-delà. Ici, dans ce coin paumé des États-Unis, il y avait largement assez d'espace pour un petit tour discret. J'inspirai l'air vivifiant, et sa morsure me brûla agréablement les poumons.

J'entendis des pas derrière moi et je souris en forçant sur mes muscles.

Caden gagna du terrain sur moi, comme je m'y attendais. Un jour, je lui rendrais la monnaie de sa pièce, mais pour l'instant, étant donné que je restais faible après être restée si longtemps inerte, il restait le plus rapide.

Quand il fut presque sur moi, je tournai la tête pour le voir.

Sauf que ce n'était pas Caden.

Jeff m'attrapa par la taille et me couvrit la bouche. Je criai et ramenai mon coude en arrière, prête à le lui enfoncer dans les côtes.

– Je ne vais pas te faire de mal, Ember, chuchota-t-il tout contre mon oreille en me plaquant contre lui. Je suspendis mon geste, sans pour autant cesser de me tortiller entre ses bras. J'ai une caméra et un micro sur moi, souffla-t-il d'une voix à peine audible. Il faut que ça ait l'air convaincant.

S'il s'imaginait que j'allais me contenter de le laisser me malmener, il se gourait, avertissement ou pas.

J'abattis mon pied sur le sien et lui enfonçai à plusieurs reprises mon coude dans les côtes.

Avant qu'il puisse reprendre ses esprits, je me retournai et lui administrai un coup de genou dans l'entrejambe. Il tomba en avant, la main faiblement tendue vers moi, et j'abattis mon coude sur l'arrière de son crâne, bien qu'avec plus de douceur que je ne l'aurais fait normalement.

Le Projet nous a trouvés. Cette pensée tournait en boucle dans ma tête.

Jeff tomba vers l'avant et je le rattrapai pour amortir sa chute. Je m'accroupis par terre à côté de lui et redressai son corps avant de tâter son pouls. Il était bien là, aussi fort qu'avant. Jeff n'était peut-être même pas inconscient.

J'avais compris dès qu'il avait évité de rendre mes coups qu'il voulait que je lui mette une raclée, pas l'inverse. J'espérais que mes pauvres frappes seraient assez convaincantes.

Je calai sa tête et ses épaules sur mes genoux et lui pris la main.

– Je suis désolée, chuchotai-je. Et j'espère te revoir un jour, mon ami.

La main de Jeff serra discrètement la mienne en

réponse, et je dus me mordre l'intérieur de la joue pour que mon visage ne trahisse rien.

Un claquement de talons contre la terre battue se rapprocha de moi.

– Ember ?

Caden s'arrêta net quand il aperçut Jeff. Il avait l'air horrifié.

Au son de sa voix, la main de Jeff se referma sur la mienne, avant de se relâcher. Il n'aurait pas pu s'exprimer plus clairement. *Partez.*

Je me dégageai avec mille précautions.

– Il faut qu'on y aille.

Mon inquiétude pour Jeff faisait battre mon cœur dans ma poitrine. Si le Projet découvrait qu'il nous avait aidés, Jeff pourrait connaître le même sort que moi.

Je rejoignis Caden, et nous commençâmes à courir ensemble vers la voiture, en longues foulées contrôlées. Le fait qu'il ne mette pas ma parole en doute et qu'il obéisse sans hésitation en disait long sur sa confiance à mon égard.

Je ne m'exprimai que quand nous ne fûmes plus à portée de micro.

– Jeff est de notre côté. Il n'a même pas essayé de me faire du mal.

Caden eut un hochement de tête presque imperceptible, ses yeux brillant tandis qu'il reconstituait mentalement ce qui venait de se passer. Et je compris. On ne peut jamais connaître la profondeur d'une amitié avant qu'elle ne soit mise à l'épreuve. Jeff serait clairement toujours là pour Caden, envers et contre tout. J'espérais qu'il ne serait pas puni pour nous avoir aidés.

Nous contournâmes la station essence et sautâmes dans la voiture. Caden démarra le moteur, et nous quittâmes le parking sur les chapeaux de roues.

Nous venions de doubler un semi-remorque quand nous l'entendîmes : un coup sourd sous notre voiture.

J'agrippai le tableau de bord et retins mon souffle.

Caden jura et regarda par-dessus son épaule.

– Téléporteur.

Il venait tout juste de parler quand nous entendîmes un crissement de freins, suivi d'un bruit mat écœurant.

Je risquai un coup d'œil en arrière. Mon estomac se retourna. Du sang, ainsi qu'une matière plus épaisse, maculait la calandre du semi. Un sanglot étranglé m'échappa, et je me couvris la bouche.

– Nous devons nous arrêter, dis-je quand j'eus retrouvé ma voix.

– Mon ange, tu sais aussi bien que moi qu'il est trop tard pour lui.

C'était vrai, mais ça me semblait déplacé de continuer simplement à rouler. Je passai les mains dans mes cheveux et fermai les yeux de toutes mes forces.

– Pourquoi ont-ils envoyé quelqu'un après l'échec de

Jeff ? Pourquoi ? Ils devaient savoir que nous étions en train de fuir.

Quelqu'un venait de *mourir*. Il ne faisait aucun doute dans mon esprit que j'étais une femme morte si le Projet mettait la main sur moi.

Caden secoua la tête, ses articulations blanchissant sur le volant. Ses yeux étaient cernés de rouge, et je réalisai que le téléporteur était peut-être un ami à lui.

Nous restâmes assis dans un silence oppressant pendant un long moment. Ma peau picotait et mes intestins se révoltaient contre moi. Je ne parvenais pas à démêler mes sentiments. Culpabilité, colère, peur.

Caden se gara sur le côté de la route.

– Caden, qu'est-ce que tu…

Il me fit taire d'un baiser. Et brusquement, toute mon attention fut concentrée sur ce geste, et je plongeai tête la première dans cette sensation pure et simple. Mon pouls battait à tout rompre, et alors que ma main parcourait les épaules de Caden puis descendaient sur son torse, je sentis le battement échevelé de son propre cœur.

Il m'attira sur ses genoux et me lova contre lui comme si j'étais la chose la plus précieuse au monde. Il appuya son front contre le mien, en me caressant doucement la joue du pouce.

Nous restâmes ainsi pendant environ une minute. Sans parler ; juste en nous touchant, en nous réconfortant mutuellement. Puis je me laissai glisser sur mon siège et il reprit la route.

– Richards savait qu'on s'arrêterait ici pour prendre de l'essence.

Je passai les mains dans mes cheveux. Comment nous avait-il trouvés ? Mon regard tomba sur le système GPS posé sur le tableau de bord.

Je baissai ma vitre.

Caden jeta un coup d'œil vers moi.

– Qu'est-ce…

Avant qu'il puisse finir sa phrase, je fauchai le GPS et le balançai dans la nuit.

– Tu avais l'intention de me demander mon avis avant de jeter notre carte par la fenêtre ?

– Non – de toute évidence.

Il grommela.

– Ça s'appelle la communication, mon ange.

J'ouvris la boîte à gants devant moi et en sortis la carte que j'y avais vue plus tôt.

– Ça s'appelle du papier.

Nous avions été paresseux et négligents, en utilisant ce GPS alors que nous aurions pu nous en tenir à une carte. Comme utiliser une calculatrice alors que nous pouvions résoudre un problème mathématique de tête.

– Ce n'était pas le GPS, déclara Caden. Je me tournai vers lui. Nous leur laissons une piste, avec nos voitures volées. Le gouvernement s'est contenté de regarder les délits sur les routes principales, et a découvert notre fonctionnement.

Ainsi que notre trajectoire.

Donc ils étaient au courant que nous avions volé des voitures. Il ne fallait pas un grand effort d'imagination pour supposer qu'ils savaient désormais que je me contentais de prendre des vieux modèles.

Mais comment savaient-ils quand et où nous tendre des embuscades ?

La prise de conscience me frappa soudain comme une claque à l'arrière de la tête. Il n'y avait pas beaucoup de villes sur cette nationale. Cette station essence était la première que nous croisions depuis des kilomètres. Tout ce qu'ils avaient à faire était d'attendre patiemment et de voir si nous allions nous arrêter. Et là ils nous prenaient au piège.

Ils possédaient maintenant la plus effrayante de toutes les informations : ils savaient que nous nous dirigions vers eux.

***

Nous n'eûmes pas d'autre choix que de rester sur la route principale jusqu'à atteindre la Sierra Nevada. Je m'attendais à moitié que les autorités nous rattrapent ; en voyant que rien ne se produisait, le soulagement le disputa en moi au malaise.

Je faillis pleurer quand je vis la chaîne de montagnes couronnée de neige ; elle symbolisait la porte d'entrée vers la Californie. Mon foyer.

Quand nous parvînmes dans la montagne, Caden emprunta des routes secondaires, et nous traversâmes l'État en suivant des zigzags. Quand nous arrivâmes à Tahoe, Caden s'engagea dans une des rues.

Nous avions besoin d'une autre voiture, d'une douche et de provisions. Il y avait des résidences secondaires dans le coin, ce qui signifiait que les gens ne remarqueraient pas la disparition de leurs affaires avant un bon bout de temps.

Après avoir roulé au hasard pendant une heure environ, nous parvînmes dans un quartier prometteur. La plupart des chalets bordant la route semblaient vides.

Caden s'arrêta devant l'un d'eux, qui semblait assez luxueux, mais sans aucune caméra ou système de sécurité visible. Il donna un coup de menton dans sa direction.

– Qu'est-ce que tu penses de celui-là ?

J'étudiai la maison en plissant les yeux. Un seul étage, de grandes fenêtres, un immense balcon en façade, et ce qui ressemblait à une terrasse encore plus grande à l'arrière. À en juger par le bois patiné par les éléments et l'allée sillonnée de craquelures, ce chalet était la propriété de quelqu'un depuis longtemps. Une personne ayant des enfants assez grands, si je me fiais au panier de basket avec son panneau délavé et son filet qui pendouillait.

– Une famille riche – ils ont des enfants, sans doute deux ou trois. Mais ils sont sûrement adolescents ou adultes, maintenant. Ils viennent ici pendant l'été.

– D'où est-ce que tu tiens ça ? demanda Caden.

Je pointai du doigt le panier de basket bien-aimé.

– Dur de jouer quand il gèle.

– Ils pourraient vivre ici à l'année.

J'examinai de nouveau la maison. Mon instinct me disait que personne ne vivait ici, mais j'en cherchai des signes visibles. Une fine couche de poussière recouvrait la porte et les fenêtres ; l'allée était tapissée d'aiguilles de pin. Je secouai la tête.

– Je pense que tu as bien choisi. Cet endroit est vide.

– Hmm, se contenta de dire Caden – mais avec un sourire suffisant sur le visage.

Je sortis de la voiture et me dirigeai vers l'arrière de la maison, à la recherche d'une porte secondaire. Toute effraction était plus facile à accomplir loin des regards indiscrets.

Je tentai d'ouvrir les fenêtres du chalet pendant que Caden s'attaquait à une porte donnant sur le garage. Toutes les ouvertures étaient bien fermées. Une famille avisée.

Je rejoignis Caden, qui venait tout juste de crocheter la serrure. Le battant s'ouvrit en grand, et je lui emboîtai le pas dans le garage mal éclairé.

Une fois que nos yeux se furent habitués au manque de lumière, j'inspectai les environs.

Pas de voiture. Mais il y avait autre chose.

Caden siffla doucement.

– Alors, *ça* c'est intéressant.

Le *ça* en question était une moto. Caden s'en approcha et laissa amoureusement courir sa main sur son flanc.

– Tu sais conduire ces machins-là ? demandai-je.

Non pas que cela importait. Nous avions perdu suffisamment de temps à chercher cet endroit. Il faudrait bien que ça fasse l'affaire.

Les commissures de ses lèvres se relevèrent.

– Bien sûr.

Bon, problème résolu.

Je laissai Caden idolâtrer la moto et me tournai vers la porte qui donnait dans le chalet. Je n'avais ni épingle à cheveux ni carte de crédit pour venir à bout de la serrure, mais le garage contenait toutes sortes d'outils. Après une rapide exploration, je découvris ce qu'il me fallait. À l'aide d'un racloir en métal et de deux petits clous, je parvins à faire céder la serrure.

J'entrai dans la maison et en fis rapidement le tour. Les lieux étaient bien entretenus, mais vides, comme anticipé. Je retournai dans la cuisine et ouvris un placard.

Une main se referma sur mon épaule, et je laissai échapper un petit cri.

– Doucement, mon ange.

Je fis volte-face vers Caden, la main plaquée sur le cœur. Pendant un instant d'horreur, j'avais cru qu'un téléporteur m'avait prise de court.

– Mon Dieu, tu te déplaces tellement silencieusement.

Il referma le placard au-dessus de ma tête, se pencha en avant et posa les mains sur le comptoir, de part et d'autre de mon corps.

– Désolé, c'est devenu une habitude. Il me lança un regard tendre. Pourquoi est-ce que tu ne prendrais pas une douche ? Je reste ici pour empaqueter des trucs et faire à dîner.

Ça sonnait si… *normal*.

– Tu es sûr de ne pas avoir besoin d'aide ?

– Ça va peut-être te surprendre, mais je crois que je peux m'en sortir, dit-il d'une voix grave et rocailleuse.

Il s'écarta du comptoir d'une poussée, me laissant le champ libre. Tout humour disparut de son visage, remplacé par une expression d'amour tendre et profond.

– Sérieusement, vas-y. Tout est sous contrôle.

Voyant que j'hésitais toujours, il s'empara d'une spatule accrochée au-dessus de la gazinière et me fouetta les fesses avec.

Je glapis.

– Dictateur, dis-je en quittant la pièce.

Il me fit un clin d'œil.

– Complètement.

Il n'aurait pas pu mieux dire.

***

Avant de passer sous la douche, je me procurai des blousons de moto en cuir dans la chambre parentale. Le mien serait un peu grand, et celui de Caden un peu petit, mais ils feraient l'affaire. Je découvris également un paquet de fric caché sous un tiroir à double fond, ainsi que des préservatifs, du lubrifiant, des menottes et un assortiment de sextoys qui me fit rougir. Apparemment, monsieur et madame avaient une vie sexuelle très saine.

Je pris l'argent… et, après une hésitation, les préservatifs. Et puis merde – j'avais volé pire. Je laissai sur place les objets les plus tendancieux. Je refermai le tiroir, déposai mes trouvailles sur le lit et me dirigeai vers la salle de bains.

Jésus Marie Joseph, nous avions touché le gros lot avec cette famille. Des shampooings et des gels s'alignaient sur une paroi de la douche, et celle-ci pouvait facilement contenir tout un groupe de personnes. Vu les objets trouvés dans la chambre… Non, je ne pousserai pas plus loin cette réflexion.

Je tournai le robinet et attendis l'arrivée de l'eau chaude. Appuyée contre le meuble du lavabo, je fixai mon reflet. C'était ça ma réalité désormais. Fuir, se battre ; la mort, l'espionnage. J'étais incapable de planifier mon avenir au-delà de deux jours. J'étais complètement dépassée. Cela aurait dû me faire peur, mais un calme étrange m'envahit.

Des volutes de vapeur s'échappèrent de la douche, brouillant mon reflet jusqu'à l'occulter complètement.

Je m'écartai du lavabo, me débarrassai de mes vêtements et pénétrai dans la douche. Je soupirai quand l'eau chaude cascada sur mes cheveux et le long de mon dos.

Je me lavai rapidement, et j'étais sur le point de fermer le robinet quand la porte de la douche s'ouvrit. Caden pénétra à l'intérieur, prit mon visage en coupe et m'embrassa avec un désir brûlant. Il mit fin au baiser, mais continua de tenir mon visage comme si j'étais extrêmement précieuse.

– Ça m'a manqué.

– Les réunions sous la douche ?

– Ben, *gneuh*, fit-il en prenant un accent bêta et en levant les yeux au ciel. Son visage redevint bientôt sérieux. Il me prit les mains et entrelaça nos doigts. Le contact de ta peau nue contre la mienne m'a manqué.

Du pouce, il dessina des cercles sur le dos de ma main.

Il se pencha et m'embrassa sur la joue, puis descendit sur ma mâchoire jusqu'à la base de mon cou.

– Quand nous sommes seuls tous les deux, je peux faire semblant, dit-il.

– Semblant ?

Il déglutit.

– Que nous menons des vies normales et simples. Que nous sommes juste deux jeunes amoureux.

– Et à quoi ça pourrait ressembler ?

À un moment donné, j'avais sincèrement oublié qu'il pouvait y avoir une autre façon de vivre.

– Eh bien, dit Caden en faisant glisser son doigt vers mon sternum, comme la plupart des gens de notre âge, nous serions à la fac. Tu serais un rat de bibliothèque follement sexy qui ignore complètement son effet sur les garçons, et je serais l'athlète accompli éminemment désirable qui aurait eu la chance de sortir plusieurs fois avec toi.

– On a l'air très intéressants, dis-je en échouant à réprimer un sourire.

– Extrêmement, acquiesça-t-il. Notre relation serait basée sur l'amour et le respect mutuel… ainsi que sur une saine inclination à faire la fête et à trop boire.

– Oh, alors nous sommes aussi des adultes responsables !

Il sourit en coin tout en triturant une de mes mèches mouillées. Son regard était chargé de désir.

– Nous n'avons pas eu beaucoup de temps pour parler, pour réfléchir à la suite des événements, dit-il, faisant écho aux pensées que j'avais eues plus tôt. Je déglutis péniblement à ces paroles. Tu pourrais mourir. Je pourrais mourir. Nous pourrions mourir tous les deux. Les chances sont même plutôt contre nous. (Il plaqua son torse luisant d'humidité contre le mien, me collant contre la paroi.) Je veux donc que tu saches quelque chose, ici et maintenant : je suis *entièrement* de ton côté. Je fuis peut-être le Projet, mais ça ne veut pas dire que je me fie aux gens vers lesquels nous fuyons.

Je levai la tête vers lui. Un an plus tôt, quand je l'avais rencontré, c'était un soldat jusqu'au bout des ongles. Il ne questionnait pas les ordres et ne mettait pas son nez là où il ne fallait pas. À l'époque, j'oscillais entre mon amour pour lui et la crainte qu'il ne serait jamais ce dont j'avais besoin.

L'homme que j'avais devant moi était complètement différent. Sa naïveté et sa rectitude morale avaient disparu. Cette année avait également prélevé une grosse partie de sa confiance et un bon morceau de son humour. La souffrance l'avait endurci, et quand je plongeais dans son regard, j'y lisais un désir féroce de me protéger.

Je levai la main et effleurai sa joue du bout des doigts, passant mon pouce sur sa lèvre inférieure. L'eau dégoulinait sur son visage, et ses yeux intenses me contemplaient avec comme un air de défi.

– Quoi qu'il nous arrive, Caden, nous sommes là-dedans ensemble.

J'inclinai la tête en arrière et plaquai ma bouche sur la sienne. Mon geste sembla libérer la tempête qui couvait en lui. Il lâcha mes mains pour saisir mon visage. Sa jambe se glissa entre les miennes, et j'eus une inspiration étranglée.

Son baiser était plein de défi. Un défi adressé au temps, à notre situation et au futur incertain. Sa langue explora l'intérieur de ma bouche, et ses caresses se firent avides. Je lui rendis son baiser. Ma vie ne compterait jamais assez de jours pour que je puisse pleinement profiter de lui. Ça, je le savais.

Il fit courir ses mains le long de mes flancs, ses pouces effleurant mes seins au passage. Je sentis son excitation entre nous, et j'eus une envie folle de cette proximité. J'en avais besoin.

Je rompis le baiser et plongeai de nouveau mon regard dans ses yeux tumultueux. Ils semblaient abriter tout un univers en leur sein. J'entrouvris les lèvres, le souffle haletant.

– Je t'aime, Caden. Mon Dieu, comme je t'aime.

Il m'embrassa près de l'oreille. Je sentis son sourire contre ma peau.

– Je t'aime aussi, mon ange. Je n'ai jamais cessé de t'aimer, et je ne cesserai jamais.

Mes lèvres se posèrent sur chaque parcelle de son visage tandis que je bougeais contre lui. Caden gémit sous cette sensation. Il plaça ses mains à l'arrière de mes cuisses, me souleva, et nos corps furent plaqués l'un contre l'autre. Comme à chaque fois que nos peaux nues entraient en contact, ce fut enivrant.

J'enveloppai mes jambes autour de lui, et mes mains laissèrent des traînées sur la cabine de douche saturée de vapeur.

Caden passa un bras derrière moi et ferma le robinet. L'absence d'eau chaude me picota la peau. Trempé, Caden nous fit sortir de la douche et me porta jusqu'au lit.

Nous nous écroulâmes sur le matelas dans un enchevêtrement de membres. Caden s'allongea sur moi et déposa un baiser sur la vallée entre mes seins.

Je passai mes mains dans ses cheveux mouillés, la respiration saccadée. Nous ne devrions pas faire ça ; nous n'avions pas le temps. Alors même que cette pensée me traversait l'esprit, je l'attirai tout contre moi. Ne venais-je pas de m'inquiéter au sujet de notre avenir incertain ? Cette étreinte pouvait très bien être notre dernière, et je n'avais pas l'intention de la gâcher.

– Quand tout ça sera derrière nous, je compte bien passer plusieurs heures à faire intimement connaissance avec chaque centimètre carré de ton corps, chuchota Caden contre ma peau. (Il enchaîna une succession de baisers, plus bas, plus bas, plus bas, avant de prendre un préservatif.) Mais pour l'instant, tu vas devoir me croire sur parole quand je dis que la moindre parcelle de toi est parfaitement adorable.

À en juger par le regard au fond de ses yeux, Caden ne mentait pas : chaque portion balafrée de moi lui était chère.

– Je te crois, chuchotai-je.

– Bien, dit-il avec un sourire.

Il écarta un peu plus mes cuisses et me pénétra, en réprimant un frisson.

Nos regards ne se quittèrent pas tandis qu'il allait et venait en moi. Je commençais à réaliser qu'avec Caden, peu importait que le rythme soit doux et lent ou rapide et passionné. Avec moi, il faisait toujours l'amour.

Et alors qu'il se fondait en moi, je laissai s'évanouir mes préoccupations pour m'abandonner entièrement à cela – l'amour, le sexe, et la magie.

***

Quand arriva le milieu de la matinée, nous avions abandonné la voiture et nous dirigions vers Big Sur à moto. Il m'avait fallu un temps d'ajustement avant de savoir comment me pencher dans les virages, ainsi que pour tolérer la douleur sourde dans mes cuisses, causée par la vibration du moteur.

Malgré ce léger inconfort, mes bras serraient avec bonheur le torse de Caden. Chaque kilomètre que nous parcourions ensemble nous rapprochait ; chaque moment d'adversité renforçait le lien qui nous unissait.

Nous étions sur la route depuis des heures ; nous avions atteint San Francisco et l'avions dépassée. Quelques heures supplémentaires nous séparaient encore de Big Sur, où

Caden avait planqué nos faux papiers d'identité. À cet instant, plaquée comme je l'étais contre lui, avec le vent sifflant à mes oreilles et l'océan Pacifique qui se déroulait à notre droite, le monde me paraissait simple. Je pouvais prétendre, comme Caden l'avait mentionné plus tôt, que nous n'étions qu'un jeune couple normal profitant de la vie.

Mais alors que la journée s'écoulait, notre virée se changea en course contre la montre. Nous avions tous les deux besoin de nous téléporter, et à chaque heure qui passait, ce besoin ne faisait que croître.

Je fixais l'eau scintillante quand de légers fourmillements taquinèrent ma peau, et je sus, je *sus*, qu'il était trop tard. J'eus seulement le temps d'imaginer le visage d'Adrian et *pouf*, je disparus.

Chapitre 19

Alors qu'une seconde plus tôt je m'abreuvais à la vue du littoral californien, je me retrouvais désormais dans une pièce faiblement éclairée.

– *Merde !* jura un homme.

Une musique électro pulsait à l'extérieur des murs de la pièce.

Je fis volte-face et me retrouvai devant un homme assez âgé. Il recula dans son siège, et écarquilla les yeux en me reconnaissant.

– *Vous*.

Je penchai la tête sur le côté et le regardai en fronçant les sourcils.

– On se connaît ?

– Ember, qu'est-ce que tu fais là ?

Je me tournai vers Adrian, qui quitta d'une poussée le fauteuil dans lequel il était assis.

Je lui lançai un regard incrédule.

– Sérieusement ? Je croyais que nous avions déjà établi

que je n'avais pas trop mon mot à dire sur les endroits où je débarque.

Il vint vers moi et se pencha en avant.

– Tu dois partir. Maintenant.

Un début de panique brillait dans ses yeux.

– Qu'est-ce qui se passe, Adrian ? demandai-je d'une voix dure.

– Ember.

Il prononça mon nom de la même manière que Caden quand il cherchait à me dire de me taire ou à me faire entendre raison. D'habitude, c'était mérité. Mais là, venant d'Adrian, ça ne l'était pas.

Je jetai un coup d'œil par-dessus son épaule en direction de l'autre homme, qui s'était également levé.

– Pourquoi est-ce que cet homme me reconnaît, Adrian ?

Au lieu de répondre, Adrian m'empoigna par le bras. Malheureusement pour lui, j'avais été suffisamment malmenée pour toute une vie.

J'arrachai mon bras à son étreinte et reculai d'un pas.

– Non, dis-je d'un ton net. Je veux des réponses. Je me tournai vers l'autre homme : comment me connaissez-vous ?

Il sourit.

– Je fais partie de ceux qui organisent votre fuite.

Je lançai un regard vers Adrian.

– C'est vrai ?

Il s'était figé, comme un lapin pris dans les phares d'une voiture. Qu'est-ce qui m'échappait ? Il finit par hocher la tête.

Je reportai mon attention sur l'homme en face de moi.

– Alors je vous remercie pour votre aide.

Même si ni Caden ni moi n'en avons vu la couleur pour l'instant.

Il inclina la tête.

– Je suis certain que notre relation sera mutuellement bénéfique.

– Ah oui ? dis-je en haussant les sourcils.

Voilà qui était nouveau pour moi. Qu'avait promis Adrian à cet homme, au juste ?

Ce dernier me dévorait du regard.

– Hmm, oui, je le crois.

Mes lèvres s'étirèrent dans ce qui, avec un peu de chance, passerait pour un sourire faussement timide.

– Nous verrons.

Comme prévu, un éclair d'intérêt traversa ses yeux. Il était du genre à aimer traquer sa proie. Il avait de la chance, j'allais lui en faire baver comme jamais.

Je concentrai à nouveau mon attention sur Adrian, et toute envie de jouer me quitta. Il eut un mouvement de recul en voyant ma réaction, et je compris qu'il n'avait jamais vraiment vu cette part de moi.

Quelqu'un me devait des explications.

***

Dès qu'Adrian m'eut escortée à l'extérieur de la pièce et que la porte eut claqué derrière nous, je le poussai sans ménagement contre le mur.

– C'était quoi, ce bordel ?

Adrian me lança un regard noir.

– Je pourrais te poser la même question.

La surprise me laissa bouche bée.

– Tu es jaloux ? Sérieux ?

Je le lâchai et reculai.

Ici, la musique était beaucoup plus forte. Autour de nous, des gens habillés de façon chic discutaient sous la lumière noire de la boîte. Le visage d'Adrian était éclairé par une lueur violette.

Il me saisit le poignet. Mauvaise idée. Je le retirai d'un coup sec.

– Ne me *touche* pas.

Il leva les mains.

– Wow, d'accord. Calme-toi, Ember. Pierre est juste un type bizarre qui a trop d'argent. Il a l'habitude d'obtenir tout ce qu'il veut.

– Ah oui ? Et tu lui as promis quoi, moi ? Parce qu'il avait un regard vachement salace, là.

– Non, dit-il en croisant ses mains derrière sa tête. Mon Dieu, non.

Je scrutai intensément ses yeux.

– Sommes-nous en sécurité, Adrian ? Est-ce que tu peux me promettre ça ?

– Oui. Ember, je ne te trahirai pas, ni toi ni tes amis.

Sincère. Je pouvais le voir dans ses yeux.

Je laissai échapper un soupir et me détendis, avant de promener mon regard sur la scène qui nous entourait. Pendant que je fuyais pour sauver ma vie, Adrian était là, *en boîte*. Si j'étais du genre femme faible, j'en aurais pleurniché.

Voyant mon changement d'humeur, Adrian poursuivit.

– Si j'ai tenu à te faire sortir de cette pièce, ce n'est pas parce que je cherche à cacher quoi que ce soit.

– Alors pourquoi est-ce que tu m'as traînée dehors ?

Adrian jeta un coup d'œil vers la porte et baissa la voix.

– C'est une mauvaise idée de susciter l'intérêt de Pierre.

Je croisai les bras.

– Je croyais que tu venais de dire qu'il était inoffensif.

Il poussa un bref soupir, comme si je ne comprenais pas du tout ce qu'il cherchait à me dire.

– Il l'est, tant qu'il ne t'a pas dans le collimateur.

Et maintenant, c'était le cas.

Je reculai loin d'Adrian et secouai la tête.

– Je pense que tu es dépassé.

Une lueur de contrariété traversa son regard.

– Tu dois bien savoir que la seule façon de te sauver, ainsi que tes amis, c'est de côtoyer des gens comme lui.

Je le comprenais. Vraiment. J'avais depuis longtemps

accepté que toute mon existence et les choix qu'elle m'obligeait à faire étaient moralement ambigus ; je ne m'empressais donc pas de juger quelqu'un qui affrontait la même situation.

Néanmoins, j'avais la nette impression qu'Adrian sous-estimait les autres joueurs dans cette partie, et la naïveté n'avait pas sa place dans les machinations d'hommes sournois.

Je me rapprochai de lui.

– Rends-moi un service, Adrian, dis-je en plantant mon regard dans le sien.

Il attendit que je formule ma demande.

– Ne fais pas de promesses que tu ne peux pas tenir.

La dernière chose que je vis fut l'expression irritée d'Adrian. Puis je fichai le camp.

***

Je m'écroulai sur la rue, ma cuisse nue heurtant violemment l'asphalte. Je serrai la mâchoire, traversée par un éclair de douleur. J'allais avoir un bleu.

– Ember !

Les talons de Caden claquèrent sur le trottoir alors qu'il me rejoignait.

Je me redressai en prenant appui sur mes bras, surprise de constater que je n'étais pas plus gravement blessée que ça. J'étais aussi nue qu'au jour de ma naissance, mais indemne. Dans l'ensemble, ce n'était pas si mal pour quelqu'un qui s'était téléporté en plein milieu de la route.

La route.

Je levai brusquement la tête, et toute réflexion relative à ma visite à Adrian s'évanouit.

J'étais de retour sur la nationale 1, et nous étions toujours en cavale.

Devant moi, la moto barrait la route, et une ligne de véhicules s'était déjà formée. La personne au volant de la première voiture me regardait fixement.

– Tu as bloqué la circulation, remarquai-je.

– Tu vas bien, mon ange ?

Il me palpa, les doigts aussi légers qu'une plume.

– Je… Je crois.

Mis à part le fait que ma cuisse me faisait un mal de chien et que j'étais à poil.

Sonnée, je le laissai m'aider à m'habiller.

– Ils vont signaler l'incident, dis-je avec un geste de la tête vers les spectateurs aux yeux écarquillés.

– On va rouler vite. Caden m'aida à remonter sur la moto. Tu crois que ça va aller ? demanda-t-il.

Je déglutis. Le cauchemar était terminé, pour l'instant.

– Oui, répondis-je dans un chuchotement rauque.

– Bien.

Il me tendit mon casque et je l'enfilai, réalisant avec un temps de retard que celui qu'il enfonçait sur sa propre tête était cassé.

– Caden… objectai-je.

Il me lança un regard dur ; je pouvais voir un reste de panique au fond de ses yeux.

– Économise ta salive ; je ne te laisserai pas porter un casque abîmé.

Il pouvait être tellement énervant.

En secouant la tête, je contournai la moto et m'installai à l'arrière. Il s'assit devant moi et je risquai un coup d'œil derrière mon dos.

Mauvaise idée. Un peu plus loin, plusieurs SUV noirs se frayaient un chemin vers le pied des collines. Ils connaissaient notre position.

– Caden, ils sont là.

Ça ne pouvait pas être la fin. Pas après être arrivés aussi loin.

– Mets tes bras autour de moi, mon ange.

Quand je me retournai pour lui faire face, je vis qu'une détermination implacable brillait dans ses yeux.

J'obéis.

– Tiens-toi bien. Ça va être… intéressant.

Il releva la béquille d'un coup de pied et tourna la poignée de l'accélérateur. Les pneus crissèrent alors que la moto s'élançait en avant, et je m'accrochai à lui de toutes mes forces.

Je ne pouvais pas regarder en arrière. Je m'y refusais. J'avais une pierre dans l'estomac. S'ils nous rattrapaient, nous étions morts – et nous aurions fait tout ça en vain. La fuite, les vols, la violence. Notre rêve éphémère d'un avenir.

La moto accéléra de plus en plus, et je resserrai mon étreinte sur Caden. La route s'incurva pour suivre les falaises du littoral. Je me penchai pour accompagner la brusque inclinaison, les dents serrées. Si le Projet ne nous tuait pas, la conduite de Caden pourrait bien s'en charger.

Je distinguai devant nous une petite ville de pêcheurs. Peut-être que nous pourrions nous y cacher. Mais une fois que le Projet aurait découvert que nous étions à pied, ils enverraient leurs téléporteurs. Caden traversa la ville à toute allure et tourna abruptement à gauche. Des magasins et des immeubles résidentiels bordaient la route, se raréfiant à mesure que nous roulions.

D'épais bosquets apparurent entre les bâtiments. Avec leur abri combiné au brouillard littoral bas, je me dis que nous avions peut-être une chance.

Nous fonçâmes encore sur un peu plus d'un kilomètre, puis Caden quitta la route et nous fit pénétrer sous l'épaisse végétation. Une fois que nous fûmes profondément enfoncés sous le couvert des arbres, il gara la moto sous un groupe d'arbres et coupa le moteur. Sous mes doigts, je pouvais le sentir respirer lourdement.

– Attends un peu, souffla-t-il.

Je n'eus pas à attendre longtemps. Un bruit de pales découpa le silence.

Caden tendit le bras derrière son dos et me saisit la main pour la serrer. Nous restâmes assis sans oser bouger. Un hélicoptère passa au-dessus de nos têtes.

Quand le son de ses pales s'estompa, Caden redémarra la moto.

– Qu'est-ce que tu fais ? chuchotai-je, même s'il n'y avait aucune raison de le faire.

Nous étions tout seuls.

– On se tire d'ici. Nous ne sommes pas si loin que ça de Big Sur.

Mon rythme cardiaque s'emballa. Nous n'étions peut-être pas loin, mais notre destination se situait sur la route que nous venions de fuir.

Caden devait avoir deviné le cours de mes pensées, car il déclara :

– Tu peux me faire confiance pour assurer notre sécurité, mon ange.

Je hochai la tête contre son dos. Contrairement à Adrian, Caden ne faisait pas de promesses en l'air.

***

Caden se gara sous un épais bosquet situé derrière un bureau de poste délavé et coupa le moteur. Nous n'avions pas vu de véhicules du gouvernement en chemin – ce qui me perturbait profondément –, mais il est vrai que nous n'avions franchi qu'une quinzaine de kilomètres à travers la nature qui bordait la nationale côtière.

– Bon sang. Caden passa une jambe par-dessus le siège et fit quelques pas en se frottant l'entrejambe. Je pense que je nc suis pas près d'avoir des enfants.

– Ça pourrait être pire, dis-je en remontant mon sac sur mon épaule.

Il laissa échapper un soupir et me prit la main.

– Oui, acquiesça-t-il, tout à fait.

Nous ne prîmes ni l'un ni l'autre la peine de nous déguiser, et nous pénétrâmes d'un pas décontracté dans le bureau de poste comme si c'était un jour ordinaire. Parfois, la meilleure façon de se fondre dans le décor est de paraître absolument normal.

Je tenais la main de Caden, et je savais qu'il pouvait sentir la mienne trembler. Mon attitude calme trompait peut-être tous les autres, mais pas lui.

De l'autre main, Caden pêcha une clef dans sa poche. Je me demandai avec admiration comment nous avions réussi à transporter cette chose depuis le Montana.

Il nous conduisit vers un mur de boîtes aux lettres allant du sol au plafond, s'accroupit et ouvrit l'une d'entre elles. À l'intérieur se trouvaient trois enveloppes épaisses. Je retirai mon sac à dos et le lui tendis. Il fourra les enveloppes à l'intérieur. Nous n'échangeâmes pas un mot avant d'avoir quitté le bureau de poste.

Sans nous consulter, nous nous dirigeâmes à l'opposé de la moto, abandonnant pour de bon notre véhicule.

– Qu'est-ce qu'il y a dans les enveloppes ? demandai-je.

– De l'argent, deux cartes de crédit et plusieurs fausses identités.

– Nous n'allons pas pouvoir traverser la frontière, dis-je.

Maintenant que le Projet avait une grossière idée de notre position, ils allaient renforcer la sécurité dans le coin. Or, la traversée de la frontière californienne était déjà tristement célèbre pour ses contrôles.

Caden hocha la tête.

– Nous allons devoir prendre la voie des airs.

***

Cette fois, au lieu de voler une voiture, nous fîmes du stop depuis Big Sur jusqu'à Santa Cruz avec un groupe d'étudiants hipsters.

– Ça va, ton copain ? demanda l'un d'entre eux avec un hochement de la tête vers Caden.

Les cernes sous les yeux de Caden étaient très marqués. Si j'avais un peu dormi avant notre embuscade, ce n'était pas le cas pour lui. Il était debout depuis bientôt vingt-quatre heures, et cela commençait à se voir. Il avait l'air épuisé jusqu'à la moelle.

– Ça va, mec, dit Caden. Je suis juste fatigué.

Je me penchai en avant et mis au point un mensonge qui devrait bien convenir à nos compagnons.

– Il en a pris un peu trop…

J'élevai mon pouce et mon index contre mes lèvres et aspirai.

Le type rit.

– Ah, mon vieux, dit-il en assénant une claque sur l'épaule de Caden, c'est une bonne maladie.

Je vis Caden se tendre sous l'accolade de l'étudiant, comme s'il brûlait d'envie de se débarrasser de cette main d'une bourrade. Mais il eut un sourire amorphe, se contentant de jouer le jeu.

– Alors dites-moi, vous avez un endroit où dormir à Santa Cruz ? demanda la conductrice, une fille aux longues dreadlocks blondes et au nez percé d'un anneau.

Apparemment, nous avions un peu trop bien joué notre rôle de vagabonds.

– Nan, on se débrouille au fur et à mesure.

– Eh bien, si vous avez besoin d'un canapé pour cette nuit, vous pouvez toujours squatter chez nous.

Je haussai les sourcils, attendant qu'elle pose des conditions. Voyant que rien ne se produisait, je répondis :

– Ce serait génial.

Et c'est ainsi que nous échouâmes dans une coloc d'étudiants pour la nuit.

***

Le lendemain matin, Caden était occupé à discuter avec un des types qui nous avaient pris en stop, adossé au chambranle de la cuisine, tandis que je faisais la vaisselle avec Amy, la fille aux dreadlocks. Je pouvais sentir le regard de Caden dans mon dos.

Amy lui lança un coup d'œil par-dessus son épaule.

– Ton mec, il est, euh, vraiment intense, dit-elle en me tendant une tasse pour que je l'essuie.

Je souris pour moi-même tout en m'exécutant.

– Il est un peu protecteur.

Elle ricana.

– Un peu, acquiesça-t-elle. Quand tu as le dos tourné, il te lance de ces coups d'œil… Elle secoua la tête. La plupart des filles se couperaient le sein droit pour un regard comme celui-là.

Un rire pétillant m'échappa. Cependant, il s'éteignit aussi vite qu'il était apparu.

– J'ai failli mourir, et il était là quand ça s'est produit.

Je ne savais absolument pas pourquoi je choisissais de me confier à elle en particulier, mais c'était bon de le formuler à voix haute. Comme si je sortais enfin du placard.

Amy s'interrompit dans sa tâche, baissa l'assiette qu'elle tenait et me dévisagea.

– Tu es sérieuse ?

– Oui.

Je regardai du côté de Caden, lequel hochait la tête

en réponse à ce que lui disait son interlocuteur. Il leva la tête et nos regards se croisèrent. La chaleur ardente que je vis dans ses yeux me fit rougir. Caden remarqua ma réaction et ses fossettes apparurent. Le type qui lui parlait se tut progressivement, son regard passant de lui à moi.

– C'est dingue, dit Amy, ramenant mon attention vers notre discussion. Comment c'est arrivé ? Puis elle réalisa qu'elle avait commis un impair et reprit : oh, désolée, c'était impoli.

– Ça va, dis-je. Nous avons grandi dans un quartier difficile, et je… je me suis fait tirer dessus.

C'était ce que je pouvais trouver de plus proche de la vérité.

– Bordel de merde. Tu déconnes ?

J'eus un rire las.

– J'aimerais bien.

– Waouh. Je pense que je comprends. Il est à fond dans le délire « je mourrais pour toi ». Bonne tactique, dis donc, pour finir au pieu.

– Tu parles.

Ma réponse la fit rire, et après une seconde ou deux, je me joignis à elle. Nous essuyâmes la vaisselle en bavardant, et pour la première fois depuis un an, je me sentis joyeusement, délicieusement *normale*.

***

– Je crois que je veux aller à la fac, déclara Caden.

Je me tournai vers lui, et mon cœur m'envoya de drôles de sensations à la vue de son visage.

Nous nous trouvions dans une navette, direction l'aéroport. C'était étonnant de voir comment de faux papiers d'identité et un peu d'argent pouvaient vous ouvrir des portes.

– Moi aussi, dis-je d'un ton nostalgique.

Nous avions passé la majeure partie de notre séjour à dormir, mais le peu que nous avions vu avait l'air marrant. Des jeux à boire, des marathons télé, des concours de cuisine – toutes ces choses se produisirent en un seul lieu pendant notre court passage. Et la plus grosse préoccupation qu'ils pouvaient avoir dans leur vie, c'était de rater un examen.

J'aurais bien aimé avoir ce genre de problèmes.

La navette s'arrêta devant le terminal des vols internationaux, et nous sortîmes.

Aucun téléporteur ne s'en était pris à nous, à mon grand soulagement, ce qui signifiait que le Projet ignorait que nous étions restés sur place la nuit précédente. Ou alors, ils nous tendaient à nouveau un piège.

Pendant que nous faisions la queue, Caden me tendit un passeport, et je l'ouvris.

– Ange Lockhart ? sifflai-je à son adresse, avant de sourire quand la personne devant nous se retourna pour me regarder. Dès qu'elle eut tourné la tête, je repris : nan, tu te fiches de moi.

La commissure de sa bouche se releva et il ricana.

– Ouais, je me suis bien amusé avec celui-là.

– Clairement.

Ma photo était celle que j'avais postée sur Facebook plus d'un an auparavant. Je baissai la voix.

– Ça va marcher ?

– Y a intérêt.

***

Ça marcha. Nous achetâmes des billets pour un vol vers Mexico et quittâmes la queue. Alors que nous nous rapprochions du contrôle de sûreté, je m'arrêtai net et jurai.

– Qu'y a-t-il ? demanda Caden.

– Il faut qu'on se débarrasse des fioles et des seringues.

Caden écarquilla les yeux. Il balaya les lieux du regard, et quand ses yeux se reportèrent sur moi, j'y lus une détermination d'acier.

– On le fait ici, alors.

Je secouai la tête, déjà pétrifiée à l'idée de différer notre départ.

– Nous devons avant tout quitter le pays.

Notre avion décollait dans deux heures. Cela ne nous laissait pas suffisamment de marge pour prendre un sédatif, et nous attarder ici plus longtemps ne ferait qu'augmenter nos chances de nous faire prendre.

– Bordel – non, mon ange. Je ne prendrai pas le risque que tu te téléportes dans un avion.

Contrairement au fait de se téléporter depuis un véhicule en mouvement, disparaître en plein air ne laissait aucune chance de survie.

Je me massai le front. Il avait raison, mais plus longtemps nous nous attardions, plus le risque de nous faire tuer augmentait.

Notre situation était la définition même d'être pris entre le marteau et l'enclume.

– Il ne nous reste qu'une heure avant l'embarquement, et on est en fin de matinée. Je devrais m'en sortir.

– Non, mon ange. Tu ne t'es téléportée qu'une fois, hier.

– Et j'ai largement assez dormi. Ça ira. Il secoua la tête. *Tête de mule*. Je ne veux pas me disputer avec toi à ce sujet, dis-je. Nous risquons la mort quoi qu'il arrive.

Caden prit mon visage entre ses mains.

– Je ne peux pas te perdre, putain, dit-il.

Je refermai mes mains autour de ses poignets.

– Ça n'arrivera pas. Je te le promets.

– Comment est-ce que je peux croire ça ? demanda-t-il d'un ton désespéré.

– Tu vas simplement devoir me faire confiance.

Ses narines s'évasèrent et il entrelaça ses mains derrière

sa tête, en reculant de quelques pas. Puis il laissa échapper un soupir.

– Très bien, mon ange. Je te fais confiance. Allons-y.

***

Je me lavai les mains dans les toilettes pour femmes en chantonnant en sourdine, en grande partie pour me distraire de l'idée de prendre l'avion. Mes mains tremblaient, seul signe indiquant que je redoutais ce qui pourrait se passer.

Quand je levai les yeux, un homme se tenait derrière moi. La dureté de ses traits le trahit immédiatement.

Je réagis avant même d'avoir entièrement analysé la situation, faisant volte-face de manière à avoir le dos appuyé contre le lavabo. J'agrippai le comptoir et m'en servis comme point d'appui pour lancer un coup de pied vers le téléporteur.

Il attrapa mon pied et tira dessus d'un coup sec. Je me rattrapai désespérément au rebord du lavabo. Quand mes mains trouvèrent une prise sur la porcelaine, je levai l'autre jambe et assénai un rapide coup de pied en plein dans son visage. Je le touchai à la mâchoire, et il me lâcha.

J'atterris en position accroupie et décochai un nouveau coup de pied dans sa direction. Anticipant mon geste, il fit un pas de côté pour l'éviter et ramena son genou vers le haut. Ma mâchoire claqua douloureusement, me laissant sonnée l'espace d'un instant. Il prépara un autre coup, et je roulai sur moi-même pour lui échapper.

Le type qu'ils avaient envoyé était énorme ; je doutais que son but soit de me ramener de mon plein gré au Projet. Surtout quand j'aperçus la bosse à sa ceinture.

Il s'accroupit à mon niveau, me saisit par le tee-shirt et me projeta contre une cabine fermée. La serrure sauta sous l'impact et la porte s'ouvrit vers l'intérieur. Je m'écroulai sur une femme qui se mit à hurler.

Je n'eus pas le temps de m'excuser ou de trouver bizarre d'être temporairement assise sur les cuisses nues d'une inconnue. J'étais entrée dans cet état second où je n'étais plus qu'action.

Avant que le téléporteur puisse me suivre à l'intérieur, je donnai un coup de pied dans la porte pour qu'elle lui claque au visage.

Il leva les mains pour se protéger, ce qui était juste l'opportunité dont j'avais besoin. Je bondis, arrachai son arme de son étui et l'abattis sur sa tempe. Il recula en vacillant, et je ramenai mon bras en arrière.

Derrière moi, la femme continuait de crier. Du coin de l'œil, je vis d'autres femmes aux yeux écarquillés se déplacer comme des biches apeurées vers le fond des toilettes.

Le téléporteur m'attrapa le bras alors que je l'abattais une deuxième fois vers sa tempe. Il m'attrapa par le col et me projeta à travers la pièce.

Ça, ça va faire mal.

Mon dos s'écrasa contre un miroir. Le verre plia et se craquela sous mon poids, et l'air fut expulsé de mes poumons. L'arme glissa entre mes doigts et atterrit dans le lavabo d'à côté tandis que je glissais le long de la paroi, mon flanc heurtant douloureusement les robinets au passage.

Mon attaquant approcha d'un pas de prédateur. D'un mouvement infiniment nonchalant, il récupéra le flingue dans le lavabo. Je ne pus m'empêcher de penser à mon triste score en armement, tant de mois plus tôt. J'étais vraiment nulle quand il s'agissait de manier une arme.

Saisissant le tissu de mon tee-shirt dans son poing, le téléporteur me traîna à bas du comptoir en armant son flingue de l'autre main.

Pendant que j'étais occupée à reprendre mon souffle, mon bras se détendit et j'écrasai la paume de ma main aussi violemment que possible contre son nez. Quelque chose craqua, et un liquide chaud dégoulina entre mes doigts. J'imagine que son visage parfaitement symétrique ne sera plus si parfait que ça, maintenant.

Il me lâcha en beuglant. Mauvaise idée de sa part. Je tendis la jambe et le frappai là où ça fait mal. Son cri fut stoppé net, et j'eus presque pitié de lui. Presque.

Il se recroquevilla légèrement en arrière, m'offrant l'ouverture que j'attendais. Mon coude s'abattit à l'arrière de son crâne, et ses yeux se révulsèrent. Il s'effondra au sol et lâcha son arme.

Je l'éloignai d'un coup de pied et le frappai une nouvelle fois à la tête. Pour faire bonne mesure.

Le souffle court, je regardai enfin autour de moi. La femme avait cessé de crier. En fait, elle et toutes les autres s'étaient évaporées pendant que j'étais occupée à me battre pour ma vie.

La porte de la cabine pendait bizarrement sur ses gonds, oscillant encore légèrement. Le miroir derrière moi était étoilé de fêlures, et le robinet du lavabo dont je m'étais servie une minute seulement plus tôt crachait encore de l'eau. Les mains tremblantes, je lavai le sang qui maculait ma peau avant de le fermer.

Je songeai à tirer le corps de mon attaquant dans une des cabines, à soulever l'abattant et à le balancer les fesses en premier dans la cuvette. Au final, je décidai de m'abstenir. J'étais peut-être vindicative, mais l'auto-préservation primait.

Je quittai les toilettes en adoptant un air aussi innocent que possible. À l'extérieur, le monde poursuivait sa course, béatement inconscient qu'un ninja avait failli me dézinguer. Enfin, excepté les vigiles qui approchaient au pas de course. Je tournai les talons et m'éloignai d'un pas détendu, m'autorisant même à simuler un air perdu dans la foule de l'aéroport.

Caden était debout dans la file d'attente d'une longueur

démentielle où je l'avais laissé ; pendant tout ce temps, il n'avait que légèrement avancé.

Il se tourna de mon côté. Il lui suffit d'un seul regard vers moi, puis vers les vigiles dans mon dos, et il abandonna la queue. Il se rapprocha à grands pas et mit ses mains sur mes joues.

– Qu'est-ce qui s'est passé ?

Il lut la réponse sur mon visage avant que je puisse parler. Il me lâcha et esquissa un geste pour foncer derrière moi.

Je le rattrapai par le bras.

– J'ai déjà assommé le téléporteur. Mais maintenant, ils savent qu'on est ici.

Caden croisa mon regard.

– Nous allons devoir fuir.

Je secouai la tête.

– Ils nous attendront au tournant.

Nous étions coincés. Si nous rations notre occasion maintenant, nous n'en aurions peut-être plus jamais d'autre.

– Mon ange, c'est du suicide de rester ici.

– Pas si je demande une faveur.

– Adrian ? devina-t-il.

– Oui.

J'étais encore contrariée envers lui, mais il était sans doute la seule personne capable de retenir le gouvernement.

Caden fit courir les mains dans ses cheveux ondulés, puis laissa retomber ses bras. Il pinça les lèvres et acquiesça.

Je m'activai avant que Caden puisse changer d'avis. Ses pas firent écho aux miens. Je m'arrêtai dans une boutique duty free et achetai une carte d'appel international, puis je me dirigeai vers une cabine téléphonique située au bout du terminal. Derrière moi, Caden gardait le silence, mais je pouvais déjà sentir son déplaisir.

Je ne savais pas vraiment si ce genre de téléphone échappait à la surveillance du gouvernement, mais il y avait de bonnes chances pour que mon coup de fil soit noyé sous tous les autres appels internationaux. L'union faisait la force.

J'entrai les informations de la carte, puis composai le numéro d'Adrian. Caden s'appuya contre le mur à côté de moi, étudiant mon visage.

– Allô ? répondit Adrian à la deuxième sonnerie.

– C'est Ember. Je l'entendis souffler. Nous sommes à l'aéroport de San Francisco, en partance pour Mexico. Nous décollons dans trente minutes.

Alors même que je parlais, j'entendis l'annonce de l'embarquement dans les haut-parleurs.

Une pause s'ensuivit.

– Vous avez réussi à vous enregistrer sur un vol international sans vous faire prendre ?

– Nous avons de fausses cartes d'identité, mais ce n'est pas pour ça que j'appelle.

– Qu'est-ce qui se passe ?

Je me tournai tout contre le téléphone.

– Écoute, un téléporteur vient de m'attaquer dans les toilettes de l'aéroport. Le Projet connaît certainement notre position, mais nous ne pouvons pas partir.

– Donne-moi le numéro de votre vol et les noms sur vos faux papiers.

Je lui débitai les informations qu'il demandait. Je l'entendis griffonner à l'autre bout du fil.

– Je vais voir ce que je peux faire pour les retarder, déclara-t-il quand il eut fini d'écrire. Rappelle-moi quand vous aurez atterri.

– Ça marche.

– Et, Ember ?

– Oui ? dis-je.

– Je suis désolé pour hier.

Caden plissa les yeux. Apparemment, il avait entendu aussi.

– Hmm. Je serrai les lèvres. On pourra en parler plus tard.

Ou jamais, en fait.

– D'accord. Mais… fais attention à toi.

Caden croisa les bras et fronça les sourcils.

– J'essaierai.

Je levai les yeux au ciel à l'intention de Caden tout en parlant.

Je raccrochai, et Caden me tomba dessus.

– Comment va le joli cœur ?

Je haussai les épaules en m'écartant du téléphone.

– J'en sais rien – il est trop occupé à essayer de sauver nos miches.

– Tes miches, corrigea Caden. Nous savons tous les deux que je ne suis qu'une pièce rapportée.

– C'est faux.

– Allons, mon ange, dit-il tandis que nous rejoignions notre terminal et la file d'attente, ce type a la gaule pour toi.

Je me tournai vers lui.

– Pourquoi est-ce qu'on parle de ça, au juste ?

– Parce que les émotions peuvent obscurcir le jugement. C'est toi qui me l'as appris.

Je sentis l'agacement monter rapidement en moi.

– C'est quoi ton problème ?

Je scrutai son visage. Et là je le vis.

Je fis un pas en arrière.

– Il ne s'agit pas de moi ou d'Adrian. Il s'agit de toi.

– Non…

Je levai une main.

– Ne te fatigue pas à me mentir quand je peux te décrypter.

Caden fronça les sourcils, les yeux emplis de colère. La peine brilla au fond de son regard.

– Tu as peur que je te mène en bateau, c'est ça ?

La compréhension, horrible et répugnante, se fit jour dans mon esprit alors que je voyais mes actions de son point de vue. Il avait fait office de muscles pendant notre trajet jusqu'ici.

Quand je vis une lueur d'incertitude vaciller dans ses yeux, je sus que j'avais correctement interprété la situation. Il craignait que je ne me serve de lui. Cela remettait en question toute notre relation.

– Merde, dis-je dans un souffle.

Des larmes me picotèrent les yeux. Je carrai la mâchoire ; je refusais de pleurer ici.

Je me détournai, regardant partout sauf vers lui.

– Non, dit-il en me saisissant le visage. J'essayai de me dégager, mais il ne céda pas. *Non*, répéta-t-il en y mettant plus de force, m'obligeant à le regarder dans les yeux.

Quelques passagers nous jetèrent des coups d'œil curieux.

– À quoi est-ce que tu dis non, hein ?

– Non à ta façon de fuir au premier signe de danger. Tu ne fais que ça, Ember. Persuade-moi que je suis un idiot – je t'en supplie –, mais ne fuis plus, mon ange.

Je rageais de savoir qu'il avait raison. J'avais envie de fuir, même maintenant, quand je n'avais plus nulle part où aller.

– Ça pourrait être fini pour nous, continua-t-il. Le Projet pourrait débarquer ici et nous réduire en miettes. Ne me laisse pas partir aussi facilement. (Désormais, il agrippait mes deux bras.) Bats-toi pour moi comme je me suis battu pour toi.

Je scrutai son visage, en me demandant comment je pouvais le convaincre d'un truc aussi important. Caden pouvait tisser des mondes à partir de simples mots ; j'en étais incapable. Mes mots seraient complètement inadaptés. Sans mentionner que je cachais mes sentiments sous des couches et des couches de façades. Formuler à voix haute quelque chose de vrai et de profond serait comme de plier un muscle atrophié.

– Excusez-moi, mais vous avez l'intention d'avancer ?

Nous nous retournâmes ensemble pour fusiller du regard l'homme qui venait de nous interpeller. Il leva les mains et dit :

– La vache, désolé.

Je me tournai de nouveau vers Caden et plaçai mes mains de part et d'autre de son visage. Je contemplai sa mâchoire puissante, sa barbe blonde qui avait poussé depuis que nous étions en cavale, les traits anguleux de son visage. Ses douces lèvres sculptées qui savaient exactement comment me rattraper au bord du précipice. Ses yeux qui s'adoucissaient à chaque fois qu'ils se posaient sur moi.

Cet homme fort et complexe n'avait montré ses points

faibles qu'à moi seule. Je pouvais prendre exemple sur lui, même si m'ouvrir ainsi m'effrayait.

– Caden, dis-je en plongeant mon regard dans le sien, quand tu m'as poursuivie il y a des semaines, je n'ai pas choisi de rentrer au centre parce que cela augmentait mes chances de survie. Je ne suis pas non plus revenue parce que je pensais qu'une évasion serait plus facile.

Je pouvais déjà voir une partie de son incertitude reculer à mes paroles. C'était étrange de constater que malgré toute notre intelligence, nous ne parvenions toujours pas à tromper nos émotions.

– Je l'ai fait parce que je t'aime.

Il ferma les yeux, savourant ces mots. Quand il les rouvrit, ils brillaient.

– Tu es la meilleure chose qui me soit jamais arrivée, dis-je. Tu es le soleil, une étreinte chaude, mon meilleur ami et coconspirateur. Et je ne suis pas douée pour ça, mais il n'y a pas d'avenir pour moi sans toi.

Nos doigts s'entrelacèrent, et je l'attirai vers moi. Nos lèvres se rencontrèrent, et je l'embrassai comme pour lui faire une promesse.

– Je ne te trahirai jamais, dis-je en m'écartant. Je t'aime. Tu vas devoir croire en ça.

– Cartes d'embarquement ? demanda l'hôtesse au comptoir.

Caden leva un doigt pour lui demander un instant de silence. Son audace fit frémir mes lèvres.

Il me contempla, le visage sérieux, puis m'engloutit dans son étreinte et me souleva de telle façon que je dus baisser la tête vers lui.

Il y avait des moments, comme celui-là, où les mots ne pouvaient qu'embrouiller les émotions pures. Je plongeai mon regard dans les yeux de Caden, et je vis que toute incertitude en avait été chassée. Il ne restait plus qu'un amour profond et inconditionnel. Le genre d'amour qui surmonte la mort. Le genre d'amour sur lequel on écrit des ballades. Le genre d'amour pour lequel les gens meurent…

Et vivent.

Chapitre 20

Notre vol se déroula sans accroc. Que ce soit dû à l'intervention d'Adrian ou à la chance pure, je n'en avais aucune idée. Mais dès que nous sortîmes de l'avion, j'eus envie d'embrasser le sol. Nous n'avions pas été capturés et je ne m'étais pas téléportée. Somme toute, nous étions gagnants.

– Ils ne se sont pas lancés à notre poursuite, dis-je alors que nous descendions de l'avion pour nous diriger vers le retrait des bagages.

Je me massai distraitement la main. Caden l'avait comprimée dans un étau pendant tout le vol. Ce genre de choses n'empêchait pas la téléportation, mais peu importait.

Il m'avait également fait avaler de force le café dilué proposé en vol, vu que nous n'avions pas eu le temps d'en prendre un à l'aéroport. Maintenant, ses effets me donnaient la bougeotte.

– N'en sois pas si sûre, répondit Caden en promenant un regard méfiant autour de nous.

Nous avions beau être tous deux très doués pour déchiffrer les gens, nous n'avions aucun moyen de déterminer si une personne parmi les milliers qui nous entouraient était un agent.

Mais alors que nous traversions le terminal et quittions l'aéroport ensemble, nous oubliâmes momentanément notre paranoïa. Quand Caden inséra notre clef magnétique dans la porte de la chambre d'hôtel que nous avions louée, un espoir hésitant s'épanouit en nous.

Le lendemain, après une bonne nuit de sommeil, nous prendrions un avion de Mexico à Zurich. Adrian nous y avait préparé un refuge, où nous serions à l'abri de nouvelles attaques de téléporteurs.

Je bouillais d'impatience.

***

Je me laissai tomber sur le lit de l'hôtel, les lumières clignotantes de la ville scintillant loin en contrebas.

– Je veux commander des trucs au room service, dis-je. Et après je veux regarder un milliard de films, et après je veux faire des galipettes avec toi – pas nécessairement dans cet ordre.

– Voilà qui est alléchant, mon ange, dit Caden en

revenant vers moi après avoir vérifié les serrures de la porte et des fenêtres.

Il l'avait également fait pendant que nous montions. Juste après avoir insisté pour que nous prenions les escaliers. Huit putain d'étages. Parce que je risquais de me téléporter dans un ascenseur. Mes cuisses n'étaient pas ravies, et c'était peu dire.

Le lit se creusa, et je sentis cette riche chaleur qui accompagne le frôlement d'une peau. Caden déposa un baiser derrière mon oreille, puis fourra son nez au creux de mon cou. Brusquement, les films, la nourriture et le sommeil passèrent tous à l'arrière-plan. Je me retournai sur le dos et le dévisageai.

Caden caressa ma joue du dos de la main.

– Cette nuit, peu importe où nous nous retrouverons – des images de cette salle de torture avec la chaise et les sangles en cuir dansèrent derrière mes paupières –, n'oublie pas que je t'aime.

***

Caden plongea le regard dans les yeux d'Ember. Comment allaient-ils survivre à ça ? Il ne pouvait pas lui dire qu'il s'inquiétait de ne pas pouvoir la protéger. Jouer les mâles virils était une des choses qui la faisaient bondir, et aussi mignonne que soit Ember énervée, il garderait ses réflexions pour lui.

Elle leva la main et lui lissa le front.

– Plus de peur, Caden.

Peut-être qu'il n'était pas doué pour garder ses réflexions pour lui.

Il lui retira son tee-shirt et fit courir ses mains sur son tatouage. Il ne se lasserait jamais de ça, d'elle.

Il la déshabilla avant de faire de même pour lui, puis il la serra entre ses bras.

– Euh, Caden ?

Il ne put empêcher ses lèvres de tressaillir.

– C'est toujours sexe, sexe, sexe avec toi, hein ? (Il poussa un soupir feint.) On ne peut pas se contenter d'un câlin, pour une fois ?

Elle se figea entre ses bras. Puis un rire léger lui échappa.

– Tu es vraiment un gros punk, dit-elle en se trémoussant.

Il ravala un gémissement. Bon Dieu, la façon dont son corps bougeait contre le sien…

– Je sais que tu es chaude comme la braise et tout ça, dit-il, mais je ne suis pas sûr d'être prêt à te laisser prendre mon innocence.

Elle écarquilla les yeux et, une fois qu'elle eut repris ses esprits, elle lui administra une fessée pour sa remarque. Une *fessée*. Un large sourire de loup s'étira sur son visage. Oh, il avait bien l'intention de provoquer à nouveau cette réaction à l'avenir.

Il l'attira tout contre lui, se délectant de la sensation de leurs peaux pressées l'une contre l'autre. *Elle est réelle. Et elle est dans mes bras.*

Parfois, comme maintenant, il prenait à nouveau conscience qu'elle était bien vivante.

Ember s'écarta légèrement.

– Tu es sérieux ? Tu veux vraiment juste un câlin ?

La curiosité brûlait dans ses yeux.

Comme si elle ne pouvait pas deviner qu'il avait d'autres plans pour eux deux. Il était dur comme la pierre depuis qu'il était entré en contact avec sa peau nue.

– Nan, je te faisais marcher.

Il les fit basculer sur le matelas, plaqua ses lèvres sur les siennes, et tous leurs problèmes s'envolèrent très, très loin.

***

Quand Caden ouvrit les yeux, il avait plusieurs scénarios possibles en tête. Mais pas celui-là.

Desiree était assise le dos tourné vers lui, concentrée sur son écran d'ordinateur.

– Tu as enfin décidé de me rendre visite ? dit-elle en faisant pivoter sa chaise.

Elle était belle, comme toujours. Sauf que cette fois, il pouvait voir à quel point cette beauté était trompeuse.

– C'est Dane qui a coordonné tout ça ?

– Oui, répondit-elle. Même si je commençais à me dire que tu ne passerais jamais me voir. Comment as-tu réussi à faire ça ? Il serra la mâchoire. Vraiment ? Je suis ta plus vieille amie, et tu refuses quand même de me le dire ?

– Desiree, tu as piégé Ember. Tu as piégé ma paire.

Après tout le chagrin qui l'avait frappée quand son propre compagnon était mort – après toutes ces fois où Caden avait été là pour elle – elle était mieux placée que quiconque pour savoir ce qu'Ember représentait pour lui.

Desiree se leva de son siège.

– Dans quel camp tu es, au juste, Caden ? Tu sais pourquoi je l'ai fait. Elle aurait révélé notre existence – elle a toujours l'intention de le faire, et tu l'aides.

– Pourquoi Dane l'a réveillée alors qu'il aurait pu se contenter de la tuer ?

Elle secoua la tête.

– Ils ne nous tuent pas. Pas s'ils peuvent faire autrement.

Caden n'avait jamais été au courant de ça. Il se demanda quand et comment Desiree avait obtenu un accès aux informations top secrètes supérieur au sien.

Elle détourna le regard.

– Et il l'a fait pour toi.

Il aurait pu croire cela un an plus tôt. Peut-être même un mois plus tôt. Mais maintenant ? Il était blasé comme jamais.

– Dane t'aime.

Quelque chose de vulnérable s'insinua dans l'expression de Desiree, et pendant un instant, juste un instant, elle ressembla à une version plus jeune d'elle-même.

– *Je t'aime.*

Après tout ce temps, elle était encore amoureuse de lui.

Caden contrôla sa réaction.

– Il est trop tard pour ça, Desiree.

Elle broncha, comme s'il l'avait giflée. À quoi s'attendait-elle ? Pensait-elle qu'à cet instant entre tous, il craquerait pour elle ? Il avait eu toutes ces années pour sortir avec elle, et il avait eu ces dix derniers mois pour fuir sa peine dans son corps chaud. Il n'avait fait ni l'un ni l'autre.

– Tu n'auras pas d'autre chance, Caden. En l'état actuel des choses, Dane doit déjà faire des pieds et des mains pour t'offrir cette opportunité.

– Et je suis censé être reconnaissant, Desiree ? Vous l'avez tous les deux *prise au piège*, putain.

– Ça ne t'a jamais posé problème par le passé.

Il passa les mains dans ses cheveux. Elle avait raison, et cela le rendait furieux. Il avait fermé les yeux sur certaines des actions les plus répugnantes du Projet.

– Tu prétends m'aimer, Desiree, mais si c'est vrai, pourquoi voudrais-tu me faire du mal ?

Elle soupira, et Caden se crispa en l'entendant. Après tout ce qu'elle lui avait fait traverser, elle avait le culot de *soupirer* devant lui ?

– Il ne s’agit pas seulement de toi et moi, au cas où tu l’aurais oublié, répondit-elle.

– Ça ne t’a pas empêchée de chercher à obtenir exactement ce que tu voulais.

Il put voir la peine flamboyer dans ses yeux.

– Parce que tu crois que j’ai un jour obtenu ce que je voulais ?

Desiree lui tourna le dos et se dirigea vers sa table de chevet. Elle ouvrit le tiroir et prit le Glock 23 qui s’y trouvait.

Le regard de Caden se posa brièvement sur l’arme, avant de revenir sur son visage. Il haussa les sourcils.

– Vraiment, Desiree ?

– Je suis désolée, dit-elle, l’air sincère. Ça n’aurait jamais dû se passer comme ça.

Il serra les poings de part et d’autre de son corps.

– Ça peut toujours changer.

Elle secoua la tête, prit une inspiration pour rassembler ses esprits et fit volte-face, l’arme pointée sur lui.

Caden ne bougea pas. Normalement, il était plutôt rapide pour évaluer une situation, mais ça… C’était si éloigné de toutes les possibilités qu’il aurait pu envisager qu’il se retrouvait incapable de réagir.

Elle arma le chien du Glock, alors même que ses yeux abritaient un monde de douleur.

– S’il te plaît, Caden. Reviens au centre. Tu es notre

meilleur extracteur. Dane te pardonnera. Ne me force pas à appuyer sur la détente.

Le regard de Caden quitta le flingue pour se poser sur son visage. Il serrait et desserrait la mâchoire compulsivement. Ce n'était pas de la peur qui brûlait en lui, mais bien de la colère.

– Non, dit-il, tu ne me feras pas porter le chapeau. J'ai fait mes choix, et j'en assume la responsabilité. Tire-moi dessus, et ce sera uniquement ta faute. Et crois-moi quand je te dis que ça te hantera pour le restant de tes jours.

Le chagrin tordit le visage de Desiree, et le Glock trembla. Elle n'avait pas appuyé sur la détente, et la possibilité pour qu'elle le fasse s'éloignait à chaque seconde.

C'est alors que la pire chose imaginable se produisit : Ember se matérialisa à côté de lui.

Chapitre 21

Flingue.

Je cillai, me concentrant d'abord sur le bras mince qui le tenait avant que mes yeux ne remontent vers le visage de Desiree. Nos regards se croisèrent. L'espace d'un instant, je vis le choc s'emparer d'elle, puis elle barricada son expression.

– Voyez un peu ce qui me tombe du ciel, déclara-t-elle.

Le canon de son arme se décala vers moi.

– Non, dit Caden en s'interposant. Cette situation ne concerne que nous. Pas elle.

Dans quoi avais-je débarqué ? Et pourquoi Desiree avait-elle braqué son arme sur Caden ?

– Mais bien sûr. Parce qu'avant son arrivée, tu avais follement envie de t'enfuir, peut-être ? dit-elle.

J'essayai de contourner Caden, mais il refusa de se pousser.

Desiree recula vers son bureau et prit une radio posée à côté de son ordinateur portable.

– Capitaine, dit-elle en l'élevant vers ses lèvres, j'ai Ember et Caden avec moi dans ma chambre.

La radio crachota.

– *Bien*, dit la voix crépitante de Dane dans la radio.

Desiree détourna alors brièvement le regard.

Je retins mon souffle et les muscles de Caden se contractèrent. Je sus ce qu'il allait faire une fraction de seconde avant qu'il ne se précipite sur elle. J'aurais fait la même chose si les rôles avaient été inversés ; c'était le seul moment de distraction qu'aurait Desiree.

Caden bougea à la vitesse de l'éclair. À un moment il se tenait devant moi, et l'instant suivant il saisissait le poignet de Desiree, tirait…

Le coup de feu vit voler le silence en éclats, et le monde sembla s'arrêter. Je ne parvenais pas à comprendre ce que je voyais, car Caden, ma paire impitoyable et inarrêtable, avait la main plaquée sur son abdomen.

J'étouffais, incapable de respirer.

Du sang suinta de la blessure ; les yeux écarquillés, Caden baissa la tête vers son ventre, puis la releva vers Desiree. Son incrédulité face à cette trahison assombrissait l'expression de son visage.

Puis il sembla y avoir trop d'air dans mes poumons, trop de tout – et je pus sentir les larmes couler le long de mon visage et brouiller le reste du monde, mais je ne sentais pas leur humidité.

Maintenant, je savais ce que ça faisait. Maintenant, je pouvais commencer à me représenter l'horreur de la mort.

Et je sus à cet instant qu'il était bien plus facile d'être la personne qui mourait que celle qui survivait.

Inspirer. Expirer. Inspirer. Expirer.

Desiree fit un pas en arrière en lâchant son arme. Pendant un bref moment, je vis l'horreur la submerger. Il n'y aurait pas de retour en arrière possible après une telle action, et elle le savait. Tout être humain capable de tuer son propre ami savait qu'il était un monstre.

Caden oscilla et je me précipitai vers lui pour le rattraper alors que son corps basculait vers l'arrière. Nous nous effondrâmes ensemble sur le sol. Des filets de sang rouge suintaient entre les doigts de Caden.

Un gémissement m'échappa et ma main recouvrit celle de Caden. Je me fichais désormais que Dane nous tombe dessus dans quelques minutes, ou que Desiree puisse ramasser le flingue pour m'abattre. En fait, ce serait miséricordieux de sa part.

Mon monde n'était pas miséricordieux.

Au lieu de prendre l'arme et de finir le boulot, Desiree recula loin de nous jusqu'à atteindre la porte, les yeux fixés sur Caden. Elle saisit la poignée et se faufila par la porte, fuyant le carnage.

Je frissonnai en baissant le regard vers Caden.

Il entrelaça ses doigts trempés de sang avec les miens, et plongea ses yeux dans les miens.

– Plus de peur, Ember, dit-il, me renvoyant mes paroles précédentes.

Puis il disparut.

– *Non !*

Une part de moi se brisa, éclatant en morceaux de mille manières différentes.

Je me recroquevillai sur l'espace vide où se trouvait Caden l'instant d'avant, tremblant de tout mon corps.

Épissage. Ce mot résonnait en écho dans ma tête. À cet instant même, Caden se vidait de son sang dans une chambre d'hôtel anonyme. Il n'y aurait pas d'équipe médicale prête à intervenir pour le sauver. Je ramenai le dos de ma main contre ma bouche. Quand je me réveillerais, il serait mort depuis longtemps.

Boum. Boum. Boum. Le sang battait à mes oreilles.

Il serait mort.

Boum. Boum. Boum.

C'était la deuxième fois que Desiree nous arrachait l'un à l'autre.

Boum. Boum. Boum.

La rage éclipsa le chagrin. Elle s'engouffra en moi, trop énorme pour être contenue au sein d'un seul corps. J'avais l'impression d'être une force de la nature.

Je me remis debout. Je voyais la pièce qui m'entourait

à travers un tunnel de noirceur maculé de teintes rouges. Quand je me retrouvai dans le couloir, j'eus l'impression d'avoir flotté jusque-là.

Deux soldats en treillis apparurent devant moi. La surprise naquit sur leurs visages quand ils me virent. Ils s'empressèrent de tendre la main vers leurs armes.

Trop tard. Je m'avançai vers eux à grands pas, comblant la distance qui nous séparait, et j'arrachai son flingue à l'un des soldats. Je lui écrasai ensuite le nez de la paume de la main et il recula d'un pas trébuchant en levant instinctivement les mains. Avant qu'il puisse reprendre ses esprits, je ramenai ma jambe vers le haut et écrasai mon pied sur son visage. Ses yeux se révulsèrent et il tomba. Je reportai mon attention sur le deuxième soldat, alors même que celui-ci levait son arme. Vive comme l'éclair, je tournai sur moi-même et lui assénai un coup de pied circulaire à la tempe. Ses jambes cédèrent sous son corps, et il s'écroula sur son partenaire.

J'aurais ma vengeance avant de mourir.

Je poursuivis ma route dans le couloir, le flingue d'un des soldats toujours à la main. Soit Desiree se précipiterait vers Dane, soit elle se planquerait dans un coin pour lécher ses plaies émotionnelles.

Je tournai en direction du bureau de Dane. Peu importait si elle n'était pas là. Il y avait de fortes chances pour que j'y trouve quelqu'un que je n'aimais pas.

Caden est mort.

Une larme s'échappa entre mes paupières. Puis une autre, et encore une autre.

Je ne pouvais pas le sauver, mais j'aurais ma vengeance. Ce fut la dernière pensée qui me traversa l'esprit avant que je disparaisse.

Chapitre 22

Je me réveillai avec un hoquet. Je venais d'échapper à un cauchemar, sauf que celui-là était bien réel.

– *Caden*, dis-je dans un sanglot.

Des bras m'encerclèrent.

– Chut, mon ange. Tout va bien.

Il enfouit son visage au creux de mon cou.

Attendez.

Ça ne pouvait pas être réel.

Je m'écartai. La lumière de la salle de bains de notre chambre était allumée, et à sa lueur faiblarde, je vis Caden. Vivant.

Je me dégageai maladroitement d'entre ses bras et actionnai une lampe de chevet pour pouvoir mieux le regarder. Un éclat doré caressa son torse nu. Mon regard se posa sur son abdomen. Les lambeaux ensanglantés de ce qui était autrefois une chemise dissimulaient la blessure.

Je plissai les yeux en l'examinant de plus près. Mes yeux s'écarquillèrent.

– Bordel… Je levai la tête vers lui. La plaie n'a pas provoqué d'épissage.

Il arqua les sourcils.

– Non, dit-il doucement.

Je tendis la main, avant de la retirer à la dernière minute.

– Il faut quand même qu'on t'emmène voir un docteur.

– Nous n'avons pas le temps pour ça.

Je bondis hors du lit et saisis le téléphone.

– Nous allons t'amener à l'hôpital, dis-je.

Percevant la tonalité inflexible de ma voix, Caden céda.

Pas d'épissage. *Pas d'épissage.* En élevant le combiné vers mon oreille, je commençai à pouffer. Caden me regarda d'un air circonspect, en particulier quand les ricanements s'additionnèrent jusqu'à se muer en rire hystérique. Je me couvris la bouche de la même main qui, une minute seulement plus tôt, était couverte du sang de Caden.

Le rire se bloqua dans ma gorge, et brusquement des sanglots déchirants secouèrent tout mon corps.

Les bras de Caden revinrent se poser autour de moi.

– Je vais bien, mon ange, dit-il d'un ton apaisant.

– Je croyais que tu étais *mort*, dis-je, tout en appuyant

d’un doigt tremblant sur le bouton appelant l’accueil de l’hôtel.

– Je suis plutôt dur à tuer.

Un nouveau sanglot étouffé me secoua.

En réponse, Caden déposa un baiser sur mon omoplate.

À l’autre bout du fil, le réceptionniste de l’hôtel décrocha. Je rassemblai mes esprits. J’aurais le temps de pleurer quand Caden serait correctement pris en charge.

– *Necesito una ambulancia*, dis-je en m’éclaircissant la gorge.

Alors que j’organisais la venue d’une ambulance, un téléporteur apparut – il était sans aucun doute là pour me supprimer. Avant que le type puisse faire ne serait-ce qu’un pas vers moi, Caden fut sur lui.

Il le saisit par les cheveux et lui fracassa la tête contre une table, avec une telle force que je sus qu’il se souciait peu que le mec meure ou vive.

Les yeux écarquillés, je mis rapidement fin à l’appel et raccrochai.

– J’imagine que ça ne va pas beaucoup te surprendre, mais il faut qu’on file, déclara Caden en prenant nos affaires. Et j’ai beau adorer la vue, je pense que tu préféreras sans doute enfiler quelque chose.

Je hochai la tête, les yeux fixés sur le sang frais qui avait suinté à travers son bandage de fortune. Il n’y avait pas eu d'épissage – et la blessure était peut-être déjà en partie guérie –, mais la plaie restait grave.

Je m'habillai en hâte et saisis mon sac. Nous n'allions pas revenir.

***

– Nous sommes arrivés à Mexico.

J'avais le combiné plaqué contre l'oreille, et je parlais à voix basse. Je jetai un coup d'œil vers le couloir. Derrière une de ces portes fermées, des médecins s'occupaient de Caden.

– Et tu vas bien ? demanda Adrian.

Je pouvais presque voir son front se plisser d'inquiétude au ton de ma voix.

Je soupirai.

– Je vais bien. Caden… Je ravalai la boule qui se forma dans ma gorge. Il s'est fait tirer dessus, dis-je d'une voix rauque.

Je me frottai les yeux.

– Il va bien ?

Je fronçai les sourcils au ton de sa voix. Il n'avait pas l'air plus inquiet que ça. Non pas que je m'attendais à autre chose, mais sa décontraction me hérissa.

– Il n'y a pas eu d'épissage.

Silence à l'autre bout du fil. Un silence pesant. Lourd de sens.

– Tu sais pourquoi il n’a pas subi d’épissage, c’est ça ? repris-je.

Adrian marqua une pause avant de reprendre la parole.

– Tu n’es pas la seule sur laquelle mon père ait fait des expériences, parmi les téléporteurs.

Mon souffle se bloqua dans ma gorge.

– Je te demande pardon ?

– Comme tout bon scientifique, mon père a procédé à de légères variations, certaines plus réussies que d’autres.

Ma peau se couvrit de chair de poule.

– Tu en parles comme si nous étions des cobayes.

– Au début, c’est ce que vous étiez.

Entendre ces mots dans la bouche d’Adrian me retourna l’estomac, même si c’était la pure vérité.

Je ne pouvais pas discuter de ça avec lui. Si je le faisais, notre future rencontre se finirait sans doute de la même manière que ma dernière visite.

Je soufflai pour chasser une mèche de cheveux qui pendait sur mon front et fermai les yeux.

– Donc Caden ne peut pas subir d’épissage… quoi qu’il arrive ?

– À ma connaissance, non.

Je me glissai dans la chambre de Caden pendant que personne ne regardait. Même blessé, il semblait d’une taille démesurée, ses larges épaules et ses longues jambes faisant paraître le lit ridiculement petit.

Il avait les yeux fermés, et je profitai de l'occasion pour m'abreuver de sa vue. Mon regard vagabonda sur sa peau bronzée et balafrée, puis s'attarda sur son visage à la beauté ravageuse. Il remonta ensuite vers ses cheveux. Je contemplai ses mèches étincelantes et dorées. C'était un enfant du soleil.

Ses yeux papillonnèrent et s'ouvrirent.

– Hé, mon ange, dit-il d'une voix empâtée de sommeil.

Il tapota le matelas, et je me rapprochai de lui.

Voyant que je ne grimpais pas sur le lit, il passa un bras autour de ma taille et me hissa près de lui.

Eh bien, c'était une bonne façon d'obtenir ce qu'on voulait.

Je suivis le contour de son visage du bout des doigts.

– Je me suis fait du souci pour toi.

Après notre départ de l'hôtel, je m'étais doutée que nous ne verrions pas d'autres téléporteurs. Pas avant que le gouvernement ne sache où nous étions. J'avais pris soin d'utiliser de nouvelles identités pour Caden et moi à l'accueil de l'hôpital. Pour l'instant, j'étais Sarah Ericsson, épouse de Sam Ericsson. Et Sam Ericsson me pelotait les fesses sans grande subtilité.

Je rattrapai sa main vagabonde et la ramenai vers une zone plus appropriée.

Il me contempla, les paupières lourdes, mais le regard empli d'émerveillement.

– La mère de mes futurs enfants, marmonna-t-il, un sourire alangui s'étirant lentement sur son visage.

– Euh… quoi ?

Les médecins de l'hôpital devaient lui avoir refilé une sacrée dose d'antidouleurs.

Sa main descendit vers mon ventre, et il se mit à le caresser. Il avait l'air songeur.

– Nous serions de bons parents.

C'était discutable. Je hochai néanmoins la tête pour complaire à mon Caden shooté aux médocs.

– Les meilleurs.

Il rit.

– Tu es une mauvaise menteuse… pour une téléporteuse, bien sûr. Il se réinstalla dans son lit et se lova tout contre moi. Tu veux que je te dise un secret, mon ange ? demanda-t-il en bredouillant quelque peu.

Je plissai le nez.

– Je fermerai les yeux sur ce commentaire, mais uniquement parce que tu es sous antidouleurs.

Il acquiesça.

– J'ai une immunité temporaire, alors j'en abuse. (Naturellement.) Mon ange. Il m'amena près de lui afin que ses lèvres effleurent mon oreille. J'ai su que je t'aimais dès le moment où j'ai posé les yeux sur toi pour la première fois, quand tu attendais que ce bus t'emmène loin de tout.

Je refermai doucement mes bras autour de lui, en prenant soin de ne pas réveiller sa blessure.

– Oh, c'est vrai ça ? dis-je d'un ton joueur alors même que mon cœur tambourinait dans ma poitrine.

– Les gens ne croient pas en ce genre de trucs – bande de cons désabusés… marmonna-t-il dans sa barbe. Ses yeux se concentrèrent à nouveau sur moi. Qu'est-ce que je disais ?

Je dus fournir un gros effort pour ne pas rire.

– L'amour au premier regard ?

– Oh oui – oui, c'était ça. Je t'ai vue – il me toucha le nez du bout du doigt –, et j'étais prêt à tout laisser derrière moi, dit-il en souriant. Et puis je t'ai rencontrée. Son regard s'adoucit. Ce jour-là, j'ai su pour la première fois ce que c'était qu'une certitude absolue. Il toucha mes cheveux. Ember Elizabeth Pierce, tant que tu voudras bien de moi, jamais je ne te laisserai partir.

***

Je dévisageai Caden tandis que nous prenions place dans notre vol transatlantique, le lendemain. Il ne parvint pas tout à fait à dissimuler sa grimace quand le mouvement réveilla sa blessure.

Je baissai les yeux vers son torse.

– C'est une mauvaise idée.

Être dans un avion pendant plus de dix heures devait sérieusement augmenter les risques d'infection.

– En effet. Tu pourrais te téléporter à n'importe quel putain de moment.

Maintenant que les antidouleurs avaient cessé d'agir, Caden était grognon.

Le passager assis à côté de moi nous jeta un coup d'œil.

– Tu peux essayer de me faire porter le chapeau, dis-je, mais c'est toi qui as un trou dans le ventre.

L'homme nous regarda à nouveau. Caden le fusilla des yeux, et l'intéressé se détourna rapidement.

Caden me prit la main et la serra.

– Tout ira bien pour moi, dit-il en déchiffrant mon expression. J'ai connu pire, bien, bien pire.

Je ne voulais même pas y penser.

– Je t'emmène quand même voir un docteur dès qu'on atterrit.

– Qu'est devenu ton « plus de peur » ?

Malgré ses paroles, un vague sourire joua sur son visage face à mon inquiétude. J'étais en train de faire une mini-crise de panique à côté de lui, et il avait l'air ravi.

– Nous avons encore le temps. Nous pourrions partir, dis-je, prise de remords.

Caden posa une main en travers de mon torse.

– Non, mon ange. Nous devons aller jusqu'au bout.

Je n'avais aucun doute que Dane et ses hommes faisaient actuellement tout ce qui était en leur pouvoir pour nous trouver, mais ils ne connaissaient plus notre position exacte, désormais. Ils ne prendraient pas le risque d'envoyer d'autres téléporteurs avant que ce soit le cas.

Je mordillai ma lèvre inférieure, puis hochai la tête à contrecœur. Nous ne serions vraiment en sécurité qu'une fois dans ce refuge à Zurich.

Je me réinstallai sur mon siège, tous les muscles de mon corps contractés.

Caden ricana.

– Maintenant, tu sais ce que ça fait. En me voyant hausser les sourcils, il développa : J'ai failli avoir un anévrisme pendant notre dernier vol, sachant que tu pouvais disparaître à tout moment. Après une pause, il poursuivit. Je pourrais encore en avoir un. Tu as assez dormi, n'est-ce pas ?

Je hochai la tête. Je m'étais assoupie dans les bras de Caden à l'hôpital, et nous avions dormi ensemble pendant des heures. À un moment donné, une infirmière était entrée et, au lieu de m'arracher à Caden, elle avait drapé une couverture sur moi.

Je baissai les yeux vers son bras. De fines lignes blanches marquaient sa peau ici et là. Je les suivis du bout du doigt.

– Je comprends maintenant pourquoi tu as autant

de cicatrices, murmurai-je. Je relevai la tête vers lui ; il m'observait. Tu sais depuis un bon moment que tu es insensible à l'épissage. Il répondit par un hochement de tête sec. Pourquoi ne m'as-tu rien dit ?

Il haussa les épaules.

– Je n'en ai jamais eu l'occasion.

L'incrédulité me laissa bouche bée.

– Donc je suis censée partager mes secrets, mais pas toi ?

Il attrapa ma main et y déposa un baiser.

– Tu n'as pas le droit de te fâcher.

– Ah oui ?

– Oui. Parce que je suis blessé. Je crois que j'ai aussi droit à des massages gratuits et à des parties de jambes en l'air illimitées.

L'homme à côté de moi eut un rire moqueur, et je lui lançai un regard mauvais pendant qu'il feuilletait son magazine de bord. Malheureusement, il ne m'accordait aucune attention.

Je me retournai vers Caden et déclarai :

– Dès que toute cette histoire sera derrière nous, je peux te dire que tu seras puni pour ça.

Les yeux de Caden s'illuminèrent comme ceux d'un gamin à Noël.

– J'ai hâte d'y être.

***

– Ouille.

Je me frottai la tête et lançai un regard noir au compartiment à bagages tout en me glissant dans l'allée. Évidemment, il *fallait* qu'ils rendent les avions trop étroits pour tout le monde mis à part les enfants et autres personnes de petite taille.

– Fumier, rajouta Caden.

Il me prit la main, et ses yeux pétillèrent quand il la serra.

Je savais ce qu'il pensait, car la même phrase tournait en boucle dans ma tête.

Nous avons réussi.

Je lui rendis son sourire et ne lui lâchai pas la main tandis que nous nous frayions un chemin hors de l'avion.

– Donc nous retrouvons Adrian au retrait des bagages ? demanda Caden en se renfrognant légèrement.

À l'idée que ces deux-là se rencontrent et interagissent, un mal de tête pointait déjà sous mon crâne.

J'acquiesçai en me mordillant l'intérieur de la joue. J'avais appelé Adrian avant que notre avion décolle ; si tout allait bien, il nous attendrait juste à l'extérieur de la porte.

– T'es-tu déjà demandé pourquoi la petite équipe de scientifiques d'Adrian n'avait pas déjà révélé l'existence du Projet ? demanda Caden.

– Ils n'ont pas les preuves nécessaires pour ça, répondis-je.

– Hmm.

Il ne me croyait pas. Je me retournai pour lui faire face.

– Et qu'est-ce que tu penses… ?

Ma phrase mourut sur mes lèvres alors que je repérais des hommes en costume qui attendaient à notre porte. L'un d'entre eux croisa mon regard et fit un très léger pas en avant.

Oh. Merde.

Caden suivit mon regard. Il jura dans sa barbe.

– Nous allons devoir passer tranquillement devant eux et faire comme si de rien n'était.

– Euh, je crois que c'est trop tard, dis-je en dévisageant un homme que je soupçonnais d'être un agent.

Je m'excusai en silence auprès de l'homme qui avait été assis à côté de moi pendant le vol. Au moment où il nous dépassait, je pointai du doigt la mallette noire qu'il portait.

– Oh mon Dieu – une bombe ! *Il a une bombe !*

Il n'y avait rien de tel que ces quatre mots magiques pour plonger un aéroport tout entier dans l'affolement.

Je continuai de crier jusqu'à ce que d'autres personnes prennent la relève. Caden me saisit la main et nous courûmes, sans oser regarder derrière nous.

– Joli, dit Caden.

– J'ai des éclairs de génie.

Quelqu'un me plaqua par-derrière, arracha ma main à celle de Caden. Je sentis un genou dans mon dos, et mes bras furent brutalement tirés en arrière.

Caden se retourna, les yeux écarquillés.

– Cours ! criai-je, la panique pulsant dans mes veines.

Je refusais qu'ils s'emparent de lui. Au lieu de m'obéir, il se débarrassa de son sac d'un coup d'épaule et marcha vers moi.

– Non, Caden.

Alors même que je parlais, d'autres agents l'encerclèrent.

Il sourit, puis attaqua, avec des mouvements rapides et puissants. C'était ahurissant de voir que le même homme qui m'avait tenue avec autant de douceur pouvait également se mouvoir ainsi.

Le genou de mon assaillant s'enfonça dans mon dos, et je reportai mon attention sur lui.

Se battre jusqu'à la mort.

C'était la seule option qu'il nous restait, à Caden et moi. Je n'avais plus qu'à attendre le bon moment.

Il se présenta quand mon assaillant se pencha pour me menotter. Je relevai brutalement la tête, la projetant vers son visage. J'entendis un craquement satisfaisant, et la prise de l'homme se relâcha. Je me tortillai pour me dégager.

Libérant mon bras d'une traction, je l'abattis sur son visage. Il hurla en se tenant le nez. Je roulai sur le dos et lui décochai un coup de pied ; ma botte l'atteignit au même endroit.

Un mouvement sur ma gauche attira mon attention, et j'eus tout juste le temps de remarquer le poing avant qu'il ne s'écrase sur ma tempe et que le monde ne devienne noir.

Chapitre 23

Ma tête m'élançait. La vache, ça faisait mal.

Je baissai les yeux vers le sol en ciment et cette fichue canalisation. Mes muscles se contractèrent immédiatement. J'étais de retour dans cette pièce austère où les gens dangereux venaient mourir.

Au moins, cette fois, je portais un treillis noir et j'étais armée.

Comme lors de ma dernière visite, un homme baraqué m'attendait. Ce n'était pas le même qu'avant, et si on pouvait se fier aux premières impressions, j'estimai qu'il n'aurait aucun problème avec l'idée de me tuer.

Ça me facilitait les choses.

En un geste fluide, j'ouvris l'étui à ma taille et braquai un Glock vers lui. Je n'hésitai pas. L'homme eut à peine le temps de comprendre que je pointais un flingue sur lui avant que j'arme le chien et presse la détente.

La détonation retentit dans la pièce. Une brume de

sang m'éclaboussa quand la balle traversa la poitrine de ma victime.

Il écarquilla les yeux de surprise. Pendant qu'il hoquetait, à la recherche de son souffle, je m'accroupis près de lui et lui retirai ses armes. Dans une de ses poches, mes doigts se refermèrent autour d'une clef magnétique. Je jetai un coup d'œil à la porte, puis à la clef, qui devait être mon ticket de sortie.

Je me levai, et l'homme tendit la main vers moi. Je la repoussai d'un coup de pied, et quittai la pièce sans regarder en arrière.

Si on vit par l'épée, on doit s'attendre à mourir par elle.

C'était mon cas.

***

Je ne sais pas ce que je pensais trouver en sortant, mais certainement pas ces bons vieux tuyaux et néons du sous-sol du centre. Je pensais que la torture n'avait lieu que dans des lieux éloignés de l'Amérique continentale. Mais il était logique qu'elle prenne place ici. Cet endroit semblait être la base de départ de toutes les opérations liées aux téléporteurs.

Je me frayai un chemin jusqu'au rez-de-chaussée et ne m'arrêtai qu'une fois devant le bureau de Richards, où je savais que je le trouverais.

Sa voix me parvint à travers le battant.

– *… regrettable, mais elle reviendra. Vous avez l'autre téléporteur, au moins ?*

Je levai bien haut ma botte et ouvris la porte d'un coup de pied.

– Rappelez vos hommes, dis-je en braquant le Glock vers le front de Dane.

Ses yeux s'écarquillèrent à ma vue ; mis à part cela, son visage ne révéla rien. Il était doué. Il écarta lentement le téléphone de sa joue.

– Tu sais que je ne peux pas faire ça, Ember, dit-il. Même si je le pouvais, mes agents…

J'armai le chien et appuyai sur la détente. La balle érafla son épaule. Dane laissa échapper une bordée de jurons et lâcha le téléphone pour agripper son bras.

J'en avais soupé de ce jeu sadique du chat et de la souris.

– La prochaine vous handicapera à vie, et celle d'après vous privera d'enfants à jamais. Si vous survivez à ces deux-là, je vous tirerai dans l'abdomen et je vous laisserai agoniser dix minutes avant que la mort vienne. J'ai entendu dire que c'était assez douloureux – je n'en sais rien, pour ma part, mais Caden doit avoir son idée là-dessus.

– Tu es folle de croire que je vais… commença Dane.

J'armai de nouveau le chien, visai, et il se jeta sur moi. Je tirai, et cette balle-là se planta dans sa cuisse.

Il beugla en se tenant la jambe. J'imagine que j'avais

menti : il lui restait encore une chance avant de devenir handicapé.

– Si vous faites un geste vers votre arme, c'est la bite qui y passe, dis-je. Je vous en prie, allez-y, servez-vous. Comme ça je pourrai vous appeler Dane l'Eunuque.

Il grogna à mon intention, mais leva les mains en l'air, grimaçant quand son mouvement réveilla sa blessure à l'épaule.

Je fermai la porte du pied et la verrouillai, sans que mes yeux ni mon angle de tir ne quittent jamais Dane.

– Maintenant, ramassez le téléphone et dites à vos hommes de libérer Caden.

Il me fusilla du regard, les mâchoires serrées. Pour un homme comme lui, cette situation devait être l'insulte suprême – se faire dominer par une adolescente, celle-là même qu'il avait failli capturer. J'essayais de ne pas trop prendre mon pied. Mais c'était dur, très très dur.

J'armai le Glock 23 et visai plus bas.

– Dites au revoir à votre vie sexuelle insignifiante.

– Attends.

Son ton était chargé de colère plus que de peur.

Il s'accroupit lentement et tendit son bras blessé vers le téléphone qu'il avait fait tomber devant lui.

– Tut-tut-tut, dis-je. Prenez-le avec votre bon bras.

Son visage resta soigneusement neutre, mais comme tout le monde, il avait des tics révélateurs. La façon dont la peau autour de ses yeux et de sa bouche se contracta m'indiqua qu'il bouillait de rage. Il ramena son bras blessé vers lui et tendit l'autre.

Il se remit ensuite lentement sur ses pieds. Je pouvais entendre une toute petite voix à l'autre bout du fil.

– Rappelez les agents, dis-je. (Il serra les dents.) Je sais que vous ne voulez pas mourir ; pourtant c'est comme ça que ça va finir, à ce rythme.

En me décochant un regard haineux, il ramena le téléphone contre son oreille et déclara :

– Relâchez la cible et retirez-vous. Ses yeux filèrent vers moi quand l'interlocuteur à l'autre bout dit quelque chose. Oui, nickel, répondit-il.

Une de ses paupières frémit et il détourna les yeux de moi. Autre signe révélateur.

– Ramenez vos hommes et prenez…

Je tirai, et la balle le toucha en plein dans le genou. Richards hurla, et la tonalité perçante de son cri hérissa le duvet sur mes bras. Je ravalai ma bile.

– « Nickel » ? Vraiment ? Même moi, je sais reconnaître un mot de code quand j'en entends un, dis-je, tout en doutant qu'il puisse m'entendre par-dessus ses cris.

Pendant que Dane serrait son genou entre ses mains, je m'accroupis devant lui et le fouillai. Je trouvai une arme sur lui, vidai le chargeur et la jetai de l'autre côté de la pièce.

Dane me cracha une insulte.

Je l'ignorai et ramassai le téléphone.

– Dane, que se passe-t-il ?

– Dane est à cinq secondes de dire adieu à la vie, dis-je. Et vous savez combien de questions ça va soulever ? Un tas. Un tas de gens seront traînés dans la boue, et je m'assurerai que vous et vos hommes en fassiez partie.

– Nous ne traitons pas avec les terroristes.

Je serrai le combiné.

– Vous pensez que je plaisante – or, non. J'adorerais voir Dane mort, mais vous détenez quelqu'un de très important pour moi. Il est la seule chose qui compte à mes yeux.

– Nous ne pouvons pas…

Je pointai mon flingue vers Dane et l'armai en visant son abdomen. Près de moi, la porte trembla sous les coups de quelqu'un. Mes actions attiraient l'attention.

– *Chase !* cria Dane. *Rappelez vos hommes, putain !*

Chase jura. Il cria un ordre à quelqu'un.

– Passez le téléphone à votre prisonnier, dis-je.

Chase jura de nouveau. Pendant que le téléphone changeait de mains, je renversai un meuble de classement qui tomba juste devant la porte. Cela ne retiendrait la personne à l'extérieur qu'une ou deux secondes de plus, mais c'était tout ce dont j'avais besoin.

À l'autre bout du fil, j'entendis une respiration.

– Caden ?

Je me mordis l'intérieur de la joue ; ma voix s'était adoucie sans que j'en aie l'intention.

– Mon ange ?

Je cillai pour chasser les larmes qui me montaient aux yeux et poussai un soupir.

– Fiche le camp d'ici.

– Sûrement pas. Je ne pars pas avant que tu reviennes.

Bien sûr que non. Pourquoi gaspiller ma salive ?

– Alors assure-toi au moins qu'ils partent – je ne leur fais pas confiance pour nous laisser seuls.

– Ça marche, mon ange.

J'entendis des cris et du mouvement à l'autre bout du fil. Je ne pouvais qu'imaginer ce qui se passait dans cet aéroport.

– Alors dis-moi, comment as-tu réussi à obtenir ça, au juste ? Et c'est quoi ce bruit horrible de ton côté ?

– C'est Dane. Ce dernier alternait entre cris et gémissements. Apparemment, je me débrouille plutôt pas mal en extraction.

Caden garda le silence quelques secondes.

– Il… il va bien ? demanda-t-il.

Je jetai un coup d'œil vers Dane, et le regrettai aussitôt. Peu importait qu'il ait essayé de me tuer. Voir quelqu'un souffrir me retournait l'estomac.

– Il vivra.

Mais il ne marchera peut-être plus jamais.

– Ne… ne le tue pas, mon ange.

Je me mordis la lèvre inférieure. Il savait que c'était mon but final.

– Il n'arrêtera jamais de nous poursuivre si je ne le fais pas.

– S'il te plaît.

Je déglutis.

– Je t'aime, chuchotai-je.

– Mon ange…

Je raccrochai.

– Vous savez, dis-je en fixant Dane, Caden vous aime. Il est la seule chose qui vous garde en vie, actuellement.

Dane me lança un regard mauvais. Une fine pellicule de sueur recouvrait son visage.

– Tu dois tout au Projet – jusqu'à ta vie même – et c'est comme ça que tu nous remercies ?

– Un enfant n'a pas une dette envers ses parents parce qu'ils lui ont donné la vie. Je n'ai rien demandé de tout ça.

– Nous ne cesserons jamais de vous poursuivre.

Tue-le ! me hurlait mon cerveau. Le faire attirerait l'attention sur le Projet, et j'étais prête à parier un paquet de fric que quelqu'un n'apprécierait pas ce qu'il découvrirait sur nous. Alors, le petit château de cartes du Projet s'effondrerait.

Mais regarder quelqu'un dans les yeux et mettre fin à sa vie ? Quelqu'un de blessé et désarmé – c'était déjà suffisamment horrible. La prière de Caden résonnait encore dans ma tête. Je devais pouvoir continuer à me regarder dans un miroir sans frémir.

Je jetai un coup d'œil vers la porte, qui tremblait sur ses gonds. Elle ne tarderait pas à céder, et moi à disparaître.

– Ce n'était pas juste pour rendre Caden heureux, n'est-ce pas ? demandai-je.

Dane grogna.

– J'ai besoin d'un docteur.

Je l'étudiai.

– Oui, en effet, soupirai-je. Dans vos oubliettes, il y a un type avec une balle dans la poitrine. Vous devriez en informer l'équipe médicale quand elle viendra s'occuper de vous.

Je m'assis à côté de lui. Trois balles avaient eu raison de lui. Il n'était plus une menace, pour l'instant.

– Vous m'avez réveillée pour une autre raison. Sa seule réponse fut de frissonner, traversé par une vague de froid. Caden est insensible à l'épissage. Et j'ai des informations sur votre ennemi.

Ses raisons de me ressusciter étaient supérieures à ses raisons de me garder dans le coma.

Dane hocha la tête, et je me couvris les yeux. Son plan se déroula dans mon esprit. Il avait espéré que je reprenne contact avec Adrian et que je les mène droit vers lui. C'est ce que j'avais fait.

Ils voulaient également plus de téléporteurs insensibles à l'épissage. J'aurais pu leur en fournir si j'étais restée dans le centre du Montana.

La porte s'ouvrit grand, m'arrachant à mes pensées.

Plusieurs téléporteurs pénétrèrent dans la pièce. Ils virent Dane au sol et moi à côté de lui, une arme à la main. Un des types tenait un M4, et il le braqua sur moi.

Je concentrai mon attention sur lui tandis que mon corps s'engourdissait à la vue du canon d'une arme. Tant de violence m'avait rendue insensible. Et maintenant que j'avais obtenu ce que j'étais venue chercher, mes muscles me semblaient de plomb.

J'étais tellement crevée.

– Équipe médicale ! cria le téléporteur par-dessus son épaule. Maintenant !

Je ne le vis jamais retourner la tête vers moi. À un instant j'étais là, et le moment suivant j'avais disparu.

***

Quand j'ouvris les yeux en clignant des paupières, quelqu'un m'avait soulevée et me tenait entre ses bras. Ma tête rebondissait à chaque mouvement, mon mal de crâne s'aggravant à chaque soubresaut.

Je cillai de nouveau, et un torse emplit mon champ de vision. Puis une nouvelle secousse, et ma tête cogna contre le torse en question. Je grognai.

– Mon ange.

– Hmm. Je frottai ma tête contre la poitrine de Caden. Tu vas bien ? demandai-je.

– Et toi ?

J'acquiesçai, et c'est alors que je réalisai que j'étais à poil. Dans un aéroport. Pendant que nous courions pour échapper au danger. Je coulai un regard vers la foule, et vis des gens pointer le doigt ici ou là en criant.

– Pourquoi est-ce que personne ne nous arrête ? demandai-je.

– Ça me laisse sur le cul, mais je ne vais pas m'en plaindre, répondit Caden.

J'avais beau être très tentée de me tortiller pour m'extirper d'entre ses bras, je le laissai me porter. Certes, ce n'était pas la première fois que des gens me voyaient nue, mais courir pendant qu'ils me mataient ouvertement avec des yeux ronds n'était vraiment pas mon truc. Par chance, Caden n'avait pas l'air trop essoufflé. L'avantage des muscles.

Quand nous parvînmes au retrait des bagages, je vis Adrian. Il affichait l'air de quelqu'un qui vient de se faire renverser par un camion.

– Le voilà, dis-je en le pointant du doigt.

– Je le vois, répondit Caden d'une voix mesurée.

Adrian nous repéra également, et ses yeux s'attardèrent plus longtemps que nécessaire sur moi.

Caden grogna.

– Je vais l'éviscérer.

– Il n'est pas le seul à se rincer l'œil, dis-je.

Malheureusement.

– Oui, mais lui il a un regard de propriétaire à la con. Ce type est mort.

Je levai les yeux au ciel.

Adrian secoua la tête et siffla quand nous arrivâmes devant lui.

– Eh bien, décidément, tu soignes tes entrées, Ember, dit-il.

Je lui fis un doigt d'honneur.

Caden et Adrian hochèrent la tête en guise de salut ; leurs yeux étaient durs comme du silex. La tension était tout aussi palpable et gênante que je l'avais craint.

– Nous allons devoir filer, dit Caden. Des agents nous ont suivis jusqu'ici. Adrian jura et regarda par-dessus nos épaules. Ils ont battu en retraite pour le moment, mais je ne m'attends pas à ce que ça dure.

Adrian reporta les yeux sur moi.

– C'est à cause d'eux que tes vêtements ont disparu ?

Caden s'éclaircit la gorge.

– Oui. Maintenant, on peut rejoindre la voiture ? Mon ange, là, pèse son poids.

Je lui assénai une tape pour cette remarque.

– Goujat.

Il baissa la tête vers moi et eut un sourire en coin.

– Désolé, ma petite chatte.

Je plissai les yeux.

– Dès qu'on sera seuls, tu vas en baver comme jamais pour cette phrase.

Caden haussa les sourcils.

– Oh, chouette alors.

Je fermai les yeux et me pinçai l'arête du nez entre deux doigts.

Adrian nous observait, les traits tendus. Il jeta un regard irrité à Caden et lança :

– La voiture est dehors. Suis-moi.

Il s'était débrouillé pour payer un membre du personnel de l'aéroport afin qu'on le laisse garer sa voiture sur le trottoir ; elle nous attendait juste à l'extérieur des portes automatiques.

Caden m'allongea en douceur sur la banquette arrière. Il fit suivre le même chemin à mes vêtements et à mon sac avant de se couler à son tour dans l'habitacle.

Je me rhabillai en vitesse, ignorant les coups d'œil que me lançaient les passants en m'apercevant nue.

Enfin vêtue, je me laissai aller contre le dossier de la banquette tandis que la voiture s'engageait dans la circulation. Nous étions arrivés. Nous avions réussi.

– Adrian, merci – pour tout, dis-je.

Il hocha la tête en me regardant dans le rétroviseur.

– Je t'en prie. (Il laissa échapper un petit rire.) Je n'arrive toujours pas à croire que tu es vraiment là. Je m'attends sans cesse à ce que tu disparaisses d'un coup.

Caden serra les poings.

– Tu as raté le spectacle.

Tout en parlant, j'entrelaçai mes doigts avec ceux de Caden et les serrai.

Merci, articulai-je en silence.

Le regard de Caden s'adoucit, et il porta ma main à ses lèvres.

Il ne m'avait pas encore demandé si j'avais tué Richards. Il m'avait sauvée et s'était assuré que j'allais bien. Et maintenant il prenait sur lui. Pour moi. Mes yeux s'humidifièrent légèrement. Je ne trouverais jamais un homme meilleur que lui, même si je retournais le monde entier.

Et il m'aimait. Moi, la fille imparfaite et déséquilibrée qui avait désormais du sang sur les mains et montrait une absence de remords choquante. Il m'aimait.

Épilogue

Il me fallut plusieurs secondes pour analyser ma situation. La scène improvisée sur laquelle je me tenais. La robe en dentelle, le ras-de-cou en diamant et la bague assortie. La musique classique et le bourdonnement de voix. Les inspirations étranglées, suivies d'applaudissements.

Une seconde avant, je m'étais endormie dans un lit inconnu, et la seconde suivante j'étais là.

Je levai les yeux, et vis une salle remplie de gens en robe de soirée et costume qui me dévisagèrent – me sourirent.

Le sang se retira de mon visage. Ce devait être un rêve. Mais – non, merde – c'était vrai.

Piégée. D'une façon ou d'une autre, j'avais été piégée.

Quand les applaudissements moururent, un homme aux mèches de cheveux blancs et au crâne dégarni se fraya un chemin à travers la foule, ne s'arrêtant qu'une fois parvenu sur la scène. J'aperçus son visage et mon cœur manqua un battement.

Impossible. Je devais me faire des idées.

Il me tourna le dos pour faire face au public, et me présenta d'un geste du bras.

– L'avenir de la bio-ingénierie est désormais à notre portée. Je suis ravi de vous présenter Ember Pierce, un des premiers êtres humains ayant la capacité de se téléporter.

Je me raidis en entendant mon nom tandis que la salle éclatait en un tonnerre d'applaudissements. Dans la foule, j'aperçus Pierre. Ses yeux scintillaient, et un sourire recourba ses lèvres tandis qu'il applaudissait. Je savais exactement quelles étaient ses intentions. D'autres avaient le même regard que lui, même s'ils étaient en minorité. La plupart se contentaient de me regarder, bouche bée, à la fois charmés et effrayés par la possibilité de la téléportation.

– Stonehawk Enterprises a l'intention de révolutionner le monde…

L'homme poursuivit son discours, mais je n'écoutais plus.

Stonehawk. Je plaquai une main sur mon ventre et baissai les yeux vers ma robe. Je levai ensuite la tête et contemplai la salle. Ces mystérieuses missions… Adrian avait menti. Stonehawk en était responsable. Il en était responsable.

Adrian avait *menti*. Et comme une idiote, je l'avais cru.

L'homme aux cheveux blancs cessa de parler, et la foule applaudit encore. Il se retourna pour me faire face.

– Bonsoir, Ember Pierce.

Je fis un pas en arrière en examinant ses traits familiers. Mes yeux ne m'avaient pas joué de tour.

– Vous… vous devriez être mort.

Je l'avais déjà vu sur des photos.

– Vous aussi. Dans quoi nous avais-je attiré ? Bienvenue à Stonehawk Enterprises. La fascination luisait dans ses yeux tandis qu'il me détaillait. Si vous voulez survivre, vous allez devoir faire ce pour quoi vous êtes le plus douée.

– Adrian est au courant ? chuchotai-je d'une voix rauque.

Il me saisit par le coude et m'entraîna en bas de la scène, où les gens avaient commencé à se rassembler.

– Je vous ai faite plus intelligente que ça.

Oui. Adrian savait, et il ne m'avait rien dit. Je fixai l'homme responsable de mon existence et de mon don. L'homme qui était à la source de tous mes ennuis.

Le Dr Brent Sumner.

***

La première chose que Caden remarqua fut le tissu raide plaqué contre son corps. Il observa le pantalon ajusté, la veste bien taillée, le mouchoir en lin enfoncé dans la poche de devant. Un nœud papillon enserrait son cou.

C'est quoi ce bordel ?

Il leva les mains et rajusta le nœud. Il examina la salle de bains privée dans laquelle il se trouvait.

On se fout de ma gueule, là.

Quelle ironie. Il avait quitté le Projet pour échapper à tout ça. Or il se retrouvait ici, attifé comme James Bond ; et on s'attendait sûrement qu'il se comporte aussi comme lui.

En glissant les mains dans ses poches, il ne fut absolument pas surpris d'y trouver une note.

Présentez-vous au Dr Brent Sumner.

Il chiffonna le papier et le jeta dans les toilettes. Le Dr Brent Sumner était mort.

Un rire ravissant et familier s'éleva de l'autre côté de la porte, et sa peau frissonna à ce son. Il tira la chasse d'eau et quitta la salle de bains.

Sols en marbre, lumière chaude, et la musique raffinée d'un quatuor à cordes. Ses chaussures claquèrent sur le sol tandis qu'il traversait un couloir. Le même rire vint lui chatouiller les oreilles. Celui d'Ember. Il semblait y être particulièrement sensible. Lui seul pouvait détecter la note creuse indiquant qu'il était forcé. Il suivit le son jusqu'à une salle grandiose.

Ils avaient encore réussi à s'endormir à quelques

minutes d'écart seulement. Pas très étonnant, étant donné qu'ils étaient tous les deux épuisés.

Caden tourna au coin et elle était là. Vêtue d'une robe rouge qui n'était guère plus que des fleurs en dentelle stratégiquement disposées, elle éclatait de rire à ce que venait de dire un des hommes en costume devant elle. Elle semblait déjà s'être attiré un fan-club ; les hommes s'attroupaient autour d'elle.

Un an plus tôt, il aurait pu ravaler sa jalousie et détourner le regard tandis que leurs yeux la parcouraient comme si elle n'était qu'un bel objet. Maintenant, il avait les poings serrés et dut se concentrer pour les relâcher et reprendre contenance avant de s'approcher.

Il s'arrêta net en apercevant un visage familier dans le groupe d'admirateurs d'Ember. Brent Sumner.

Non.

Cet homme était mort. Il était bien placé pour le savoir : le docteur avait eu une crise cardiaque une semaine avant que Caden reçoive pour mission de le supprimer. Des dossiers médicaux étaient là pour le prouver.

Caden ravala un juron. De la magouille de magie noire. Voilà ce que c'était.

Il cilla plusieurs fois et examina la salle. Ember ne semblait pas avoir seulement un fan-club. Elle captivait l'attention de toutes les personnes présentes.

Qu'est-ce que c'était que ce bordel ?

Ember prit une longue gorgée de vin, lançant un sourire séducteur par-dessus le bord de son verre. Elle avait peut-être toujours eu des difficultés avec les aspects les plus physiques de son rôle de distraction, mais pas avec les aspects psychologiques. Elle était dans son élément, ici. Elle mettait ce talent en action comme on appuie sur un interrupteur. Lui seul savait que la vraie Ember était logique, brutale et efficace. Rien à voir avec la version dragueuse et insouciante qu'il avait devant lui.

Mais c'est alors qu'il vit un éclair de panique traverser son visage. Elle devait avoir compris, tout comme lui, qu'on l'avait manipulée. Ils avaient été manipulés tous les deux. Tout comme il l'avait craint.

Sentant quelqu'un la fixer, Ember tourna brièvement son regard vers lui. Pendant un très court instant, sa façade s'effrita. Il ne vit pas de la peur, comme il s'y était attendu. Le regard dans ses yeux orageux aurait pu tuer un homme moins aguerri. C'était la même expression que celle des prédateurs juste avant de fondre sur leur proie. Le sourire qu'elle arbora, qui n'était destiné qu'à lui, promettait des représailles. Sa douce préparait une vendetta, et il était plus que prêt à lui apporter son soutien.

Caden lui lança un clin d'œil, puis joua son rôle à son tour. Il s'inséra dans le groupe, claquant un homme sur l'épaule, serrant des mains, redevenant le putain de charmeur amical qu'il était toujours.

De nouveaux ennemis à ajouter aux anciens ? Qu'ils viennent. Ils avaient été entraînés à la violence. Et dans ce domaine, les prodiges avaient surpassé leurs maîtres.

La bataille ne faisait que commencer.

Remerciements

Avant toute chose, j'aimerais remercier Dan, mon incroyable époux et collègue auteur, pour son amour et son soutien inconditionnels lors de la création et de la production de cette série. Je suis incroyablement chanceuse d'être mariée à un autre écrivain, qui est également l'homme le plus compatissant et le plus merveilleux que l'on puisse rêver.

Dans le même temps, je voudrais remercier ma famille et tous les amis qui m'ont soutenue au cours de ma carrière.

À Vivian Lee, l'une de mes remarquables relectrices : je peux te garder pour moi ? Merci pour ton travail acharné et pour tes mails adorables ! Miriam Juskowicz, cette série est ce qu'elle est parce que tu as su lui donner sa chance. À Courtney Miller, rédactrice en chef de *Skyscape*, merci d'avoir supervisé tout le déroulement avec finesse et d'être une personne fantastique et polyvalente. Melody Guy et Robin Cruise : ce livre brille grâce à vos conseils inestimables. Vos retours ont ajouté la fabuleuse touche finale à l'aventure de Caden et Ember. Andrew Gough, merci d'avoir supporté toutes mes questions et d'avoir rationalisé ce processus pour moi. Je ne pourrai jamais assez remercier l'équipe de *Skyscape* ; grâce à vous tous, cette expérience fut un vrai plaisir.

D. Nichole King, non seulement tu étais la première personne à lire ce livre, mais tu as aussi répondu présente quand il ne me restait plus que quelques secondes au compteur et qu'il avait besoin d'un sérieux lifting. Je ne sais comment te remercier de t'être mise en quatre à ce moment-là, quand je n'étais plus qu'une boule de stress. Tu es un ange. À Suniva, Angela et tous mes autres amis auteurs proches : j'ai la chance d'avoir les complices les plus cool et les plus inadaptés du monde ! Merci pour tous ces fous rires.

Enfin, ce livre est dédié à mon père, qui n'a jamais méprisé mon rêve de devenir écrivain et a nourri mon addiction aux livres. (Je pense que ça a porté ses fruits.) Ton soutien au cours de ma vie a toujours énormément compté pour moi – bien plus que je ne le laisse paraître. Plus important encore, tu as toujours pensé que je ferais de grandes choses. Merci d'avoir instillé en moi ce sens de l'estime de soi. Je t'aime.

À propos de l'auteur

Née et élevée à Fresno, en Californie, Laura Thalassa a passé son enfance à concocter des récits fantastiques avec sa meilleure amie. D'une imagination débordante, elle adore écrire et passe ses journées à coucher sur papier ses romans, qui vont de la bit-lit au young adult.

Laura Thalassa vit actuellement à Santa Barbara, en Californie, avec son fiancé l'écrivain Dan Rix. Quand elle n'est pas occupée à écrire, vous pouvez la trouver sur www.laurathalassa.blogspot.com.

Composition et mise en pages
Nord Compo à Villeneuve-d'Ascq

Imprimé en Espagne
Dépôt légal : mai 2020
ISBN : 979-10-224-0414-3
POC 0280